ミネルヴァ日本評伝選

滑稽洒落第一の作者

山東京伝

佐藤至子著

ミネルヴァ書房

刊行の趣意

「学問は歴史に極まり候ことに候」とは、先哲荻生徂徠のことばである。

歴史のなかにこそ人間の智恵は宿されている。人間の愚かさもそこにはあらわだ。この歴史を探り、歴史に学んでこそ、人間はようやくみずからの正体を知り、いくらかは賢くなることができる。新しい勇気を得て未来に向かうことができる。徂徠はそう言いたかったのだろう。

「ミネルヴァ日本評伝選」は、私たちの直接の先人について、この人間知を学びなおそうという試みである。日本列島の過去に生きた人々の言行を、深く、くわしく探って、そこに現代への批判を聴きとろうとする試みである。日本人ばかりではない。列島の歴史にかかわった多くの異国の人々の声にも耳を傾けよう。

先人たちの書き残した文章をそのひだにまで立ち入って読み、彼らの旅した跡をたどりなおし、彼らのなしとげた事業を広い文脈のなかで注意深く観察しなおす――そのとき、はじめて先人たちはいまの私たちのかたわらによみがえってくる。彼らのなまの声で歴史の智恵を、また人間であることのよろこびと苦しみを、私たちに伝えてくれもするだろう。

この「評伝選」のつらなりのなかから、列島の歴史はおのずからその複雑さと奥ゆきの深さをもって浮かび上がってくるはずだ。これを読むとき、私たちのなかに新たな自信と勇気が湧いてきて、その矜持と勇気をもって「グローバリゼーション」の世紀に立ち向かってゆくことができる――そのような「ミネルヴァ日本評伝選」にしたいと、私たちは願っている。

平成十五年（二〇〇三）九月

上横手雅敬
芳賀　徹

「江戸花京橋名取」山東京伝の肖像
（東京国立博物館蔵）

（東京国立博物館蔵）

『新美人合自筆鏡』滝川・花扇

（国立国会図書館蔵）

「山東京伝店」

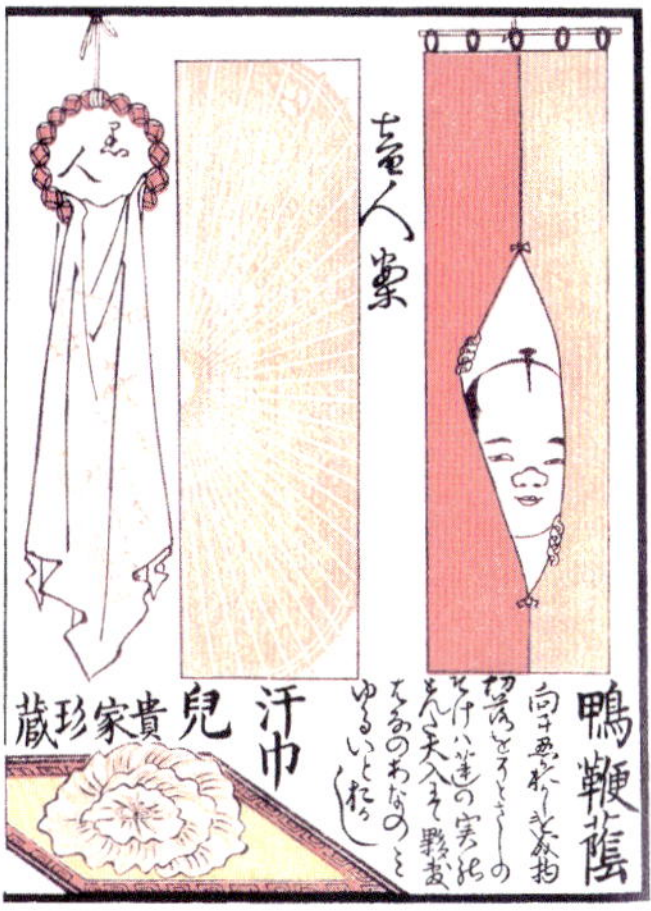

『たなぐひあはせ』獅子鼻の男

机塚（浅草寺境内）

岩瀬醒墓・岩瀬百樹之墓・岩瀬氏之墓（回向院境内）

はじめに

山東京伝《さんとうきょうでん》は、江戸後期を代表する戯作者《げさくしゃ》である。安永七年（一七七八）から文化十三年（一八一六）まで、約四十年にわたって、ほとんど江戸を離れずに画作・執筆を続け、黄表紙《きびょうし》・洒落本《しゃれぼん》・見立て図案集・滑稽本・読本《よみほん》・合巻《ごうかん》などの戯作の諸ジャンルに多くの佳作を残した。もともと画工（浮世絵師）出身で、浮世絵の作もあり、戯作でも挿絵に才能を発揮している。

戯作とは本来、知識人が戯れに執筆する著作をいう。京伝がかけ出しの画工兼作者だった頃は、恋川春町《こいかわはるまち》、朋誠堂喜三二《ほうせいどうきさんじ》、大田南畝《おおたなんぽ》などの武士たちが、本来の職務のかたわらで黄表紙や洒落本を書いたり、狂歌を詠んだりしていた。

京伝は、天明二年（一七八二）、二十二歳の時に出版された黄表紙が南畝に称賛され、以後は町人の身分でありながら、武士作者たちに交じって、狂歌の集まりなど、さまざまな遊びの会に加わるようになった。特に図案や見立てといった視覚的要素を重視した遊びの場合は、その成果が本にまとめられる時、京伝は挿絵の担当者として力量を見せた。寛政改革の嵐が吹く前の江戸で、京伝は二十代を遊びと戯作のなかに過ごしたと言ってもよい。それが可能だったのは、京伝の父、岩瀬伝左衛門が長らく現役で家主の職にあり（伝左衛門が隠居するのは京伝三十五歳の年である）、一家の暮らしが安定していたことによる。京伝は三十三歳の時に煙草入れなどを商う店を始めるが、それまで仕事らしい仕事に就いたことはなく、生活のために働く必要もなかったのである。

天明・寛政期は京伝の戯作者人生の前半部にあたる。この時期、京伝は次々に黄表紙や洒落本を書き、これらのジャンルを牽引する存在となっていったが、寛政改革をはさんで、作品のなかみは大きく変質していった。これは京伝の作品に限らない。天明の中頃までの黄表紙・洒落本は、限られた読者に向けた「うがち」や「楽屋落ち」に終始するような作品も多かったが、年代が下るにつれて、多数の読者を獲得する作品が現れ始めた。天明末から寛政初年に出版された、改革下の当世をちゃかした黄表紙などは、まさにそうであった。

しかしそうした黄表紙は、当然ながら当局から咎められ、武士作者たちの退場を招くことになった。その後の黄表紙は、改革の趣旨に即した教訓的な内容のものが目立ち始め、洒落本も「うがち」を離れて普遍的な人間像や遊興風景を描写する方向へ変わっていく。結果として、読者層はさらに拡大した。戯作は一部の人々が読んで楽しむものから、大衆向けの娯楽に変容していったのである。

このような変化に京伝も巻き込まれていく。武士作者たちが表舞台を去った後、板元は町人作者の筆頭である京伝に期待をかけ、潤筆料（原稿料）を渡して作品を書かせようとした。遊びではなく仕事として戯作を書く状況が生じつつあったわけだが、それは京伝にとって楽しいものではなかったと思われる。寛政二年（一七九〇）の秋、戯作者志望の曲亭馬琴《きょくていばきん》（京伝より六歳年少、この時二十四歳）が入門を請うてきた時、京伝は「草ざうしの作は、世をわたる家業ありて、かたはらのなぐさみにすべき物なり」と諭した。まともな生業を持った上で、そのかたわらでなぐさみに行うのが戯作である。言い換えれば、戯作は生業ではないと京伝は考えていたようである。

寛政三年、京伝は自作の洒落本が町奉行から咎められ、手鎖五十日の刑に処せられることになる。寛政元年にも画工を務めた黄表紙が咎めを受けて過料（罰金）となった経験があり、実はその頃から、戯作をやめようという気持ちが生まれていた。しかし板元の懇望を退けることができず、そのあげくの筆禍であった。

寛政五年の煙草入れ店の開業は、町人本来の生き方に立ち戻って生業を持つという考えを実行に移したもの、と解釈できる。それは相対的に、戯作執筆を「かたはらのなぐさみ」として位置づけることでもあった。以後京伝は、店主と戯作者という二つの顔を持つようになる。洒落本の筆は折ったが、黄表紙は書き続け、享和・文化期には読本、そして合巻と新しいジャンルにも取り組んでいく。

馬琴は京伝没後三年目の文政二年（一八一九）に『伊波伝毛乃記《いわでものき》』と題する京伝の評伝を書いた。また天保期には戯作者たちの伝を『近世物之本江戸作者部類』（以下、『江戸作者部類』と略す）にまとめて、そこにも京伝にまつわる逸話や世評などを記している。そこには次のような記述がある。

京伝は文墨にさかしく、狂才あるのみならず、世俗の気を取ることも亦勝れたるに、天稟の愛敬あればにや、其運も微ならず、すること毎に人気に称へり　（『伊波伝毛乃記』）

文化十三年九月七日の夜、京伝は暴疾にてたちまち簀を易しかば、よみ本は双蝶記が絶筆になりにけり。物の本を好むものの、かかる作者は亦得がたしとて、知るもしらぬも是を惜みき。（略）京伝は世に名をしられてより印行の冊子その作としてよく行れざるものなかりき。そが中に孔子一代記、四季交加、浮牡丹、双蝶記、この四種のみ売ざるの書也。これらは俗にいふ上手の手より水の漏りたるものなるべし

（『江戸作者部類』）

作品を書けば売れ、店を始めれば繁昌する。馬琴の眼には、京伝は天性の才能に恵まれた人物に映ったらしい。しかし、戯作はあくまで余技であるべきものと考える京伝にとって、潤筆料と引きかえに執筆に追われる生活は本意ではなかった。文化十二年頃、京伝は馬琴にあてた手紙のなかで、戯作執筆を「せねばならぬせつなし業と存候へば、ますますいやに相成候」と記している。

享和・文化期の京伝は、戯作にかつてのような遊びの気分を求められなくなった分、他の分野に楽しみを見いだしていく。同好の人々と近世初期の古画・古物を鑑賞し、資料を駆使して当時の風俗を考証することを無上の喜びとするようになっていくのである。実証主義のもとにまとめた考証随筆には、晩年の京伝の、戯作者ではないもう一つの顔が見える。ただし、京伝の考証活動は、単なる趣味の学問には終わらなかった。同時期に執筆されていた読本・合巻には、考証活動を通じて培われた知識や技法を反映させているものもある。

京伝はこれまで、天明・寛政期の黄表紙・洒落本の代表的な作者として語られることが多かった。

それは間違いではないが、それだけでは京伝の一面に光をあてたにすぎない。かれのもう一つの功績は、その後半生において、読本・合巻が大衆向け伝奇小説の二大ジャンルとして確立してゆく道筋をつけたことである。軽やかな機知と笑いの戯作から、華麗な伝奇小説まで、いずれのジャンルにおいてもそのジャンルの代表作に数えられる作品を残す。こうしたことができた作者は、同時代には京伝のほかにはいない。馬琴は洒落本を書いていないし、式亭三馬は読本を不得手として、わずかな数の作品しか残していない。京伝が没した時に読者たちが言ったという「かかる作者は亦得がたし」（こんな作者はまたといない）という発言は、まさにそのとおりといえよう。

本書では、京伝の著作や書簡、同時代の人々が書き残したものを手がかりに、この類いまれな人物の足跡をたどってみたい。京伝は町人としてどのような人生を歩み、どのような環境のなかで才能を開花させていったのか。その作品にはどのような魅力があるのか。そういったことが少しでも描き出せれば幸いである。

山東京伝——滑稽洒落第一の作者

目次

図版一覧

関係系図

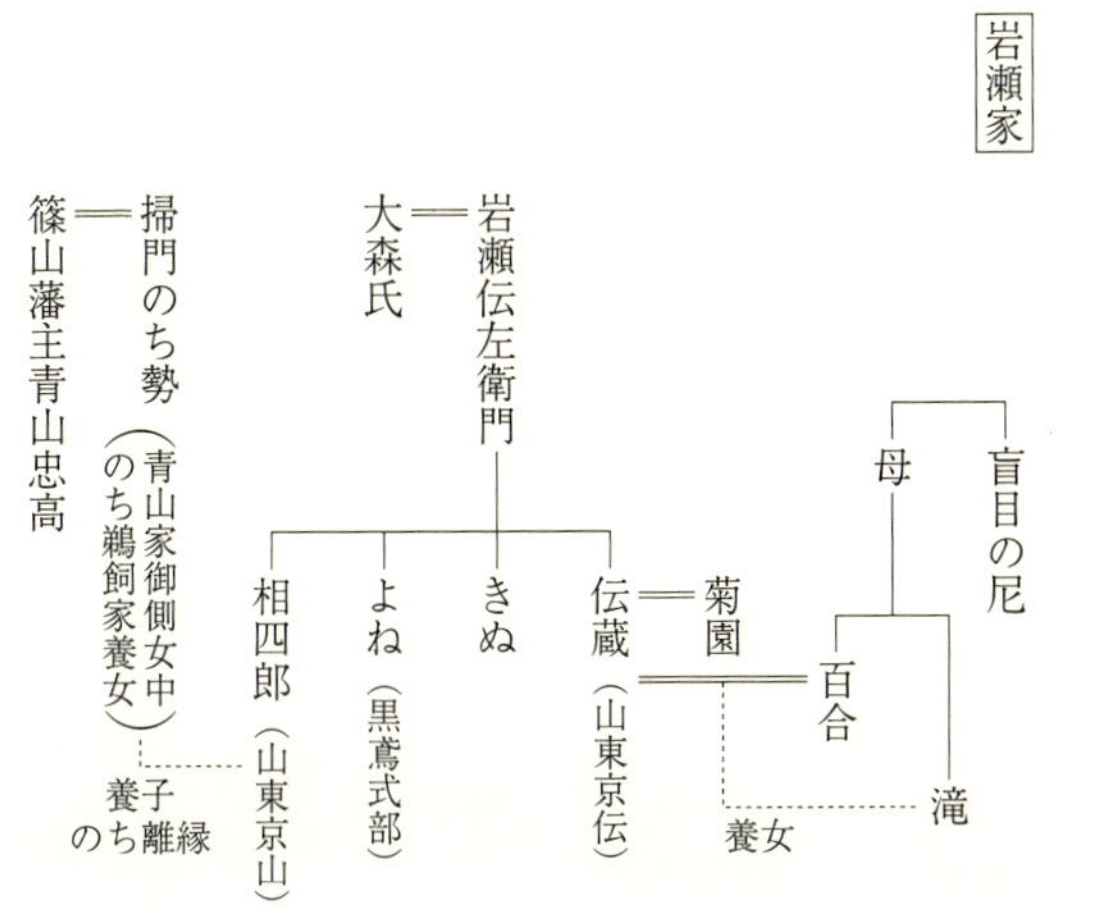
岩瀬家
盲目の尼
母
百合
滝
養女
菊園
伝蔵（山東京伝）
岩瀬伝左衛門
大森氏
きぬ
よね（黒鳶式部）
相四郎（山東京山）
養子のち離縁
掃門のち勢（青山家御側女中のち鵜飼家養女）
篠山藩主青山忠高

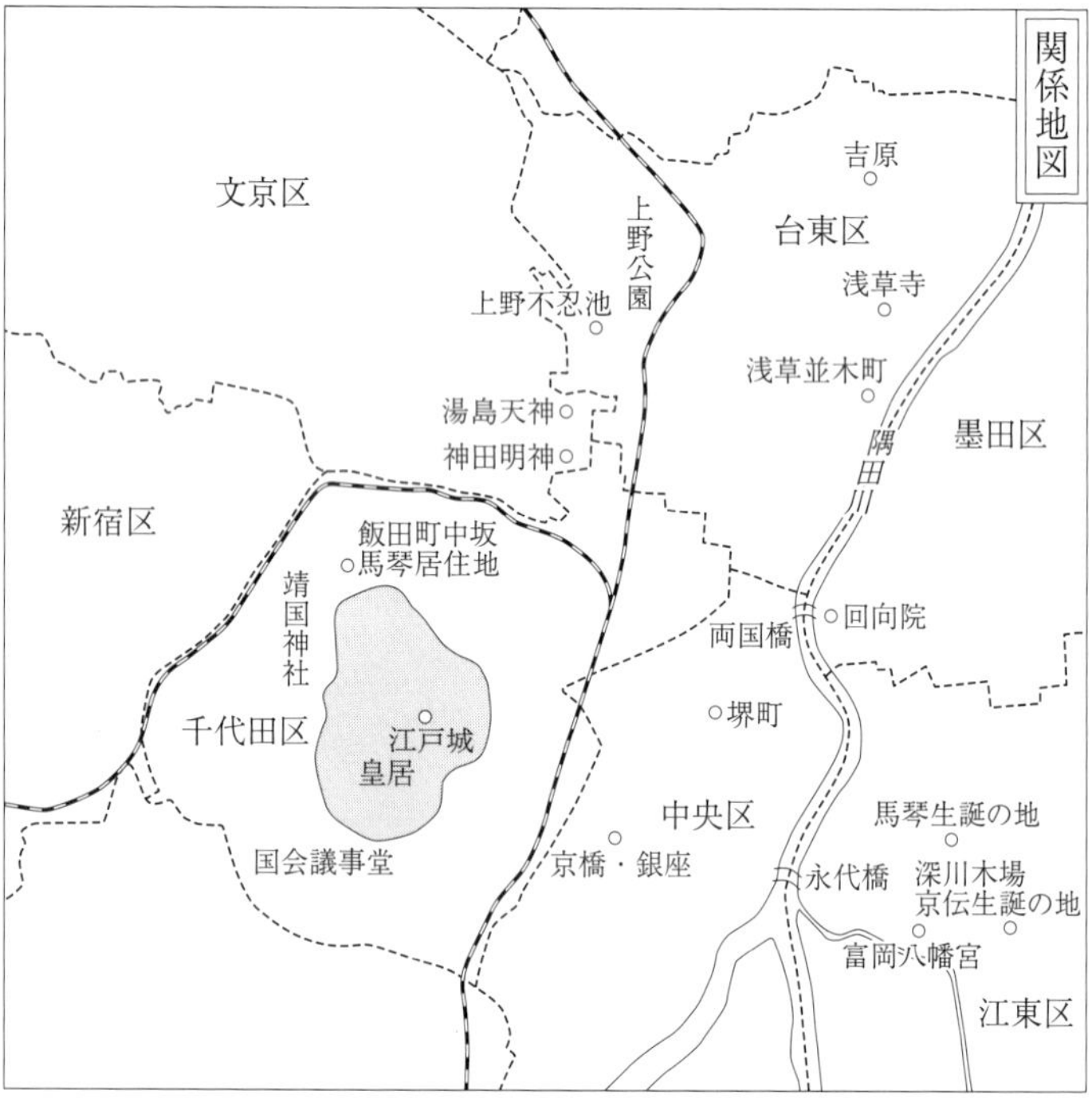
関係地図
文京区
上野公園
台東区
吉原
浅草寺
上野不忍池
湯島天神
神田明神
浅草並木町
隅田川
墨田区
新宿区
飯田町中坂
馬琴居住地
靖国神社
回向院
両国橋
千代田区
江戸城
皇居
堺町
中央区
馬琴生誕の地
国会議事堂
京橋・銀座
永代橋
深川木場
京伝生誕の地
富岡八幡宮
江東区

凡例

江戸時代の資料から原文を引用する際は、読みやすさに配慮して「ゝ」「〳〵」などの踊り字を本来の字に戻した。片仮名を平仮名に改め、仮名に漢字をあて、句読点等を補ったところもある。また、適宜現代語訳を付した。

書名の角書きは省略したものが多いが、示す場合は〈 〉で括った。

難読の人名・書名に振り仮名を付す際は、現代仮名づかいを用いた。

人物の年齢は数え年で記した。

先学の論考に言及する際には、論考の題名から副題を省いた場合もある。また、氏名の敬称を省略した。

第一章　浮世絵師から戯作者へ

1　町人の子

誕生

山東京伝は宝暦十一年（一七六一）八月十五日に岩瀬伝左衛門の長男として深川木場に生まれた。幼名は甚太郎、後に伝蔵と改める。名は醒《さむる》（初めの名は田臧《のぶよし》）、字《あざな》は酉星（初めの字は伯慶）。父伝左衛門は享保七年（一七二二）生まれで伊勢の出身であり、九歳のときに江戸に来て深川木場の質屋伊勢屋に奉公し、数年後にその店の養子となった。尾州の御守殿に仕えていた大森氏を娶り、二男二女をなした。京伝の下に妹きぬ（明和三年〔一七六六〕生まれ）・弟相四郎（同六年〔一七六九〕生まれ）・妹よね（同八年〔一七七一〕生まれ）がいる。相四郎は後に京山と号し、戯作者となる。よねは天明末か寛政初め頃に早世したが、黒鳶式部の号で狂歌集に入集し、黄表紙などにもその名を残している。

京伝は伝左衛門の子ではなく弟妹たちと父を異にするという説がある（『伊波伝毛乃記』）。一方で、京伝は伝左衛門の前妻の子で弟妹たちとは母を異にするという説（『著作堂雑記』）もある。いずれも曲亭馬琴が、儒学者伊藤蘭洲からの伝聞として記しているものである。蘭洲は享和期に京伝宅の食客だったことがあり（水野稔「京伝洒落本の京山注記」）、京伝の作品に漢詩などを寄せたりもしている（徳田武「金太郎主人伊藤蘭洲と『鳳凰池』」『日本近世文学と中国小説』所収）。したがって、あながちにこれらを虚説と断ずることはできないが、現在のところ裏付けとなる資料は見つかっていない。

また、姓が岩瀬でなく拝田（あるいは灰田）であるという説もある。馬琴は「岩瀬は其妻の本姓にして、其実は灰田なり、寛政中まで、京伝、京山等は、尚灰田と名のりしが、近ごろは岩瀬と名のれり、本姓の灰田を捨て、岩瀬氏を冒すこと故あるべし、但所以を知らざるのみ」（『伊波伝毛乃記』）と記している。また京伝の読本に記された板元鶴屋喜右衛門（以下、鶴喜と略す）のことばのなかにも「山東先生。岩瀬氏。本姓は拝田」という一節がある。本来の姓は拝田（灰田）で後に岩瀬と称したということになるが、改姓の理由は不明である。墨田区両国の回向院に現存する京伝・京山・伝左衛門の墓石には「岩瀬醒墓」・「岩瀬百樹之墓」・「岩瀬氏之墓」と刻まれている（口絵参照）。

少年時代

京伝は九歳の時に深川伊勢崎町辺に住む御家人行方角太夫に入門し、手習いを始めた（『伊波伝毛乃記』）。この時に父からもらった机を生涯愛用する。のちにこの頃を振り返り、「古机の記」という次のような文章をしたためた。

明和六年といふとしの二月ばかり、齢九歳といふに師のかどにいりたちて、いろはもじならひそめしをり、かぞいろはのもとめえて、たまはりしふみづくへぞこの机なる。その日よりこのつくゑのもとさらず、つくれる冊子は百部をこえ、つもれる歳は五十にあまれり。今はおのがこころたましひもほれぼれしう、まなこもうちかすみゆくに、つくゑも耳おち、あしくじけゆがみて、もろおいにおいしらへるさまなるは、あはれいかがはせむ。

　耳もおち足もくじけてもろともに世にふる机なれも老たり

（明和六年二月、九歳の時に師に入門し、いろは文字を習い始めた時、父がくれた机がこれである。その日からこの机のもとを去ることはなく、作った作品は百部を越え、重ねた歳は五十余りとなった。今は心もぼんやりし、目もかすんできた。机も角がとれ脚はゆがみ、自分と共に老いた様子であるのは、いったいどうしたものだろう）

　この文章は大田南畝の「京伝机塚碑文相願候に付口上之覚」（以下「口上之覚」と略す）に引用され、今に伝わっている。京伝が没した翌年の文化十四年二月、京山は兄が愛用した机を浅草寺敷地内に埋め、「机塚」の碑を建てた（口絵参照）。この碑の表面に「古机の記」をもとにした「書案之記」が刻まれ、裏面に南畝撰の漢文が刻まれている。「口上之覚」は、京山が南畝に碑文を依頼したときの口上書を書きとめたものである。机塚は浅草寺境内に現存しているが、「口上之覚」によれば、当初は「浅草観音地中人丸堂の前、榎大樹のもと」にあり、「碑のめぐりへ四ツ目結の竹垣いたし、芝をふせ、下た草あしらひ、景色をとり申候」という体裁だった。

　時を経て石碑は倒れ、いつしかうち捨てられていたが、明治二年の秋に戯作者の仮名垣魯文《かながきろぶん》と山々《さんさん》亭有人《ていありんど》が発起人になって復旧式を行った。この時、魯文らの行為を売名目的と見る西田金波らが悪摺（特定の対象を中傷する意図で書かれた戯文）を発行して妨害に及んだという（宮武外骨『山東京伝』）。

　もう一つ、京伝が幼時に父からもらい受けて愛用した品に「巴山人」の印がある。『伊波伝毛乃記』には、「毎編用る所の巴山人の印章は、其父母と共に、深川木場なる曲物舗に在りしとき、質物の中より出たり、其質流るるに及て、父これを京伝に与ふ、于レ時八九歳、これを愛玩すること天毬撫玉の如し、或るときはこれに緒を附けて紙鳶を取るの具とし、或ときは是を腰に佩て、能く失ふことなし、天明の末に、始て草冊子を著すに及て、この印を用ふ」（作品に用いる巴山人の印は、父母と共に深川木場の質屋にあった時、質物の流れとして父が京伝に与えたものである。八、九歳の時である。京伝はこれを愛玩し、紐をつけて凧揚げに使ったり、腰に提げたりして、失くすことはなかった。天明の末から草双紙にこの印を用いている）とある。京伝がこれを実際に用いたのは、天明七年刊の戯作『初衣抄《はついしょう》』・『古契三娼《こけいのさんしょう》』からのようである。

　安永二年（一七七三）、伝左衛門は奉公先の質屋を離れ、京橋銀座一丁目にある町屋敷の家主になった。この町屋敷は両国橋北吉川町（現在の中央区日本橋）で薬を商う虎屋のものであった。『伊波伝毛乃記』には「彼町屋敷は銀座二《ママ》丁目東側の中程にあり、間口十間計なるべし、伝左衛門この家主になりて、其地の裏に家作して住居せり」と記されている（番地を『著作堂雑記』では「京橋銀座一丁目」としている。本書ではこちらを採る）。京伝は十三歳になっており、通称を甚太郎から伝蔵に改めた。翌安永三年の正月には、町内の挨拶回りをする父の供として挟箱を担ぎ、弟の相四郎が年玉を配ったという。京伝という号は「京橋」の「伝蔵」に由来し、京伝自身も黄表紙の『三筋緯客気植田《みすじだちきゃくのきうえだ》』（天明七年刊）の序文で「京ばしの伝」と自称している。

喜多川守貞著『守貞謾稿』巻之四・人事（嘉永六年・慶応三年序）によれば、家主（家守、大家とも）は地主や家持に代わってその土地や屋敷を管理し、町の運営に携わり、自身番（四つ辻に設けられた番所）に詰めて町内を警戒することを職務とした。収入は地主からの給金のほかに下肥代（厠の下肥を肥料として農家に売った代金）・樽代（店子が新たに移り住んでくる時に家主に贈るもの）・節句ごとに店子が支払う節句銭などがあった。また、家主を専業とする者と、他の職業を兼ねる者とがあった。

『伊波伝毛乃記』には、岩瀬家について「させる商売はせざれども、能く数子に諸芸を習せ、後には老僕一人を使ひぬ、其家富るにあらねども、而も貧しからずぞ見えし」とあり、伝左衛門は当初、専業の家主だったことがわかる。後に京伝が煙草入れを商う店を始めた時、店の運営は伝左衛門に任された。幕末の江戸麹町でも家主が小間物商を兼業していたことを示す史料があり（吉田伸之「表店と裏店」）、伝左衛門の事例も特別なものではない。

音曲　京伝は若い時に音曲を習い、浮世絵を学んだ。『伊波伝毛乃記』には「弱冠の時、日々堺町に趣て、長唄三絃を松永某に習ひしが、其声音清妙ならざるをもて、羞て遊芸を棄たりき、其ころより、北尾重政を師として、浮世絵を学びしが、画も亦得意ならず、終に行るべからずと知て、中途にして廃にき」とある。いずれも中途半端で止めた、という書きぶりだが、これらの習い事が京伝にとって何の糧にもならなかったかというと、そんなことはない。

京伝の黄表紙の代表作『江戸生艶気樺焼《えどうまれうわきのかばやき》』（天明五年刊）には、主人公の若旦那艶二郎が新内節のなかの色恋にあこがれ、友人からめりやす（天明期に最盛期を迎えた音曲の一種。短くて情緒的な内容を持つ）の題名六十八種を教わる場面がある。渡辺憲司は「新内やめりやすが恋情に絶望が重なりあった刹那の情感を持ったものであることを忘れるわけにはいかない。凡庸な艶二郎の知識の及ばぬ曲名の羅列は同時に彼の日常世界との隔たりをも示しているのである」と述べている（「戯作にみる近世音曲」）。艶二郎はもてる男の真似をして様々な愚行をくりひろげるが、それは音曲に歌われてきた色恋の世界のパロディでもある。

京伝自身も「すがほ」というめりやすを作詞し、天明六年六月一日に吉原仲の町の茶屋長崎屋で披露目をした。節付け（作曲）は泰琳（荻江露友）。披露目の後援者は松前文京（文喬とも。松前志摩守の次男松前百助）で、配布した摺物にも文京が筆を執った（鹿倉秀典「近世歌謡詞章と戯作」）。詳しくは後述するが、天明期の京伝は、こうした大名家の御曹司たちと遊びの席を共にしたり、彼らから戯作に序跋を寄せてもらったりしている。もちろん対等な関係ではないが、高位の人々と家主の息子にすぎない京伝がこうした関係を保てたのは、京伝の才能が彼らを楽しませたからではなかろうか。「すがほ」の披露目という出来事には、その一端がうかがえるように思うのである。

浮世絵

京伝は浮世絵を北尾重政（紅翠斎）に学び、画号を蕙斎政演《せいさいまさのぶ》と称した。鳥居派や勝川派などの流派がある中で、京伝は北尾派を選んだ。鈴木重三は「北尾派という画派は、当時の浮世絵界乃至挿絵界にあっては相当勢力のあった一派であったらしい。（略）当時刊行の小説類などのなかで記述がたまたま浮世絵に及べば、この北尾の名は、まず筆頭にあげられている」とし、浮世絵師の列伝を記した『浮世絵類考』において政演の名が同門の政美（後に松平越前侯のお抱え絵師となる鍬形蕙斎紹真）や窪俊満（戯作者南陀伽紫蘭）らより先に置かれていること、天明元年刊の黄表紙評判記『菊寿草』の「絵師之部」においては政演が北尾重政・鳥居清長に次ぐ三番目に記されていることから、画工政演が短期間のうちに世間に認められるようになったと推察している（「京伝と絵画」）。

馬琴は『伊波伝毛乃記』に「画も亦得意ならず」と書いていたが、これは過小評価と言わざるを得ない。京伝は北尾派の若き画工として数多くの黄表紙に挿絵を描き、そこから黄表紙作者の道に入っていった。自作自画の黄表紙も多い。また、後述するように視覚的な見立ての才能を生かした戯作もあり、後年は読本と合巻の挿絵にも工夫をこらしている。画才は戯作者としての京伝を支える柱だったといってよい。

政演画の作品として最も初期のものと思われるのは、安永七年（一七七八）刊の黄表紙『開帳利益《かいちょうりやくの》札遊合《めくりあい》』（板元不明）の挿絵である。説明が遅れたが、黄表紙とはほぼ全ての紙面に絵が入る中本型（縦約十九センチ・横約十三センチ）の娯楽小説、草双紙の一種である。初期の草双紙《くさぞうし》は子ども向けの内容で表紙が赤いことから赤本と呼ばれ、その後、表紙の色の変化から黒本・青本と呼称が変わった。

安永期になって、青本に洒落本のような題材（当世の遊里や遊興など）が取り上げられるようになったため、それらを従来の青本と区別して黄表紙と呼ぶようになった。文学史の上では『金々先生栄花《きんきんせんせいえいがの》夢《ゆめ》』（安永四年刊、恋川春町作）以降を黄表紙の時代としている。

『開帳利益札遊合』を皮切りに、政演が挿絵を描いた戯作は安永八年に少なくとも黄表紙三点、翌九年には黄表紙十二点と洒落本一点におよぶ（この他に黄表紙の表紙に貼り付ける絵題簽のみを担当した作品が一点ある）。また、安永七年十一月の江戸中村座顔見世狂言『贍雪栄鉢木』の富本節正本「色時雨紅葉玉籬」と翌年十一月の江戸市村座の顔見世狂言『吾嬬森栄楠』の富本節正本「色仕立紅葉段巻」の表紙にも役者絵を描いているという（水野稔『山東京伝年譜稿』）。

富本節正本の板元は、蔦屋重三郎である（以下、蔦重と略す）。京伝より十歳年長の蔦重は、安永三年に新吉原で出版を始めた（天明三年九月には通油町に店を構えている）。『一目千本』（安永三年刊）や『青楼美人合姿鏡』（安永五年刊）など、草創期の蔦重の出版物には政演の師匠の北尾重政が筆をとっていた（鈴木俊幸『蔦屋重三郎』）。そうした関係で、政演もこの板元の仕事に携わるようになったと思われる。蔦重が黄表紙を出版し始めるのは安永九年のことで、この年に一気に十点の黄表紙を刊行し、そのうち三点が政演画である。

なお、政演画の一枚摺と肉筆画の作は、版本の挿絵より少し遅れ、安永九年上演の歌舞伎に取材した数点の役者絵（細判錦絵、板元不明）が上限とされている（鈴木重三「京伝と絵画」）。

2　黄表紙に取り組む

政演画の最初の黄表紙『開帳利益札遊合』には、作者として「者張堂少通辺人」の署名がある。研究者の間では、これが政演の仮号か否かということが長らく議論されてきた。

黄表紙の初作

黄表紙は作者と画工が別であることもあれば、同一人物が作・画を兼ねていることもある。しかし作中には画工名しか書かれていないことがあり、その場合は画工が作者を兼ねている可能性が否定できない。「者張堂少通辺人」という作者名はこれ以外の作品に見当たらず、こうした場合も、画工が作者名として仮に用いた号である可能性が考えられる。

『開帳利益札遊合』については、内容的にこれを「取るに足らぬ作品」とする森銑三が「これを京伝の作として考へることが可能だといふならば、作者未詳の作品のすべては、一応京伝の作品ではないかとして考へることさへも可能だといふことになる」(『黄表紙解題』)として京伝作者説を否定し、小池藤五郎とのあいだで論争が起きた。その後、水野稔が、この作品には洒落本『咲分論』が剽窃に近い形で利用されていることを指摘して、作者を京伝と断定することにためらいを示した(「京伝の処女作『開帳利益札遊合』」『江戸小説論叢』所収)。

近年、山本陽史は「京伝」という号がいつ定着したかという観点から、この問題を再検討した

（「山東京伝の習作期」・「絵師北尾政演から戯作者京伝へ」）。ここで山本の論考と棚橋正博『黄表紙総覧』を参照しつつ、安永七年～天明元年刊の「政演画」と明記された黄表紙について、その作者を概観してみたい（政演が絵題簽のみ描いた『時花兮鶸茶曽我』は除く）。以下、作者名の明らかなものは書名の下にその名を示し、そのうち実態不明の作者には▲を付す。

安永七年　『開帳利益札遊合』者張堂少通辺人▲
安永八年　『帰咲後日花』
　　　　　『日東国三曲之鼎』
　　　　　『大強化羅敷』青楼白馬▲
　　　　　『遊人三幅対』
　　　　　『〈菓物〉見立御世話咄』
安永九年　『晒落模様飛羽衣』
　　　　　『艶模様曽我雛形』
　　　　　『通者言此事』
　　　　　『焼餅噺』
　　　　　『一の富見得の梦』
　　　　　『〈落咄〉茶呑友達』

『娘敵討古郷錦』京伝
『米饅頭始』政演
『廓花扇之観世水』朋誠堂喜三二
『能天御利生』芝全交
『夜野中狐物』王子風車▲
『笑話於臍茶』臍下辺人▲
『〈うんつく〉太郎左衛門咄』

安永十年
（天明元年）

『七笑顔当世姿』
『敵討魚名剣』
『遊客故事附太平記』南陀伽紫蘭
『一流万金談』朋誠堂喜三二
『運開扇子花』朋誠堂喜三二（『廓花扇之観世水』の改題本）
『鶉の白拍子』伊庭可笑
『敵討駿河花』伊庭可笑
『大津名物』伊庭可笑
『家名手本町人蔵』在原艶美
『通人いろはたんか』芝全交

『其後瓢様物』王子風車▲
『白拍子富民静鼓音』不笑之亭君南子▲

山本の説は以下のようなものである。

「京伝」の号が初めて使われたのは、安永九年刊『娘敵討古郷錦《むすめかたきうちこきょうのにしき》』である。同年刊の『米饅頭《よねまんじゅうの》始《はじまり》』には「北尾政演画作」とあり、「京伝」号は用いられていない。天明二年刊『御存商売物《ごぞんじのしょうばいもの》』には「画工北尾政演戯作」「紅翠斎門人政演画作」とあり、「京伝」号は絵題簽に記されるのみである。天明三年刊『客人女郎』には「京伝作　画工北尾政演」とあるが、同じ年に書いた狂文「三月二十四日即席献立」（『老莱子』）では「政演」号が使われている。つまりこの時期は「京伝」と「政演」を併用しており、まだ「京伝」号を継続的に使う気はなかったと思われる。「京伝」号を使った天明二年刊『御存商売物』は大田南畝に絶賛されるが、その評に「作者京伝とはかりの名、まことは紅翠斎門人政演丈の自画自作」（黄表紙評判記『岡目八目』）とあるから、この時もまだ「京伝」号は「かりの名」だった。定着していくのはこの時の南畝の賛辞を契機としているのかもしれない。そして「京伝」号が仮号だとすると、政演画の黄表紙の作者のうち実態不明の作者名も、同様に政演の仮号である可能性がある。よって、これらの名が政演の仮号でないという明らかな証拠が示されない限り、政演の最初の作が『開帳利益札遊合』である可能性は否定できない。

棚橋正博は、この山本の説をふまえ、『開帳利益札遊合』の作者名「者張堂少通辺人」を検討して、やはり『開帳利益札遊合』を処女作とする見解を示している（「山東京伝処女作考」『黄表紙の研究』所収）。

しかし、実態不明の作者名は政演の仮号ではないとする考え方も、依然として根強くある。園田豊は、『開帳利益札遊合』の中に記された「政演画」の署名の位置が不自然であり、作者が絵と文の配置を決めた後に画工の名前を書き入れた可能性があるとして、この作品の作者と画工は別人とみている。実態不明の作者名についても、政演の仮号としての確証が得られないならば政演の号と見なすべきではないとして、政演の最初の作として確実なのは「北尾政演画作」とある『米饅頭始』と、「京伝戯作」とある『娘敵討古郷錦』であると主張している（「山東京伝の初期黄表紙についての一考察」・「戯作の第一人者」）。

『菊寿草』

「京伝」作の『御存商売物』については後述するが、この作品を称賛した大田南畝は、その前年の天明元年にも黄表紙の評判記『菊寿草』を書いている。そこでは、天明元年刊の政演画の黄表紙『七笑顔当世姿《ななえがおとうせいすがた》』『其後瓢様物《そののちひょんなもの》』『〈うんつく〉太郎左衛門咄《たろうざえもんばなし》』について、次のように評している。

上上吉　七笑顔当世姿　三冊

頭取 くらやみから引出した丑の年のしんぱん、みみをとりて花のお江戸、西宮三郎兵衛の役、ほてい市右衛門が十代の落胤、布袋の十右衛門とはよいぞよいぞ。しやかがたけをなげやうとは、行徳のほしうんどんでふといの根は、出来ました わる口べんてんお豊が所はしやれ本の様でひいきのわる口のと、札をはつたがうつとしい 頭取大詰、七ふく神のやつしよし

上上吉 其後瓢様物 二冊

頭取此度野通にて、世の中こんな物の後日、芝居のさじきのうしろのていと、せり出しの絵は出来ました。万菊とこま蔵と勘三郎がおないどしなどとの芝居通、こまかい事。一体世界の通を、狐にしてのいましめ、御大儀御大儀

上上吉 〈運附〉太郎左衛門咄 三冊

頭取此度うんつく太郎左衛門にて、古道具やの画よし。古物をもとむる所に、しんのうの角二本、ゑんの行者のあしだのは、雨乞小町の長柄のからかさ、那須の与市がばらばら扇とは出来ました。次にただとり大明神の神託、正直のかうべに神やどる、ただ何事もうんつくの物、珍重珍重

『其後瓢様物』と『〈うんつく〉太郎左衛門咄』は挿絵がほめられている。画工政演の面目躍如というところだろうか。『七笑顔当世姿』は「べんてんお豊が所はしやれ本の様でひいきのわる口のと、札をはつたがうつとしい」と書かれているが、この作品は「当時の江戸の著名な店舗名や、弁天おとよなどの噂の人物を点出し、安永ごろの江戸の世相雰囲気を出している。弁天おとよの住居を描いた

場面では、本文をひいき・わる口・はりでやい（張り手合）・頭取などの掛合いによる評判記体裁でうがちをしている」作品だった（水野稔『山東京伝の黄表紙』）。こうした書き方が洒落本ふうであると批判されているのである。

『菊寿草』における作品評価の基準は、作品に読者の意表をつく滑稽性（おかしみ）があるかどうかであった。高く評価されているのは、非現実な趣向に基づく荒唐無稽な筋立てを持ち、かつ同時代に即した内容の作品である。南畝は、この当時の黄表紙に単なる洒落本の絵解きのような内容のものが多くなっていることを危惧し、非現実的な趣向こそ黄表紙らしいものと考えていたのであった（和田博通「『菊寿草』前後」）。

『御存商売物』

南畝は寛延二年（一七四九）生まれの幕臣で、天明元年（一七八一）当時三十三歳、すでに狂詩集『寝惚先生文集初編』（明和四年刊）や洒落本『甲駅新話』（安永四年刊）・『変通軽井茶話』（安永末年刊）の作者として名をはせていた。そんな南畝が『菊寿草』で示した評価基準は、翌年刊行の黄表紙の作風に影響を与えた（和田前掲論文）。京伝の『御存商売物』（鶴喜板）は、その最たるものであった。

『御存商売物』はいわゆる異類合戦物の作品で、江戸に流通していた本や浮世絵などの出版物を擬人化し、青本（黄表紙）・洒落本などの流行の本と、赤本・黒本などの旧世代の本との対立を軸として物語が展開されていく。それぞれの本の特色を際立たせるせりふや筋立てが工夫されており、『菊寿草』が理想とする黄表紙のかたち——現実的な内容に非現実的な趣向によるおかしみが加わる作品伝の天明三年の黄表紙」）。

――になりえている。浜田義一郎は「室町以来の古風な異類合戦の形で、当世の江戸の絵草紙・読物の形勢をとりあげて『言葉の花』をつくした、いかにも赤良好みの模範答案だった」とする（「山東京伝の天明三年の黄表紙」）。

天明元年に京伝が南畝の動向を意識していたらしいことは、翌天明二年に刊行された政演画の黄表紙『教訓蚊之呪《まじない》』（市場通笑作）・『七福神大通伝《しちふくじんだいつうでん》』（伊庭可笑作）・『五郎兵衛商売《ごろひょうしょうばい》』（南陀伽紫蘭作）からもうかがえる。これらの挿絵には「川柳評万句合取次」の招牌を貼った水茶屋が描かれており、前年の秋に『川傍柳』という川柳の本が刊行されたこととの関連が指摘されている。『川傍柳』には南畝の和文序と朱楽菅江《あけらかんこう》（朱楽連を率いる狂歌師）の漢文序があった。浜田義一郎は「この二人によって川柳点が沈滞から脱することを、京伝も期待して画筆をもって協力し、参画しようとしたのではあるまいか」と推察している（「江戸文学雑記帳（一）」『江戸文芸攷』所収）。

さて、南畝は天明二年の黄表紙評判記『岡目八目』のなかで『御存商売物』を最高位に据え、次のように褒め称えた。

寅歳ゑざうし物巻軸、作者京伝とはかりの名、まことは紅翠斎門人政演丈の自画自作。ごぞんじの商売物の本づくくし、中にも一まいゑが、はしらかくしの娘になれそめ、黒本が青本のやきもちをやくとはおかしい事。一まいゑがざうり取百に三十二まいのおとこも出来ました。ついたての書付に、此本何方へまいり候とも御かへしとはこまかいこまかい（略）一番目の大づめまで、古今の大出来大出来。画なら作なら、お絵にかなぼんとはわるい地口で、申もおそれありがてへ。手前勝手の草紙のひやうばん、百二十八冊の惣巻軸、外題に見えしからくりの、夜分の景色引かへて、げに青陽の春の青本、せんの方はおかはりおかはり

この時、政演という画工の名と、京伝という作者の名とが、南畝の頭のなかで初めて結びついた。三十四年後、京伝死去に際して南畝はこの評文を振り返り、「此時、はじめて京伝といふ名を覚えし也。（略）このとしの前年安永十年辛丑即天明元年也はじめて絵草紙評判をかきし時の作者、喜三二、芝全交、通笑、可笑、南陀伽志らん、是和斎、風車、婦人亀遊のみにして、京伝いまだなし」（「丙子掌記」）と記している。『岡目八目』には当代の作者名を列挙した「作者之部」と画工名を列挙した「画工之部」があり、前者では喜三二・春町・全交について京伝の名が記され、後者では鳥居清長について二番目に政演の名が記されている。

作者としての京伝は、『御存商売物』によって南畝に見いだされた。そして、このことによって、京伝は画工から作者へと人生の進路を変えていくことになる。

異類合戦の趣向

ところで、本や浮世絵を擬人化して新旧の対立を描く『御存商売物』の趣向そのものは、なにも唐突に発想されたものではない。すでに安永七年に、流行語を擬人化して新旧の移り変わりを描く『辞闘戦新根《ことばたたかいあたらしいのね》』（恋川春町作・画）が出版されていた。また政演画の『日東国三曲之鼎《はなのおえどさんきょくのかなえ》』（安永八年刊）と『〈菓物〉見立御世話咄』（安永九年刊）も、前者は音曲の

対立、後者は果物の対立を描く異類合戦の趣向の作品だった。後者では、擬人化された果物の性格や人物どうしの関係はその果物の外見や種類上のつながりから発想されている。「果物の世界を出版物の世界に移し、それに江戸児の上方への対抗意識を加味し、更に全体に亙つて洒落の磨きをかけたのが、すなはち『御存商売物』の世界だった」（森銑三「山東京伝とその作品」）と言われているように、この作品にも『御存商売物』の発想の源流を求めることができる。

しかし『〈菓物〉見立御世話咄』は非現実的で荒唐無稽な趣向の作品ではあるものの、内容には同時代に関わるところがなく、その点で『菊寿草』が示した、あるべき黄表紙の姿には達していなかった。『御存商売物』ではその欠点が克服されている。たとえば、作中に、下り絵本（上方で出版された絵本）が「去年の春出でたる青本の評判記」（昨春出版された黄表紙の評判記）を取り出し、旧世代の本である黒本たちに「おのおのがたの不繁昌は、青本がはつこうゆへなれば、けちつけ給へ」（皆さんに人気がないのは黄表紙が流行しているせいだから、けちをつけなさい）とけしかける場面がある。これは「去年の春」すなわち天明元年に黄表紙評判記『菊寿草』が出たという、まさに同時代に起きた出来事をふまえているのである。

最初の自画像

さて、『御存商売物』の冒頭には京伝自身が裃姿で登場し、狂言の口調めかして、次のような挨拶口上を述べている。

まかり出たる者は、春ごとのたはれぞうしの画をたくみするなにがしにて候。いまだ御子さまがたの御なじみうすく候程に、なにがな御意にかなひさむろうことを、御らんにいれむと存つき候ところに、今年の初夢に、あやしげなることを見候ほどに、これはかの板元何がし方へ参り、物語《ものがたら》ばやと思ひ候。急《いそぎ》候程に、是は早、板元がかどに着て候。たのみましやう、たのみましやう

「たはれぞうしの画をたくみするなにがし」と自己紹介する態度は慎ましく、いかにも駆け出しの作者らしい振る舞いである。その次の挿絵には机にうつぶせになって寝ている画工の姿が描かれており、その着物にも「政演」の名印がある。

黄表紙のなかに作者（画工）自身が登場するのは、京伝の作品ではこれが最初だが、取り立てて珍しいことではない。たとえば恋川春町は、自作自画の『其返報怪談《そのへんぽうばけものばなし》』（安永五年刊）や前述の『辞闘戦新根』に、画工として自ら登場している。作中での春町のふるまいは、「たわけた草紙をものす人間はかくもあらんという読者の期待のままの、あるいは、その期待を上回る過剰な演技」であり、それが「彼にとっての戯作という行為であった」と言われている（鈴木俊幸『蔦屋重三郎』）。この先、京伝も自作にたびたび登場するようになるが、ともあれ天明二年の段階では、

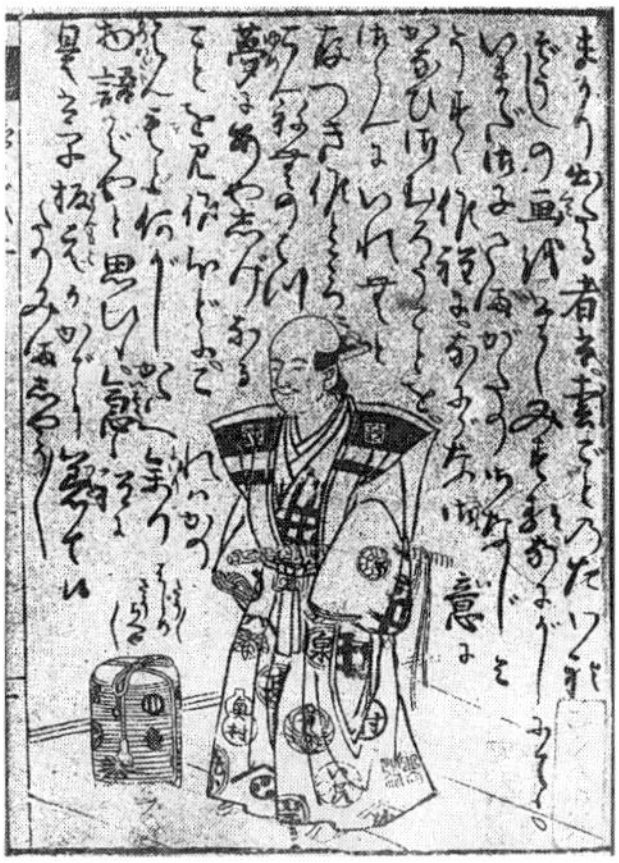

『御存商売物』最初の京伝像

かれはまだ画工として控えめに顔を出しているにすぎない。

吉原に遊ぶ

天明二年十二月十七日。京伝と南畝は、蔦重のところで顔を合わせた。この日、二十二歳の京伝は、師匠の北尾重政・兄弟弟子の北尾政美らと共に蔦重方に招かれた。南畝・菅江・春町の三人も、蔦重との「ふぐ汁の約束」を果たすために雨の中をやって来た。春町はこの日のことを「としの市の記」（『遊戯三昧』所収）に記し、南畝はその表紙に次のように書きつけている。

天明二年壬寅臘月　十七日　夜会耕書堂者　北尾重政　安田梅順　北尾政演　同政美　藤田金六
遂逢文楼七人　菅江　田阿　唐来参和　政美　政演　梅順　恋川はる町　外　耕書堂　木阿弥

これによれば、南畝は耕書堂（蔦重）のもとで重政・政美・政演らに会い、その後、一同は文楼（大文字屋）に遊んだ。戯作者の唐来参和《とうらいさんな》らも参加していた。この時の顔ぶれはほとんどが天明三年の蔦重板書籍に関係する人々であり、「慰労と謝儀のために蔦重が用意した宴」と推察されている（鈴木俊幸『蔦屋重三郎』）。

『新美人合自筆鏡』

天明三年、蔦重から、京伝の美人画の代表作となる「青楼名君自筆集」が出版された。蔦重が浮世絵の出版に乗り出したのはこの年からと言われている。

「青楼名君自筆集」は吉原の名妓を描いたもので、大判二枚続きの作品が七図、すなわち十四枚出版された。翌年正月には、これを画帖仕立てにして四方山人（大田南畝）の序と朱楽菅江の跋を付した『新美人合自筆鏡』が売り出された。

　天明三年正月刊『吉原細見五葉松』巻末の蔦重の蔵板目録には「青楼遊君之容貌　大絵　錦摺百枚続　北尾政演筆　其君の自詠を自筆にてしるす　初衣裳生うつし仕候　正月二日売出し申候」という広告があり、鈴木重三はこれがもともとの「青楼名君自筆集」の広告にあたると指摘し、「百枚続」というのは「好評なら描き足す心づもりを含めてのいわゆる誇大広告と受けとるべきだろう」と言う。『新美人合自筆鏡』の広告は天明四年七月刊の吉原細見にみられ、以後、寛政二年刊の細見まで同じ広告が引き継がれる（「京伝と絵画」）。長く人気のあった作品だったことがわかる。

　遊女の図像集は、すでに鈴木春信画「絵本青楼美人合」（明和七年刊）や北尾重政・勝川春章画の多色摺絵本『青楼美人合姿鏡』（安永五年刊）といった先行作があり、京伝はこれらの様式から多大なヒントを得た（小池藤五郎『山東京伝の研究』）。また磯田湖龍斎画の大判錦絵「雛形若菜初模様」が安永四、五年頃から天明初年まで西村屋与八から出版され、百点を越す遊女図のシリーズになっていた。鈴木俊幸は、蔦重がこのシリーズの成功にあやかるべく遊女図の連作刊行を発想したとみている。

　廓内において描かれるべき遊女について調整、斡旋をはかることはこれまでの経験の蓄積が十分にある。自板のものでも、『青楼美人合姿鏡』は冊子のものではあるが、遊女の画像集という性格においては同一のものであり、この時の経験も下地としてあった。吉原関係の草紙については、吉原とその周辺地域における流通をほぼ手中に収めてもいる。北尾重政の弟子北尾政演の筆による新しい画風の錦絵の出版を思い立ったのであろう。大判二枚続きの遊女画像という試みも新しいものであった。（『蔦屋重三郎』）

『新美人合自筆鏡』は、見開き一面に二人の遊女とそれぞれの新造、禿《かむろ》の姿を描き、余白には遊女の自筆を模刻した体で和歌や漢詩を配している。たとえば扇屋の滝川と花扇を描いた図（口絵参照）では、滝川の書は加藤千蔭《かとうちかげ》ふうの和様《わよう》、花扇の書は沢田東江《さわだとうこう》ふうの唐様《からよう》になっている。遊女の技芸を前面に引き出し、「洒落本の流行と共に中国の文人趣味が横溢していた青楼（吉原）に、千蔭らの和様をあらためて見せつけ、和漢の筆意を闘わせたところ」（鈴木淳「山東京伝の書画」）が本書の面白さであった。

滝川と花扇は扇屋の名妓として双璧であった。こんな話も残っている。

妓楼扇屋の主人墨河夫婦は、和歌と書を加藤千蔭に学んでいた。亡き兄はかれらと親しかったので、二人の短冊などが今も家にある。天明の頃、扇屋の遊女である初代花扇は沢田東江の門人だった。同じ時、やはり扇屋の遊女滝川は千蔭の門人だった。千蔭も東江も天明期の名家だったので、遊女たちをかれらの門人にしたのは墨河に考えがあってのことだろう。というのは、墨河のはからいで一ヶ月に一度ずつ、おいらんと呼ばれる遊女に対し、客の人数の多少によって褒美を与えていた。

滝川は客の数が花扇に劣っていたことが多かった。ある時、わざと滝川に良い品を褒美として与え、後で間違えたと言って品物を取り替え、良い品は花扇のほうへ与えた。滝川はこれを見て発奮し、勤めに精を出したので、二人の遊女は一双の珠のごとく輝いたという。

これは京伝の弟の京山（相四郎）が、随筆『蛛《くも》の糸巻《いとまき》』（弘化三年夏起筆）において、京伝から聞いた話として記しているものの概略である。京伝は扇屋の主人墨河と親しく、花扇と滝川が競い合っていたことをよく知っていた。「青楼名君自筆集」（『新美人合自筆鏡』）は、京伝がそのように間近く接した遊女たちを描いたものなのである。

この作品からもう一点、丁子屋の丁山を描いた図についてもふれたい。鈴木重三は、「丁山の帯の異国風模様、机上に置いた西洋美人のガラス絵めいた硯屏などで見せるこの遊女の舶来好み、三味線と爪弾きする東家の膝元の稽古本には『里かぐら』の題が見えて、好みを想像させるなど、感覚よりは知性に訴える要素をこのシリーズはいささか多く含んでいるように感じられる」と述べ、このような知的推察を伴うところに京伝の絵の特色があると指摘している（「京伝と絵画」）。京伝は丁山を黄表紙（天明四年刊『廓中丁子』、天明六年刊『江戸春一夜千両』）や洒落本（天明七年刊『総籬』）にも登場させている。遊女たちを間近く見聞した経験は、遊女図ばかりでなく、その後の戯作へも生かされていったのである。

『客人女郎』と『草双紙年代記』

「青楼名君自筆集」と同じ天明三年に、京伝作・画の黄表紙『客人女郎』が出版された（板元は鶴喜と推定されている）。主人公は京伝自身のおもかげのある絵師、白後《はくご》である。白後は京都に住む大和絵師だが、江戸から上ってきた北尾派・勝川派・歌川清長の浮世絵に目を見はり、恋川春町・朋誠堂喜三二の戯作の面白さに興味を引かれて江戸下りを決意する。この設定には当時の京伝の浮世絵観・黄表紙観がうかがわれて興味深い。

さて、江戸に着いた白後は幇間の五通と心安くなり、江戸の風儀についての話を聞く。その五通のせりふに、次のようなものがある。

> 私は絵の事は存じませぬが、先、浮世絵は心意気が肝心、筆で描くものと思し召しては参らず。傾城、茶屋女、芸者、町風、武家風なぞ、髪形より衣裳に至る迄、情の映るよふに工夫が肝心。絵は無声の詩とやら申せば、大和絵は声なき歌ともいふべきなれば、とかく心持ちが専一なり。先、傾城を描くには吉原を御らうじねばならず。深川風は深川を御覧なされ。似顔絵は芝居を見、芸者は芸者を付き合つて見ねば、衣服調度の類迄も魂胆が描けませぬ

遊女を描くなら吉原を、役者似顔絵を描くなら芝居を見なければならない、芸者を描くなら芸者とつきあってみなければならない、と言う。白後に遊興を勧めんがための言ではあるが、遊里に遊ぶことが遊女を描く糧になるというのは「青楼名君自筆集」を描いたほかならぬ京伝自身の感慨だったの

ではなかろうか。

白後は吉原で派手に遊ぶが、最後に目が覚めて夢だったことを知る。初めて遊里に行く若者（白後）を遊里に通じた先達（五通）が導くという構図は、この頃すでに確立されていた洒落本の型に通じる。洒落本的な手法は『菊寿草』が理想とする黄表紙のあり方とは相違するものだが、これが、この後の京伝黄表紙の作風になっていく（浜田義一郎「山東京伝の天明三年の黄表紙」）。

ところで白後という名は、「絵の事は素《しろ》きを後《のち》にす」（絵を描く時は最後に白を使う）という『論語』の一節に由来する。京伝は、「巴山人」の印を用いる前は「素后」という印を使用しており（天明四年刊『天慶和句文』・『廓中丁子』・『小紋裁』）、「素后」と「白後」は同じ意味である。『客人女郎』の白後から思いついて、この印を使い始めたのではないかとも言われている（棚橋正博『黄表紙総覧』）。

白後が京伝の投影だとすれば、この頃の京伝はまだ、作者というよりは画工としての意識のほうが強かったということになる。

天明二年までに、京伝は三十点余りの黄表紙に挿絵を描いており、その中には朋誠堂喜三二・南陀伽紫蘭・市場通笑・伊場可笑・芝全交など当時の主だった作者たちの作品もあった。『客人女郎』と同じ天明三年刊の黄表紙『草双紙年代記』（岸田杜芳作）の挿絵には、この頃の京伝の画力が発揮されている。この作品は小野小町を主人公とする物語で、画面ごとに赤本・黒本・黄表紙の著名な作者・画工の作風を模倣し、草双紙の作風の変遷をたどってみせる趣向であった。絵のうまさが作品の成否を左右するが、京伝の挿絵はそれに十分に応えるものになっている。

3　遊びの中で

『老莱子』

明和期の江戸で、武士と一部の町人を中心に始まった狂歌は、天明期に入ると多くの町人を巻き込んで流行した。天明二年秋に行われた喜多川歌麿主催の「戯作者の会」では、大田南畝・朱楽菅江と恋川春町・朋誠堂喜三二らが顔を合わせ、狂歌師と戯作者の交流が始まった（浜田義一郎「『蜀山人判取帳』補正〈翻刻〉」）。京伝はこの会にはまだ参加していないが、天明三年以降、南畝らの引き立てを受けて狂歌師・戯作者の集まりに加わっていく。

南畝は四方連という狂歌グループを率いていた。天明三年三月二十四日、目白台の大黒屋を会場として開かれた南畝の母利世の六十歳の賀宴には、四方連の人々に加えて、従来は狂歌の活動に加わっていなかった戯作者が集まった。京伝は唐来参和と連名で狂文「三月廿四日即席献立」を献じ、「身軽織介　一名政演」と記している（天明四年正月刊、蔦重板『老莱子』所収）。

参和は延享元年（一七四四）生まれで京伝より十七歳の年長。武士の身分を離れ、町人になったのは天明二年以前のことらしい。戯作者としての出発は、天明三年正月刊の洒落本『三教色』だった（鈴木俊幸「唐来三和年譜稿」）。京伝も参和も、狂歌の実作が確認できるのはこの年十一月刊の『落栗庵狂歌月並摺』が最初とみられる。つまり三月の賀宴の時点では、両者とも狂歌の実績はほぼないといってよい。にも関わらず共に賀宴に招かれ、その狂文が『老莱子』に収められたのは、「戯作者・画いる。

工であったが故の特別待遇であった可能性が強い」（和田博道「天明初年の黄表紙と狂歌」）と考えられて

この賀宴の案内状には「当日御出席の御方、狂歌狂文取り集め候はば、大方本屋がほしがり可申候」という一行があり、蔦重も賀宴の企画に参加していたらしい。「一般の狂歌師・戯作者のそれとは異なり、もっと会の実際の運営に係って赤良の世話を焼くといったかたちのものであったか」と推察されている（鈴木俊幸『蔦屋重三郎』）。同じ頃、京伝は南畝の「判取帳」の一枚目に松と梅の画を描き、「葎斎政演画　一名身がるの折輔」と記した。二枚目には唐来参和が自作の洒落本にちなみ「三教色作者」と書き、三枚目には蔦重が筆をとっている（浜田前掲論文）。前年暮れの遊興に続き、京伝が南畝・蔦重らと親しく交流している様子がうかがわれる。

唐来参和

唐来参和は、この頃の京伝の遊び仲間の一人である。天明三年以降、いくつもの狂歌集に共に入集し、宝合・手拭合といった遊びの会（後述）にも共に参加している。京伝の戯作に参和が跋や発句を寄せ、参和の黄表紙に京伝が挿絵を描くこともあった。

天明五年〜寛政六年刊の両者の黄表紙には、同じ年に出版された作品どうしに趣向の類似するものが複数あることが指摘されている。これについて鈴木俊幸は、京伝の『御存商売物』に青本が洒落本などを集めて趣向の相談をする場面があることを指摘しつつ、「おそらく、『当世本』に携わる人々の間でこのような『趣向の相談する』ような集りが実際に行われており、京伝はその模様を写している に相違ない。（略）三和と京伝は親しい友人であった。両者の間で、もしくは両者を含んだ集りの中で、次年新板作品の趣向を批評し合い、練り上げていくということがあったことは想像に難くない。三和作品と京伝作品との趣向の類似は、作品成立の背景にこのような戯作壇の機能を考える時、説明の緒が見えてくるのではなかろうか」と述べている（「唐来三和の文芸」）。

現代では、執筆活動を個人の営為としてとらえてしまいがちだが、江戸の戯作についてはそのような見方から離れなければならない。戯作者たちの間にこうした「趣向の相談」が持たれていたと考えると、題材や趣向に明らかに共通点があることも説明がつく。このことは、文化期の京伝と馬琴の読本について考える際にもヒントを与えてくれる。詳しくは後述することにしたい。

さて、京伝と参和の親交は天明・寛政期の艶本にも確認できる。林美一によれば、京伝画の『床喜草』（天明四年刊）には参和の序があり、やはり京伝画の『艶本枕言葉』（天明五年刊）には作中に京伝と参和の図像がある。歌麿画『笑本初霞』（寛政四年刊。寛政二年刊『会本妃女始』の改題本）には、参和が序と詞書を記し、作中に「丁善さん」として京伝が出てくる。京伝や歌麿が描いた艶本は、身近な友人たちが登場し、仲間うちの噂話（楽屋落ち）が多いと言われている。歌麿画『艶本双翼蝶』（寛政元年刊）の作中にも京伝の図像が描かれ、「京伝といつちやアいろ男だとせけんで思つているに、うた丸めがにがほにかきおつた、いまいましひ」という詞書がある（林美一『艶本研究　歌麿』）。このように自分自身や友人を艶本に登場させるのは、「自らを戯画化して笑いの対象とするとともに、自らを客観視して、愛読者とともに笑おうとの趣向」と考えられている（延広真治「作中の京伝」）。

楽屋落ちは、作者と読者の距離が近くなければ理解されない。遊興や艶事の描写の中に仲間うちだけでわかるうがちをひそませ、それを出版して、書いた方と書かれた方が互いに笑い合う。こうした書き方は天明期の洒落本や黄表紙にもしばしば見られ、この時期の戯作を特徴づけるものの一つとなっている。

宝合の会

遊びのなかで京伝を支援し、その才能を引き出した人物として、万象亭《まんぞうてい》（森島中良。別号に竹杖為軽《たけつえのすがる》など）の存在も忘れてはならない。京伝より五歳ほど年長の万象亭は、幕府の医官桂川家の次男で、平賀源内に師事して蘭学を学んだ。医家として活躍する一方で数寄屋連に属する狂歌師でもあり、黄表紙や洒落本も書いている。

天明三年四月二十五日、万象亭主催の宝合の会が、柳橋の料亭河内屋で開かれた。開催案内の摺物「狂文宝合会報条摺物」には発起人として狂歌師たちの名が連ねられており、万象亭や鹿都部真顔《しかつべのまがお》など数寄屋連の人々を中心とした会であったことがわかる（『蜀山人　大田南畝』）。

この会は「宝と称して似て非なる物を持ち寄り、その由来をこじつけた狂文を披講し合う」（山本陽史「解題　宝合会と『狂文宝合記』」）集まりで、「宝の価値の高下を問うのでなく、宝につけた詞書や説明の狂文を読んで着想やこじつけの巧拙を競うのであるから、宝らしい宝は一つもない」（浜田義一郎「宝合――安永・天明年間の江戸文学の一断面」『江戸文芸攷』所収）という遊びだった。かつて安永三年二月四日に名主の島田左内（狂名酒上熟寝）主催で同様の遊びが行われており、天明三年の会はこの伝説的な遊びの再現として企画されたらしい（山本前掲論文）。安永三年の会の記録が『たから合の記』としてまとめられたように、今回の会も、出品された宝の絵と狂文を収めた『狂文宝合記』が作

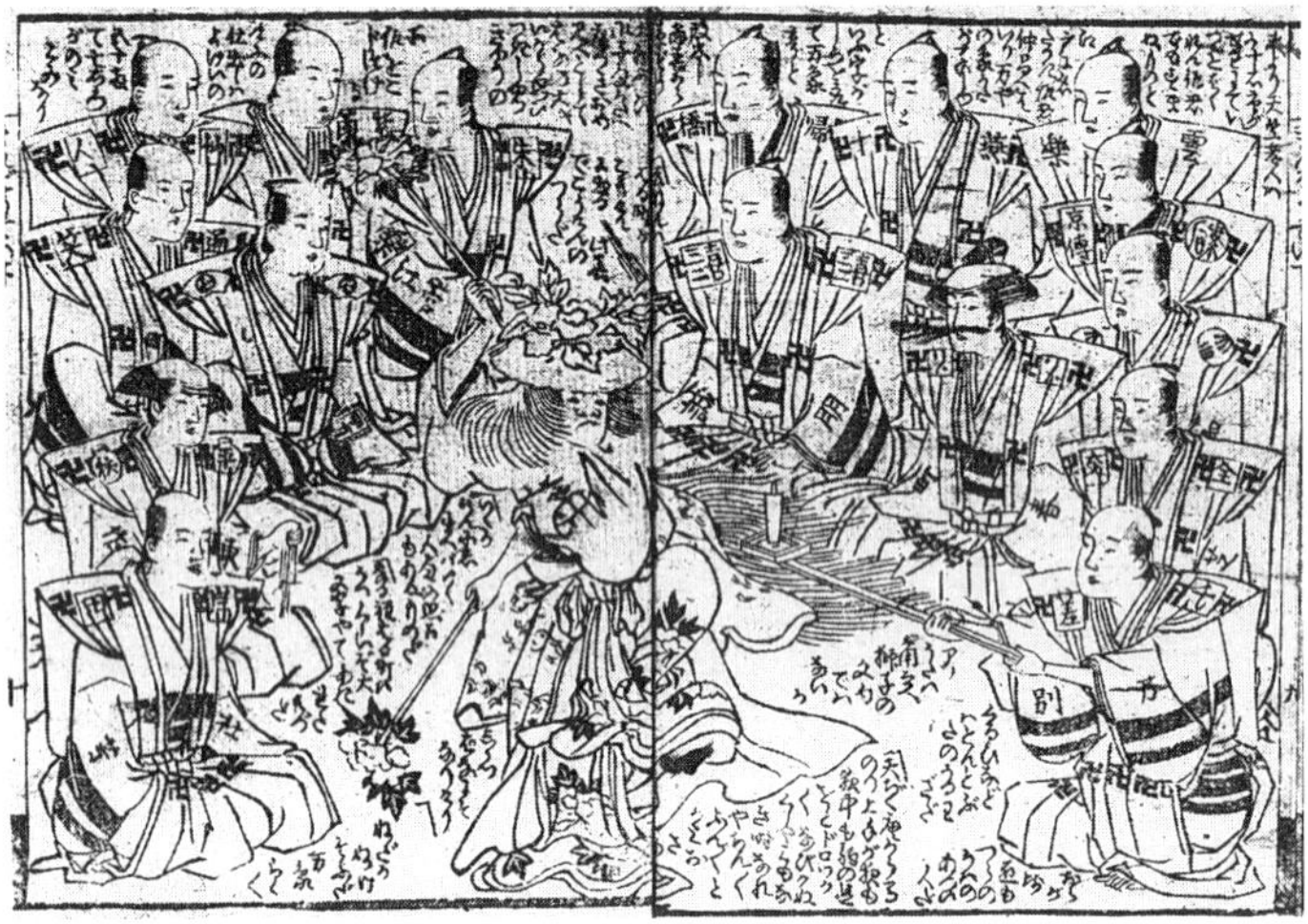

『万象亭戯作濫觴』「石橋」を踊る万象亭。京伝は右一列目の上から二人目。

られた。編者は狂歌師の元木網《もとのもくあみ》・平秩東作《へづつとうさく》・竹杖為軽（万象亭）、絵は北尾政演（京伝）と北尾政美が描いている。

この本を見ると、披露されている「宝」の正体はどれも身の回りにあるものや芝居の小道具などで、それらがいかにも宝らしく、うやうやしく陳列されている。例えば「三五珠」という宝は、白団子と赤団子を珊瑚珠に見立てたものである。たわいもないものを「宝」と名づけて並べる。その落差がかもし出す滑稽味は、その「宝」に添えられたふざけた狂文によってさらに増幅されている。

京伝は「身軽《みがる》の織輔《おりすけ》」の名で「女の髪にてよれる綱」を出品した。『徒然草』に、女の魅力が人を惹きつけ惑わせるたとえとして「女の髪すぢをよれる綱には、大象もよくつながれ」という一節があるのをふまえた「宝」である。京伝はかもじ箱に柳の枝を入れ、これを美しい髪に見立てた。添えられた狂文には「ふりみふらずみ五月雨の、濡にぞぬれし青柳の、そのいとしさの糸よりかけて、縁を結ぶの綱なれば、大象はともかくも、森羅万象亭の竹杖にすがりて知縁をむすぶの綱手縄」というくだりがあり、京伝が万象亭の引き立てによって人々と縁を結んだことが述べられている。

この年刊行の狂歌師人名録『狂歌師細見』は吉原細見の形式を模倣し、狂歌師を遊女に見立てて名寄せしたものだが、京伝こと「おり介　まさのぶ」は万象亭こと妓楼「万字屋万蔵」の所属となっている。翌天明四年刊の万象亭の黄表紙『万象亭戯作濫觴《まんぞうていけさくのはじまり》』には万象亭が戯作者として披露目を行い舞踊「石橋」を踊ってみせる場面があり、大勢の後見のひとりとして京伝の姿も描かれている。

滑稽な図案集

天明四年正月、京伝画の滑稽な図案集『小紋裁《こもんさい》』が白鳳堂から出版された。布地に染める小紋の見本帳という形式をとりながら、滑稽な図像を描いて詞書を添えたもので、もっともらしい枠組みとふざけた内実の落差で笑わせるという、宝合の会で経験した見立て遊びの要素をふまえた作品である。題名は「小文才《こもんさい》」（学問の素養が少しあること、またはそのような人）のもじり。恋川好町《すきまち》（鹿都部真顔）と万象亭が序文を寄せており、万象亭は「わが友がき結ぶ画の工《たく》み北尾政演。一名《またのな》は水のてつぺん京伝。硯の海に筆を染て。さつと水あさぎの出来合に。あまたの小もんを染出したり」と記して京伝の画才を賞賛している。

万象亭は、同じ年に出版された自作の洒落本『二日酔巵觶』にも、「けふは京伝と勘弥を見物にいったが、どれもよくするよ」「茂モシ此頃お前様ンがそろへに出しなさつた道成寺格子の浴衣が土橋

『小紋裁』
「道成寺かうし」（上）と「小林かさね」

中とをりやした　忠　アレハ京伝が作の小紋裁の中の形《かた》だ。朝比奈なんぞは手拭にも染たよ」などと書いて、京伝（この洒落本の挿絵も京伝の画である）と『小紋裁』を宣伝した。「道成寺格子」と「朝比奈」は、それぞれ『小紋裁』のなかの「道成寺かうし」と「小林かさね」を指している。

『小紋裁』は好評を博したようで、天明六年には蔦重から同じ趣向の『小紋新法《こもんしんぽう》』が出版された（題名は初学者向けの中国詩文の撰集『古文真宝』のもじり）。さらに寛政二年春には、『小紋裁』の増補解題本『小紋雅話《こもんがわ》』がやはり蔦重から出版されている。

手拭合の会

天明四年六月には、不忍池に近い寺院で手拭合の会が開催された。これは手拭の図案を披露し合う遊びで、出品された図案は京伝が写し取り、詞書を添えて『たなぐひあはせ』という本にまとめられた（白鳳堂板）。図案を実際に手拭に染めることも可能であり、その点で『小紋裁』に通じるところがある（口絵参照）。

『たなぐひあはせ』には校閲者として万象亭・恋川好町・鳴滝音人・式柳郊が名前を連ね、宝合の会と『小紋裁』に続く、万象亭・好町（真顔）と京伝の親密なつながりを見ることができる。巻末には「催主　京伝妹　黒とひ女」作の図案が掲げられており、この会の主催者が京伝の二番目の妹、黒鳶式部であったことがわかる。しかし黒鳶式部（よね）は当時十四歳であり、現実にこの会を主催したとは考えにくい。宝合の会と『小紋裁』の実績からしても、実質的な企画者は京伝や万象亭だったのではなかろうか。仮にそうだったとして、彼らが自分たちの名前を出さずに、黒鳶式部を表向きの主催者としたのは、この集いに大名家の御曹司たちが参加していることと関係があると思われる。

その御曹司たちというのは、雪川公・香蝶公・杜綾公の三人である。『たなぐひあはせ』を見ると、この三人の作品は序文（松葉屋の遊女歌姫による）の次に掲げられ、その後に京伝による凡例、次いでその他の参加者の作品、後序（歌舞伎役者の三代目瀬川菊之丞による）と続く。三人は別格扱いだが、それもそのはずで、雪川公は松江藩主松平治郷の弟衍親《のぶちか》（駒次郎）、香蝶公は諸説あるが姫路藩主酒井忠《ただ》以《さね》かと言われ（谷峯蔵「『手拭合』の謎の人・香蝶公とは」）、杜綾公は酒井忠以の弟忠因《ただなお》（狂名尻焼猿人、後の酒井抱一）であった。その他の参加者には戯作者のほか遊女・狂言作者・歌舞伎役者・力士・芸者などの名前も見える。三人だけが明らかに高位なのである。

浜田義一郎は「遊女も大名も一体となっての『あそび』の雰囲気が先ず読者を驚かすが、おそらくこれも万象亭の斡旋ないし骨折りによるのであろう」と言う（前掲論文）。彼らが参加したいきさつについて、これも参加者の一人であった戯作者の千差万別は、洒落本『無駄酸辛甘』（天明五年刊）に次のように書いている。

おめへ白鳳堂が帨巾《てのごい》合を見なすったか。すとんだヱヱ思ひ付よ。是はそれ。斗園《とゑん》がゆかた合から出た思ひ付だよ。何か斗園が。諸侯《おおあたま》をあやなし込んで。連ン中に入レたからとんだ大そふで有つた。そこで皆ンがまけねへきになつて駒さんをだきこみ。京ゥ伝が妹の黒飛式部《くろとびしきぶ》を。会頭《くはいとう》にして。故一《こいち》とゑんばを遣つて。路考《ろかう》に跋をかかせ。花扇とおやを入レたのは。ひろひ世界をいつぱいに書いて。跡の半切リ合を仕様ゥといふ。みんなの趣向だ

手拭合の会は、斗園の浴衣合からの思いつきだったという。斗園は彫工の中出斗園のことで、多色摺の浮世絵制作が始まるきっかけとなった明和二年の大小絵暦の会にも携わった人物である。『浴衣合』は斗園が企画した浴衣の図案集で、これに大名衆が関わっていたらしい（谷峯蔵『洒落のデザイン』）。図案を披露しあう遊びに貴顕君子が参加する素地はすでにあったわけである。

また、「駒さんをだきこみ」とあることから、手拭合の会が駒さん（雪川公）の支援で行われたことがわかる。「路考に跋をかかせ。花扇とおやを入レた」というのは、後序を菊之丞が書き（代作の可能性が指摘されており、谷前掲書では万象亭または京伝、延広真治「烏亭焉馬年譜（二）」では烏亭焉馬の名をあげ

る)、参加者のなかに扇屋の遊女花扇と扇屋の主人墨河が入っていることをさしている。

黒鳶式部

手拭合の催主とされた黒鳶式部には、この天明四年に黄表紙『他不知思染井《ひとしらずおもいそめい》』の作がある。序文に「京伝妹十四歳小女黒鳶式部」とはっきり書かれているが、作品のなかみは雁金五人男と呼ばれる男たちが廓に遊ぶというもので、十四歳の少女らしからぬ作とも言える。

作中には、五人男の一人きやんの平兵衛が大家の腰元おりんと知り合い、のちに遊女ぎん山となったおりんに会いに行くという場面がある。平兵衛の表徳(別号)は「京伝」という設定なので、この人物は明らかに京伝の投影である。ぎん山も実在の遊女林山(松葉屋の番頭新造)をあてこんでいる。林山は『客人女郎』にも「ぎん山」の名で登場しており、『艶本枕言葉』にも京伝と女が「松印の林山さん」の話をする場面がある。この頃、京伝は林山となじみの仲であったらしい。

この作品が本当に黒鳶式部の作であるか否かは、議論の分かれるところである。森銑三は、物語にこれという山場がなく、筋立ても一貫性を欠いていることを指摘し、こうしたとりとめのない作品をこの時期の京伝が書くとは思えないとして、京伝代作の可能性を否定した。そして「天明二三年頃の若き日の京伝が、遊蕩をこれ事として居り、その狎妓の名が、妹の耳にまで入つてゐた」と推察し、黒鳶式部作であると主張した(「山東京伝とその作品」)。一方で浜田義一郎は京伝代作説に立ち、妹の名義で発表した理由として「その場かぎりの際物ならともかく、しかも五人男の一人として京伝自身が登場し、吉原の遊女と結婚することで終るこの作を、京伝の名で出すのは憚られるという論理が、この時点においてもなお彼の心中にあったのではないか」と述べている(「山東京伝の天明三年の黄表

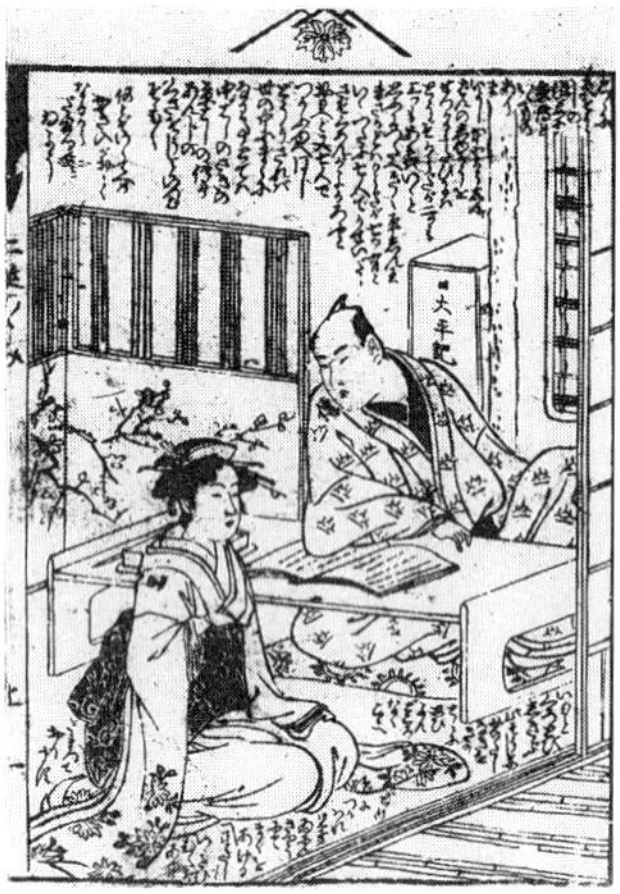

『時代世話二挺鼓』
京伝と黒鳶式部

紙」)。

黒鳶式部は、このほかに京伝の黄表紙『不案配《ふあんばい》即席料理《そくせきりょうり》』(天明四年刊)に序文を寄せ、狂歌集『〈狂歌評判〉俳優風《わざおぎぶり》』(天明六年刊)に一首入集している。京伝の黄表紙『時代世話二挺鼓《じだいせわにちょうつづみ》』(天明八年刊)の冒頭には兄とふたりで顔を出している。だが、これからほどなく死去したらしい。馬琴は『伊波伝毛乃記』に「天明の季早逝せり、没する年十六七歳なりき」と記している(『著作堂雑記』には「寛政の初没す十八歳」とある)。小池藤五郎は、京伝が病床の妹を慰めようとして『時代世話二挺鼓』にその肖像を描いたのではないかと推察している(『山東京伝の研究』)。

ところで半村良の小説に、『およね平吉時穴道行《ときあなのみちゆき》』(早川書房、昭和四十六年)がある。黒鳶式部(よね)は天明末年に死んだのではなく、昭和の東京にタイムスリップしたのだという奇想天外な作品である。雪川公と恋仲だったよねは成らぬ恋から自ら身を引き、「時穴《ときあな》」を通って昭和の東京にタイムスリップし、タレント菊園京子として活躍、広告業界に身を置く「私」は京伝に関心を持ち、入手した資料のなかに謎の日記を見つけ、京子に助けられながらそれを解読していく——というもので、設定は奇抜だが、作中には『伊波伝毛乃記』も引用され、京伝の事跡や作品についての記述はかなり詳しい。昭和五十二年にはこれを原作とするテレビ・ドラマも作られ、NHKで放映された。

狂歌集への入集　宝合の会や手拭合の会は、狂歌師と戯作者を中心にした遊びではあったが、視覚的な見立ての趣向を楽しむもので、狂歌を詠むことは求められていなかった。京伝の狂歌の実作として最も早いものは、天明三年十一月刊『落栗庵狂歌月並摺』（上総屋利兵衛板）所収の次の一首であると言われている。

新世帯　　身軽織輔
あら世帯東まくらの窓よりもこちの人とや風のふくらん

『落栗庵狂歌月並摺』は、元木網（享保九年（一七二四）生、湯屋業）が率いる落栗連の狂歌集である。他に、武士では四方赤良《よものあから》（大田南畝）・竹杖為軽（万象亭）・手軽岡持《てがらのおかもち》（朋誠堂喜三二、享保二十年（一七三五）生）・酒上不埒《さけのうえのふらち》（恋川春町、（一七四三）生）、唐衣橘洲《からごろもきっしゅう》（寛保三年（一七四三）生）、町人では朱楽菅江（元文五年（一七四〇））、平秩東作（享保十一（一七二六）生）、腹唐秋人《はらからのあきうど》（中井董堂、宝暦八年（一七五七）生）、節松嫁々《ふしまつのかか》（延享二年（一七四五）生、朱楽菅江の妻）、智恵内子《ちえのないし》（延享二年（一七四五）生、元木網妻）、唐来参和、馬場金埒《ばばきんらち》（宝暦元年（一七五一）生）、加保茶元成《かぼちゃのもとなり》（宝暦四年（一七五四）生）などが入集している。武士と町人が入りまじっていること、京伝（宝暦十一年（一七六一）年生）はごく若手の一人であったことがわかる。

この狂歌集には鹿都部真顔（宝暦三年〔一七五三〕生）が序文を寄せている。町人出身の真顔は数寄屋連の中心人物の一人でもあった。この集が出版された天明三年の段階では、数寄屋連の狂歌師たちは木網の下に集っていたという（小林ふみ子「鹿都部真顔と数寄屋連」）。

天明四年から六年にかけての、京伝の狂歌が収められた狂歌集をあげてみる。

天明四年刊『いたみ諸白』（朱楽菅江撰。大門喜和成の追善狂歌集）に山東京伝の名で一首。

天明五年刊『故混馬鹿集』（「狂言鶯蛙集」。朱楽菅江撰）に山東京伝の名で一首。同『徳和歌後万載集』（四方赤良撰）に身軽折輔北尾政演の名で一首。同『狂文棒歌撰』（鳴滝音人撰）「棒乳限木二十歌撰」に山東京伝の名で一首（水野稔『山東京伝年譜稿』）。同『夷歌連中双六』（四方赤良編）に山東京伝の名で一首。

天明六年刊『狂歌新玉集』（四方赤良撰）に山東京伝の名で一首。同『〈狂歌評判〉俳優風』（唐衣橘洲・朱楽菅江・四方赤良編）に山東京伝スキヤとして一首。同『狂歌百鬼夜狂』（平秩東作撰）に山東京伝の名で七首。

宝合の会（天明三年四月）は、数寄屋連を中心にした催しだった。京伝は、赤良など四方連の人々とも交わっているが、『狂歌師細見』（天明三年刊）で万象亭グループの一員と位置づけられ、『〈狂歌評判〉俳優風』でも「スキヤ」と記されていることから、数寄屋連の所属と見なされていたようである。また、狂名は「身軽織輔」よりも「山東京伝」を使うことが多くなってくる。前述の通り「京伝」号は安永九年の黄表紙から使われていたが、これに「山東」姓を付した「山東京伝」の号が初めて使われたのは『たなぐひあはせ』(天明四年刊)であった。

狂歌師肖像集

天明六、七年に狂歌師の肖像集『吾妻曲狂歌文庫《あずまぶりきょうかぶんこ》』と『古今狂歌袋《ここんきょうかぶくろ》』が蔦重から出版された。いずれも宿屋飯盛撰、京伝画である。

この二書とは別に、京伝が描いた狂歌師の肖像画もある。現在確認されているのは細版錦絵八点だが、一部は揃い物で「唐磨版」とあり、やはり蔦重からの出版らしい。描かれている狂歌師は天明五年十月に蔦重主催で行われた百物語戯歌の会の参加者と重なっている。この会には京伝も加わっており、翌年に『狂歌百鬼夜狂』として刊行された(ティモシー・クラーク「北尾政演画の狂歌師細判似顔絵」)。

蔦重は天明狂歌の隆盛を支えた板元である。自身も「蔦唐丸」という狂名を持ち、狂歌の集まりに常に板元として関わった。狂歌集の出版は狂歌の遊びを完結させるものと位置づけられ、出版によって狂歌師たちの名前ばかりでなく板元蔦重の名前も高まっていった(鈴木俊幸『蔦屋重三郎』)。

浜田義一郎は、天明狂歌の熱狂的流行の原因の一つは「大衆の売名欲」であるとし、「狂歌師の肖像集はそういう意味ではすぐれた企画」であると述べている(日本古典文学大系『川柳　狂歌集』解説)。『吾妻曲狂歌文庫』と『古今狂歌袋』の狂歌師の肖像には、その狂歌師に固有の特徴が描き込まれている。たとえば『吾妻曲狂歌文庫』の万象亭の衣服には、万象亭その人をあらわす徴《しるし》として卍紋や卍と象の書き判などがみられる。小林ふみ子は「それぞれの日常を象徴する事物を書き加えているようである。一部に見える特徴的な面貌表現は各自の似顔として描かれたことを暗示しよう。つまり歌仙やつしの虚像であると同時に、各自の日常を背負った狂歌師自身の実際の姿でもある。他ならぬ彼ら自身をやつし歌仙として描かせ、狂歌という風雅な遊び仲間に交わる自らの肖像として喜んだ者も少なくなかろう」と指摘する（「天明狂歌の狂名について」）。

その後の狂歌活動

京伝自身の狂歌活動は天明七年刊『狂歌才蔵集』（赤良編、蔦重板。山東京伝名で一首入集）でいったん途絶える。次に入集が確認できるのは筆禍事件の後、寛政四年刊『狂歌仁世物語』（感和亭鬼武編）である。その後は寛政五年刊『どうれ百人一首』（鹿都部真顔編）や同年刊『狂歌上段集』（桑揚庵主人編）に入集するなど、再び狂歌集や春興帖に狂歌が載るようになるが、かつてのような頻度ではない（水野稔『山東京伝年譜稿』）。

寛政十二年刊の洒落本『大通契語《たいとうけいご》』（笹浦鈴成作。巻末には京伝の洒落本に倣った旨が記されており、作者は京伝の追随者らしい）には、「きのふ抔は数寄や川岸の歌垣さんの内の会だから歌を読で持ていつたら京橋の伝さんが来ていて摺物の相談をしていたから少し斗リ註を付て」という一節がある。京伝は狂歌摺物の制作にもかかわっていた。享和から文化にかけて出版された四方連系の狂歌摺物にも、京伝の参加しているものがあるという（小林ふみ子「江戸狂歌の大型摺物一覧（未定稿）」）。

第二章　滑稽洒落第一の作者

1　洒落本を書く

浮世絵から黄表紙へ、そして滑稽な見立て絵本へと才能を開花させてきた京伝は、天明五年から洒落本も発表し始める。第一作は、天明五年に蔦重から出版された『息子部屋』である。

『息子部屋』

舶来のなめし革にムスコビヤ、あるいはムスコベヤと呼ばれるものがあり（モスクワ産であることに由来する）、袋物の材料として使われていた。「息子部屋」はムスコビヤを身につけている息子（親から独立していない男）の部屋という洒落である。京伝は序文に次のように記している。

革の極品なるを。ムスコビヤといひ。女郎の革羽織なるを。ミジマイベヤと云。粧舫《みじまい》部屋の仇口《あだくち》に客の名たてば。息子隔室《べや》の無多口に。女郎の魂胆をはなす。印伝ならぬ京伝が。面の皮を製したる。虚言《うそ》の皮を。又名号《なづけ》て。無粋語歴夜《むすこべや》といへども。素より遣手《やりて》が前巾着の。名代《みやうだい》をも勤《つとめ》ず。むなしく箱に久しきを。頻《しきり》にこふしよ《耕書》堂の主人が。提物《さげもの》にあたふ

（遊女が身仕舞い部屋で客の噂をするように、客である息子のほうも、遊女が客を引きつけるためにめぐらす魂胆についてあれこれ述べ立てる。厚顔の作者の嘘をまとめた本書は、遊女屋の遣手が持っている巾着の代わりにもならないしろものだが、板元がしきりに乞うので与える）

天明五年は京伝と蔦重の結びつきが強まった年と言ってよい。前年まで京伝の黄表紙は蔦重以外の板元から出版されていたが、この年、京伝が携わった黄表紙は『無匂線香《においせんこう》』（鶴喜板）一作を除いてすべて蔦重から出版されている。

前述の通り、京伝は天明三年に「青楼名君自筆集」を蔦重から出していた。また黄表紙『客人女郎』（天明三年刊）・『不案配即席料理』（天明四年刊）などで遊里や遊女を取り上げ、遊興の各場面を絵解きする『通人いろはたんか』（天明三年刊、芝全交作）に挿絵を描いたこともあった。蔦重が洒落本出版を行っていることがはっきりわかるのは天明元年からだという（鈴木俊幸『蔦屋重三郎』）。蔦重は京伝の戯作者としての才能と、遊里見聞の経験を見込んで、洒落本執筆を勧めたのではなかろうか。

とは言え、京伝にとっては初めての洒落本である。『息子部屋』は遊興論を述べた内容だが、京伝は十二の項目のうち四項目を宝暦四年刊『魂胆総勘定』に拠って書き、一項目を明和五年刊『古今吉

原大全』に拠って書いている。

それ以外の部分、つまり京伝が独自に書いた項目を読んでいくと、遊女の立場に理解を示し、遊女の味方をする姿勢がかいま見える。たとえば「馴染の弁」という項目では、廓での遊びを座敷の遊びと床の遊びに分け、「床にて我実情を見せ、女郎の誠を掌に握らば、座敷のあそびも求ずして面白かるべし」(床で客が誠を見せれば女郎も誠を見せる、その誠をつかめば座敷のあそびも面白い)と説く。そして遊興とは、客と遊女が「たがひにかざる心なく、くめんごと諸わけ万事かたりあい、ともにたのしみ、ともにくろうする実情を楽しむ」(お互いに素直に何でも語り合い、苦楽を共にするという実情を楽しむ)ことだと記している。「実情を楽しむ」というのは、遊女と客が互いにだまされまいと思いながら遊ぶのとは全く逆の楽しみ方である。京伝はまた、遊女に難癖をつけたり遊女を安く買ったことをふれ歩いたりする客を「つらの皮あつき獣《けだもの》なり」(「悪遊の事」)と批判し、遊女が嘘をつくことについて「情《なさけ》を売物にする身なれば、うそもいわねばならぬはしれた事」、「うそにてうそにあらず、勤《つとめ》の道をまもるのなり」と言い、遊女奉公は「世渡り」なのだから仕方のないことだ、と記してもいる(「思ひ切の事」)。

京伝死去の翌年、文化十四年に弟の京山は伊勢山田を旅し、洒落本好きの遊女に会った。その遊女は「洒落本はたいがい読み尽くして、吉原のことでよくわからないこともあったけれど、『息子部屋』に書かれていたことはここの遊女勤めと『人情』の面では少しも変わらなくて面白かった」という趣旨のことを言ったという(水野稔「京伝洒落本の京山注記」)。『息子部屋』の遊興論は、江戸以外の遊女にも共感をもって受け止められるものだったのである。
この本には『小紋裁』と同じく、恋川好町（鹿都部真顔）の序がある。真顔は戯作を恋川春町に師事していた。ちなみに好町作の黄表紙は天明五年に五作出版されており、そのうち実に四作が蔦重の版であった。

『客衆肝照子』

二作目の洒落本『客衆肝照子《きやくしゆきもかがみ》』（天明六年刊）も蔦重からの出版であった。遊女・遊客・遊里関係者のしぐさや話し方の特徴を描写した作品である。おいらんが座敷に出る時のしぐさを描いた部分を引用してみよう。

出はしつとりと品よく、道中はその内により、そのけいせいにより、いろいろのくせあり。扇やは左の袖をちよつとつまむ。是、花扇がよふう也。丁子屋は少しかがむ方。松葉やは少しはや足。たはらやは帯か上リうちかけの、両ほうをもち少しそる。きみつたやは右にてつまをもち、左の手にてつまをちよつとつまむ。四ッ目屋はうちかけの両方をもち、角玉屋は帯のうへに手を置、あらひ髪なぞにて出る

妓楼ごとの微妙な作法の違いにまで言及していることがわかる。こうしたうがちの細かさは、後に洒落本評判記『戯作評判花折紙』（享和二年刊）で賞賛された。
『客衆肝照子』には浮世師の富蔵による序文があり、そこでは本書を「京伝が振附《ふりつけ》の身振《みぶり》こはいろ

坐しき芸」に喩えている。「身振こはいろ」とは、人物の動作や話し方の特徴を真似する芸であり、浮世師はそうした芸を遊里で見せる芸人だった。『客衆肝照子』は初め「客衆氷面鏡《きゃくしゅひもかがみ》」の題で広告されていたが、これは歌舞伎役者の演技とせりふを写実的に記した『役者氷面鏡《やくしゃひもかがみ》』（明和八年刊、勝川春章画）をもじった題である。『役者氷面鏡』のような形式で遊里の人々の様子を写実的に描くというのが、この作品の趣向だった。

『総籬』と『古契三娼』

天明七年には『古契三娼《こけいのさんしょう》』が鶴喜から、『総籬《そうまがき》』が蔦重から刊行された。『古契三娼』は、かつて吉原・深川・品川の遊里に奉公した三人の女たちが長屋に隣り合って住み、往事を語り合うという形式で「女たちの過去も、また最後に三人が語る遊びの手練手管のエピソードも、それぞれ三つの遊里の特色を思わせるにふさわしいもの」となっている（『洒落本大成』第十三巻解題）。

『総籬』は、「よしはらのことをめのまへにみるやうなる本」と広告されている。京伝は天明五年刊の黄表紙『江戸生艶気樺焼』の登場人物、仇気屋艶二郎・北里喜之介・悪井志庵をこの作品に再登場させ、吉原松葉屋での遊興のてんまつを描いた。登楼前に喜之介の家で交わされる会話には、当時の妓楼の噂など吉原に通じていなければ書けないうがちがあふれている。『戯作評判花折紙』では、この場面が「かくべつでござりまする」と賞賛されている。

主役の三人ばかりでなく、名もない客と遊女の描き方にも見どころがある。「死ね死なふといふ中とみへ、廻し屛風の太公望もよだれを流すばかりのむつ言」を交わす客と遊女と遊女の会話は、（遊女）「ぬしのためにもわるいと。たびたびあきらめて見ても。思ひ切れんせんものを。ほんにあく縁でおつしやうよ。ぬしもそふ思つておくんなんし」（客）「てめへおれが事ばかりそんなにいふが、をれが顔のたたねへやうな事をするなよ。こんなのろい句を出すやうになつちやあ。たまらねへ」といつた具合で、後の京伝洒落本が指向していく真情描写の片鱗がみえる。もちろん、この作品ではまだ遊びの一こまとしてさらりと描かれるにすぎない。

『総籬』の読者

さて、『総籬』には、志庵が京伝作詞のめりやす「すがほ」を唄う場面がある。文中に歌詞が引用され、「[おちせ]モシそのめりやすが此ころひろめのあつたすがほとやらかへ」「[しあん]泰琳がみやうにふしをつけたよ」「[喜の]京伝がいつぱいに。うがつた文句だ」「[おす川]もしへ下タでめりやすの本をもらつて参りした。長崎屋でぶんきようさんがおひろめなんしたのでおす。いつそあだでようすよ[玉夕]ヲヤおみせなんし。すがほとやらいふめりやすかへ」というように、人物たちのせりふを通して披露目のことが喧伝されている。

京伝は同年刊の黄表紙『三筋緯客気植田』にも「文京様も此間すがほといふめりやすを長さきやでおひろめさなれました」と書き入れ、文京の名前を出した。京伝の門人である山東鶏告の黄表紙『葉《は》手嫌《できらい》息子《むすこ》好々《すきすき》』（同年刊、京伝序）には披露目の様子を描いた挿絵があり、文京の姿も描かれている。

文京は京伝の洒落本『吉原楊枝《よしわらようじ》』（天明八年刊）・『廓大帳《くるわのだいちょう》』（天明九年〔寛政元年〕刊）・黄表紙『会《かい》通己惚照子《つううぬぼれかがみ》』（天明八年刊）に序文を寄せ、また黄表紙『真実情文桜《しんじつせいもんざくら》』（天明九年刊）にも発句を寄せている。『総籬』には「[ゑん]つまさんはやつぱり。深川のせかいかの（略）[ゑん]ときやうさんや。

ぶんきやうさんと。ちがつて青ろうへはとんとござらねへの。俳諧と義太夫は、きついもんだそうだの」（つまさんはときょうさんやぶんきょうさんと違って、吉原にはちっともいらっしゃいませんね。俳諧と義太夫はたいそう上手だそうですね）という一節もある。「つまさん」は手拭合を支援したと言われる雪川公（松平衍親、駒次郎）のこと。「ときやうさん」は杜綾公（酒井忠因）で、やはり手拭合に名前が見え、尻焼猿人の名で京伝の『客衆肝照子』に序を寄せてもいる。

文京をはじめとするこれら高位の人々が、京伝の遊興を経済的に助けていたという説もある。『伊波伝毛乃記』には、京伝が若い時に吉原に通い詰め「家に在ること、一ヶ月に五六日に過ざりき」という様子だったが、遊興の支払いに親の金を使うことは一切なかったとし、親しくしていた十八大通の一人文魚から遊興費を援助してもらっていたと記されている。小池藤五郎は、馬琴の言う「文魚」は「文京」の誤りではないかと推察している（『山東京伝』）。確かに、家主の息子にすぎない京伝が自腹で吉原に遊ぶことは難しかったと思われる。洒落本や黄表紙のなかに彼らの名前を出すのは、日頃の厚誼に対する謝意を含んだ挨拶であろう。

『総籬』は「事実に密着した作品であるために、個々の事実についてなお的確な注釈を施しえない」（神保五弥「洒落本の書き入れ」）と言われ、作品を最もよく理解できたのは、舞台となった妓楼松葉屋の関係者や遊客たちだったと思われる。文京もこの妓楼の客であり、遊女瀬川を天明八年三月に身請けしている（南畝『俗耳鼓吹』）。

万象亭の『田舎芝居』

天明三年頃から京伝が万象亭の引き立てを受けていたことは前に述べた。その後、万象亭は洒落本『田舎芝居』（天明七年刊）を書き、遊里のうがちにこだわらずに滑稽性を追求する新しい方向性を拓いた。しかし、この作品の序文をきっかけに、京伝が万象亭と絶交したという話を馬琴が伝えている。

初め万象亭と交り浅からざりしに、寛政のはじめ、彼人田舎芝居といふ一小冊を著して、其自序に、今の洒落を睾丸を出して笑するが如し、といへり、京伝見て、己れを譏れりとして恨憤り、竟に其事を言はずして、又万象亭と交らず（『伊波伝毛乃記』）

万象亭森嶋氏は蘭学戯作ともに風来山人平賀源内の弟子也。天明年間、戯作の小冊二三種出たり。そが中に田舎芝居といふ洒落本小本一冊尤行れたり。その自序に今の洒落は睾丸《キンタマ》を顕して笑するが如しとありしを、京伝閲して歓ばず、こは吾が事をいへる也と思ひしかば、是よりの後、万象亭と交らずなりぬ。この一條は京伝みづからいへるなり文に臨みておもはずもかかる事、誰がうへにもあらん。慎むべき事歟（『江戸作者部類』）

京伝は『田舎芝居』の序文を読んで「自分のことを言っている」と不快に感じた。その後に京伝と万象亭の交流は絶えた。馬琴の伝える内容はそれだけである。万象亭にどういう意図があったかは、書かれていない。

その『田舎芝居』の序文とはどのようなものだったのだろうか。万象亭の価値観が現れているくだりと、馬琴が引用している「今の洒落」云々に該当するくだりを抜き出してみる。

先に遊子法言辰巳の園の二書出てより。年ン々歳々其粽粕《かす》を啜つて。似たり寄ッたりの晒落本《しやれぼん》斗升を以ッて量るとも量り尽すべくもあらず。其晒落本を閲《けみ》するに、底の底を穿《うがた》んと欲して。八万ン奈落の汚泥《どろ》を掘リ出し（略）くら闇の事をあかるみへ持出されて。娼妓《じようろげいしや》の身の上には迷惑に及ぶ事少なからず。（略）凡稗官《しやればん》を編《つづる》に一ッの書法あり。能ク近く譬《たとへ》をとらば立役真ン剣を抜ィて実《まこと》に敵役の頭《かうべ》を刎《はね》。やつし女形をとらへて前をまくりはたえをあらはにしてゐならぬ事を仕出し。道化褌《ふんどし》をはづして睾丸《きんたま》を振リ廻さば。目を驚かし片腹を抱ゆべけれど。正《せう》の物を正で御目に懸ずして。しかも正の物の如く見するを上手の芸と云つべし

最近の洒落本はうがちに走り、隠したい事情まで暴露して遊女の迷惑になっていることも少なくない、という批判のあと、戯作は物事の真実をそのまま書けばいいのではなく、虚構なのに真実らしく見せるというのが大事だという主張が展開されている。このなかで「道化褌をはづして睾丸を振リ廻さば」（道化方の役者が笑いをとろうとしてえげつない演技をすれば）というくだりは、読者の受けを狙ってうがちに走る洒落本のありさまを批判的にたとえたものと解釈できる。

かりに万象亭が『田舎芝居』執筆前に京伝の洒落本を読んでいたとすれば、それは『息子部屋』(天明五年刊)と『客衆肝照子』(天明六年刊)の二作だけのはずである。園田豊は、『息子部屋』に書かれていた悪遊びの客への批判は万象亭のいう「娼妓に迷惑はかけまじ」という考えに通じるところがあり、『客衆肝照子』には独特の遊女ことばや遊女たちのしぐさなどが描かれてはいるが「くら闇の事をあかるみへ持出されて。娼妓の身の上には迷惑に及ぶ事」というほどのうがちは見られないとして、万象亭が京伝の洒落本を批判することはありえないと指摘する(「万象亭と京伝の絶交について」)。石上敏も同様の立場をとるが、京伝が序文をどうとらえたか、ということについては、「『田舎芝居』序が計らずも京伝の不興を買い、以後彼は中良との交際を断ったということは十分にあり得たもの」とする(『万象亭森島中良の文事』)。水野稔も「『田舎芝居』の手きびしい攻撃・主張を、おそらく京伝自身ひそかに当然わが作品に向けられるべきものと痛切に受けとったことも、紛れもない事実だったと想察される」とし(『黄表紙・洒落本の世界』)、京伝ひとりが思い屈した、と解釈している。

京伝が「自分のことを言っている」と感じたとすれば、それはなぜか。天明七年に刊行された京伝の洒落本は『総籬』と『古契三娼』で、とりわけ『総籬』は特定の妓楼をうがつところに特色があった。これは万象亭の洒落本観に反していると言えなくもない。『息子部屋』に表れていたような、遊女の立場に寄り添おうとする視点を持ち合わせている京伝からすれば、うがちが行き過ぎて「くら闇の事をあかるみへ持出されて、娼妓の身の上には迷惑に及ぶ」ことになっては良くないという万象亭の主張を読み、自作を省みた、ということはありえるだろう。

では『田舎芝居』後、京伝と万象亭の交流が絶えたという馬琴の記述はどうとらえるべきだろうか。馬琴が初めて京伝宅を訪れ、戯作者としての入門を乞うたのは寛政二年秋のことである。京伝は師匠と弟子という関係ではなく付き合おう、と答えた。その後、馬琴はしばしば来て京伝に仕え、京伝も「馬琴を愛して、物を教へたる事もあ」ったという（京山『蛙鳴秘鈔《あめいひしょう》』天保元年成か）。京伝は翌寛政三年に筆禍を被り、手鎖の処分を受けるが、その年の秋、馬琴は京伝宅に居候し、京伝の黄表紙執筆を助けることもあった（『伊波伝毛乃記』・『江戸作者部類』）。戯作者を志す馬琴にとっては修業期間とも言えるこの時期に、京伝が馬琴に執筆の心得を説くようなこともあっただろう。そんな中で『田舎芝居』の序文の話が出ることは十分に考えられる。

折しも寛政改革のさなかであり、万象亭も他の武士作者たちと同じく狂歌壇や戯作壇からは距離をおいていた。おのずと京伝とも以前のように頻繁に交流するというようなことはなくなっていただろう。「万象亭と交らず」というのは、当時のそういう状態から馬琴が推測して書いたこと、とも考えられる。つまり『田舎芝居』の序文がきっかけで京伝が恨みを抱き、絶交したのではなく、寛政三年頃に二人は既に疎遠な仲になっていたのではなかろうか。

『吉原楊枝』と『傾　城　鏑』

天明八年には『吉原楊枝』と『傾城鏑《けいせいけい》』の二作の洒落本が蔦重から出版された。『吉原楊枝』は遊興論を展開したもので、遊女の立場に寄り添おうとする京伝の姿勢は『息子部屋』から変わっていない。

遊女が客のどこに惚れるかということについて書かれた部分を見てみよう。

女郎の客にあいとぐるに五段有リ。まづ初会には男ぶりと様子にほるるなり。（略）なじみと成リて一月が程も有ッて見る、是よりはその客のきしやうと手にほるるなり。（略）扨夫よりはその客の心だてにほれる也。夫ほどにほれても此客実情がなければ。是ほどまでにするにしん実のなき客也と。あきらめる気になるもの也。此客いよいよ実情もあれば爰にてくつとほれ。もはや夜も日も無ひやふに思ひ。一日あはぬとふさいでばかりゐて、あふてもじれつたく。あわねばなをじれつたく思ひ。おやさとのやうすも咄して親兄弟にも引合せ、少しも外へ心をうつさぬ気になる也。夫からが金づくなり。（略）扨夫からはゐんなり。夫ほどに思ひ思ふてもゐんがなければどふかいふわけになりて、その客の所へ行かず。年明ヶまへに成リて思ひがけなき人の所へ行くもの也

遊女が惚れるのはまず客の外見、次に気性、その次に実情があるかどうかで、その後で金と縁が重要になると述べている。『息子部屋』には「いきな人じやの、男がよひの、すいたのとてほれるはうわ気にて、中中すへはとげず。見へがよいの金があるのとてほれるは慾心なり、ほれたにはあらず。この女郎は年より、出家、あさぎうらなどを好く物なり。名の高ひ人じやの、通り者じやのとてほれるは名聞なり。いづれもすへたのみがたきほれやうなり。すべてはやくほれるは、はやくさめるはじめなり。（略）いづれ此方に実なくては女郎にも実はないと思ふべし」（「思ひ切の事」）とあった。実情を重視するところは同じだが、書き方は『吉原楊枝』のほうがより論理的で説得力がある。

『傾城鱅』は、吉原の主要な妓楼の主だった遊女について、店の中の部屋の位置・番頭と禿の名・

性格・好み・得意とする芸などを細かく記し、紋・傘・提灯などを図示して、さらにその自筆を模刻するという凝った本である。書名は江戸の俳諧点者の名前や所属・居所・好み・筆跡などをまとめた『誹諧觽』のもじりで、形式もこの本を模している。凡例には「此書にしるしたる遊君は予つねにともにあそびてよく其気質をしり、このむものきらふもの、或は諸芸、幼名等までをくわしくしるして、いまだ馴染あさき遊客の一助とす」とある。掲出した遊女たちとは親しくしていると言い、まだ遊里に不慣れな客のために書いたとするところに、遊里に馴染んだ作者としての自負が感じられる。巻末には「附録　松丁玉扇四家言語解」として、松葉屋・丁子屋・角玉屋・扇屋といった妓楼の通言（その店の内部で通用する言い回し）を解説している。これもまた、実際に遊里に通じていなければ書けない内容と言えよう。

『初衣抄』

この前年、天明七年刊の『初衣抄』も、もじり・模擬を趣向とする作品として忘れがたい佳作である。洒落本というよりは見立て本の範疇に入るだろう。百人一首の注釈書をもじった形式で、歌人の系譜に見立てて無関係な事物をつなげた擬系図を掲げ、和歌についてこじつけの注釈が記されている。いわゆる戯注ものと呼ばれる戯作である。

『雨月物語』で知られる上田秋成は、随筆『癇癖談《くせものがたり》』（寛政二、三年成。文政五年刊）の自序に「されば、吾妻《あづま》に京伝あり、ここに都のやぼ伝が、まはらぬ筆は」云々と記しており、京伝の戯作を読んでいたらしい。『癇癖談』は『伊勢物語』の文体を模倣し、芸道や学問のうがちを記していく内容であった。そこから、秋成が意識していた京伝の作品は戯注ものの先行作である『初衣抄』ではなかったかと推察されている（井上泰至「京伝『初衣抄』と秋成『癇癖談』――戯注もの戯作の系譜」）。

2　獅子鼻の自画像

われながら押しの強き事

洒落本を書き始めた頃、京伝は黄表紙作者としての自信を深めつつあった。自作自画の黄表紙『無匂線香』（天明五年刊）の巻末には裃姿の京伝が描かれ、次のような文章が書かれている。

狂言のらむすこ
独り言「罷出たる者は、中橋と京橋のあたりに住、黄表紙の作者京伝と申者でござる。われながら押しの強き事は、おまんぢよろが鮨の重しより重うござる。つやを言わせては、おまんぢよが口紅も色を失ふておじやる。何とあらふず、今年も例の無駄書を致ひてござる

『御存商売物』（天明二年刊）では「政演」の名で登場し、「まかり出たる者は、春ごとのたはれぞうしの画をたくみするなにがしにて候。いまだ御子さまがたの御なじみうすく候程に」と慎ましい口上を述べていた京伝は、ここでは「中橋と京橋のあたりに住、黄表紙の作者京伝」と、はっきりと名乗っている。そして「われながら押しの強き事」と自らを卑下しながらも、「つやを言わせては、おま

んぢよが口紅も色を失ふておじやる」と、作者としての力量を自慢している。いわゆる卑下慢である。三年のあいだに多くの人々の知遇を得て、順調に作品を発表してきた経験が自信につながっていることをうかがわせる自画像と言えよう。

『江戸生艶気樺焼』

『息子部屋』や『無匂線香』と同じ天明五年、これも自作自画の黄表紙『江戸生艶気樺焼』が蔦重から出版された。あらすじは次のようなものである。

裕福な商家の息子、仇気屋艶二郎は獅子鼻の不細工な容貌であるにもかかわらず、浮気なことを好み、新内節などに歌われる色恋の世界にあこがれ、浮き名を立てようと様々な「ばからしき事」を試みる。芸者を雇って駆け込ませ、それを読売（かわら版）に書いて出版したり、焼餅を焼かれたくて妾を抱えたりという愚行のあげく、しまいにはどうしても心中のまねがしてみたく、身請けした遊女とわざわざ駆け落ちをして追いはぎに遭う。しかしその追いはぎは艶二郎をたしなめるために両親が仕組んだ芝居であった。

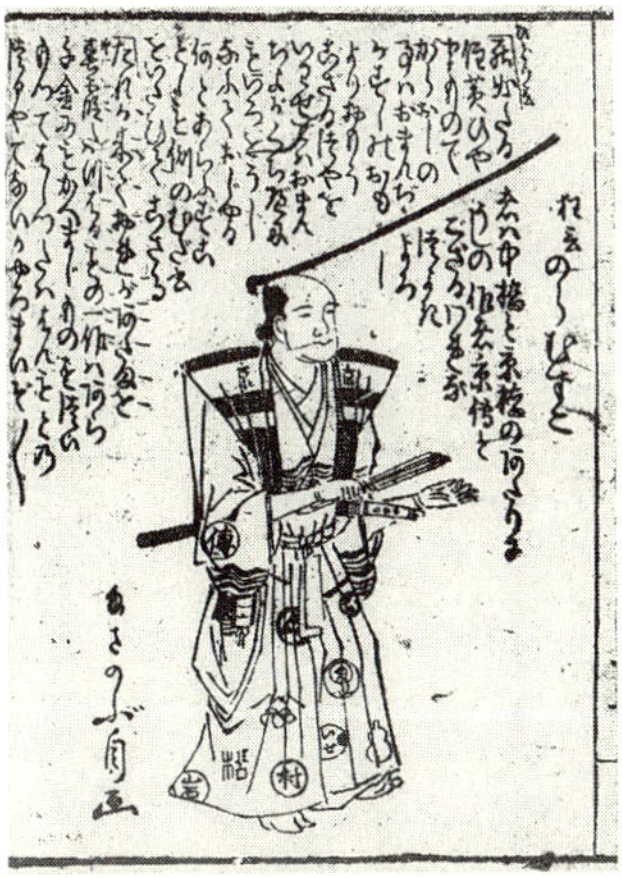

『無匂線香』「のらむすこ」京伝

艶二郎のモデルとなった人物としては、天明三年

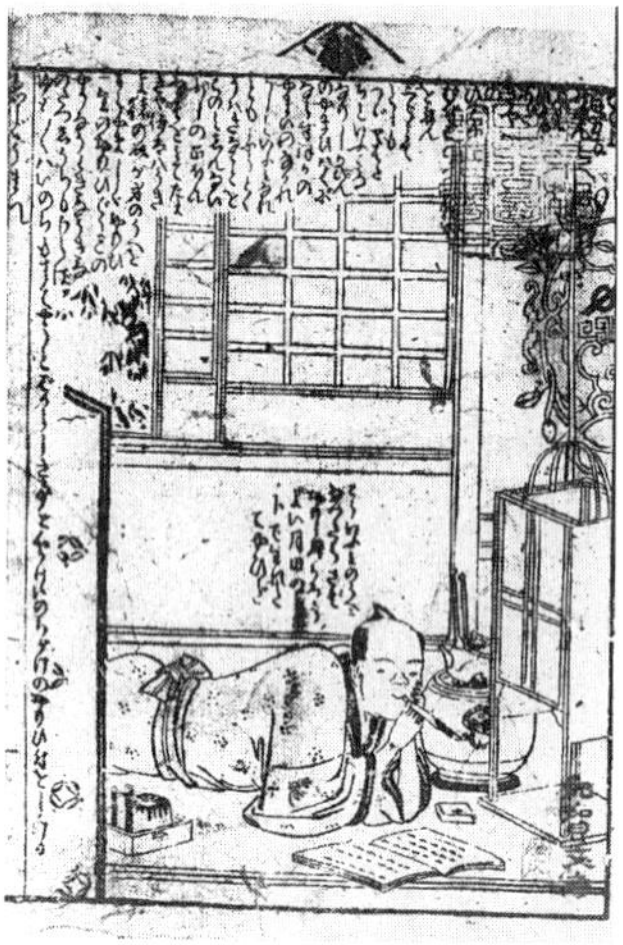

『江戸生艶気樺焼』獅子鼻の艶二郎

に松葉屋瀬川を身請けした浅田栄次郎（国学者岸本由豆流の父）・宝暦年間に巴屋豊里に通った材木商和泉屋甚助・扇屋花扇と心中未遂を起こした阿部式部正章などの名前があげられている。実際にはこれらの複数のモデルを寄せ集めて艶二郎を造型したのではないかとも言われる（中村幸彦「黄表紙の絵解き」、棚橋正博『黄表紙総覧』）。

作中で艶二郎の一連の行動がことごとく失敗に終わるのは、それが「浮気のさた」の模倣にすぎず、演技でしかないからだが、艶二郎はそのことに最後まで気づかない。遊びとはどういうものか、遊女の心をつかむにはどうすればいいかを考えず、もてたい気分だけが空回りする男。艶二郎は『息子部屋』で良しとされた遊び方の逆を行く遊客なのである。裕福な家の若旦那やなまけ者の若者が遊蕩する話を書いた黄表紙は他の作者によっても作られているが、京伝のうまさは、浮かれた主人公をあえて滑稽な容貌に描いたことにあった。もてる男を模倣するだけの艶二郎は、美男の対極にある滑稽な容貌を与えられたことで、理想と現実の不釣り合いが際立ち、読者の笑いを誘う存在になったのである。『江戸生艶気樺焼』は「大に行れ再板におよべり　依之京伝の名ますます雷動せり」（大変人気が出て再板された。これによって京伝の名前はますます響き渡った）と伝えられている（『通言総籬』の京山注記。水野稔「京伝洒落本の京山注記」による）。

ところで艶二郎のような獅子鼻の人物は、これより早く『たなぐひあはせ』（天明四年刊）に出品された手拭の図案にも描かれている（口絵参照）。黄表紙でも、京伝が挿絵を描いた『一《いち》の富見徳《とみけんとく》の梦《ゆめ》』（安永九年刊）の主人公起那斎朝寝坊や、『万象亭戯作濫觴《まんぞうていけさくのはじまり》』（天明四年刊、万象亭作・北尾政美画）の主人公万象亭が獅子鼻の顔に描かれている（三〇頁図版参照）。特に『万象亭戯作濫觴』は、戯作者になるという行為に獅子鼻になるという現象をあてはめ、獅子鼻が作者の自己戯画化の象徴として扱われている点が見過ごせない。主人公ははじめ天竺老人という名前で登場するが、その時点では獅子鼻ではない。戯作者の仲間入りをすることになって万象亭と改名し、披露目の席で獅子が牡丹に戯れる「石橋」物の舞踊を踊るのだが、その場面で「なびかぬ　嚔《くしやみ》もなき時なれや、ちんちんぷんぷんと攑《か》み収め、獅子つ鼻にぞなりけり」という歌詞――「石橋」物の長唄「英執着獅子」の歌詞のもじり――にこじつけて、獅子鼻の顔に変貌する。後に京伝も、自作の黄表紙に獅子鼻の自画像を登場させるようになるが、作者の自画像に獅子鼻をあてるという発想は『万象亭戯作濫觴』のほうが先であった。

戯画化される京伝

作者の自己戯画化という黄表紙の伝統と、滑稽な図像が結びつき、獅子鼻の万象亭が登場した。その二年後、唐来参和作の黄表紙『通町御江戸鼻筋《とおりちょうおえどのはなすじ》』（天明六年刊、京伝画）のなかで、京伝も獅子鼻に変貌させられる。あらすじは次のようなものである。

京屋伝右衛門の子、伝二郎は、子どもの頃から女の子にもてる。元服後も、どんなにもてないよ

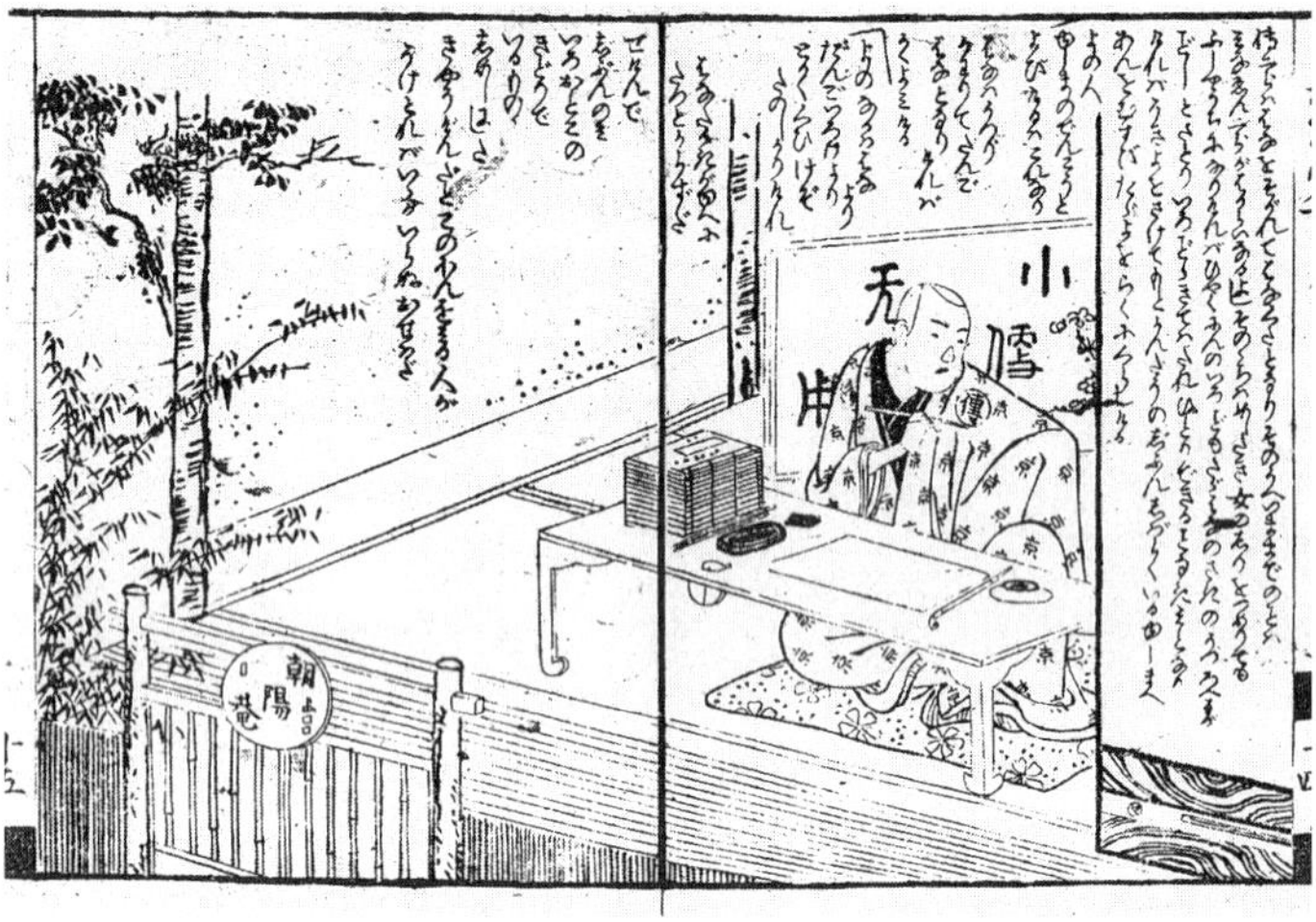

『通町御江戸鼻筋』団子鼻になった京屋伝二郎

うに工夫しても女に惚れられてしまう。屋敷女中との色事がばれ、須磨に流されるはめになってもその好色は止まない。だが、ついに自分を妬む仇気屋艶二郎によって、高い鼻を切り落とされ、「団子鼻」（形は獅子鼻と同じ）になってしまう。その鼻をつけた艶二郎がもて始めるのと引き替えに、伝二郎は女から全く惚れられなくなったので、浮世を避けて湯島に庵を結び、鼻にちなんで「世の中ははなよりだんご色気よりとかく食ひ気ぞ楽しかりけれ」という狂歌を詠んだ。

『江戸生艶気樺焼』が売れて人気者になった京伝を参和がちゃかし、その挿絵を京伝本人が描く。友人同士のふざけた気分が感じられる作品である。京伝は、物蒙堂礼《ものもうとうれい》作『是気侭作種《これはきままのさくのたね》』（天明七年刊、京伝画・跋）でも戯画化されている。これもあらすじを紹介しよう。

草双紙の執筆を楽しみとしている京屋伝二郎は、絵草紙屋から急ぎの仕事を頼まれる。困った伝二郎は、芦野屋清太郎に枕を借り（ここは、芦野屋清太郎が夢商いの栄花屋から邯鄲の枕を借りて五十年間の人生を夢に見たという『見徳一炊夢』（天明元年刊）の話をふまえている）、作品作りに役立ちそうな夢を見ようとする。夢の中に八文字屋自笑（役者評判記などの板元）が現れ、良い案じを伝授しようと言うが、話を聞く直前で清太郎に起こされる。怒った伝二郎は清太郎を火吹き竹で打ち、死なせてしまう。伝二郎は代官所で吟味を受け、あわや斬首となるが、そこで目が覚める。清太郎に枕を借りたのも夢だった。そこに物蒙堂礼（石山）という知り合いの戯作者が現れたので、伝二郎は趣向の相談を始めるが、いい思いつきもない。二人は外を歩き回り、「化物大会」と称する見世物を見物するが、一寸法師、雪女、大入道の影法師に見えたものは、実は地蔵の頭、遊女、大頭の尼だった。

作中の京屋伝二郎は、厳密には獅子鼻ではないが、ずんぐりした鼻の持ち主として描かれている。その伝二郎の身にふりかかる出来事をおもしろおかしく描写する点、そして挿絵を当の京伝が描いている点も『通町御江戸鼻筋』と同様である。末尾には物蒙堂礼が裃姿で登場し、「この草紙の初めに伝二郎と申すものの案じに疲れて夢を見ますも、実はみな私の趣向でござります。ただ作者の楽屋をお目にかけるばかりの案じでござります」と解説している。物蒙堂礼は幕臣藤井孫十郎とされ、狂歌もたしなんだ。その黄表紙には、この他にも京伝が序を寄せたり挿絵を描いたりしているものがある（天明七年刊『世之中諸事天文』、天明八年刊『酒宴哉夭怪会合』）。京伝の補筆説もあり（森銑三「山東京伝私記」）、物蒙堂礼が京伝の後援者であった可能性も指摘されている（棚橋正博『黄表紙総覧』）。

獅子鼻の のうらく息子

京伝が自作に初めて獅子鼻の京屋伝二郎を登場させたのは、知人たちによる戯画化の後、天明八年刊の黄表紙『会通《かいつう》己恍惚《うぬぼれ》照子《かがみ》』においてであった。「のうらく息子」（のらりくらりと遊び暮らす若者）の伝二郎の部屋には絵の道具が置かれ、状差しには「京橋兄」と宛名書きされた書状が入っているから、京伝を投影した人物であることはまちがいない。煙管を手に「うき舟」という本（『源氏物語』の「浮舟」の巻か）を読み、「此うきふねを女郎にして話し合つてみたい」とつぶやくさまは、『江戸生艶気樺焼』の艶二郎が新内節の正本をながめ「こういふ身の上になつたらさぞおもしろかろう」とつぶやいていた様子を思い出させる。伝二郎は金もなく才覚もないが吉原好きで、何とかしてもてたいと考えている。こういうところも艶二郎に通じる。

このような艶二郎的人物を、京伝は翌寛政元年刊の黄表紙『碑文谷《ひもんや》利生《りしょう》四竹節《のよつだけぶし》』にも登場させた。主人公は艶二郎の息子うぬ太郎で、父と同じく獅子鼻の容貌だが金はなく、鬱々と暮らしている。だが碑文谷仁王に祈願して美男の面を授かると突然もてるようになり、女房を持った上に遊里でも大人気。しかし嫉妬した女房に叩かれて面が外れ醜貌がばれると、家から追い出されて遊女にもふられてしまう。

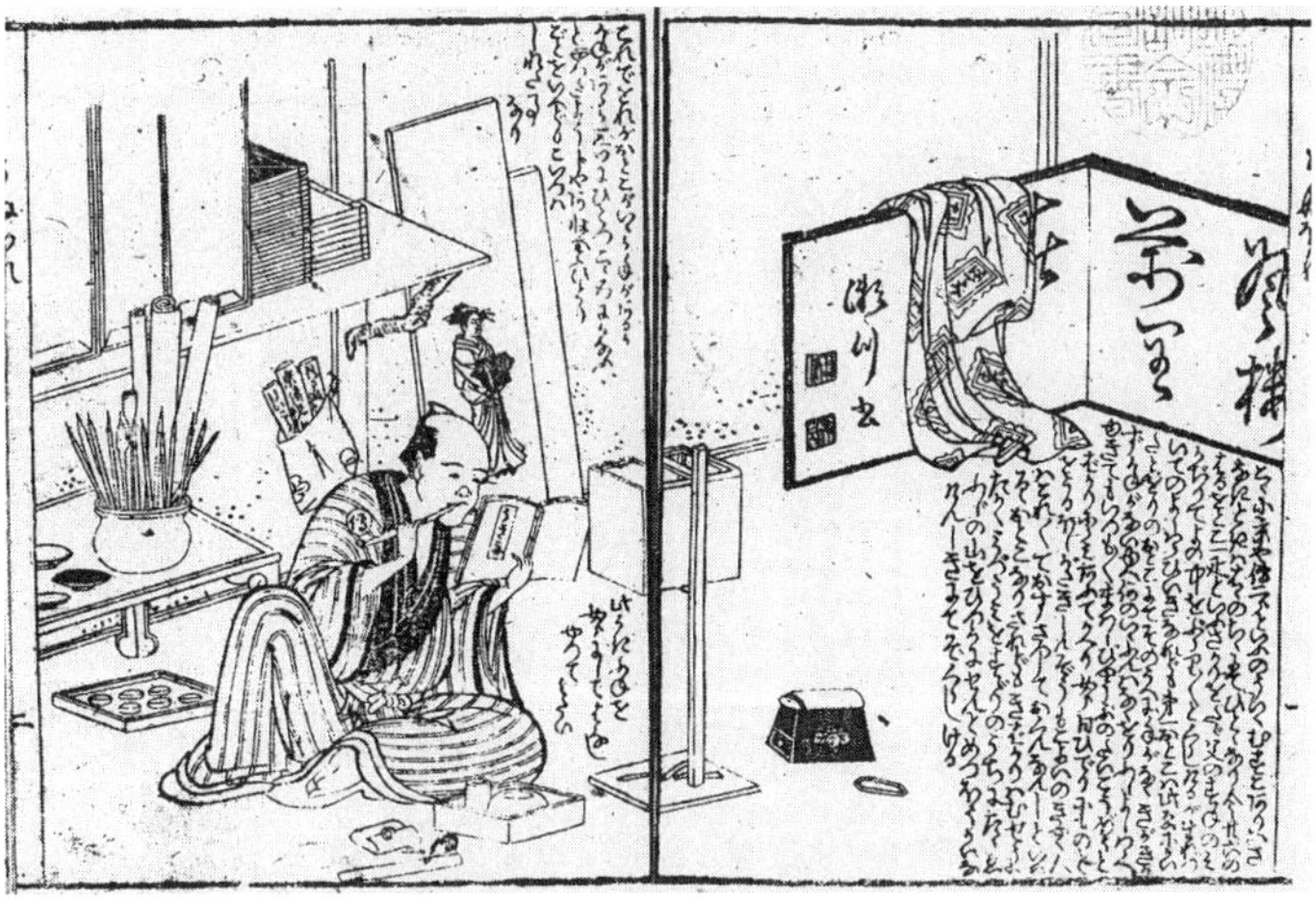

『会通己恍惚照子』獅子鼻の京屋伝二郎

艶二郎は自らの醜貌を意識することなく、ひたすら色男ぶろうと愚行を繰り返していた。それに比べ、うぬ太郎は見た目にこだわり過ぎていて卑屈ですらある。艶二郎の屈託のなさは、金に困ったことのない裕福な息子ならではのものだったのかもしれない。うぬ太郎は貧乏のあまり、劣等感と鬱屈という艶二郎にはなかった悩みを抱えてしまったのである。

ところで京伝は、天明六年刊『小紋新法』や天明八年刊『時代世話二挺皷』にも自画像を描いているが、いずれも面長の顔で獅子鼻ではない。これらの図像は登場人物として描かれているのではなく、単に作者として冒頭に顔を出したものなので、戯画化（獅子鼻化）がなされなかったのかもしれない。ちなみに『時代世話二挺皷』の冒頭には、「ここに絵草紙の作者に京伝といふ者あり。毎年本屋から新板の趣向をせつかるるたびには、どうぞ体が二つも三つもあればいいと思ふに」云々という書き入れがあり、この頃の多忙ぶりがかいま見える。

「艶二郎」という言葉

『江戸生艶気樺焼』の艶二郎は、その獅子鼻の顔が後続の黄表紙に受け継がれただけではなく、「艶二郎」ということばの流行も生みだした。

『総籬』（天明七年刊）の凡例には、「艶次郎《エジラウ》ハ青楼《セイロウ》ノ通句《トヲリク》也。予去々春江戸生艶気樺焼《ムマレウハキノカバヤキ》ト云《イヘル》。冊子《サウシ》ヲ著《アラハ》シテヨリ。己恍惚《ウヌボレ》ナル客ヲ指《サシ》テ云爾《シカイフ》。因《ヨツ》テ以ッテ此書ニ仮《カリ》テ名《ナ》トス」とある。「青楼の通句」とは吉原の通言、流行語のこと。「艶二郎」はうぬぼれの客を表すことばとして吉原で流行したのである。

例を拾ってみよう。京伝の黄表紙『江戸春一夜《えどのはるいちや》千両《せんりょう》』（天明六年刊）には金を浪費する使う若い客が登場し、これに遊女が「ぬしもきつい艶二郎だね」と呼びかける場面がある。艶二郎の度を超した浪費ぶりをふまえた用例と言えよう。また京伝の洒落本『廓大帳』（天明九年刊）では屋敷女中の一群を見た帮間が「どふでもこつちが。いろ男ぞろひといふものだから。アレみんなふりむいて通リやす」と言い、それを聞いた遊女が「ヲヤきついゐん二郎なこつたね」と受ける場面がある。「ゐん二郎」は色男を気取るうぬぼれ屋の意味で使われている。

笹浦鈴成作の洒落本『大通契《たいとうけい》語《ご》』はやや年代の下る寛政十二年の刊だが、著名人との付き合いを長々と自慢する客について、遊女が「艶次郎ばつかりいふ」と陰口をたたく場面がある。この「艶二郎」も高慢・うぬぼれという意味に解釈できる。

吉原という限られた場所でのこととはいえ、このように「艶二郎」が流行語となったという事実は、『江戸生艶気樺焼』が短期間のうちにいかに多くの人に読まれていたかを想像させる。

3　武士作者たちの退場

世の中をうがつ黄表紙

天明も末になると、狂歌・戯作の中心勢力は武士から町人へと交代していく。すでに天明五年には、南畝らが狂歌を主導する立場を次世代の町人たちに譲ろうとする動きがあった（和田博通「天明初年の黄表紙と狂歌」）。天明六年に田沼意次が失脚し、翌年六月に松平定信が老中首座となって七月に文武奨励の御触が出されると、世の中には改革の風が吹き始める。南畝はいよいよ狂歌から離れていく。その理由は「幕臣として求められる学問に打ち込みさえすれば展望が開けるかもしれないという状況が現実のものとなった時、狂歌や戯作など私的な余暇の遊びに費やす時間を、朱子学の研鑽を積むほか、典籍の謄写や抄書、漢詩文といった、学問に直結する文事に振り向けるのは至極当然のことで、狂歌界戯作界と疎遠になるのは自然の流れだったのではないか」（久保田啓一「大田南畝の天明七年」）と推察されている。

天明期の黄表紙は、同時代の世の中を滑稽な趣向でちゃかしながら描くという特色があり、政権担当者の交代や世相の変化も格好の題材となった。たとえば朋誠堂喜三二は、『文《ぶん》武《ぶ》二《に》道《どう》万石通《まんごくとおし》』（天明八年刊）に、源頼朝の命を受けた畠山重忠が鎌倉の大小名を文道を指向する者と武道に指向する者とに分けようとするが、どちらにも入らないだらしない武士が多かったという内容をつづった。頼朝には将軍徳川家斉が、畠山重忠には松平定信が仄めかされており、前代未聞の売れ行きだったと言われている（『江戸作者部類』）。しかし佐竹藩お留守役であった喜三二は、この作品以後、主命により筆を折ることになってしまった。また恋川春町は、『文武二道万石通』の後日談として『鸚鵡反文武二道《おうむがえしぶんぶふたみち》』（寛政元年刊）を書いた。「鸚鵡反」には松平定信著『鸚鵡言』がふまえられており、作中でも定信による文武奨励や倹約令などが戯画的に描かれている。だが、このために春町は松平定信に召喚されることとなり、病気を理由に応じないまま同年七月に死去した。自殺説もある。

京伝も自作自画の『時代世話二挺鼓』（天明八年刊）のなかで、平将門が六人の影武者を使ったという伝説にこじつけ、田沼意次・意知父子の没落を戯画化した。また『孔子縞于時藍染《こうしじまときにあいぞめ》』（寛政元年刊）でも、改革政治によって人々がまじめになりすぎ、かえって変な世の中になるという趣向を展開した。これらは特に問題視された形跡がないが、挿絵を担当した『黒白水鏡《こくびゃくみずかがみ》』（寛政元年刊、石部琴好作）は咎めを被ることになってしまった。この作品は田沼意次の失政と、子息の意知が江戸城内で佐野善左衛門に切りつけられた事件（天明四年）をあてこんだもので、作者の琴好は手鎖の後に江戸払い、京伝は過料を申しつけられた（関根只誠『小説史稿』）。これ以降、京伝は黄表紙の挿絵を描くことを控えるようになる。翌年刊行の京伝の黄表紙には兎角亭亀毛という画工が挿絵を描いているものが二作あるが、これは京伝がひそかに用いた画号と考えられている（水野稔『山東京伝年譜稿』）。

亀毛画の黄表紙の一つ『行儀有良礼《ぎょうぎあられ》』は、『孔子縞于時藍染』の後編という設定で、天帝が溢れすぎた金銀を下界から引き上げた結果、人々は真面目に働くようになり、芸者や遊女がひまをもてあますので、天帝が星たちを遊客に仕立てて遊びに行かせるというものである。「前編と比較して、寛政改革治下の社会世相を穿つことを忌避し、舞台をほぼ遊里に限定したところなどに不足の感が否めない」（棚橋正博『山東京伝全集』解題）とされ、当局に咎められないよう注意して作られたものらしい。

当世の江戸を描く

幕府は政治的な話題を取り上げた黄表紙に敏感に反応して、作者たちを処分したが、かれらに明確な幕政批判・諷刺の意図があったとは言えない。黄表紙の本質は諷刺というよりもちゃかしであった（水野稔「江戸小説の発想と展開」『江戸小説論叢』所収）。町人の京伝であればなおさら、正面から幕政を批判するつもりで作品を書いたとは考えにくい。『総籬』の冒頭には「金の魚虎《しやちほこ》をにらんで。水道の水を。産湯に浴て。御膝元に生れ出ては。拝搗の米を喰て。乳母日傘にて長《ひととなり》。金銀の細螺はじきに。陸奥山も卑《ひくき》とし吉原本田の髪《はけ》筆の間に。安房上総も近しとす」とあり、江戸城の天守閣にある鯱をながめ、水道の水を産湯に使い、白米を食べ、乳母に大事に育てられ、流行の本田髷の向こうに安房上総を見るという、徳川将軍の「お膝元」である江戸に生きる幸せが謳歌されている。そういう京伝に、武士階級への抵抗精神があったとは考えられないのである（中野三敏「江戸っ子のアイデンティティ」）。

『総籬』に書かれたような江戸自慢の文言は、京伝の他の黄表紙・洒落本にもしばしば見られ、「京伝自身は江戸根生いの意識をかなり濃厚に持っていた」と言われている（山本陽史「山東京伝の江戸（一）」）。京伝は江戸生まれの江戸育ちとは言え、その父は伊勢からの移住者であるから、代々の江戸っ子というわけではない。しかし江戸の繁栄を言祝ぎ、そこに暮らすわが身に満足するという心性があったのだろう。こうした江戸賛美の姿勢は京伝の晩年まで続いていく。

さて、天明の後半から寛政初年にかけての京伝の黄表紙では、政治的な話題のみならず、遊里や歌舞伎など、当世の江戸に根ざした題材も取り上げられている。自作自画の『江戸春一夜千両』（天明六年刊）では、いの字伊勢屋という実在の茶屋が描かれ、茶屋の女房が当時全盛の遊女たちの名前を言う場面がある。息子が男芸者・女芸者を惣仕舞にする場面では黒無垢の女芸者たちが登場し、「女芸者の黒無垢も夜鷹の土用干し見るやうだ」という書き入れがある。挿絵に描かれた芸者の黒無垢は、後で縦縞模様に彫り直されており、「吉原の女芸者あたりから夜鷹の姿のようだとクレームでもついて彫り改められたのではないか」と想像されている（棚橋正博『山東京伝全集』解題）。作中で芸者の一人は「こういふ所を伝さんが見ると、ぢきに草双紙に書くによ」と言っている。吉原で顔見知りの人々は京伝の黄表紙の読者でもあって、かれらが「遊里のうがち」を期待しているのを京伝自身も理解していたのだろう。ちなみに作中には「宵にとりやうさんがお出なんしたね」という遊女のせりふがあり、杜綾公への挨拶になっている。

同じく遊里を取り上げた黄表紙に『三筋緯客気植田』（天明七年刊）がある。吉原の妓楼丁子屋・扇屋・松葉屋の内部が写実的に描かれ、三人の遊客の性格と遊びぶりが対比的に描写されている。『総籬』と似た趣向だが、「黄表紙らしい滑稽諧謔に徹しようとする点に、洒落本と別種の趣を見せる」とされる（水野稔『山東京伝全集』解題）。また『奇事中洲話《きじもなかずわ》』（寛政元年刊）は、吉原の仮宅（一時的な営業）が中洲という場所に置かれたことに取材した作品で、登場人物の一人である遊女三文字屋花袖は、土山宗次郎に身請けされた大文字屋誰が袖を仄めかしているのではないかと言われている。土山宗次郎は田沼政権下の勘定組頭であり、飛脚屋十七屋孫兵衛と組んで不正を働き、死罪に処せられた。挿絵に描かれた天水桶に描かれた商標は十七屋の商標を暗示するとも言われている（宇田敏彦『奇事中洲話』解題・校注、『江戸の戯作絵本』第三巻所収）。絵をよく読まなければ、黄表紙を正確に理解することは難しい。

歌舞伎役者の動向に取材した作品もある。これも自作自画の『明牟七変目景清《あくしちへんめかげきよ》』（天明六年刊）は、鎌倉幕府にとらえられた景清が自ら目をくり出したという伝説に基づく作品で、景清の目が源頼朝を睨み殺そうと鎌倉中を徘徊するが、畠山重忠に取り押さえられて世の中は平和になり、重忠は目鬘（両目の部分のみを覆う面）を案じ出して太鼓持ちの目吉に与えるという筋立てである。挿絵には景清の目が四代目市川団十郎の目に似せて描かれ、最後に出てくる目吉の目鬘には五代目団十郎の目の特徴が反映されている。四代目と五代目の目の描き分けも丹念で、作者・画工としての京伝の腕前が存分に発揮された作品と言える。この作品は、代々の団十郎に受け継がれている〈にらむ〉芸、つまり目の演技をふまえて構想されたもので、前年に行われた四代目の追善興行と五代目の襲名を言祝ぐ作品であると解釈されている（岩田秀行「黄表紙『明矣七変目景清』攷」）。当時の団十郎びいきの読者たちは、この作品を大いに楽しんだことだろう。

五代目団十郎は「花道つらね」の狂名で狂歌をたしなみ、戯作者・狂歌師との交流があった。『老菜子』（天明三年刊）や『たなぐひあはせ』（天明四年刊）にも五代目の作品が収録されている。もっとも『たなぐひあはせ』の作品（「市川三升案」の「見増染」）は実質的には京伝作であろうと言われており、この頃から京伝と五代目は親しくなったかと推察されている（『五世市川団十郎集』日野龍夫解説）。京伝は『明矣七変目景清』以外にも、黄表紙にたびたび五代目を登場させたり、登場人物を五代目の似顔で描いたりしている（黒石陽子「山東京伝の黄表紙に見る五代目市川団十郎」・檜山純一「京伝黄表紙における団十郎似顔の用いられ方」）。

山東鶏告

戯作者として知られるようになるにつれ、京伝を戯作の師とする人たちも現れてきた。その一人が山東鶏告《けいこう》である。鶏告は天明六年刊の黄表紙『〈御誂〉両国信田染《りょうごくしのだぞめ》』（京伝画）の巻末で「わたくし義も当年が作者の初舞台でござれば、湯屋、髪結床、自身番、長局、わけて昼見世の御評判、よろしく頼み奉り候」と挨拶し、「京伝門人　山東鶏告作」と署名している。湯屋（銭湯）・髪結床・自身番はいずれも長屋住まいの人々にとって身近な場所であり、長局は大奥の女中のこと、昼見世は吉原の昼の営業時間（昼過ぎから夕方まで）のことである。黄表紙がどういうところで読まれていたかがわかる。

鶏告には同じ年に黄表紙がもう一作ある。その作品、『御富興行曽我《おんとみこうぎょうそが》』にも京伝は挿絵を描き、跋に「爰に鶏告なる人。（略）五節句に干鱈を遣つて予が門人と成り。三年三月を待ずして三冊の艸子を作る。予是を閲して曰。嗚呼後世おそろ考がみるに屋翼《ひさし》を貸して面屋《おもや》を取られんも廷《まのあたり》なり　山東京伝　二十五之暁に書」と書いている。二十五歳というと天明五年、つまり『息子部屋』と『江戸生艶気樺焼』が刊行された年である。作品が売れて知名度が上がり、さらに人脈が広がり、京伝を慕う戯作者志望の人々が現れるようになったということだろう。

鶏告は数寄屋連の狂歌師で、京伝と共に天明六年刊『〈狂歌評判〉俳優風』『新玉狂歌集』・天明七年刊『狂歌才蔵集』などに入集している。京伝は天明六〜八年刊の鶏告の黄表紙に序跋を寄せ、挿絵を描いており、鶏告も京伝の『古契三娼』や『指面草』（滑稽本、天明六年刊）を校閲し、『総籬』に挿絵を描き、『初衣抄』に跋を寄せている。

山東唐洲

もう一人は山東唐洲《とうしゅう》である。黄表紙『雪女廓八朔《ゆきおんなさとのはっさく》』（天明八年刊）の巻末には唐洲が書斎から挨拶する図があり、後ろに「京伝」の署名のある軸が掛けられている。「わたくし儀は年来白壁の中にしやちほことにらめくらして暮らし、初舞台のほやほや作者」とあるので、この作品が初作だったらしい。京伝による序文には「一日唐洲怪本《ばけものほん》の艸稿《さうかう》を持来つて予に見す。作者の艸稿《したかき》は狐の藻の如しと云へども、唐洲能く尻尾を見せず。その凄き事。白歯の地獄に抱附かれたるよりも怖く」とあって、唐洲を持ち上げている。

鶏告と唐洲合作の洒落本『夜半の茶漬』もある（天明八年刊、京伝序）。作中に「まことにはくじやうの世の中。これを思へば女郎のうそもみな客のいつはりよりいづるところ。きやくほどうそはつかぬけいせいの一句よく此じやうにかなひ」というくだりがあり、遊女をだます客を批判する姿勢は京伝の洒落本に通じる。唐洲作の洒落本『曽我糠袋』（同年刊、京伝序）にも、作中に「此中風流雅詞、京伝が総籬といふ書にくわしければ。ここに略す」とあり、京伝の『総籬』に言及している。

寛政二年に馬琴がやって来た時、京伝は弟子はとらない旨を馬琴に伝え、友人として遇した。文化期には弟子を断る旨を自作のなかに記し、弟子を拒む態度はいっそうはっきりしてくる。だが、この天明末の段階では、まだそういう様子は見られない。京伝は後に「若き時ははやく名を発する事に而巳志し候」(文化十一年五月、黒沢翁満あて書簡)と記している。戯作者として認められるようになった二十代の頃は、自分を師として慕ってくれる人々の存在は嬉しいものだったのかもしれない。

滑稽洒落第一の作者

蔦重からは京伝の戯作が続々と出版されていた。天明六年には京伝作画の黄表紙二点、洒落本一点、滑稽本二点、狂歌師肖像集一点。天明七年には黄表紙三点(作画とも京伝のもの、序・画のみのもの、画のみのもの各一点)、洒落本二点、滑稽本一点、狂歌師肖像集一点。天明八年には黄表紙三点(いずれも作のみ担当)、洒落本二点にのぼっている。

ここまで、洒落本は一作を除きすべて蔦重からの出版である(黄表紙は鶴喜・榎本・西宮など他の板元からも出版されている)。鈴木俊幸は、洒落本『息子部屋』と『江戸生艶気樺焼』ほかの黄表紙諸作が刊行されたことで京伝の人気は不動のものとなり、その人気は彼の作品を目玉商品として市中に広告していく蔦重によってさらに増幅されたと述べている(『蔦屋重三郎』)。天明の末、京伝は蔦重や鶴喜らと共に日光東照宮と中善寺に参詣したという(『伊波伝毛乃記』)。京伝と板元たちの親密さをうかがわせる話である。

馬琴はこの時期の京伝の戯作について、「天明中より洒落本の新作春毎に出て、評判よからぬはなく、小本臭草紙共に滑稽洒落第一の作者と称せられたり」(『江戸作者部類』)と記している。小本は洒落本、臭草紙は黄表紙のことである。天明九年（寛政元年）からは、蔦重以外の複数の板元も京伝の洒落本を刊行するようになる。京伝は文字どおり、引く手あまたの人気作者になっていくのであった。

第三章　転　機

1　戯作の大衆化

寛政初頭の洒落本

寛政元年に刊行された京伝の洒落本四作のうち、蔦重から出たのは『新造図《しんぞうず》彙《い》』のみだった。この作品は、『訓蒙図彙』（江戸時代の絵入り百科事典ともいうべき書物）にこじつけ、遊里に関わるさまざまな事物を見立て絵で表したものだった。これまでに京伝には、見立ての趣向による滑稽な図案の作品集として『小紋裁』（天明四年刊）・『小紋新法』（天明六年刊）・『小紋雅話』（寛政二年刊、『小紋裁』の増補解題本）・『絵兄弟』（寛政六年刊）があり、『小紋裁』を除いて全て蔦重からの刊行であった（『絵兄弟』は鶴喜との相板）。『新造図彙』も、これらに類するものとして位置づけることができよう。

『志羅川夜船《しらかわよふね》』（伏見屋善六板）は、遊びに不慣れでもてない武士を描く「武左の初会」、吉原への道すがら半可通の客が知識をひけらかす「素見高慢」、西河岸の夜見世を描く「西岸世界」の三章からなる。「武左の初会」は遊女と武士の間にろくな会話がなく、「素見高慢」は客が大門を入るところで終わり、遊興描写としてはあまり面白くないが、「西岸世界」では茶屋の若い者が客として河岸見世の遊女に会いに来る情景も描かれていて、客と遊女の駆け引きに面白さがある。

『廓大帳』(多田屋利兵衛板)にも、『志羅川夜船』のように対照的な遊びの情景を並べる構成が見られる。前半は客と芸者たちが繰り広げる茶番(素人狂言)の様子とにぎやかな会話を描き、後半は一転、金に詰まった客と遊女のやりとりを通して、互いを思いやる真情が描かれている。

そして『通気粋語伝《つうぎすいごでん》』(三崎屋清吉板)は、中国小説『忠義水滸伝』の登場人物を江戸の遊里に登場させるという新しい趣向の作品であった(題名も『忠義水滸伝』のもじり)。すでに上方では『本朝水滸伝』(安永二年刊、建部綾足作)など『水滸伝』を翻案した読本が作られていたが、これを洒落本の取材源としたところが新しかった。京伝は翻訳本『通俗忠義水滸伝』(岡嶋冠山訳、宝暦七年〜寛政二年刊)を参照していたらしい(大高洋司『忠臣水滸伝』解題)。

このように寛政元年の洒落本には、実在の妓楼や遊女についてのうがちを書き連ねる従来の型から脱する傾向が見られる。この傾向は、翌年刊行の三作の洒落本にも続いていく。

その一つ『京伝予誌《きょうでんよし》』(伏見屋善六板)は、四書(儒学で重視される四つの書物)の注釈書『経典余師』をもじり、四書の題(大学・中庸・論語・孟子)をもじった四章(大楽・通用・豊後・申)のそれぞれに遊興論・質置きの論・浄瑠璃稽古所の情景・遊女と客の心中の情景をつづったものである。『経典余師』は、寛政改革下の学問奨励の時代に「経籍の素読を自学自習できる画期的な書籍」として爆発的に流行していた（鈴木俊幸『江戸の読書熱』）。京伝はこれに目をつけ、まじめな学問書の形式それ自体を洒落本の趣向にしたのである。『経典余師』は明治期まで版・摺を重ね、ロングセラーになったが、『京伝予志』も明治期まで少なくとも五種の改刻版があり（『洒落本大成』第十五巻解題）、長く人気を保ったようである。

また『繁千話《しげしげちわ》』（多田屋利兵衛板）は、馬骨という半可通の客が知ったかぶりを続けたあげく、馬脚を現していく様子を描いた作品である。自跋に「馬骨は一人の名にして一人の名にあらず。馬骨馬骨を見て馬骨なることをしらず」（馬骨は一人の人物の名前だが、一人ではない。馬骨のような半可通は、半可通を見ても半可通であることに気づかない）とあり、半可通という遊客の類型を描くことに重点がおかれている。そして『傾城買四十八手《けいせいかいしじゅうはって》』（蔦重板）は、初会の客と経験の浅い遊女（「しっぽりとした手」）、通の客と馴染みの遊女（「やすひ手」）、手管のある遊女とそれにはまる客（「見ぬかれた手」）、夫婦になるつもりで真情を吐露し合う客と遊女（「真の手」）というように、客と遊女の関係を類型としてとらえたもので、これも特定の妓楼や遊女をうがつものではない。

うがちを離れた洒落本は、限られた読者（いわゆる通の読者）ばかりでなく、より幅広い層の読者が楽しめるものになっている。『傾城買四十八手』には従来の京伝の洒落本にはなかった即物的な性表現が見られるが、これも大衆読者の好みに応じてのものと推測されている（武藤元昭「戯作にみる性表現」）。

教訓と理屈臭さ

京伝の黄表紙にも変化が現れ始める。寛政二年刊行の作品には、改革の趣旨に即した教訓を示したり、理屈臭さを趣向としたりするものがいくつかある。

例えば『玉磨青砥銭《たまみがくあおとがぜに》』は、人々が真面目になりすぎた世の中の滑稽さをひたすらに描き、寛政改革下の世相をちゃかしながらも、〈足るを知れ、分相応に生きよ〉という儒教政治に応じた教訓で結んでいる。『照子浄頗梨《かがみのじょうはり》』の構成も、これに類似している。冒頭に獅子鼻の京伝が登場し、「筆も回らぬ一作ゆへ、御目まだるいがちにござりませふが、まことに御子様方の御目覚ましの端くれがでござりますれば、大人様方は御目長に御覧下されませ。とかく理屈臭ひ事ではなく、耳をとつて鼻をかむやふな大のむだにて、筆の行方定めぬ戯れ事、ひとへに御子様だましのお笑ひ草でござります」と述べ、理屈をこねるのが主旨ではないと断りながらも、巻末の「切落へはむかぬ跋」には「或問《あるひととふ》、何如《いかん》ぞ無益《むやく》の妄作《まうさく》を成耶《なすや》。（略）余《よ》嘗《かつて》戯作を成《なす》も一癖なり。蓋《けだし》虚を以て実に伝へ、幼童を誣《しい》する罪大なりと雖《いへども》、速に善を善とし悪を悪とす」ともっともらしい理屈が書きつけられている。

『山鵑蹴転破瓜《やまほととぎすけころのみずあげ》』では、理屈を並べること自体が趣向になっている。作中にこんな場面がある。旭如来と九郎助稲荷が口論していると、田舎娘が現れ、仲裁に入る。その後、如来と稲荷は作者である京伝のもとを訪れ、唐突に田舎娘が登場した理由を問う。作中の京伝は、陰陽和合論にこじつけて理由を説明するが、如来と稲荷は「この頃流行る心学のようだ」「わからねへ理屈だ」などと言う。京伝はさらに「草双紙といへども、からつきり種のなき事はつづまらず」と述べ、この作品の題名と登場人物の由来を二百文の銭にこじつけて解説する。

理屈やこじつけの解説を殊更に言い立て、理屈臭さそれ自体を趣向とする作風は、この当時の社会における学問の流行、自学自習の流行に応じてのものである。とりわけ流行していた学問は石門心学であり、京伝はこれに取材した黄表紙も作った。やはり寛政二年刊行の『心学早染艸《しんがくはやそめくさ》』である。

『心学早染艸』の序文には「画艸帋《ゑざうし》は。理屈臭きを。嫌ふといへども。今そのりくつ臭きをもて。一ト趣向となし。三冊に述《のべ》て幼童に授く」（草双紙は理屈っぽいことを嫌うものだが、今その理屈を趣向として、子どもに与える）とある。子ども向けを標榜するこの作品のあらすじは、次のようなものである。

『心学早染艸』

主人公の理太郎は物堅い生まれつきであったが、ふと悪心がきざし、遊里に通うようになる。それは理太郎を支えていた善魂が悪魂に縛られ、斬り殺されてしまったためだった。理太郎は飲む打つ買うの放蕩を尽くすが、善魂の妻と子どもが悪魂を討ち、理太郎は本心に帰る。

心学は、心の修養を重視する実践的な道徳の教えである。人の心が善と悪のせめぎあいでできているという考え方を、京伝は滑稽に擬人化した悪魂と善魂によって表現し、黄表紙に繰り返し描かれてきた放蕩息子の物語に結びつけたのであった。

教訓的で滑稽、しかもわかりやすい『心学早染艸』は大好評だった。『伊波伝毛乃記』には「寛政二年のころ、心学早染草といふ草冊子三冊物を著して、甚しく行れたり、世俗、これを善魂悪魂の草紙といへり、この事人口に膾炙して、人の非義を行ふことあれば、これを悪玉といへり、この諺五七年流行せり」とあり、筆者未詳の『山東京伝一代記』にも「此冊子、世に善玉悪玉といふ事を初て書出し、京伝が妙作、殊に教訓の意ふかく、大いに行れて」とある。『江戸生艶気樺焼』が天明期の黄表紙を代表する作品とすれば、この『心学早染艸』は寛政期の代表作の一つと言ってよいだろう。

この作品の人気は、何度か再摺が行われ、続編も企画されたことからも明らかである。初め大和田から出版されたが、寛政四年頃には榎本屋から再摺された。さらにこれを蔦重が求版する。また蔦重は、再摺の前に京伝に続編を依頼して、寛政三年に後編『人間一生胸算用《にんげんいっしょうむなさんよう》』、寛政五年に三編『堪忍《かんにん》袋緒〆善玉《ぶくろおじめのぜんだま》』（寛政五年刊）を出版している。

『心学早染艸』の再板用の稿本も残っている。京山は天保七年に、この稿本に追記し、「此書も亦都下に雷同して七千余部を售《う》り梓板《はん》摩滅して再板し書賈《ほんや》利を得て其屋を潤し再板又滅して再々板を量《はから》んとして」云々と記している。現存する『心学早染艸』再摺本からは版木の摩滅している様子が見てとれるといい、蔦屋が改めて京伝に本作の作り直しを依頼したものと考えられている（棚橋正博「寛政改革と山東京伝」『黄表紙の研究』所収）。稿本が書かれたのは寛政七年八月から十一月の間のことと推察されている（中山右尚「加賀文庫蔵『善玉悪玉心学早染草写本』考——成立期と京山追記について」）。

しかし実際には再板は行われなかったようである。京山の追記には、悪魂をかたどった提灯を提げて群行することが若者たちの間で流行し、それを禁じる御触が出たため、「亡兄再公令《おふれ》を粛慎《つゝしみ》して悪玉の稗史《あざうし》の再々板を許ず」（京伝はお触れを恐れ慎み、再板を許さなかった）とも書かれている。事実、寛政五年七月に、善魂・悪魂の提灯の販売とこれを灯して歩くことを禁ずる申し渡しが出されていた（棚橋前掲論文）。

『心学早染艸』が打ち出した心学的な教訓の絵解きという趣向は、その後の黄表紙に大きな影響を与えた（鈴木俊幸『江戸の読書熱』）。京伝自身も、この後、擬人化された欲望が人間を翻弄する趣向（寛政五年刊『四人詰南片傀儡』、寛政八年刊『鬼殺心角樽』）や、人間の本音と建て前の落差を描く趣向（寛政八年刊『人心鏡写絵』、寛政十年刊『児訓影絵喩』）など、心学に基づく発想で多くの黄表紙を書いていく。

『通俗大聖伝』

同じ頃、京伝は孔子の伝記を挿絵入りでまとめた『通俗大聖伝』も書いている（寛政二年刊、北尾重政画。板元は三崎屋清吉）。戯作のように滑稽な要素はなく、儒学尊重の時勢に正面から応じた作品である。自序に「今や史に由て、大聖の伝を述、傍に北尾某が画を需て、辺鄙の幼童に授、先子の明徳の広大なることを知しめんと欲」（史実に従って大聖人の伝を述べ、北尾先生の絵を添えて、田舎の子どもたちに与え、先人の徳の偉大なることを知らせたいと思う）とあり、跋に「此書は聖人一世の始終を勝《あげ》て、無量の聖徳を知しむる而已《のみ》なれば、文の拙《つたなき》を悪《にくむ》べからず」（この書は聖人の一生を記して偉大な聖徳を知らせようとするものなので、文章のつたなさを非難しないでほしい）とある。黄表紙に「幼童に授く」などとある場合、そこには韜晦の気分が感じられるが、『通俗大聖伝』は真に子どもの読者に向けて書いたものと思われる。序文・跋文には「岩瀬京伝有済」と署名しており、奥目録の本書の広告にも「岩瀬京伝作」とある。著作で岩瀬姓を示したのはおそらくこれが最初ではなかろうか。いつになくまじめなこの作品は、それまでの「山東京伝」の戯作とは異質なものである。

ともあれ、寛政二年刊行の著作に共通して言えることは、幕府の学問奨励の政策に順応してゆく姿勢が見られることである。板元の要請あってのことだろうが、『黒白水鏡』に関わって処罰された後、京伝の著作は新しい方向へ転換しはじめていたと言えよう。

考証学に関心を持ち始めたのも、寛政初頭のことらしい。後に京伝は、考証随筆『骨董集』上編前帙（文化十一年刊）の「打出小槌　猿蟹合戦」の項に「おのれ二十四五年前。童話の出所をたづねてかきとどめたるもの。童話考と名づけて一冊あり。（略）他日童話考を刻すべき意あれば。ここにはもらしつ」と記している。

菊園との結婚

寛政二年二月、三十歳の時に、京伝は扇屋の番頭新造菊園を妻に迎えた。菊園は天明五、六年の吉原細見に扇屋の新造の一人として名前が出ており、京伝と知り合ったのはこの頃かと言われている（水野稔『山東京伝年譜稿』）。京伝の戯作で菊園のことが言及され始めるのも天明六年刊行の作品からである。例えば『明矣七変目景清』には「此草双紙を扇屋の片歌さんや菊園さんに見せとふざんすよ」というせりふがあり、『客衆肝照子』には「菊園さんにちよつとお目にかかりませふと言つて下タせへ」という書き入れがある（延広真治「作中の京伝」）。

天明七年夏、菊園は四代目花扇の番頭新造になっていた。京伝は『富士之人穴見物《ふじのひとあなけんぶつ》』（天明八年刊）で三人の遊女を登場させ、一人に「菊園さんへ、半四郎近江屋に、くらさんがいなんしたよ」と言わせている。『真実情文桜』（寛政元年刊）でも登場人物に「そなたは、今度突出しの花扇に生写しだ。どふぞ菊園に見せたい」と言わせている。この年の歌麿画の浮世絵「歌舞上覧図」にも、京伝と菊園らしき女の姿が描かれているという（向井信夫「写楽・抱一同一人説」）。

延広真治は、『小紋新法』の「部外」に示された一連の図案が「菊園との仲を読者に伝える文面」として読み得るのではないか、と指摘した（「『〈小紋裁後編〉小紋新法』――影印と注釈（最終回）」）。また氏家冬深は、京伝作画の艶本『色道ゆめはんじ』が京伝の菊園に対する「のろけの集大成」であるとして、次のように述べている。

> この枕本には大きな特徴がある。それは全篇を通じてその挿画の中に、菊花や菊花の模様や菊寿という文字が圧倒的に多く出現する事実である。（略）画中の女性は云うまでもなくすべて当時彼の馴染であったところの、吉原江戸町一丁目、扇屋宇右衛門方の新造菊園を意味するわけだろう。（略）本書には刊記が全く見当らないが、彼が菊園に夢中だった時期に画かれたことは間違いない。と云うより、この艶本一冊は、彼の愛人お菊にたいするのろけの集大成と考えてもよいだろう。
>
> （「色道ゆめはんじ〈京伝〉政演の名入り枕本」傍点は原文のまま）

菊園の年季が明けたのは寛政元年の冬のことだった。『伊波伝毛乃記』には次のように書かれている。

寛政二年の春二月、吉原江戸町扇屋花扇が番頭新造菊園、京伝に走れり、菊園は京伝が熟妓なり、去年の冬、主家の年季満て尚扇屋に在り、其主人扇屋守右衛門俳名墨河は、京伝の友たり、よりて窃に菊園にすすめて、其家へ遣はせしとぞ京伝彼と約束せしにあらねども、情の切なるを以て拒むことを得ず、父母も亦これを咎めずして、遂に京伝に妻せけり、是婦させる顔色はなけれども、其気質順にして直なり、是を以て能く薪水を掌り、且つ舅姑に事へて、身を装ひ、骨を惜まず、其進止、遊女なりしには似ざるものなり

菊園は素直な性格で、結婚後は家事に精を出し、舅姑によく仕えたという。
京伝は寛政二年刊の黄表紙『玉磨青砥銭』の冒頭に、こんな情景を描いている。

小僧 おたのみ申ます、おたのみ申ます。京伝さまはおやどでござりますか　といふこゑがみみへ入、京伝うたたねのふとんをあげ 京伝 おそねや掛取なられいのとをりだよ　とゆきすぎる。女房おそね、京伝が見かけておいた太平記あづまかがみをかたよせて 女房 おおかた又。よしはらかふか川の文つかひだらう。いいきぜんな　と口小ごとをいひながらせうじをあけ　内では出やした。何ンの用だへ 小僧 油町のつたやからまいりました。青のたね本ンは出来ましたか云々

京伝は掛け取りなら居留守だよと言い、女房おそねは遊里からの使いと勘違いする。この作品の原

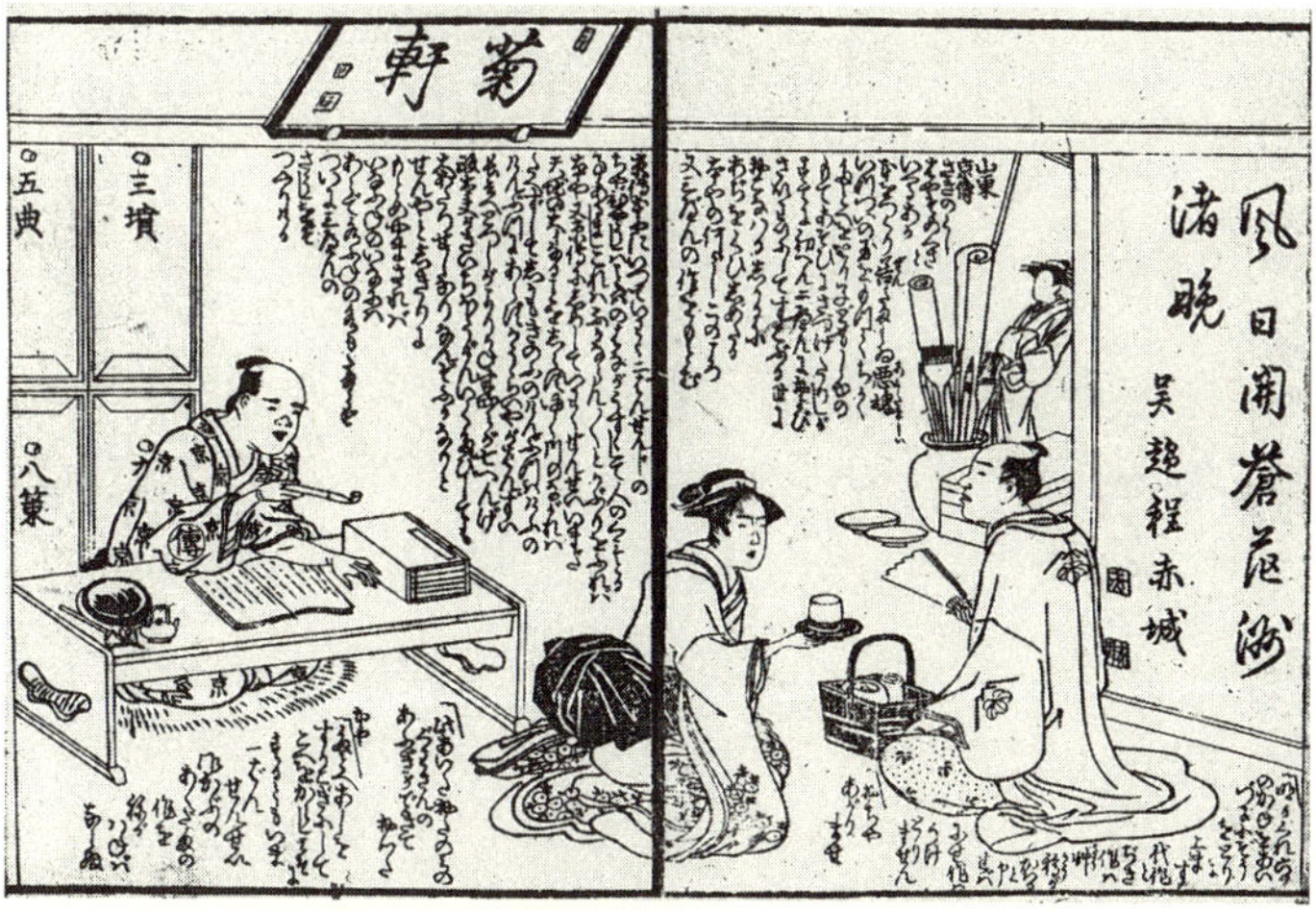

『堪忍袋緒〆善玉』蔦重（右）と菊園・京伝

稿を書いたのは寛政元年のことであろうから、これは京伝が想像するところの夫婦のやりとりということになる。おそねという名と菊園の関係はよくわからない。

菊園の死

結婚後、京伝は黄表紙の挿絵に、「菊亭」の額をかけた自らの書斎を描いたり（寛政三年刊『世中洒落見絵図』）、「菊軒」の額がある書斎で自らが蔦重を迎え、菊園がお茶を出す様子を描いたりしている（寛政五年刊『堪忍袋緒〆善玉』）。

『九界十年色地獄《くがいじゅうねんいろじごく》』（寛政三年刊）は遊女の日常を地獄に見立てる趣向で、女衒は鬼、妓楼の亭主は閻魔大王、遊女が迷う色の道は六道の辻、八月八朔に白無垢の重ね着を着ることは焦熱地獄の苦しみに喩えられている。菊園を娶ったことにより「戯謔に托して、あらためて遊女の身の上を思うてその地獄の苦をあわれみ、わが新妻の過去をし

岩瀬氏之墓（回向院境内）

のび」もした作品と言われている（水野稔『山東京伝の黄表紙』）。

しかし結婚生活は長くは続かなかった。寛政五年、菊園は血塊を患って亡くなる（『伊波伝毛乃記』）。『堪忍袋緒〆善玉』の執筆時には既に病床にあったのだろうか。『時代世話二挺鼓』に妹の姿を描いたように、京伝は菊園を励ますつもりで作中にその姿を描いたのかもしれない。

馬琴は、病に苦しむ妻の声を京伝が「聞くに忍びず」と吉原に出かけて帰らず、「此ころより、江戸町玉屋弥八が家の雛妓《しんぞう》玉の井に契りそめしとぞ」と書いている（『伊波伝毛乃記』）。しかし、後に京伝の再婚相手となる遊女玉の井が、弥八玉屋の部屋持の遊女として吉原細見にその名を現すのはしばらく後の寛政九年秋のことだから（水野稔『山東京伝年譜稿』）、馬琴の説を全面的に信じるわけにはいかない。

岩瀬氏之墓

寛政二年八月、京伝と父伝左衛門は本所回向院に岩瀬家の墓を建てた。現存する墓碑の表面には「岩瀬氏之墓」、側面には「江都　岩瀬伝左衛門信明　男伝蔵有済　建」と刻まれている。

回向院は浄土宗の寺で、寺号は諸宗山無縁寺という。寺の歴史は明暦三年（一六五七）正月の大火（明暦の大火）による犠牲者を葬ったことから始まる。天明三年（一七八三）の浅間山大噴火の犠牲者もこの寺に眠っている。無縁の霊を供養する寺として、本来は檀家はなく、見世物興行などに場所を貸すことで収益を得ていた。文政期の回向院の図面を見ると、東側に「墓地」の区画がある（吉田伸之「両国」所掲『御府内寺院備考』「本所回向院境内図」）。

馬琴は『著作堂雑記』に「京伝父伝左衛門は、幼年に伊勢を去りて後、彼国に親類も絶たるなるべし、伊勢に父方の族あることを聞かざりし也、母は江戸の人也、父は多く妻党の資によりしことありしと見えたり」と記している。伊勢出身の伝左衛門とその一家が今後も江戸で生きていくのであれば、いずれ入るべき墓を自分たちで建てるほかはない。それは文字通り江戸に骨を埋める意志の表明だった。

2　悩める戯作者

『京伝憂世之酔醒』

黄表紙に登場する京伝の顔には、獅子鼻がすっかり定着していた。寛政二年刊『京伝憂世之酔醒《きょうでんうきよのえいさめ》』は、「江戸京橋の辺に京伝といふ者あり。何といふ商売もなく、浮世を雲水の如くうかりうかりと暮らしけるが、今年廿七の若盛り、女郎なれば年の明ける歳なれど、これぞといふ冴えもなく、ただ空しく月日を送りけるが、女郎を買いたいには金がなし、地色をしたいには男が悪し。明暮れ心にまかせぬ事をはかなく思ひ」と書き出され、挿絵には布団にもぐったまま煙草盆をひきよせる京伝の姿が描かれている。不細工で貧乏で、好色で怠惰なのうらく息子としてのありさまは、天明八年刊『会通己恍惚照子』の京屋伝二郎と等しい。

馬琴は『伊波伝毛乃記』に、次のような京伝の姿を書きつけている。

京伝は弱壮の時、名だたる嫖客なりしには似げなく、性磊惰にして美衣を好まず、且つ髪を結び、髭を剃るに懶かりき、浴することは、夏秋の間は、一ヶ月に両三度、冬春に及ては、両月の中一度も稀なり、然に、ある年、玉屋に居続けして、十四五日に及びしかば、既に乱髪長髯なれども、日夜屏風を建籠てありしかば、物ともせざりしに、玉の井これを見かねて、月額を勧むるものから、かかるさまなるに、廓の髪結には剃らせがたし、いで吾儕《わなみ》が剃て進らせんといふに、尚ねむたしとて起ざりければ、玉の井手づから、鬢盥に湯を汲もて来て、臥したる郎の髯を剃り、月額を剃るに、総て小児を取り扱ふ如くして、やや剃果しかば、京伝已ことを得ず起レ身して、髪を結せしとぞ

玉の井と再婚するのは寛政十二年のことなので、この話は菊園が亡くなった寛政五年から寛政十二年の間のことと想像される。どこまで本当のことなのかはわからないが、黄表紙に描かれた京伝像と重なり合うところが多い。

また、馬琴は京伝の体質について「禀性質弱にして、一臂の重きに堪へず、然れども多病にあらず、

五十才に及ぶまで、多く二毛を不見、眼明らかにして、歯牙一枚だも脱ざりき、性酒を嗜ざれども、美酒を貯て、毎夕一盞を傾けたり、此れ其気血を巡らさん為也」とも書いている（『伊波伝毛乃記』）。これも『京伝憂世之酔醒』の京伝が「かねてより下戸」とあるのと一致している。

『京伝憂世之酔醒』のなかで京伝は異人に出逢い、どんな願いも叶うという呪文を伝授されて栄耀をきわめる。しかしそれは狐の仕業だった。結局丸裸にされてしまった京伝は、「天理に叶はざる及びなき望みを思ひし妄念を退けんと、狐の化かせしは、わがための大師なり。腹太餅も美食と思ひ、夜鷹も美人と思はば、足る事を知るべし」と悟り、「長く清貧をもてあそび、一個の隠者とな」る。

寛政二年に京伝は三十歳だった。が、父が健在で現役ということもあり、家業に携わることもなく過ごしていたようである。「何といふ商売もなく、浮世を雲水の如くうかりうかりと暮らしける」という作中の京伝は、まさに現実の京伝の投影だった。その京伝が「足る事を知るべし」と悟り、市井の隠者となるという結末は、この頃の京伝の心境——分相応に生きよという寛政改革の趣旨を受け止め、町人の分をわきまえた生き方をよしとする気持ち——をかいま見せるものではなかろうか。二年前の『会通己恍惚照子』では、京屋伝二郎は客人大明神からもらった「自惚れ鏡」で当世の遊女や客のありさまを見て回り、客人大明神から「自惚れをやめ、こつちから惚れねば女郎は惚れぬものと心得るものならば、身に過ちはあるべからず。それがすなはち通り者、此道の大通といふなるべし」と、通の心得を諭されていただけだった。つまり遊びの心得を学んだだけで、のうらく息子であることには何ら変わりはなかった。それが、『京伝憂世之酔醒』では、分相応の生き方を悟るところまで成長しているのである。

戯作をやめる意志

寛政二年刊行の著作には、時勢に合わせるように作風の変化が見られ、黄表紙の作中に登場する京伝にも、心境の変化がうかがえる。現実の京伝の心も、揺れ動いていたらしい。この年、京伝は戯作執筆を止めようと考えていたようなのである。寛政三年刊の黄表紙『箱入娘《はこいりむすめ》面屋《めんや》人魚《にんぎょう》』冒頭に、板元蔦唐丸（蔦重）の口上として次のように書かれている。

作者京伝申候は、ただ今までかりそめにつたなき戯作仕り御らんに入候へども、かやうのむゐきの事に日月および筆紙をついやし候事、さりとはたはけのいたり、殊に去春なぞは世の中にあしきひやうぎをうけ候事、ふかくこれらをはぢ候て、当年よりけつして戯作相やめ可申と、わたくし方へもかたくことはり申候へ共、さやうにては御ひいきあつきわたくし見世、きうにすいびに相成候事ゆへ、ぜひぜひ当年ばかりは作いたしくれ候やう相たのみ候へば、京伝も久しきちいんのわたくしゆへに、もだしがたくぞんじ、まげて作いたしくれ候

（作者京伝が申すには、「今までかりそめに拙い戯作を読者の御覧に入れてきましたが、こうした無益なことに月日や筆、紙を費やすことは、たわけの至りであります。殊に昨春などは世の中で悪い評議を受けました。これらのことを深く恥じまして、今年からは決して戯作の筆はとりません」と、私〔注——蔦重〕の方へも断って参りましたが、そうしたことでは読者のみなさまのご贔屓厚い私の店が立ちゆかなくなりますので、是非と

も今年ばかりは執筆してくれるように頼んだところ、京伝も長い付き合いの私の頼みゆえ応じないわけにはいかず、決意をまげて執筆してくれました）

京伝は戯作を「無益の事」「たはけのいたり」と述べたという。「去春なぞは世の中にあしきひやうぎをうけ候事」というのは、この作品の原稿を書いていた時点（寛政二年）から見た「去春」、つまり寛政元年の春に『黒白水鏡』が咎められたことをさしている（水野稔『山東京伝年譜稿』）。『京伝憂世之酔醒』に示されていた、分相応の生き方をよしとする気持ちと、戯作のような「むゑきの事」をやめようという気持ちは、同じところから発しているのではなかろうか。公儀から処分されたことで戯作執筆への躊躇が生じたところに、改革の趣旨に即した生き方をしようという考えが合致して、こうした決意にいたったものと思われる。

また、ここには、京伝の戯作観が端的に現れてもいる。戯作はしがみつくべき仕事ではない、町人として本来やるべきことが他にある、というのが京伝の考えであった。

しかし京伝が「戯作をやめたい」と言ったところで、売れっ子の作者を板元が簡単に手放すはずがなかった。改革政治が浸透するなかで経営は厳しく、蔦重も真剣だった。鈴木俊幸は、寛政二、三年の江戸に倹約・自粛ムードが漂っていたことを指摘しつつ、「草紙屋の扱う商品のほとんどは、特に経営を支える類のものは、錦絵にしても草双紙にしても、所詮無駄の上に成り立つ商品である。自粛の空気の中にあっては、まず倹約の対象となって当然であろう。（略）草紙の出版・流通の業界は、本来活況を呈すべき時機において、不景気をかこたなくてはならなくなったのである。蔦重が売れ筋の特定作者の作品にのみ固執するような、いわば保守的な姿勢をとっていくことの裏面にはこのような事情もあったのである」と述べている（『蔦屋重三郎』）。

潤筆料

京伝が断筆の意志を貫けなかったのは、それまでに築いてきた蔦重との関係があったからであるが、そこには潤筆料（原稿料）の問題がからんでくる。馬琴は次のように記している。

寛政中、京伝、馬琴が両作の草冊子、大行るるに及て、書肆耕書堂、仙鶴堂相謀り、始て両作の潤筆を定め、件の両書肆の外、他の板元の為に作することなからしむ、京伝、馬琴これを許すこと六七年、爾後ますます行れて、他の書肆等障りをいふもの多かりしかば、耕書、仙鶴の二書肆も、これを拒むことを得ず、広く著編を与へ、刻さすることになりたり、又其潤筆も漸々に登りにき
（『伊波伝毛乃記』）

昔は臭草紙の作者に潤筆をおくることはなかりき。喜三二、春町、全交抔は毎歳板元の書賈より新板の絵草紙錦絵を多く贈りて、新年の佳義を表し、且その前年の冬出板のくさざうしにあたり作あれば、二三月の比にいたりてその作者を遊里へ伴ひ、一夕饗応せしのみなりしに、寛政に至て京伝馬琴の両作のみ殊に年々に行れて部数一万余を売るにより、書賈蔦屋重三郎、鶴屋喜右衛門と相謀りて初てくさざうしの潤筆を定めたり。こは寛政七八年の事にて、当時は京伝馬琴の外に潤筆を受

る作者はなかりしに、後々に至りてはさしもあらぬ作者すらなべて潤筆を得ることは、件の両作者を例にしたるなり

（『江戸作者部類』）

かつては板元から作者へ潤筆料を贈る習慣はなく、年始に新板の草双紙や錦絵を贈ったり、前年冬に出版した作品に当たり作があれば作者を遊里で饗応したりする程度だった。しかし京伝と馬琴の黄表紙が一万部余りも売れるようになったことをきっかけに、耕書堂（蔦重）と仙鶴堂（鶴喜）が相談して、寛政七、八年から京伝と馬琴に潤筆料を贈るようになったという。

実際には、潤筆料の習慣はもう少し早くからあったらしい。京山の『蛙鳴秘鈔』には、寛政三年の春頃、京伝が馬琴に「足下独居の身にて、常の産業もなくてあらば、身のためあしかるべし。とても戯作者となりては、歯の黒き女房は養ひがたし」「歳も若き事なれば、武家奉公か又は町家ならば、書をこのみ給ふゆゑ書林などへ奉公し給はば、身のすへにもよかるべし」と語ったという記事がある。京山はこの記事に、次のように付記している。

此頃戯作者にて作料をとりしは京伝一人也。其余の人はなぐさみにて、料をとる事なし。京伝も始は無料なりしが、編作の書世に行はれて、書肆大金を得るゆゑに、書肆より作料を贈りたる也。歯黒き女房とは、馬琴此時深川に在りしゆゑ、歯の白き女房は、芸者或は妓をつとめて、夫を養ふもあるゆゑかくはいひしなり

当時、戯作者で潤筆料を得ていたのは京伝ひとりであり、他の作者たちはなぐさみに執筆していたので、潤筆料は取っていなかった。京伝も最初は無料で執筆していたが、作品が売れて板元は多大な利益を得るようになったので、潤筆料を贈るようになった、という。

寛政三年、京伝は自作の洒落本が制禁を犯すものであったとして咎められ、手鎖に処せられる。この件は後で詳しく述べるが、その際の町奉行の調書には、京伝について「親伝左衛門手前に罷在、浮世絵と申習し候絵を認め、本屋共へ売渡、渡世仕候所、五六年以前より、不レ計草双紙、読本の類作り出し、右本屋共へ相対仕、作料取て売渡来候に付」（親の伝左衛門と同居し、浮世絵を描き、本屋に売って渡世としており、五六年前から草双紙や読本の類を作り始め、潤筆料と引き替えに本屋に売っていた）と書かれている（『山東京伝一代記』）。ここでの「読本」は洒落本のことをさすと思われる。かりに「作料取て売渡来候」時期が「五六年以前」までさかのぼるとすると、天明五、六年頃から潤筆料をもらっていたということになる。

寛政二年までは、京伝の黄表紙・洒落本は蔦重・鶴喜以外の板元からも刊行されているから、この時点では仮に二書肆との間に潤筆料のやりとりがあったとしても、まだ「他の板元の為に作することなからしむ」という状態ではない。実際にそうなるのは寛政三年からである。この年刊行の京伝の新作黄表紙は蔦重と鶴喜に独占されており、洒落本は三作とも蔦重板である。蔦重はこの三作の稿本を前年の寛政二年七月に受け取り、京伝に三作の潤筆料、金二両三分銀十一匁のうち金一両銀五匁を渡している（『山東京伝一代記』）。馬琴が京伝のもとを初めて訪れた寛政二年秋の時点では、京伝はすでに潤筆料を得て執筆する状態にあったのである。

しかし京伝が戯作をまともな生業と考えていなかったことは、馬琴に「とても戯作者となりては、歯の黒き女房は養ひがたし」と諭したという話からも明らかである。京山は、京伝が馬琴に初めて会った時、「草ざうしの作は、世をわたる家業ありて、かたはらのなぐさみにすべき物なり、今時鳴ある作者皆然り」（草双紙の執筆は、世渡りのための家業を別に持ち、そのかたわらでなぐさみとして行うべきものである。今有名な作者たちはみなそうである）と述べた、とも書いている（『蛛の糸巻』弘化三年夏起筆）。

京伝像の変化

『京伝憂世之酔醒』の作中の京伝は、それまでのうらく息子から、分相応の生き方を悟る人間へと成長をとげた。翌寛政三年刊行の黄表紙に登場する京伝も、それ以前に比べると、取り立ててのうらく息子らしくふるまう場面はない。

たとえば『人間一生胸算用』。作中の京伝は、うかうかと草庵を出て善魂に出くわし、その通力で豆粒大になり、働き者の無二郎の体に入り込んで気・心・目・口・鼻などの勝手な行動を目にする。無二郎は京伝について「おらが隣の京伝は、さりとはべらぼうな男だ。又、四五日出て家へ帰らぬさふだ。馬鹿に付ける薬がないとは、よく言ふたものじや」と評し、京伝もまた、善魂に「何と今から連れて行く所があるが、行てみる気はなしか」と誘われて「吉原へでも行口ぶり、まんざらでもねへ」と反応しているから、どうやら好色なのうらく息子ではあるらしいが、その個性が発揮される場面はない。作中の京伝は、無二郎の体内で起きる出来事を傍観しているにすぎない。

『九界十年色地獄』には「安ン本ン山三東寺狂伝和尚といふのうらく法師」が登場し、色談義を行い、「苦界十年が間、色地獄の責めを不憫に思はば、振られても腹立つべからず、もててもはまるべからず。余計の金あらば、苦しみをも救ふべし。よいほどほどに遊びて、足るを知り、早く丘隅《きうぐう》にとどまるべし。通の通とすべきは、常の通にあらず」（遊女の苦界を思えば、振られても腹を立ててはならない。もててものめりこんではならない。余分の金があったら身請けしてやれ。ほどほどに遊んで足るを知れ）と説く。「足る事を知るべし」と自ら悟るにとどまっていた『京伝憂世之酔醒』の京伝に比べ、この狂伝はさらに一歩進んで、聴衆にその教訓を説き諭している。そういう意味では、この狂伝は『京伝憂世之酔醒』の結末で隠者となった京伝の、その後の姿ととらえることもできよう。

『世上洒落見《よのなかしゃれけんの》絵図《えず》』に登場する京伝は、黄表紙の作者である。世の中に洒落が行きすぎておかしくなり（劇場では芝居ではなく役者の家での生活を見せ、狐は自分から罠をかけて狩人を釣り、トンビは油揚げをさらうどころか銭を払って初鰹を買う、というようなありさま）、それを京伝が草双紙に書きかけていると、天帝がやってきて京伝を連れ出し、石でもなく木でもない朽ちた塊を見せ、これが「洒落の高じたもの」であると教える。天帝は「かうでもない、ああでもないと、だんだん洒落洒落して、遂にはこんな分からぬものになる。今時の洒落は洒落ではなくて、皆行過ぎだから、本意を失つて、このやうに初めの形をなくしてしまふ。（略）人の事ばかりでもない。草双紙なども、あまり洒落ると本意を失ふ」（ああでもないこうでもないと、だんだん洒落が高じると、しまいにはこんなわけのわからないものになってしまう。今の洒落は本来の洒落ではなくて、単なる行き過ぎだから、本来言うべき事を失って初めの形をなくしてしまう。〔略〕人間の事ばかりではない。草双紙なども、あまり洒落すぎると本来言うべき事を失ってしま

『世上洒落見絵図』朽木のようになる京伝

う）と述べて京伝を諭すが、天帝がさし出した天眼の鏡に映る京伝の体も「だんだん洒落てきて、遂に朽木の様になる」。天帝はそれを見て「過ぎたるは及ばざるが如しと、古語の通り（略）武士は武士くさく、町人は町人くさきがよい」と諭す。

分相応がよい、という天帝のことばには、これを執筆していた寛政二年時点の京伝の気持ちが映し出されているようである。このことばは「あまり洒落ると本意を失ふ」という洒落の行きすぎへの批判と結びついているのだが、では洒落のない世の中とはどういうものか。最後に天帝は、洒落すぎて朽木のようになった人間たちを元通りに直すため、「彩色をし直し、衣装を着せ替へ」る。挿絵には、洒落のなくなった世の中に生きる人間たちの図像が、菱川師宣の絵などを思わせる古画ふうの筆致で描かれている。のちに京伝は師宣の風俗画などを資料とした近世初期風俗の考証に熱中するが、その成果の一つである考証随筆『骨董集』（文化元年刊）には、考証に関心を持ったきっかけは「質朴《スナホ》なるいにしへのありさまをまねび」、身のほどを過ぎた暮らしをするなと家の者たちに教え諭そうと思ったからだと書かれている（詳しくは後述する）。『世上洒落見絵図』の最後の挿絵からは、洒落のない「質朴《スナホ》なるいにしへ」として近世初期に思いをはせ、師宣の絵にその時代のありさまを見るという発想が、すでにこの時に京伝のなかにあったということをうかがわせる。

3 筆禍

寛政三年の洒落本

寛政三年の春、京伝の洒落本三作が蔦重から刊行された。『仕懸文庫《しかけぶんこ》』は、「曽我物語」の人物を登場させ、大磯を舞台としつつ実際には深川の遊里風俗を描き、『娼妓絹籭《しょうぎきぬぶるい》』は大坂新町の廓に「梅川忠兵衛」の人物を登場させながら、実際には吉原での遊女と客のやりとりを描いている。また『錦之裏』は、神崎の廓に仮託して「夕霧伊左衛門」の人物を登場させ、実際には吉原での遊女の日常生活を描く趣向であった。いずれも浄瑠璃や歌舞伎でよく知られた人物を出し、表向きは当世の江戸を舞台としない設定になっており、それまでの京伝の洒落本とは趣が異なっている。

享保七年以来、好色本の出版は禁止されていた。寛政二年五月と九月にはその禁令を改めて確認する御触が出され（『御触書天保集成』）、十月には、出版前に地本問屋行事による改（検閲）を行うよう申し渡しがあった（『類集撰要』）。そのように取り締まりが厳しくなる中で、蔦重は七月に京伝から洒落本の稿本を受け取り、十月下旬には板木屋に依頼してあった板刻も成って、十二月二十日に行事改を済ませている（『山東京伝一代記』）。

これらの作品は、蔦重が京伝に依頼して書かせたものだった。馬琴は「寛政二年　官命ありて洒落本を禁ぜられしに、蔦屋重三郎書林幷に地本問屋その利を思ふの故に京伝をそそのかして又洒落本二種を綴らして、その表袋《ウハ》ニ教訓読本かくのごとくしるして三年春正月印行したり」（『江戸作者部類』）と記している。事実、『仕懸文庫』は「教訓読本」と明記した袋に入れられ、跋には「不佞京伝。嘗《かつて》好色淫蕩を著述すといへども。実は前に美味あることを述て。後に毒あることを示し。戒を垂《たるる》がため也」という一文がある。『錦之裏』の「附言」にも「予《われ》屢《しばしば》妄《みだり》の著述をなし、淫蕩《どうらくなこと》を伝ふるに似たれとも、必其戒を忘れず、喜怒哀楽《よろこびいかりかなしみたのしむ》の人情を述て、勧善懲悪《ぜんにすすめあくをこらす》の微意《すこしきこころざし》あり」とある。いずれも作品の教訓性を強調するものである。他にも三作それぞれに修正の跡のあることが指摘されている（棚橋正博「寛政三年の京伝洒落本」）。作中の人名や舞台となる遊里を前述のように設定したのも、取り締まりをかいくぐって出版にこぎつけるためだったと考えられる。

売れ行きは良く、馬琴は「京伝が特によくその赴きを尽したりければ、甚しく行れて板元の贏余多なり」（『江戸作者部類』）と書いている。遊女の生活を時間を追って描く『錦之裏』の趣向は、式亭三馬の『辰巳婦言』ほか寛政末期の洒落本数種や滑稽本『浮世風呂』に影響を与えたし、喜多川歌麿の浮世絵「青楼十二時」なども同様の趣向である（本田康雄「式亭三馬の黄表紙と洒落本」、大久保純一「歌麿の青楼十二時とその周辺」）。『仕懸文庫』は後に為永春水によって手が加えられ、『辰巳之月』という人情本に作り直されている。天保年間に隆盛する人情本に通じる要素を、すでにこの作品ははらんでいたのである。

手鎖五十日

だがこれらの作品は、行事改を済ませての刊行であったにもかかわらず、町奉行から目をつけられた。同年三月、京伝・蔦重・地本問屋行事および京伝の父伝左衛門は、町奉行初鹿野河内守の吟味を受け、その時の調書が『山東京伝一代記』に掲載されている。

それによれば、京伝は禁令を等閑にして「遊女放埒の体」を綴り、潤筆料と引き替えに板元へ渡したことが咎められ、手鎖五十日が申しつけられた。蔦重は、事実上は深川など同時代の風俗を描いた作品だったにもかかわらず人名を「古人之名」にしているので問題ないと判断し、町触や申し渡しを等閑にして出版に及んだことが咎められて、当該書の絶版と重過料の処分を受けた（『伊波伝毛乃記』・『江戸作者部類』には「身上半減の闕処」とある）。また改を担当した行事二名は、深川や吉原のことが露わには書かれておらず、たわむれの事を主に綴った内容ゆえに発売しても問題はないと「心得違」し、町触や申し渡しを等閑にしたことが咎められ、重過料となった（『伊波伝毛乃記』には「商売御かまひのうへ、所追放」、『江戸作者部類』には「軽追放」とある）。そして伝左衛門は、町触も出されており、伝蔵がいかがわしい作品を書いて売るなどしないよう気をつけねばならなかったにもかかわらず、そうしなかったことが家主の立場にある者として不注意の極みとされ、「急度叱り」に処せられた。

作者や板元ばかりでなく、改の主体である地本問屋の行事までが処分の対象となったことは、業界に衝撃を与えたと思われる。鈴木俊幸は「公認後の仲間組織の実効性を問うことによって、その引締めを図り、風俗矯正をかかる領域において行おうとした場合、京伝と蔦重とを処分の対象にしたのは、見せしめの意味においてはまさに的確なものであった。草紙市場の冷え込みに加えて、草紙に対する規制の強化は、この商売の旨味を減少させたであろう」と述べている（『蔦屋重三郎』）。

寛政元年に「あしきひやうぎ」を受けたことを深く恥じていた京伝にとって、二度目の処分は大きな痛手となった。馬琴は、板元は元来度量の大きい男なのでさほど畏れた様子はなかったが、京伝は甚だしく畏れ、以後は謹慎第一の人となったと伝えている（『伊波伝毛乃記』）。

謹慎中の京伝の様子を伝える、次のような話もある。

作者山東京伝御咎にて、手鎖にて町内預と成、そのころ大かた古き作者うせて此者専ら戯作をなす、殊に洒落本と唱ふる小冊多く作り、錦の裏仕懸文庫など大いに行はれたり、専ら此御咎也、京伝予に語て云く、封印改に出る度、腰掛より人の往来を見るに羨しく、身にことなくばのどけかるべき春の日をとおもへり、手がねに逢ひし者のひそかにはづすやう有など教けるが、おそろしくおほへて慎み居たり、と云しは実情なるべし

（京伝はお咎めを受け、手鎖をかけられ町内の預かりとなった。その頃は古い作者がいなくなり京伝がもっぱら戯作を書いていた。特に洒落本を沢山書き、『錦の裏』や『仕懸文庫』は大変売れた。それによるお咎めである。

京伝が私に語ったところでは、手鎖の封印改に出るたび、自由に往来する人を見るにつけてもうらやましく、自分の身に何事もなければのどかな春の日であるのにと思った。手鎖刑にあったことのある人がこっそり外す方法があると教えてくれたが、怖くて実行しなかったと言った）

（喜多村筠庭『きさのまにまに』）

京伝が処分されたことは世間の噂となった。かえって知名度は上がり、「牛打つ童、蜑が子どもまで知らざるはなし」（『伊波伝毛乃記』）というありさまだったという。

馬琴登場

この事件の数ヶ月前、寛政二年の秋に、滝沢興邦《おきくに》すなわち後の曲亭馬琴が、初めて京伝の家を訪れた。明和四年（一七六七）に深川浄心寺の近くで生まれた馬琴は、この時二十四歳、京伝より六歳の年少である。

滝沢家は下級武士の家柄だった。馬琴ははじめ水野信濃守、次に小笠原上総介に仕え、天明七年からは有馬備後守氏保に仕えていたが、天明八年に病気のため有馬家を辞し、長兄興旨《おきむね》の宅に身を寄せた。寛政元年に病が癒えた後は官医山本宗洪の塾で医学を、亀田鵬斎の講で儒学を学んでいた（『吾仏乃記』）。

京伝と初めて会ったときのことを、馬琴は次のように回想している。

是の年の秋、馬琴初て京伝に見ゆ、一見して旧識の如し、其好む所同じければなり（略）其幼少の日、各居る処遠からず、僅かに相去ること数町に過ぎざれども、其蒙師《てらこや》同じからず（略）且つ武家と町家の差別あるを以て、相識らざること二十余年、この日、各旧里を告るに及て、互に拍掌しても奇耦とせり、是を以て、其交り疎からず

（この年の秋、馬琴は初めて京伝に会った。初めから古い知り合いのようであった。好みが同じだったからである。〔略〕幼いころ二人の家は近く、僅に数町離れているだけだったが、寺子屋は別だった。〔略〕また武士と町人という違いもあるため、二十余年も互いに知らずにいたが、この日それぞれの出身地を知って、互いに手を叩いて奇遇を感じた。これ以来、二人は親しくなった）

（『伊波伝毛乃記』）

馬琴は京伝とあたかも対等の立場で親しくなったように書いているが、小池藤五郎は寛政二年当時の二人が対等の関係にあったはずはないとして、このように書いたのは馬琴の「負けじ魂」と「体面上の焦燥」によるものだと推察している（『山東京伝の研究』）。高田衛も「一方は人ぞ知る通俗文壇の第一人者、そして片や入門志願者は、無名貧窮の浪人者、社会的ランクでも大差のあるこの二人が、馬琴側の資料、『伊波伝毛乃記』によれば、出逢った時点で『一見して旧識の如し』とあるのだが、それは信じ得ることであろうか」と疑義を呈している。ただし、馬琴はかつて竹の塚の俳友の家に寄留していたことがあり（『吾仏乃記』）、京伝も竹の塚在住の戯作者竹塚東子と知り合いであることから、初対面の京伝と馬琴の間で東子のことが話題にのぼったのかもしれないと推察している（『滝沢馬琴』）。

京山は、馬琴が京伝のもとを訪れたのは弟子入りを望んでのことであったと、『蛛の糸巻』にはっきり書いている。

曲亭馬琴は、寛政の初、家兄のもとへ酒一樽もちてはじめて尋来り、門人になりたきよしをいふ、所をきけば、深川仲町の裏家にひとり住よしいふ、家兄曰、草ざうしの作は、世をわたる家業ありて、かたはらのなぐさみにすべき物なり、今時鳴ある作者皆然り、さてまた、戯作は弟子とてをしふべき事一ツもなし、さればおのれをはじめ、古今の戯作者一人も師匠はなし、まづ弟子入りはおことわりなり、しかし心やすくはなしにき玉へ、また書たる物あらば、みる事はみてやるべし、と示されけるに、しばしば来りて物を問へり

(曲亭馬琴は、寛政の初めに、酒一樽を持って兄のもとを初めて訪れ、門人になりたいと言った。深川仲町の裏長屋に独居しているという。兄は、「草双紙の執筆は、生活のための家業を別に持ち、その家業の合間になぐさみとして行うべきものだ。今の有名な作者たちはみなそうだ。また戯作は、弟子といっても教えるような事はない。私をはじめ、古今の戯作者で師匠についた人はいない。弟子入りはお断りするが、気安く話でもしに来なさい。書いたものがあれば、見ることは見てあげますから」と言った。馬琴はしばしばやって来て、兄に質問したりした)

京山は『蛙鳴秘鈔』にもこの時のことを記し、当時の馬琴の身の上についても言及している（こちらは現代語訳のみを示す)。

馬琴の父は滝沢某といって小川町辺の医者の味噌用人だった。父の没後、馬琴はその医者の家に奉

公して剃髪し、医学を学んだが、身持ちが悪くて暇を出され、零落した。寛政（注――京山は「文政」と記しているが誤り）の頃、深川櫓下の裏に独居していた折、一樽の酒を携えて京伝のところを訪れ、戯作の入門を乞うた。京伝は、「これまで多くの人が入門を乞うてきたが、師弟の約束をしたことはない。戯作は、師として教えるべきものもなければ、弟子として学ぶべき道もない」と言って入門を固辞した。馬琴は「それでしたら弟子とはお思いにならないで下さい。こちらからは師匠と存じて、親しくさせていただきたいと思います。どうぞ号を付けてください」としきりに頼んだので、京伝は大栄山人という号をつけた。馬琴は喜び、食事をして語らい、帰っていった。この時、京伝は京山に向かって、「今の男には才気がある。また来たら、居留守を使わないで二階に通しなさい」と言った。この頃は京伝を訪ねてくる人が多く、時間を取られるので、時に居留守を使っていた。二階の書斎に通す人はまれだった。

ところで馬琴は、京伝の『心学早染艸』に倣って書いた黄表紙『四遍摺心学草紙《しへんずりしんがくぞうし》』（寛政八年刊）の自序に「昔時《むかし》朋友《ほうゆう》山東何がし、善悪一双の玉を磨ひて」と書き、享和元年の鈴木牧之あての書簡にも「友人京伝方へは毎度御懇書被遣候よし」と記していて（高橋実『北越雪譜の思想』）、京伝を「友」と呼んでいる。前述のとおり、実際に両者が対等の関係にあったとは思えないが、馬琴は『春秋洒子伝』（寛政五年成、椒芽田楽作）の序を唐来参和に代わって書いた時にも、「朋友三和の需に応じて　曲亭馬琴書」と記しているという。自分よりかなり年上の参和に対しても「朋友」の語を用いているのである。鈴木俊幸は、ここに「その道の先輩として馬琴を下に見ることはしていない」参和の人の良さを感じ取っているが（『唐来三和の文芸』）、京伝が馬琴に「友」と呼ばせたのも同様の感覚であろうか。

というのは、京伝も馬琴の黄表紙に寄せた序文のなかで、馬琴を「友」と呼んでいるからである。『鼠子婚礼塵劫記《ねずみこんれいじんこうき》』（寛政五年刊）の序文には「曲亭何某、前に予が隠里一ツ穴に寓居し、一ツ皿の油を嘗て友としよし」と書き、『女荘子《おんなそうじ》胡蝶夢魂《こちょうのゆめ》』（黒木作、勝川春朗画）の序文にも「本屋の応レ需て朋友馬琴子の筆をかり」と書いている。『女荘子胡蝶夢魂』には刊記がないが、画工の勝川春朗こと若き日の葛飾北斎が勝川派を離脱したのは寛政六年だから、馬琴が居候していた寛政三年から寛政六年の間の刊行と思われる（棚橋正博『黄表紙総覧』では寛政三年に稿が成り、寛政四年新板とみる）。京伝は馬琴の弟子入りを断り、友人として遇した。実際の上下関係はどうあれ、馬琴が京伝を「友」と呼んだのも、京伝の気持ちに合わせたというところがあるのかもしれない。

馬琴、居候する

馬琴の黄表紙の初作は、大栄山人の名で書いた『尽用而《つかいはたして》二《に》分《ぶ》狂言《きょうげん》』（寛政三年刊）である。馬琴は『江戸作者部類』に「寛政二年の秋、戯れに壬生狂言の臭草紙二巻を綴りて京伝に見せしに、吾にたまへ、吾序をものして泉市へつかはして吾怠りの責を塞ぐべしとて、かたの如くに計らはれたり」と記している。京伝は自分が書けないので、代わりにこの作品を泉市（板元の和泉屋市兵衛）に斡旋した。棚橋正博によれば、同じ寛政三年に泉市から刊行された黄表紙『至無我人鼻心神《むがにいたれひとはなこころ》』の巻末には「竹塚翁東子述」「京伝作」という署名があり、竹塚東子が持ち込んだ構想を京伝が助作した作品らしい。前述の通り、京伝は寛政二年に戯作の執筆をやめようと考えていた。したがって泉市に黄表紙の新作を渡す約束が果たせず、急遽、馬琴の『尽用而二分狂言』と東子の『至無我人鼻心神』を泉市に紹介したものと考えられる（『黄表紙総覧』）。

寛政三年八月、馬琴の住む深川一帯は大雨による洪水にみまわれた（『武江年表』）。旅行中だった馬琴は、帰宅して被害をまのあたりにし、京伝に相談した。京山の『蛛の糸巻』に次のようにある（現代語訳で示す）。

ある日、馬琴が「今戻りました」とやって来た。旅の話をして、食事もして帰っていったが、翌日また来て「留守中に洪水があり、畳は残らず腐って壁も落ち、台所のものも流れ失せてしまった。旅行中の稼ぎもはかばかしくないため、足をなくした蟹のような状態で身動きがとれない。どうしたものだろうか」と言う。兄（注――京伝）は、「それなら当分わが家に居候しなさい」と言った。馬琴は大変喜び、内弟子の気持ちでいたので、京伝は衣服の面倒までみた。

馬琴が居候したのは京伝が手鎖を許された後とみられる。馬琴は居候中の出来事を『伊波伝毛乃記』に次のようにつづっている（これも現代語訳で記す）。

初冬の頃、手鎖を免じられた後、板元の蔦屋や鶴屋などが来春出版の黄表紙の原稿を催促しに来た。

京伝は長年の義理もあるので断れなかったが、時間もなく、かつ筆禍の衝撃から立ち直っていないために執筆意欲もわかなかった。そこで馬琴がひそかに代作し、また京伝の趣向に基づいて執筆を助けたので、数種の作が一ヶ月余りで完成し、翌春の出版に間に合った。

馬琴によれば、『龍宮《たつのみやこ》羶《なまぐさ》鉢木《はちのき》』（寛政五年刊）は「趣向は京伝、文は馬琴作」、『実語《じつご》教《きょう》幼稚《おさな》講《こう》釈《しゃく》』（寛政四年刊）は「趣向かき入ともに馬琴代作」で画稿（下絵）は京伝自画であったという（『江戸作者部類』）。

寛政四年、蔦重が京伝のもとを訪れ、店の番頭がやめて帳場が空いてしまったので、居候の男（馬琴）を奉公人として抱えたいと申し入れた。京伝は馬琴について「酒はのまず、手もかき、文字もよめ、作気もあり、丁どよからん、しかし実体とたしかには請合申されぬ」と答えたと言う（『蛛の糸巻』）。馬琴は武士の身分を離れ、町人になり、蔦重のところで働き始めた。馬琴自身は、これを「寛政三年辛亥の春三月」（『吾仏乃記』）のこととしているが、居候と代作が寛政三年初冬のことだとすれば、奉公を始めた時期は寛政四年春とするのが正しいだろう。

それからほどなく、寛政五年七月に馬琴は蔦重を去り、友人の父である山田屋半右衛門の宅に寄宿し、山田屋夫妻の媒酌で、飯田町の履物商伊勢屋の寡婦会田お百に入婿した（『吾仏乃記』）。京山はこれを「つたやに三年ばかり奉公して」後のこととするが（『蛛の糸巻』）、年数が合わない。こちらは京山の勘違いであろうか。

根岸静衛『耳嚢』の「才能不埒《ふらち》を補ふ事」には、馬琴について「武家の若党奉公などをして所々勤《つとめ》歩行《あるき》しが、生得無頼の放蕩者にて楊梅瘡《ようばいそう》を愁ひ、去る医師の方へ寄宿して、（略）弟子に成り、滝沢宗僊《そうせん》とて代脈に歩行亦は其身も療治などなしけるが、梅瘡も快く又々持病の放蕩起りて、右医家にも足をとどめ難く立出しが、京伝が許に寄宿して手伝しが、京伝其才を憐みて世話なして、今は飯田町に家主をなし、伊勢屋清右衛門とて荒物など商ひ」云々とあり、京伝が馬琴に目をかけたのは、その才能を見込んでのことだった、としている。京山によれば、馬琴が「耳嚢」五巻を写して人に貸したことを耳にした著者が、内々に町方の同心に命じて馬琴所持の写本を取り上げた上、馬琴の身元を調べて「耳嚢」の十巻にその伝を載せたという（『蛙鳴秘鈔』）。

ともあれ、京伝の知遇を得たことで、浪人滝沢興邦は戯作者曲亭馬琴としての人生を歩み始めることになったのである。

馬琴と京山

馬琴と京山は京伝没後に犬猿の仲となるが、若い時に互いをどう思っていたのかはよくわからない。寛政三年十二月、二十三才の京山は外叔母鵜飼勢の養子となり、篠山藩主青山家に仕官する。勢はかつて掃門《かもん》の名で藩主青山忠高に仕え、その子を何人ももうけていた。御側勤めを辞めた後に鵜飼家の養女となり、甥の京山を跡取りに迎えたのである（津田真弓『江戸絵本の匠　山東京山』）。

一方の馬琴は翌寛政四年に町人となり、蔦重に奉公する。年もさほど違わぬ二人は、相前後して一人は町人から武士へ、一人は武士から町人へと、逆の道をたどることになった。

とは言え、七年後の寛政十一年、京山は養家を辞して岩瀬家に戻って来た。馬琴は結婚後も京伝宅に年始の挨拶に訪れ、京伝も返礼として馬琴宅を訪問した。京山も京伝宅に同居していた時は必ず同道したという（『蛙鳴秘鈔』）。

京山が戯作者として独り立ちするのは文化期に入ってからだが、この寛政十一年には、京伝の著作に跋や賛を書き、馬琴の『戯子名所図会』（寛政十二年刊）にも漢詩の賛と跋を寄せている。

感和亭鬼武

ところで、寛政三年に京伝の代作をしたのは馬琴ひとりではないらしい。京伝はこの頃、戯作者の感和亭鬼武と親しく、寛政四年に刊行された鬼武撰の『狂歌仁世物語』（狂歌と和詩の集）に多くの作品を寄せ、同年春にはやはり鬼武撰の『素吟戯歌集』に序を書き、狂歌を寄せている。水野稔は、『狂歌仁世物語』所収の京伝の狂歌「片腕とたのみし人に別れては手のなき上を何とくらさん」（「鬼武のみちのくへ旅たてるを見送りて」という詞書がある）について、「おそらく洒落本の筆禍後、手も足も出なくなっていた京伝の率直な胸中をうちわったものであろう」と解釈し、鬼武が京伝の洒落本『娼妓絹籭』（寛政三年刊）に跋を寄せていることや、自作において京伝門人を名乗っていることから、「あるいは馬琴などと同じく、筆禍後の京伝代作に関与したというような関係にもあったのではないか」と推察している（「『狂歌仁世物語』」）。

寛政四年刊の京伝の黄表紙『唯心鬼打豆《ただこころおにうちまめ》』（画工不明）には、「鬼武画」と書かれた衝立を描いた挿絵がある。鈴木俊幸は、この作品が朋誠堂喜三二『女嫌変豆男《おんなぎらいへんなまめおとこ》』（安永六年刊）に基づく内容で、それまでの京伝の黄表紙に比べ文章が不出来であることから、京伝の名のもとに誰かが代作した可能性があるとして、それが鬼武ではないかと推察している。寛政五年刊の馬琴作・京伝校の黄表紙『花団子《はなよりだんご》食《くい》家《け》物語《ものがたり》』にも「於曼鬼武亭閲　山東京伝」と記されており、この頃の京伝と鬼武の親密さをうかがわせる（「寛政期の鬼武」）。

鬼武はこの後、黄表紙や合巻、読本を書き、文化期まで執筆活動を続けた（高木元「感和亭鬼武著編述書目年表稿」『江戸読本の研究』所収）。戯作の道に入り初める頃に京伝と親交を深めていた、というところは馬琴と似ている。

筆禍後の黄表紙　寛政四年、『水滸伝』を絵入りでわかりやすく説いた京伝の黄表紙『梁山一歩《りょうざんいっぽ》談《だん》』『天剛垂楊柳《てんごうすいようりゅう》』が蔦重から刊行された。馬琴はこれが蔦重の企画だったと伝えている。

京伝又転合垂楊柳と題して水滸伝を艸双紙に出したり。是は格別の当りも無かりつれども水滸伝を艸双紙に出す初なり。此双紙は林沖《りんちう》刺《いれずみ》せられて滄州道江配せらるる事までにて、其後は嗣《つぎ》ても出さず（略）

補遺この草紙は寛政三四年の比、蔦屋重三郎が思ひつきにて作を京伝にあつらへ画を北尾重政にゑがかせたり。しかるに唐人物ゆゑ女わらべはすさめずして思ふにも似ざりしかば、わづかにして已にき

（木村黙老著・曲亭馬琴補遺『水滸伝考』。「補遺」以下が馬琴の記述）

京伝はかつて、洒落本『通気粋語伝』で当世の遊里に『水滸伝』の登場人物を取り合わせたが、『梁山一歩談』『天剛垂楊柳』は単に『水滸伝』を絵解きしたものだった。『梁山一歩談』の序文には「尺童の翫弄に授く」とあるが、馬琴によれば女性や子どもに不評で思うほど売れなかったと言う。それはともかくとしても、筆禍後の京伝の黄表紙には、これら以外にも子ども向けの教訓を明確に打ち出した作品が多い。

『伊波伝毛乃記』には、筆禍後の京伝は公儀を恐れ、黄表紙の趣向も教訓を旨とするものになったが、「世人は其意を得ずして、京伝は趣向の尽たるにや、近日出る草冊子はをかしからずといひけり」（世間の人はそのことがわからず、京伝は趣向が尽きたのか、最近の黄表紙はつまらないね、と言った）という記事がある。鈴木俊幸は、「ここにいう『世人』は、これまで京伝作品の滑稽を楽しんでいた江戸の黄表紙読者たちなのであろうが、とすれば、こういった層以外のところに、新たな作風を歓迎した『今日の見物』を見出さなくてはならないであろう。この新たな市場に投ずべく、蔦重が京伝に働きかけて開発していった新たな商品が、これら教訓を平易に絵解きするような作品群であったのではなかろうか」（『江戸の読書熱』）と指摘している。

わかりやすい内容になったことで、京伝の黄表紙は幅広い読者を獲得していった。例えば勤勉な者と怠惰な者の人生を旅に見立てて対照的に描いた『貧富両道中之記《ひんぷくりょうどうちゅうのき》』（寛政五年刊）は、趣向それ自体は目新しいものではなく、「理屈臭いもじりともっともらしい心学教訓とのないまぜの、陳腐な感じの作品」（水野稔『山東京伝の黄表紙』）とまで言われているが、その平易な内容ゆえに長く読まれ、

黄表紙『貧福両道中之記』
借金の淵（右）と「うそ八百」の石

浮世絵「〈教訓〉人間一生貧福両道中之図」（部分）
構図・書き入れ共に，黄表紙をもとにしている。

明治期まで繰り返し再板された。天保末期には初代歌川広重がこの作品の文章と挿絵をほとんどそのまま利用して、浮世絵「〈教訓〉人間一生貧福両道中之図」を描いている。原作の主題が勤勉の称揚と教訓という天保改革下の時勢に合致するものであった上、見立て絵が誰にでも理解できる内容であったゆえであろう。

戯作者としての京伝像

寛政五年以降の黄表紙にも、京伝は獅子鼻の自画像を描いている。もはやのうらく息子のおもかげは消え失せ、聴衆に教訓する語り手か、趣向を案じる作者として登場することがほとんどである。特に後者は、執筆に追われる作者と原稿を催促する板元という構図で描かれることが多い。

例えば『堪忍袋緒〆善玉』（寛政五年刊）の冒頭には書斎で蔦重に応対する京伝の姿が描かれ、「山東京伝、さきの年、はやそめくさと言へる赤本を作り、善魂悪魂一対の玉を以て、近く譬をとり、子供衆の弄びに授けたりしが、既に初編二編に及び、幸いにして、すこぶる世に行はる。然るに味を食ひしめたる本屋の何がし、この頃又、三編の作を求む」とある。蔦重は「たとへ足をすりこぎにして声をからし味噌にするとも、今一番、先生御株の悪玉の作を願はねばならぬ」「明日暮六つの鐘を合図に小僧を取りに上ます。代作と直作は艸稿《さうかう》が変はると申せば、偽作は受け取りません」などと話している（馬琴などによる代作に気づいている口ぶりである）。

『人心鏡写絵《ひとごころかがみのうつしえ》』（寛政八年刊）では京伝が心学の講釈をし、蔦重がそれを聴いて「今夜の講釈はよく覚へて草双紙にしましやう」とつぶやく様子が描かれている。『凸凹話《たかびくはなし》』（寛政十年刊）には「戯虐以成家」の札が掛かる京伝の家を蔦重が訪れ、書斎で京伝と次のような会話を交わすさまが描かれている。

板元曰「先生どうでござります、かねがねお頼み申ました草紙の御趣向はできましたか」
作者曰「いやはや虎屋の五種香なら知らぬ事、清明香でも晴明でも、趣向といふては少しもござらぬ」
板元曰「さようでは、どふも当年の新板に差支へます。何とぞお案じを願います」

作中に登場する板元は蔦重ばかりではない。『三歳図会《さんさいずえ》稚講釈《おさなこうしゃく》』（寛政九年刊）には、京伝が鶴喜に稿本を渡し、「ほかにいろいろ面白き趣向の本、下書きをいたしておいた。おいおい校合してしんぜませう」と述べる様子が描かれている。

鈴木俊幸のことばを借りれば、こうした自画像は「板元主導の体勢に組み込まれてしまっている作者の自嘲」であり「板元主導の戯作作りが定着し、それが作品の内容にまで及ぶことに違和感を覚えない時代が訪れていることの証左」（『蔦屋重三郎』）である。

筆禍の後、京伝は洒落本を書かなくなったが、寛政四、五年に蔦重から刊行された京伝の新作を見ると、黄表紙の数が増え（寛政三年は三作だったが、四年には四作、五年には七作）、滑稽本や滑稽見立て絵本も執筆している（寛政五年に一作、寛政六年に二作）。寛政五年には天明期の蔦重板の京伝の黄表紙他の作品が再板されてもいる（棚橋正博『黄表紙総覧』）。蔦重は洒落本の新作を得られないかわりに、他の作品でその穴を埋めていたのである。

第四章　二つの顔

1　家業としての京伝店

書画会　京伝は、次第に蔦重と鶴喜に囲い込まれていく。かれらは相談して潤筆料を定め、京伝に支払い、新作を独占した。寛政三年（一七九一）以降の京伝の新作は、読本も含め、文化二年（一八〇五）までほとんど全てがこの二軒の板元から出版されている。

寛政四年五月、京伝は両国柳橋の万八楼で書画会（書画を即席で揮毫する会。来客から会費を取り、収入とする）を催した。これについて馬琴は、『伊波伝毛乃記』に「是日、書肆鶴屋、蔦屋、酒食の東道したりき」と記している（東道は接待役のこと）。鈴木俊幸は「二肆の京伝に対する経済的援助は相当なものである。山東京伝はこの二肆に丸抱えされたようなものであり、興の赴くままに作品製作に遊ぶという状況ではすでにないのである」（『蔦屋重三郎』）と指摘する。京伝にとって、戯作はいよいよ遊びでなくなり、板元の求めに応じて書くものとなった。

そうした状態から逃れる方策のひとつが、戯作以外に職を持つことだった。この頃、町人らしく分相応に生きようと思い、「草ざうしの作は、世をわたる家業ありて、かたはらのなぐさみにすべき物なり」と考えていた京伝にとって、家業となる職を持とうとすることは自然のなりゆきでもあった。

開店　寛政五年、京伝は京橋銀座一丁目の橋の方の木戸際に九尺間口の店を借り、京屋伝蔵店、いわゆる京伝店を開いた。前年の書画会は、この開店資金を得るためのものだった。この店について、『伊波伝毛乃記』には次のようにある。

大《いた》く繁昌して、毎月に八九十金の商ひをしたり、然れども、京伝は店上の事をかへりみず、只煙管、煙包《たばこいれ》の形などを工夫して売らするのみ、日々に遊里に趣き、又家に在る日は矮楼《にかい》に閉籠りて、著述を事とするのみ、商売のうへは父伝左衛門支配して、其侄下谷なる重蔵といふ者を雇て、主管《ばんとう》代とせしに、重蔵後に私欲の事顕れて、追退けられたり、是より小厮《こもの》両三人を相手にして、伝左衛門ひとり店を支配したりき

店は繁昌したが、京伝は商品の煙管や煙草入れの意匠を考案するだけで、家にいる時は著述に専念していた。店の経営は、父の伝左衛門が取り仕切っていたという。

京伝店の開店は戯作者の副業などではなく、町人らしく生きようという意識によるものであり、ま

た家業となる職を持つことは町人として当然の生き方であった。このことは、すでに大高洋司（『週刊朝日百科　世界の文学』八八）と本田康雄（「京伝店」）によって指摘されている。その職として、ほかならぬ煙草入れ店の経営が選ばれたのは、この商売が伝左衛門の家主業と相性がよかったためもあるだろう。また、当時、懐中物に凝ることが流行していたことも見逃せない。煙草入れは、遅くとも安永頃には流行のスタイルができあがっており、実用品でありながら個人的な好みが反映されやすい品物であるために、「新形式の商品を開発し、それが旨く流行の波にのりさえすれば、新規介入の店であっても、多くの売上げを期待できる商品であった」（湯浅淑子「京伝のたばこ入れ店について」）。京山は「天明の頃、かの通人ども、銀の桜びやうにおりべがたのたばこ入もたざるはなし、寛政にいたりて　今より六十年　浅草田原町に、越川屋といふ袋物みせはやり出だし、懐中物に一層の奢侈を増長せり、此店御蔵前札さしどもよりはやらせはじむ、名物のきれをうつしおらせたるは、此みせに権輿す」（『蜘の糸巻』）と記している。このように持ち物に贅沢をする流行に目をつけて、煙草入れなどの袋物を主力商品とすることにしたのだろう。画才のある京伝が意匠を考案すれば、他店との差異化をはかることもできる。もちろん「京伝」の名前で商品が売れる見込みもあったのだろう。

大田南畝は開店を祝い、漢詩を作っている。読み下し文で引用する。

京伝生新たに煙袋舗を開くと聞き、賦して贈る
児童走卒も京伝を識る　更に高標を掲げて百鄽に列す

煙火の神仙煙袋を製す　風流薛涛が牋に譲らず

前半は京伝の知名度の高さを称えて開店を言祝ぎ、後半は京伝が煙草入れを作っていることを女流詩人薛涛が詩箋（詩を書くのに用いる美しい紙）を作ったことに対比させている。この詩は京伝店に飾られたものと推察される（浜田義一郎「江戸文学雑記帳（二）」『江戸文芸攷』所収）。

引札

京伝は、店を宣伝するために引札（宣伝用の一枚摺）をたびたびこしらえた。戯作者らしい、凝ったものもある。

寛政六年三月中旬から売り出す煙草入れを宣伝するため、前年の暮に配った引札は、「烟草一式重宝記」と題し、煙草に関する秘伝と称して滑稽な文章が記されている（『寛政の出版界と山東京伝』）。例えば「ふるききせるにてむしばのねをきるまじなひ」（古い煙管で虫歯を治すまじない）として、「ふるききせるをとつかいべいにやり、かたきあめととりかえ、むしばのうちへはめ、よくかみしめてむりに口をあげば、あめにつゐてむしばがぬけ、一生いたむ事なし」（古い煙管を「とつかいべい」に渡し、固い飴と取り替える。その飴を虫歯につけて嚙みしめれば、飴にくっついて虫歯がとれる）などとある。

寛政六年四月一日から売り出す夏煙草入れを宣伝する引札には、「取次売所」として京都・泉屋与四郎と大坂・河内屋太助の名前がある。「右之外、おろしせり売一切不レ仕候」とあり、江戸以外ではこの二店が京伝店の商品を販売していたことがわかる（『山東京伝一代記』）。この年には九月中旬から売り出す新型紙煙草入の引札も作っており（宮武外骨『山東京伝』）、売り出し口上のなかに「此間は

京伝店の引札　絵で言葉を表す判じ物の趣向

外々に私名前の偽物が出来」とある。早くもコピー商品が出回っていたらしい。

翌寛政七年九月には、絵で言葉を表す判じ物の引札を作った（幸田露伴「京伝の広告」に模刻と解読文、宮武外骨『山東京伝』に模刻あり）。この年は五月にも引札が作られていたらしく、『梅翁随筆』に「山東京伝が事」として次のような記事がある。

此頃山東京伝といふて、当世本草双紙などの作をなして名高し。此もの二三年前より、京橋へ煙草入店を出しけるが、寛政七卯年五月二十四日芝愛宕の縁日に、山内にて安売の引札口上を、画と文字とを交ぜて認め、はんじも（注——原文ママ。判じ物か）にして配りたるが、大に世に行はれて、そのすり物に包みて煙草入を商ひし故、すり物を見んとて、京伝がたばこ入を遠方よりも買にやりて大に繁昌せしなり

谷峯蔵は、この記事にある引札も判じ物の趣向であることから、「判じ絵引札は二種出されたのであろうか。あるいは九月のもの

を『梅翁随筆』が錯覚で寛政七年五月二十四日と記述をしたのではなかったか」と推察している（『江戸のコピーライター』）。

享和三年（一八〇三）十一月の引札には、「京伝自作」と大書きして「忠臣蔵かへ名づくし」の戯文が記されている（『俳画の美　一茶の時代』）。これには、正月限定商品を宣伝する文句（「来年甲子のとしに相あたり候に付、元日一日の内に七五三の針かづをもつてぬひたて候ゑんぎ方と申御たばこ入、来ル正月二日よりうり出し申候」）のほか、丸薬類（小児無病丸・読書丸）の宣伝も記されている。

寛政四年に、京伝は他店の引札も書いている。謝礼金を開店の資金にあてるつもりだったのかもしれない。寛政四年刊行の『女将門七人化粧《おんなまさかどひちにんげしょう》』は、香具屋玉屋九兵衛（化粧品店）を宣伝する黄表紙体裁の景物本である。また寛政六年刊の『ひろふ神』には京伝が書いた菓子店などの引札四点が収められ、うち一点は寛政四年の作、残り三点は制作年代不明である。ちなみにこの本には本膳亭坪平という人物が書いた茶店や料理屋の引札も収められている。この人物の素性はよくわからないが、狂歌集『〈狂歌評判〉俳優風』（天明六年刊）・『狂歌千里同風』（天明七年刊）・『狂歌部領使』（寛政四年刊）に「本膳坪平」の狂歌が入っており、同一人物らしい。これらの狂歌集には京伝の狂歌も収められているので、坪平は天明期に狂歌を通じて京伝と知り合ったのかもしれない。

『ひろふ神』のような本が出版されるということは、引札それ自体が読み物として楽しまれていたということを意味している。前掲の『梅翁随筆』の記事には、京伝の引札目当てに遠くから買い物に来る客がいたと書かれていた。京伝作の引札は、それ自体が価値を持つものだったのである。

京伝の肖像画としてよく知られているのが、鳥橋斎栄里画の浮世絵「江戸花京橋名取」である（口絵参照）。栄里は鳥文斎栄之の門人と言われ、生没年や伝記は未詳。この他に「江戸花柳橋名取」や「三ケ之津草嫁美人合」などの作品がある。「江戸花京橋名取」には板元名や行事改の極印（出版許可を示す印）がない。林美一は次のように推察している。

大錦・黒雲母摺のこの作品は、京伝の気力充実時代の円満な面影をよく描写していて貴重である。（略）製作年代については従来、天明末から寛政初年頃との説もあるが、黒雲母摺である点から見ても天明末はおかしく、たぶん寛政五年（一七九三）の春、銀座一丁目の橋寄りの木戸際に借家して紙煙草入れ店を開店したのを機会に、宣伝用に作ったものではなかろうか？　画面上に板元の名も、行事改の極印のないのも私家板である証といえよう。（『腹筋逢夢石』）

京伝の知名度からすれば、店主の顔が広告になるということも十分ありえるだろう。京伝店の店頭を描いた浮世絵も、喜多川歌麿画・蔦重板、絵師不明・和泉屋板（口絵参照）、喜多川歌麿画・鶴喜板の三点が知られている（『寛政の出版界と山東京伝』）。これらも宣伝用に作られたのかもしれない。

宣伝媒体としての戯作

京伝は戯作のなかでも店を宣伝している。寛政六年刊の黄表紙『忠臣蔵前世幕無《ちゅうしんぐらぜんぜのまくなし》』では、序文に「於紙製烟包鋪《かみたばこいれ(みせ)において》」と記し、巻末に「京伝紙煙草入見世、殊の外繁昌仕り、まことに御贔屓御陰故と、朝夕いづれも様の御影を拝し、しばしも忘れ申さず候。猶又、来る四月朔日より裂地夏煙草入、珍しき品売り出し申候。相変はらず、御贔屓奉希上候」と記している。同年刊『忠臣蔵即席料理』巻末にも「京伝口上。私紙煙草入店、殊の外繁昌仕、まことに御贔屓御陰故と有難く存じ上奉り候。猶又、来ル四月朔日より裂地夏煙草入、珍しき品売り出し申候。何とぞ御吹聴奉希上候。こればつかりがまじめだ」とある。これ以降、毎年ほぼ全ての草双紙に、店の宣伝が書き入れられている。

寛政六年十一月刊の噺本『滑稽即興噺』（京伝閲、江戸・蔦屋重三郎、大坂・河内屋太助等板）の序にも「書林何某書輯《かいあつめ》し京摂の珍話とりまじへ、耳とつてかみたる鼻紙のはしに、かゐつけ送る事しかり寛政六甲寅年冬煙草包鋪《たばこいれみせ》におゐて、京橋の息子これを書して、六日限の便に附す」とある。この本は「安永期小咄の焼き直しを長い行文で綴ったものも含まれ、額面通り即席咄とはいいにくい」（『噺本大系』第十二巻解題）ものだったが、中には「京伝即興に製す」とうたう噺も収められている。寛政六年には京伝店の取次所が大坂にもできていたから、江戸と大坂の両方で出版される本に店のことを書くのは良い宣伝になった。

引札や作中の宣伝文をたどっていくと、扱う商品の種類が次第に増えていくことがわかる。寛政八年には煙管、寛政九年には鼻紙袋や紙入れが加わり、享和二年からは丸薬類も扱っている。紙煙草入れも流行に合わせて、高級な紙で製造した製品を売るようになる。京伝店で喫煙具以外の商品を扱うようになった理由について、湯浅淑子は洒落本『大通契語』（寛政十二年刊）に京伝店の煙草入れが「古し」と書かれていることを引き、「この頃、京伝店のたばこ入れの流行も、すでに最盛期を過ぎていたことが知られる」と述べている（「京伝のたばこ入れ店について」）。

黄表紙に、擬人化した商品を登場させることもあった。寛政九年刊『正月《しょうがつ》故《こ》事《じ》談《だん》』の巻末には、煙草入れと煙管が執筆中の京伝と対面する図が描かれ、「いづくともなく京伝が店にて商ふ鼻紙袋、煙草入の精、煙管の精現れ出、『我々、当年は別して工夫を凝らし、珍しき新形を仕出したり。何とぞこの草紙の終はりに書き入て、遠国他国の御方へ御披露を頼むなり』と、よんどころなく願ふにぞ、その事をありのままに書きのせて、めでたき春の慰草となし侍りぬ」とある。

寛政十年刊『式刻《いっこく》価《あたえ》万両《まんりょう》回春《かいしゅん》』の巻末にも煙草入れと煙管が登場し、商品を宣伝する軸を広げてみせている図がある。背景の余白に書かれた宣伝文句と共に引用してみよう。

口上

京伝店、おのおの様、御贔屓御陰をもつて日に増し繁昌仕、心魂に徹し有難く奉存候。金物、縫等ますます念入、直段も格別心を用い、諸色新形品々、工夫仕候。何とぞ御めでたく初春の御持料、御求め可被下候。○御鼻紙袋類品々○御女中鼻紙袋○裂地革類御提煙草入○御金子入○御楊枝入○御七つ道具入○御短冊入○その他品々数へ難し○新織裂類品々

一　午年新形紙御煙草入品々　一　新織裂地御煙草入品々　一　縮緬蠟引御煙草入品々　一　御煙管　只今まで外々に類なき新形品々工夫仕候（注――「一　午年新形」以下は軸に書かれている）

様々な材質の煙草入れに加え、袋物も各種取り揃えられている。「午年新形御紙煙草入」とあるから、毎年新しい意匠のものを売り出していたらしい。

盛んな宣伝と多様な品揃えが功を奏してか、店は繁盛した。『和荘兵衛後日話《わそうびょうえごにちばなし》』（寛政九年刊）の巻末には「京伝店の義、各々様御贔屓あつく、遠国よりも飛脚御用被仰付、有難く仕合に奉存候」とある。

開店後も、京伝は戯作の執筆を休んでいない。さすがに寛政六年は忙しかったようで、翌年は新作が一点も出版されなかったが、こうしたことは京伝の長い戯作者人生でこの年だけである。生業を持ったのを潮時として戯作執筆をやめる道もあったはずだが、京伝はそうしなかった。読者層は拡大しており、戯作という媒体そのものが影響力を持つようになっていた。京伝はそれを宣伝に利用しつつ、作者と店主の二足のわらじを履く道を選んだのである。

『金々先生造化夢』

開店後、京伝は黄表紙『金々先生造化夢《きんきんせんせいぞうかのゆめ》』（寛政六年刊）で真面目に働くことの大切さを説いた。あらすじは次のようなものである。

主人公の金々先生は、貧乏な身の上を悔しく思っていたが、栄花の夢を見てから浮世は夢のようなものと思い、「これぞといふ商売も渡世もせず」、ただ「ぬらりくらりと」暮らしていた。ある日、茶漬けを食べようと茶を煮ている間に夢を見る。夢のなかに現れた仙人は、金々先生に、これといった世渡りの仕事を持たないのはよくないと異見し、茶漬け一つできるまでに必要となる材料と作業のすべてを見せて廻る。金々先生は茶漬け一杯にも「多くの人の辛労」がこめられているのを目の前にして反省し、「然る時は、紙一枚、箸一膳も我が物にて我が物にあらず。皆、天地より恵み給ふ所なり。米一粒も遊んでいて食らふは勿体なき事なり」と悟る。仙人は「汝、なま物知りにして、定まる渡世もせず、暖かに着、飽くまで食らひ、千万人の辛苦を費やして、ぶらついてゐたるは大きなる誤りなり」と諭す。金々先生は改心して働き始め、四、五年経たないうちに百万両分限となった。

この作品は、安永四年刊・恋川春町作画『金々先生栄花夢』（江戸で一旗揚げようとやって来た金々先生が夢のなかで金持ちになるが、遊蕩のあげく勘当されて全てを失い、夢の覚めた後に人生を悟るという話）の後日談の形をとっている。本書の刊行に合わせ、板元の蔦重は『金々先生栄花夢』を再摺してもいる。『造化夢』の金々先生は、『栄花夢』と違って、獅子鼻の容貌に描かれている。うたた寝をする机の上には筆や書物、稿本とみられる帳面があり、この金々先生は京伝を思わせる人物になっている。

かつて『江戸生艶気樺焼』のなかで獅子鼻の主人公が遊び暮らすさまを描いた京伝は、本作では「定まる渡世もせず、暖かに着、飽くまで食ら」ふような暮らし方をはっきりと戒めている。家業を持つにいたった京伝自身の価値観が、端的に表現された作品といってよいのではなかろうか。

2 岩瀬家のあるじ

芝全交の死

寛政五年（一七九三）五月二十七日、戯作者の芝全交が四十四歳で死去した。全交はもともと狂言師で、黄表紙作者として登場したのは安永九年（一七八〇）、京伝とほぼ同時期だった。天明二年（一七八二）の黄表紙評判記『岡目八目』の「作者の部」では、全交が三番目に、京伝が四番目にあげられている。

死去の翌年、全交作・京伝校の黄表紙『百人一首戯講釈《ひゃくにんいっしゅおどけこうしゃく》』が出版された。寛政六年春の全交の序と、次のような京伝の跋がついている。

芝全交は曽て稗史小説を好みけるが、去年の秋、黄表紙の黄なる泉におもむきて、上品中本戯文下生、三の巻葉の蓮の糸の緘物に、長物語の長きかなしみを残す。雖然《しかりといへども》、生涯著述多きが中、大悲の千六本、大仏縁記の妙作あれば、自《おのづから》讃仏乗にもゐるべきなど、手向の線香に泪のにごりをうちて、ぜんかうぜんかうと人総て是をおしむ。予も亦全交をうしなひ、草双紙の音《いん》を知る者なく、是を愁ふるのあまり、彼が遺稿の後《しりへ》に一首の夷歌をしるし侍る。

琴の音の通ふ松をもたち臼となして仏事の餅をつかばや　　山東京伝

亡くなった時期を去年（寛政五年）の秋としており、実際の命日と食い違っている。芝全交戯作・山東京伝校合という巻末の記載を文字通りに解釈すれば、全交が遺した原稿を京伝が整えて出版したということになる。しかしこの作品の趣向と構想は、実は京伝作の黄表紙『小倉山時雨珍説《おぐらやましぐれのちんせつ》』（天明八年刊）の焼き直しである。全交が五月二十七日に没したとすれば、翌年新板用の原稿をまとめる時間があったかは疑問であり、板元から依頼を受けた京伝が自作に多少手を加え、序跋を付し、全交遺作の体裁で出したものと推察される（武藤禎夫「『百人一首戯作集』解説」）。ただ、序文の版下が全交の筆でも京伝の筆でもなく、京伝跋のなかに「彼が遺稿の後に一首の夷歌をしるし侍る」とあり、全交没後に夫人が全交の遺稿出版に動いたらしいこと（『江戸作者部類』に馬琴がそう記している）から、実際に何らかの形で全交の遺稿が存在した可能性も否定できない（棚橋正博『黄表紙総覧』）。

京伝と全交の接点は、安永九年刊の全交の黄表紙『時花兮鶸茶曽我』の絵題簽を京伝が描いたことにさかのぼる（挿絵は京伝の師匠北尾重政の画）。その後、天明三年十一月刊『落栗庵狂歌月並摺』に共に入集し、天明四年の手拭合の会にも共に参加している。全交作・京伝画の黄表紙もいくつかあり、特に天明五年刊『大悲千禄本《だいひのせんろくほん》』は当たり作だったと言われている（享和二年刊、式亭三馬作画『稗史億説年代記』）。千手観音が損料貸しの商売を始め、人々に自分の手を貸し付けるという趣向が面白く、細部に凝った挿絵のうまさもあり、全五丁の小品ながら黄表紙を代表する佳品の一つである。

なお、京伝画の艶本『床喜草』（天明四年刊）と『艶本枕言葉』（天明五年刊）にも「ぜんこう」の名前が出てくるという（林美一「資料翻刻『艶本枕言葉』」一・『艶本研究　歌麿』）。「ぜんこう」が「おどけ者」を意味する擬人名であった可能性もあると言われるが（広部俊也「芝全交とその黄表紙」）、「ぜんこう」が芝全交をさしているなら、当時京伝と全交に親交のあったことがさらに確実になる。知らぬ仲ではない全交の忌日を、京伝が間違えるとは思えない。全交が秋まで存命であれば、遺稿があっても不自然ではないから、そのように記したのはあくまで『百人一首戯講釈』を全交遺作に見せるための方便だったのかもしれない。

父の出家

寛政七年、京伝が三十五歳の時に、父伝左衛門は剃髪して椿寿斎と号し、隠居生活に入った。馬琴は『伊波伝毛乃記』に、「伝左衛門剃髪せし時、家主をば、其女婿忠助が家の小厮某丙を子ぶんにして、伝左衛門と改名させ、則これに譲りしなり、京伝は町役人たらんことを楽ばざればなり」（家主の仕事は、小伝馬町に住む京伝の妹婿忠助の家の使用人を養子にして伝左衛門と改名させ、その者に継がせた。京伝が町役人になることを好まなかったからである）と記している。

家主は町役人として町の運営に携わり、土地や店《たな》を借りている人々から地代や家賃を取り立て、かれらを管轄する役割を担う。筆禍事件の後、公儀を恐れ慎む気持ちをいだいていた京伝が、行政の末端にかかわるこうした仕事に就くことへ消極的であったとしても無理はない。

『守貞謾稿』によれば、家主職の権利は株で売買され、必ずしも世襲ではなかったとある。岩瀬家の場合は他人を養子として、その者に継がせた形をとっている。この時、次男の京山は青山家に仕える鵜飼家の養子になっていた。

なお、京伝が岩瀬家の支配地の中にある医者の家庫を買って移り住んだのも、この寛政七、八年のことだという（『伊波伝毛乃記』）。

二つの顔

寛政の後半から享和にかけての京伝の黄表紙には、心学に取材し、人間の本音と建前の落差をおもしろおかしく描いた作品がいくつかある。その中で京伝は、本音は店主、建前は作者という自画像を描いている。

『人心《ひとごころ》鏡《かがみの》写絵《うつしえ》』（寛政八年刊）の作中の京伝は、釈台に向かって心学の講釈をしているが、「講師京伝が胸の鏡には、煙草入店の体相がうつり、当年は別して裂地紙地共に珍しき新物品々ござりますから、何とぞ相変わらずお求め下されませふといふ口上を述べ、どうぞ煙草入を一つも余計売つて、親兄弟を心よく育みたいといふ、手前勝手な姿がうつる」とあって、その胸のうちに映るのは店の経営のことばかりである。『仮名《かな》手本《でほん》胸《むね》之《の》鏡《かがみ》』（寛政十一年刊）でも、京伝は机にうつぶせになってうたた寝しながら、夢に見ているのは戯作のことではなく、商売のことである。

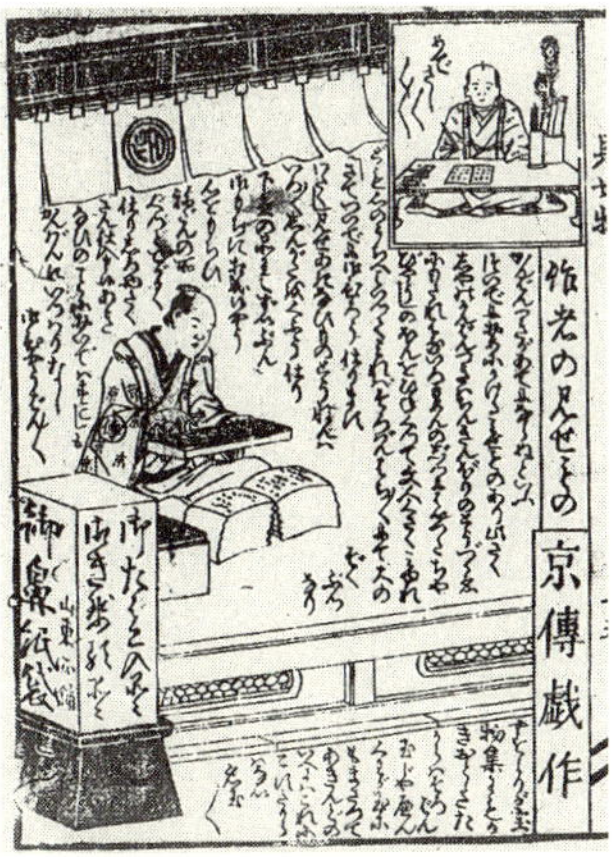

『這奇的見勢物語』
戯作者の京伝（右上）・商人の京伝

『這奇的《こはめづらしい》見勢《みせ》物語《ものがたり》』（享和元年刊）では、店先でそろばんをはじく京伝と、机に向かって執筆する京伝が対比的に描かれている。「此作者の看板付きは沈金彫りの唐机にもたれ、花色木綿の帙に入つた茶表紙の本を捻くつて、文人臭く見ゆれども、心の内へ入ってみれば、算盤はちはちにて、大の俗物なり」とある。自らを戯画化すると同時に、店主としての姿を描くことで店を宣伝する意図もあったのだろう。

さて、『虚生実草紙《うそからでたまことぞうし》』（寛政九年刊）は、獅子鼻の赤本先生が桃太郎・猿・蟹・雀・乙姫・兎・狸など赤本の登場人物たちに天地造化の理や善悪などを説き示す内容である。赤本先生の次のせりふは、店主としての京伝の考え方を思わせるものである。

人間の世渡りの危きをつらつらおもんみるに、たとへば軽業の一本綱の上を渡るが如し。（略）目に危きと見るゆへ、用心をもすべけれど、目に見へずして危きものは、市中の住居なり。利欲の岸を踏み外して、損金の谷へ落ち、欲心の波に漂ひて、元手の舟を覆し、畳の上も大海の如く、我慢の鼻は高山に似たり。狩人漁師の危きよりも又、はるかに勝れり。されば畳の上の安きにゐて、一本綱の危きを忘れず。利欲に迷ひ、元手の金の綱を踏み外して、身代の腰の骨を打ち破らざるやうに慎むべし。これ商人の心得なり

（人間の世渡りのあやうさを見ていると、軽業の綱渡りのようである。（略）目に見えて危ないものは用心もするが、見えなくて危ないものは町中のくらしである。利欲のあまり損をし、元手を失い、慢心してしまうあやうさは、狩人や漁師が遭遇する危険にもまさるものだ。畳の上にいても綱渡りをするあやうさを忘れず、利欲に迷って身代を失うことのないように慎むべきだ。これが商人の心得である）

京伝は『通気智之銭光記《つきちのぜんこうき》』（享和二年刊）でも、算術にこじつけながら商売や家業への心構えを説き、巻末に「とかく人は帳面と算盤が胸に絶へてはならぬと申す。商人工夫の身代積もり細工、胸の内の大がらくりでござります」と記している。馬琴は『伊波伝毛乃記』に、京伝は算術は苦手だったが利を得ることは上手で、倹約家であり、けちではなかったが「其俗情、貨殖の人に似たること」が多かった、と記している。黄表紙の教訓にも、堅実さがにじみ出ているようである。

偽作の横行

筆禍事件の後、京伝の知名度は上がった。相州浦賀・伊豆三島・駿河沼津などを百日余り遊歴した折にも、自画賛が各地で喜ばれ、二十両余の収入を得たという（『伊波伝毛乃記』）。この旅は寛政十二年のことと論証されている（谷峯蔵「山東京伝の旅について」）。旅行中、京伝は三島で病気になり、儒医横山氏の霊丹を服用して治癒した。京伝が謝礼に添えて送った扇面（小池藤五郎『山東京伝』）や、儒医にあてて感謝を述べた書簡（柴田光彦「谷文晁・関克明・山東京伝の合装書簡について」）が残っている。

京伝の偽者も出現した。寛政年間には京伝の名をかたる人物が岡崎・名古屋間を横行し、土地の「風流士」を欺いた（『江戸作者部類』）。寛政九年頃からは、京伝作と称する一枚摺の偽物も出回るようになった。寛政九年から十二年にかけての京伝の黄表紙には、「京伝作と申ふれ大道を売あるき候一枚摺の類、一切京伝作にては無御座候。草紙類の儀も名前幷ニ印ン御見分御求可被下候」（寛政九年刊『正月故事談』板元言）というような警告が載っている。享和二年にも、京伝は次のような報条を書いている（宮武外骨『山東京伝』）。

拙画幸にして世に賞せらるること久し。然ども予質弱多病、且世業に覊《き》せらるるを以て多需に応ずる事あたはず。依て約するに、自画讃千幅をかぎり、以後筆を絶て又再画せず、則添ふるに手書を以し記に実印を以し、友人曲亭子に托して遠所諸君の需に応ず。後来遊歴の客携来し愚画と称するも、手書実印なきは尽贋筆也。凡四方の君子印信を認得し誤給ふ事なかれ。欽告

享和二壬戌夏　　山東京伝

曲亭子というのは馬琴のことである。馬琴は享和二年に上方を旅しており、京伝は馬琴に自画讃を託してこの報条を添えたと思われる。京山の伝えるところでは、馬琴が京伝に頼んで書画百枚余を描いてもらい、京伝の書画を広めるという狂文（この報条のことか）を摺って、諸国で売り、旅の費用にあてたと言う（『蛙鳴秘鈔』）。

京伝自画賛の軸や扇面は、いくつも現存している（『俳画の美　一茶の時代』・『寛政の出版界と山東京伝』）。文化年間には京伝店でもそれらを販売するようになったから、現存している品のなかにはもとは商品だったものも含まれていると思われる。

父の死　寛政十一年四月、京伝の弟の京山が、仕えていた青山家を退身した。ほどなく養家も去ったと思われる（津田真弓『山東京山年譜稿』）。この年刊行の黄表紙『京伝主十六利鑑《きょうでんすじゅうろくりかん》』の巻末には、執筆中の京伝の図があり、京山の漢詩が添えられている。京伝はそこに「京山といへるはわが同腹の弟なり。此草紙の作成る時、机の傍らにありて、戯れに此詩を作る。その作、いと拙けれど

『作者胎内十月図』百合（右）と京伝

も、彼が心ざしを捨てず、ここに記して、この草紙の納まりとなすなり」（京山は私の実弟です。この作品ができた時、横にいて戯れにこの詩を作りました。下手ですが、その志を汲んでここに記し、結びとします）と付け加えている。

十月、父伝左衛門が七十八歳で死去した（『伊波伝毛乃記』・『近世奇跡考』）。京伝は三十九歳にして岩瀬家の当主となった。馬琴は「この時まで米穀の相場を知らざりしとぞ」（『伊波伝毛乃記』）と記している。京伝が世間知らずだったと言いたいのかもしれないが、岩瀬家にそれだけの余裕があったということだろう。

家主の仕事は既に妹婿の使用人を身内にして継がせていたが、京伝店の経営はどうするか。京伝は母と相談し、寛政十二年に知人のかたばみ屋久兵衛（田町の縫箔屋）の媒酌で二十三歳の百合を後妻に迎えた。百合は弥八玉屋の遊女玉の井で、身請けには二十余両かかったという（『伊波伝毛乃記』）。寛政十三年春の細見にも玉の井の名が出ていることから、結婚は寛政十二年の暮に近い頃のことかと推察されている（水野稔『山東京伝年譜稿』）。京伝の母が文化の初めに亡くなった後、店の経営はいっさい百合が担当したという（『伊波伝毛乃記』）。

読書丸

享和元年の春、京伝店では読書丸の販売を始めた。京伝は黄表紙『早業七人前《はやわざしちにんまえ》』（享和二年刊）で、次のように宣伝している。

○此所においてちよつと御披露仕ります。

清覚世道人伝方　△読書丸　右の薬は気根を強くし、物覚へを良くし、眼力を強くし、声を爽やかにし、鬱気を払い眠りを覚まし、心を補い腎を養ふ良薬なり。詳しくは能書に記せり。

此度、京伝店にて売り広め申候。弱き生れの人、物覚へ悪き人、用てよし。京伝、久しく試しみたる薬なり

黄表紙『悟衜迷所独案内《ごどうめいしょひとりあんない》』（享和三年刊）では執筆中の京伝が登場し、自分も幼少の頃から読書丸を服用し、病気をしたことがない、などと述べている。読書丸はこれ以後、京伝店の主力商品となる。

馬琴は次のように記している。

読書丸といふ丸薬を売出せしが、これも日々に多く売れて、遠近に広まりつつ、利を得ること大か

たならず、そのころ、一日に読書丸十包出れば、蕎麦を買て家内のものに食はせたり京伝は文墨にさかしく、狂才あるのみならず、世俗の気を取ることも亦勝れたるに、天稟の愛敬あればにや、其運も微ならず、することと毎に人気に称へり

（『伊波伝毛乃記』）

内田百閒の「山東京伝」

少し脇道にそれるが、ここで内田百閒の短編小説「山東京伝」について述べたい。初出は大正六年一月の「東亜之光」。大正十一年二月に短編集『冥途』に収められた。近代小説では、京伝を登場させたおそらく最初の作品と思われる。

登場人物は京伝とその書生である「私」の二人。玄関番をしながら丸薬を丸めている「私」は、京伝を畏敬するあまり朝食に箸をつけることもできない。ある時、家に山蟻が出て、「私」は京伝の機嫌を損ね、追い出されてしまう。

この作品が書かれる少し前の大正五年十月八日、宮武外骨主催の京伝百年忌記念祭が回向院で行われ、あわせて京伝の遺物の展覧会も開催された。翌十一月刊行の外骨著『山東京伝』は京伝の事跡を豊富な資料とともに詳細に記したもので、展覧会陳列品の目録も掲載されている。この記念祭と展覧会は話題になったらしく、永井荷風は「毎月見聞録」大正五年十月九日の条に「宮武外骨山東京伝百年忌を其の菩提寺両国回向院に営み世の蔵書家に乞ひて山東翁の遺著書画の類を陳列せしむ珍品少からず会衆甚だ多し」と記している（高橋俊夫「京伝、荷風、信夫」）。百閒がこの催しを見聞きし、そこで得た知識を「山東京伝」に生かしたということも考えられよう。

「私」が丸めていた丸薬は名前がわからないが、読書丸かもしれない。それよりも印象的なのは、作中の京伝が、黄表紙に出てくる獅子鼻の京伝のイメージとはほど遠い神経質な男で、「私」に緊張感を与える人物として描かれていることである。これはなぜだろうか。筆者は百閒の文学については門外漢だが、素人なりに想像をめぐらせてみたい。

作中の京伝と「私」は師弟関係にあるが、百閒が師と仰いだのは夏目漱石であった。百閒は中学在学中から漱石に傾倒し、大正二年には東京帝国大学在学中ながら漱石の作品を校正するようになっていた（石丸久「内田百閒論」）。昭和二十六年、百閒は座談会の席で、漱石について「僕なぞは口もきけなかったやうなことがありますね」と発言している（内田道雄「百閒のなかの漱石」）。漱石が亡くなったのは大正五年十二月のことで、京伝百年忌記念祭の直後である。「山東京伝」の京伝と「私」は、漱石と百閒自身の投影なのかもしれない。

馬琴による宣伝

京伝にとって戯作の弟子と言えるのは天明期の山東鶏告と唐洲、それから明確な師弟関係は結ばなかったものの、馬琴も京伝に入門を請うた事実がある。その馬琴も、寛政の末から享和の初めにかけて京伝店の宣伝に一役買っていた。

寛政十二年刊の馬琴の黄表紙には、京伝店の宣伝がしばしば書き込まれている。この前年、京伝が馬琴の亡兄羅文の一周忌に発句を寄せているので、それへの返礼の意かとも推察されている（水野稔『山東京伝年譜稿』）。

また、同じ年には、馬琴作の一枚摺「山東弌風煙管簿《さんとういっぷうきせるのひながた》」が蔦重から出版されている（服部仁「馬琴作一枚摺『山東弌凮煙管簿』（袋付）」）。京伝店の宣伝文と、煙管を用いた見立て絵からなるもので、宣伝文には「偖京山子《さてけいざんし》は主管《ばんとうかぶ》。是も丈夫な一本つかひ」という文言があり、当時、京山も店を手伝っていたらしいことがわかる。見立て絵は十六図あり、例えば「舞比張《まひびばり》」と題する絵は煙管の雁首をヒバリの頭、羅宇を胴体に見立てている。馬琴は黄表紙『養得鈕名鳥図会《かいえたりにわこめいちょうずえ》』（享和二年刊）のなかにもこれと同じような鳥の絵（胴が煙管で羽が煙草入れという「まひぢばり」）を描いており、そこでは京伝を登場させて「近年ゑりに山東といふ銘のある鳥がはやるなり」云々と宣伝している（崔京国「見立遊びとしての煙草用具の造り物」）。

馬琴は京伝店の煙管と煙草入れを擬人化した黄表紙『曲亭一風京伝張《きょくていいっぷうきょうでんばり》』（享和元年刊）も書いている。相思相愛の煙管と煙草入れが別々に買われ、離ればなれになるが、持ち主である遊女と息子が紆余曲折ののちに夫婦となり、煙管と煙草入れもようやく一緒になるという筋立てである。遊女は京伝びいきで、煙管や煙草入れは京伝の店のものでなければ承知しないという設定になっている。

この作品の冒頭には、京伝が馬琴宅を訪れ、店の煙草入れと煙管をタネに黄表紙を書いてほしいと持ちかける場面がある。

> 鼻の低い者を見ては戯作者のよふだと言ふが、げにも絵に描いた京伝と馬琴が顔は唐茄子と南瓜のごとく、ただ味のあると味のないばかりにて、ちよつと見てはわからず。そこで同気相求め、同病相憐れむ喩へに等しく、常に行き通ひて睦み語らひけるが、あるとき京伝、馬琴が庵に訪れ、商売

『曲亭一風京伝張』京伝店の店頭。奥で机に向かっているのが京伝。

物の煙管、煙草入れを持ち来たりていわく、草双紙も数多く書く時は急に困るものは趣向なり。近頃足下の御作は問屋の頼みも多ければ、さだめて趣向に困り給ふこともあるべし。そこを思ふて今日召し連れたるは、我らが商い物の煙管、煙草入れ也。これを今年の種にして、一番書く気はなる坂先生、是非是非筆を執り給へ、とむりやり袖を引ふだならぬ趣向に馬琴も幸ひと、工夫とりどりさまざまのすでに草紙をつづりけり

挿絵のなかの京伝は「去年中もお作の草紙に店の煙管、煙草入れをおひろめ下され、お心入れかたじけなふござります」と礼を述べ、馬琴は「畢竟かならずならぬわれらがふつつかな作ではござれど、先生のお名が愛敬になつて落ちが来そうなものでござります」と答えている。二人とも獅子

鼻の容貌である。

馬琴は寛政後半から享和にかけて、他のいくつかの黄表紙にも獅子鼻の自画像を描いている。京伝にならってのことだろう。またこれは馬琴に限ったことではなく、十返舎一九の黄表紙『十偏舎戯作《じつぺんしやげさくの》種本《たねほん》』（寛政十年刊）にも獅子鼻の語り手が登場している。洒落本評判記『戯作評判花折紙』（享和二年刊）には「世の中に戯作者の鼻は、どれも獅子ばなだとおもつてゐるてやいがをい」（「客衆肝照子」評）という一節がある。この頃には、戯作者といえば獅子鼻の容貌が想起されるようになっていたらしい。

経営の努力

享和三年六月に、浅草伝法院で善光寺の開帳が行われた。その期間、京伝は浅草並木町に「京屋伝蔵出張店」を出し、菓子を売った。『山東京伝一代記』にはこの時に菓子を入れた袋の図と引札の文章が掲載されている。出店は「六月朔日より相始、御開帳中、六十日をかぎり」とし、菓子は「四季十二月一字題の文字を打出しに」した落雁だった。京伝は知人の竹垣柳塘あての書簡（享和三年五月二十七日付）に、「此節私浅草並木町へ出店差出し候に付、寸暇を不得罷在候、八月中旬迄は大に取込罷在候（略）出店引札、為御慰二三枚呈上仕候、一枚は杏花園大人へ御上げ可被下候」（浅草並木町へ出店し、一時のひまもありません。八月中旬までは多忙です。（略）出店の引札を、おなぐさみに二、三枚お送りします。一枚は杏花園大人（南畝）へ差し上げてください）と書いている。

馬琴によれば、菓子は経費に見合うほど売れず、かつ留守中の京伝店では使用人たちが好き勝手をしたので、結局どちらにも損が出た。しかし「京伝が工夫徒らごととなりて損せしは、只この一事歟」（京伝のやったことが無駄になり、損をしたのは唯一このことだけ）という（『伊波伝毛乃記』）。

京伝店では、文化元年（一八〇四）から新たに小児無病丸の取り扱いを始め、文化六年からは奇応丸、文化十一年からは白牡丹（化粧下地）というように、扱う商品を増やしていった。文化三年からは京伝自画賛の扇なども売るようになる。この年に刊行された黄表紙『敵討両輌車《かたきうちふたつぐるま》』には、「京伝店煙草入、煙管、鼻紙袋類、当年は別して新物いろいろ工夫いたし仕入申候。久しいものと思ふべからず。〇自画賛扇あり」という宣伝文がある。自筆物の販売は戯作者の店ならではと言えようが、従来の品揃えが「久しいもの」（古くさいもの）になってきたための梃子入れ策だったのかもしれない。文化五年からは短冊、文化六年からはさらに貼交絵と色紙が加えられている。

3 執筆の日々

黄表紙における見立ての趣向

寛政・享和期の京伝の戯作の特色を一言で言えば、わかりやすい面白さということになる。ある物を別のものになぞらえ、視覚的な面白さを生み出す見立て絵は天明期から京伝の得意分野であったが、寛政・享和期には黄表紙でもこの手法を用いている。

たとえば源頼朝にまつわる有名な話を滑稽にもじった『花東頼朝公御入《はなのおえどよりともこうおんいり》』（寛政元年刊）では、頼朝が御家人たちと富士の裾野で巻狩を行ったという逸話（富士の巻狩）を深川での遊興に転じ、「富士の巻紙」と題して、「巻紙で富士を作り、太鼓持ちに紋尽しの揃いを着せ、これを頼朝公の富士の巻

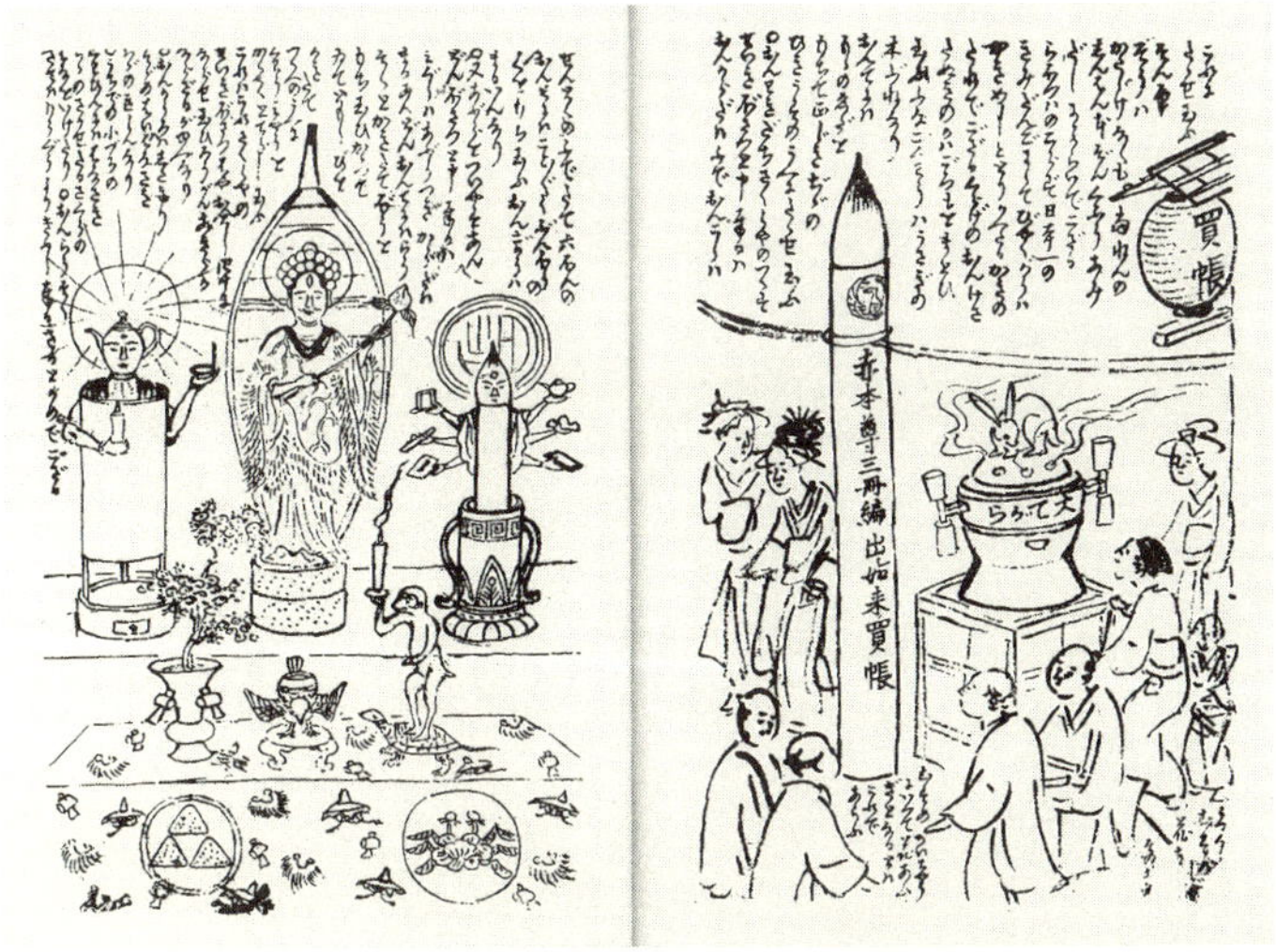

『香込多霊宝縁記』（自筆稿本）
工夫編出如来（中央）と精気菩薩（右）・行灯菩薩（左）

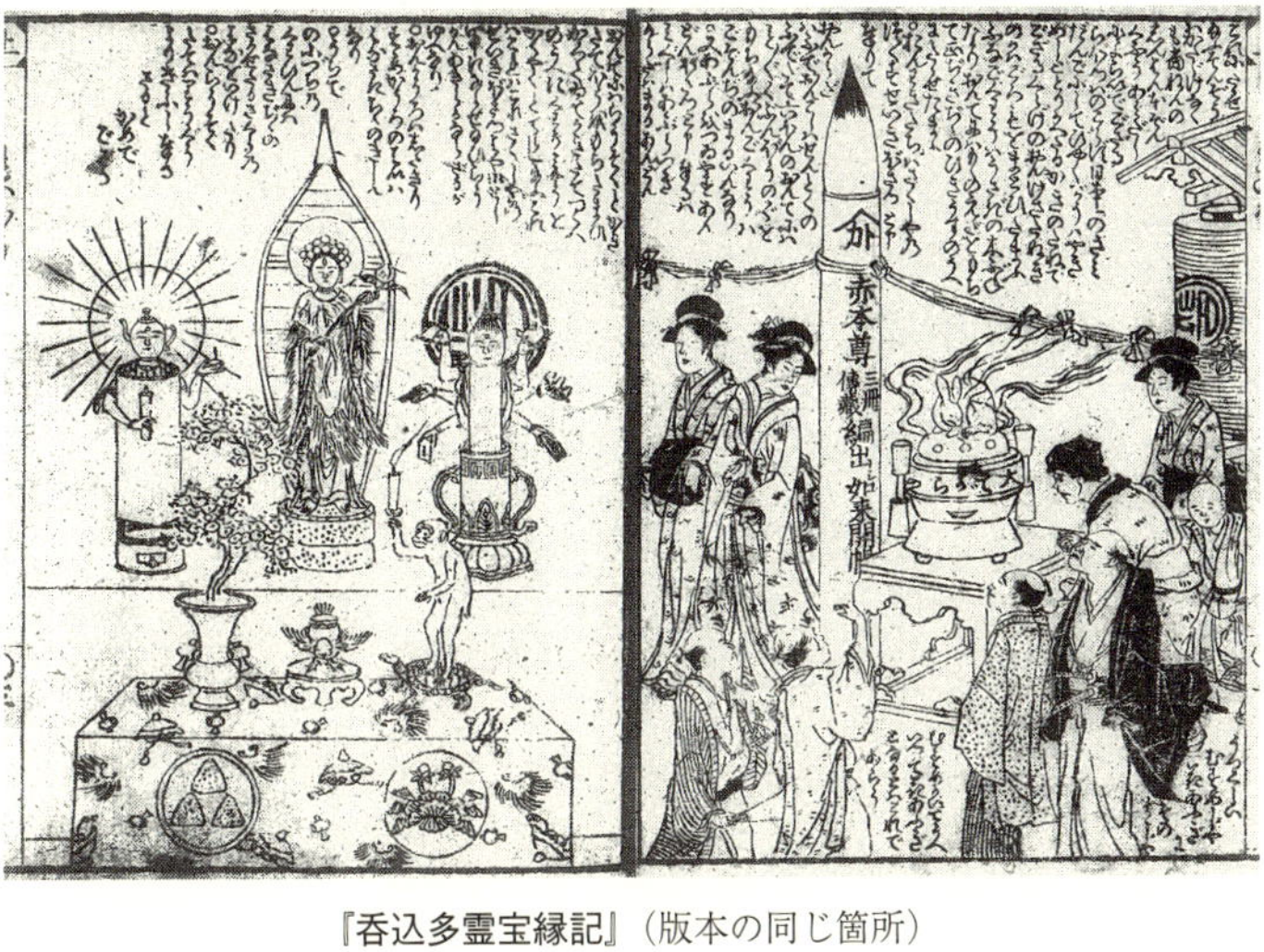

『香込多霊宝縁記』（版本の同じ箇所）

紙とこじつける」様子を描いている。巻紙と巻狩の駄洒落に加え、巻紙を積んで富士に見立てたところが趣向である。

寛政の後半には見立ての面白さを前面に出す作品が散見する。人生を旅に見立てた黄表紙については既にふれたので、そのほかの作品を見てみよう。『百化帖準擬本草筆津虫音禽《ひゃくかちょうみたてほんぞうふでつむしこえのとりどり》』（寛政十年刊）は日常の諸道具を鳥に見立て、ふざけた解説をもっともらしく記した作品であった。自序に「亀成が百化鳥ははや五十年の昔となりぬ。余が著す準擬本草は彼百化鳥に。大に同してすこしく異なり」と記しているように、先行する見立絵本『絵本見立百化鳥』（宝暦五年刊）・『続見立百化鳥』（同六年刊）にならっている。また『呑込多霊宝縁記《のみこんだれいほうえんぎ》』（享和二年刊）は、寺社の開帳（一定期間、特別に秘仏・秘宝を見せること）をもじって滑稽な仏像や宝物を見せる、いわゆるおどけ開帳・とんだ霊宝の見世物に着想した作品であった。冒頭に登場する仏像は、阿弥陀三尊（阿弥陀如来・勢至菩薩・観音菩薩）をもじった「工夫編出《あみだし》如来」「作者の尽くす精気菩薩」「油を費やす行灯菩薩」であり、本体はいずれも戯作者に関わるもので作られている。編出如来は、螺髪は黍団子、白毫は柿の種、皮衣は狸の皮、後光は兎の木船と昔話ゆかりの品々でできており、精気菩薩は、体は筆、腰は宣徳の筆立て、手には文房具、後光は京伝使用の「巴山人」の丸印という具合である。この作品には自筆草稿があり、版本と見比べると、京伝が下絵を細かく丁寧に描いていることがわかる。

滑稽見立て絵本

見立ての趣向を用いた滑稽本としては、まず『松魚智恵袋《かつおのちえぶくろ》』（寛政五年刊）がある。これは手妻（手品）の伝授本の形式を模倣した作品で、「一子相伝の秘術にして猥に他に免べき伝授にあらねども此度書肆何某の需る事087なるに止ことを得ず遂に上梓して広く伝ふる事になりぬ」ともっともらしく述べつつ、「狐つきをおとす伝」「人の心を宙につる伝」「脇差を鞘ごと飲む伝」など、現実にはできないであろう技を滑稽に図解していくものであった。

『絵兄弟』（寛政六年刊）は、其角の俳書『句兄弟』をもじり、形は似ているが内実に落差のある二つのもの――牛若丸と居合抜の芸人、虎と賃粉切（煙草の葉を刻む職人）、分身を飛ばす鉄枴仙人と奴凧を揚げる奴（武士の下男）など――を、一対の兄・弟に見立て、その図像に賛とちゃかしの文言を添えた作品である。たとえば虎と賃粉切の図には、「雲と見る芳野烟草の薄けふりはなのあたりをたちのぼるかな」という油烟斎の狂歌と「西行の秋はたばこもなき世かな」という春来の発句が添えられている。この狂歌と発句は前年に作られた引札「烟草一式重宝記」の冒頭にも引用されている。このほかにも『絵兄弟』には、寛政・享和期の京伝の黄表紙と重複する素材や文言が見られる。

『奇妙図彙』（享和三年刊）は、一つの絵の中に二つの意味を盛り込んだ見立て絵本である。例えば「通人」と題された絵は、「通」という字と半可通（通ぶっているが、通ではない人）の姿を重ねたものである（これに似た絵を、京伝はすでに安永八年刊の黄表紙『大強化羅敷』に描いている）。また「のし猿」という絵は、猿が水面に映った月を取ろうとする図（画題「猨猴捉月」に即す）を、「のし」の文字と盃で見立てて描いたもので、詞書には「のしこし山はご遠慮ゆえ、のしばかり」とある。「のしこし山」は男根の形を描く文字絵で、卑猥な絵ゆえ「ご遠慮」としているのだが、寛政元年刊の洒落本『新造図彙』では、この図を遠慮なく描いていた。こういうところに『奇妙図彙』と『新造図彙』で想定されている読者層の違いをうかがうことができよう。

『奇妙図彙』の絵柄や趣向には、先行する『絵兄弟』と類似するものがある。また同じ享和三年刊の『怪談《かいだん》摸摸《もも》夢字《んじ》彙《い》』は、黄表紙の体裁ではあるが見立て絵本と分類してよい内容を持っており、『奇妙図彙』と対になる作品であると言われている（延広真治「図像学——山東京伝作『奇妙図彙』を読む」）。なお、『奇妙図彙』の刊記には、江戸の板元須原屋市兵衛と京都の板元円屋源八郎の名も記されていて、上方でも売りひろめられたと考えられている。延広真治は、馬琴から享和二年の上方旅行の見聞談を聞いた京伝が、「京の人にも通ずる江戸の戯作をとの思い」で『奇妙図彙』を書いたと推察し、作中に江戸と京都の読者を意識した内容が盛り込まれていることを明らかにしている（「『奇妙図彙』の趣向」）。

戯作者の苦しみ

京伝は、執筆に苦しむ戯作者としての自画像を黄表紙にしばしば描いてきた。享和四年（文化元年）刊『作者胎内十月図《さくしゃたいないとつきのず》』もそんな自分自身を主人公にした作品で、戯作者が作品を生み出す過程を妊婦が出産するまでの過程に見立てて描いたものである。自序に次のようにある。

戯作者ばかり羨しからぬものはあらじ。人には糸瓜の皮のやうに思はるるに。詩歌連俳故事来歴。何でもよりどり十九文とならべたてては見すれども。つひあやまりてはり弱く実学者に出あひては一言も。ながしにいづるどぶ鼠のごとく。尻尾をまいて逃つべし

（戯作者ほど羨ましくないものはないだろう。人には糸瓜《へちま》の皮、つまりまるで役に立たないもののように思われながら、漢詩・和歌・連歌・俳諧・故事来歴などをよりどりみどりに並べてみても、つい恐れ入って押しが弱く、実学者に出会っては一言も発することができず、流しに出るどぶ鼠のように尻尾を巻いて逃げ出すばかりである）

作中では、獅子鼻の戯作者（京伝）が趣向に苦しみ、地蔵尊に祈願して腹に「作の種」を宿す。時間がたつにつれて腹はだんだんふくれる。九ケ月めには板元の番頭が見舞いに来て、「板木屋は小刀を持つて待つてゐる。版摺はばれんを持つて待つております。はやく面白い作を生みだして下さりまし」とせっつく。いよいよ生まれる段になると、医者が京伝に「〈案前案後〉実虚散」（産婦に与える薬「〈産前産後〉実母散」のもじり）を処方する。この薬は教訓・面皮《つらのかは》・趣向・工夫・案思《あんじ》・地口・故事附・小文才・智恵・画意《ゑごころ》・気根・横好という成分からなる。いずれも黄表紙づくりには欠かせないものだが、「以上十二味、硯の水一杯半入レて、器量一杯にこじつける。小雅《しやうが》ひとへぎ入。案じやう常のごとし」と付け加えられている。小雅は生姜《しょうが》のもじりだが、教訓や地口、こじつけの他に雅味も少しは必要というところに、京伝の黄表紙観がかいま見える。

ところで京伝は、作中で「俺も今年で廿七年戯作をするから、趣向も尽きるはづよ。俺も年明けの作者だ」と言っている。京伝は本書刊行の享和四年（一八〇四）に四十四歳であった。『開帳利益札遊合』が刊行された安永七年（一七七八）が戯作に携わった最初の年とすれば、たしかに二十七年が経過している。三十九歳ごろから黄表紙に「醒世老人」と署名しているのは不惑の自覚によるものだろうか。

京伝は相変わらず執筆に追われる日々を送っていた。享和三年刊『裡家算見通坐敷《うらやさんみとおしざしき》』の序文には「頃《このごろ》日本屋の催促しきりにて、恨の手紙はたひろあまりの大蛇となりて、机の前にわだかまり、使の童は足を摺小木《すりこぎ》にして、翼生《はねはへ》て飛がごとし。しかるといへども、作者の趣向はないにきはまつたり」とある。同年刊『怪談摸摸夢字彙』の冒頭には、書斎で趣向を案じながらうたた寝している京伝に、外から板元の小僧が「もしもし草双紙の作はできましたか。毎日毎日催促で足がすりこ木になります」と呼びかけている図があり、次のような文章が添えられている。

そもそも草双紙の作と言ふやつは、師匠もなく弟子もなく、法もなく式もなく、胸から出次第やたらむしやうに書くものなり。さればその代はり引書もなく手本もなく、どこをつかまへて案じやうといふあてもなく、闇の夜に鉄砲を放すがごときものにて、おならのごとく、ただふつとしたあんじより出づるものなり。そのくせ本屋の催促、日を限りて性急なり。とくと考える間もなくいつも壁へ馬を乗りかけて作るものなれば、出来不出来あるはづなり

著述は余暇の楽しみとして行うべきものなのに、現実には板元にせっつかれ、時間に追われて執筆し、まるで余裕がない。事実、享和三年に刊行された著作は自作の黄表紙五点、滑稽本一点、読本一

点にのぼる（水野稔『山東京伝年譜稿』）。『怪談摸摸夢字彙』の巻末には京伝が小僧に稿本を渡す図が描かれ、「一体この草紙の趣向、作者の夢とは嘘の皮、実は夜中まんぢりともせず夜の九つ時より明け七つまで三時が間にこじつけたる一夜漬けの急作也」とある。いささかの誇張があるにせよ、この頃の多忙ぶりをうかがわせる。

鈴木牧之との交流

店を始めてしばらくした寛政七年頃、京伝のもとに、越後で質屋と縮の仲買を営む鈴木牧之から相談が寄せられた。相談のなかみは、雪にまつわる随筆の出版に関することであった。京伝が寛政十年頃に牧之にあてた書簡が残っている（高橋実『北越雪譜の思想』）。そのなかで京伝は、牧之が書いた「雪中之奇談」について次のように記している（現代語訳で示す）。

昨年、「雪中之奇談」をお書き下さるようお願いしたところ、お忙しい中、詳細な絵と文章をお書き下さり、大変めずらしく、北越の雪が机の上に降り積むように思いました。すぐに全てを拝見することができませんので、ゆっくり拝読しようと楽しみにしております。このようにお書き下さったご努力、また文章の巧みさに感心いたしております。いずれ出版いたしたく存じますが、こうした本はすぐには出来かねますので、ゆっくり草稿を仕上げた上、校合をお願いしたいと思います。このほどは忠臣水滸伝という読本に取りかかっており、その後で出版いたしたく努力いたします。小生も日々の雑用が多く、著述が進みません。このたびのご草稿、ご努力のこと忝なく、雪中の道具の雛形などまでお送りくださり、御当地の風俗をまのあたりにする思いです。

これによれば、牧之が送った草稿や資料をもとに京伝が雪についての随筆を書き、牧之の校合を経て出版するつもりだったようである。京伝は寛政十一年十二月一日にも牧之に書簡を送った。そこでは、この年の春から患っていた父伝左衛門が十月に死去したため返書が遅れたこと、特に画賛を送るのが遅れたことを詫び、出版の件については次のように記している。

雪中奇談之儀も、右に付打込置候。これも来年は著述可仕被存候。

北　越　雪　話

東都　山東岩瀬京伝著

北越塩沢　鈴木牧之校

右之通に可仕被存候。東都か大阪に而出板之志に候間、懸合ホ《(等)》六ケ敷、殊に五十金計りも懸り可申候に存候。私存寄之通にいたし候得は、右之通に御座候

江戸か大坂で出版するなら五十両ほど費用がかかるだろう、とあるが、これは入銀（自費出版）の提案と解釈できる。随筆はそもそも売れない書物だった。馬琴が牧之にあてた書簡（文政元年十二月十八日付）にも「随筆物、近年は少々流行いたし候へ共、一体うれかね候品ゆゑ、板元まれに御座候」

とある。入銀の勧めも無理からぬことではあった。

結局、出版は実現しないまま歳月が過ぎた。文化十三年（一八一六）に京伝が没した後、牧之は馬琴をはじめとする何人かに相談するが、なかなかうまくいかなかった。紆余曲折を経て、京山の助力で牧之の随筆『北越雪譜』が出版されるのは天保八年（一八三七）のことである。

それはそれとして、牧之との交流は京伝の晩年まで続いていたらしい。京伝の合巻『累《かさね》井《い》筒《づつ》紅葉《もみじの》打敷《うちしき》』（文化六年刊）の口絵には「北越塩沢鈴木牧之所蔵短冊」として、短冊「片足はやつし候也小田の雁　其角」の縮図が掲げられている。また、越後から江戸に来た商人が京伝宅をたずねてくれたが、年老いて家にこもっているので応対することができず、残念だった、などと書かれた牧之あての京伝の書簡も残っている（高橋実『北越雪譜の思想』）。『伊波伝毛乃記』によれば、京伝は文化十一年頃、歩行時に胸痛がするため家にこもりがちになっていた。この書簡はその頃に書かれたものであろう（水野稔『山東京伝年譜稿』）。

京伝は雪にまつわる話題に魅力を感じていたようである。読本『優《う》曇《どん》華《げ》物語《ものがたり》』（文化元年刊）・『梅《ばい》花《か》氷《ひょう》裂《れつ》』（文化四年刊）のなかに雪の場面を描いたり、雪に関する珍しい言葉を多用したりしている。牧之から送られた資料を利用して書いたと思われるが、牧之の名前は作中に出していない。これらのことについて、後年、小説家主人なる人物がその著作『しりうごと』（天保三年序）のなかで京伝を非難し、「先年越後のある人のもとより、雨雪の事実をくはしく書綴りて校合に越したるを、其人をあざむきて終に帰さず、おのが著述の戯書の中へ、そつくりと書きつらねて、見て来たやうに人を欺きし」と糾弾している（山本和明「京伝と牧之——『優曇華物語』小考」）。馬琴はこの著者について、「銀座の手代にて、琴彦といふもののよし、三年前、壮年にて早世いたし候よし、をしむべき才子に候」と記している（天保六年三月二十八日付、小津桂窓あて書簡）。

松平定信と風俗絵巻

ところで京伝は、寛政の半ばから文化にかけて、かつての老中松平定信の命で、二つの風俗絵巻に詞書《ことばがき》を書いている。

一つは、新吉原の遊女の一日を描いた絵巻「吉原十二時絵詞」である。これは遊女の一日を時間順に描いたもので、形式は京伝の洒落本『錦之裏』の影響を受けている。現在は模本二種が確認されており、岩本活東子の跋文（文久元年十二月筆）から、定信の命により鍬形蕙斎（北尾政美）が絵を描き、京伝が詞書を記したものと判明している。定信は寛政五年七月に老中の職を退いており、北尾政美が御用絵師鍬形蕙斎となった時期から推察して、画巻の成立時期は寛政七年頃と考えられている（内田欽三「鍬形蕙斎筆『（模本）吉原十二時絵詞』をめぐって」）。

喜多村筠庭の『きさのまにまに』には、この絵巻について京伝から聞いた話として、次のように記されている。

> 白川侯御退役の後、吉原深川などの遊所のさまを北尾政美に写さしめ、そのことばを京伝に命ぜられたりしかば憚ることなく、そこらの事うがちて書りと云へり

寛政改革の当事者であった白川侯（松平定信）が遊里風俗のことを書けと命じてきたので、今度は「憚ることなく」それらについて書いたというのが面白い。なお、この絵巻とは別に「吉原十二時絵巻」と題する二本の画巻（共に鳥文斎栄之画）があり、京伝はこれらにも詞書を書いている。一本は享和元年、もう一本は文化六年の執筆であるという（内田前掲論文）。

定信の命で詞書を書いたもう一つの絵巻は、やはり鍬形蕙斎画の「職人尽絵詞」である。これは近世のさまざまな職人の姿を描いたもので、三巻からなり、上巻の詞書は大田南畝、中巻の詞書は朋誠堂喜三二、下巻の詞書を京伝が書いている。上中巻の跋文にはそれぞれ文化元年三月と文化二年三月の記がある。下巻には跋文がないが、蕙斎が一巻を描くのに一年ずつ費やしていたとすると、京伝が詞書を書いたのは文化三年のことと推定される（朝倉治彦『江戸職人づくし』）。松浦静山の『甲子夜話』巻十二・二十二にこの絵巻についての記事があり、三者の詞書について「皆故時の旨を尋て今世の情をつくし、最絶作なり」と称えている。

『四季交加』と『深川大全』　寛政十年、京伝が詞書を書いた絵本『四季交加』（北尾重政画）が出版された。士農工商・貴賤老若の男女が江戸の大路を行き交うさまを正月から十二月までの各月に分けて描いたもので、挿絵は京伝の下絵をもとにしている。まだ江戸を知らぬ地方在住の人々にも江戸の様子が一目瞭然にわかるよう表したものだといい（京伝自序）、詞書の内容も江戸の繁栄を言祝ぐものである。享和以降、京伝は近世初期の古物鑑賞と風俗考証に熱中していく。詳しくは後述するが、そのような古き良き江戸への関心は、江戸賛美の心性からくるものであった。『四季交加』にも、同じ心性をみることができよう。

また、文化三年には、深川の遊里のしくみや独特の風俗・習慣などをまとめた『深川大全』を執筆していたらしい。推測にとどまる理由は、現存する版本（板元不明）の巻首には「山東翁原稿《さんとうをうげんかう》豊芥子補《ほうかいしほす》」とあり、「豊芥子が京伝の名を借りた擬作かとの疑問も残る」（水野稔『山東京伝年譜稿』）と言われているからである（豊芥子すなわち石塚豊芥子は寛政十一年生まれの蔵書家で、芝居や遊里についての著作がある）。冒頭から見ていくと、まず「一名蜀山人　花王園主人」（大田南畝）の序があるが、年記はない。次に豊芥子の序があり、こちらは天保四年（一八三三）の年記があって、某書店で「深川大全」と記された京伝の原稿を入手したことなどが記されている。次に京伝による凡例がある（年記はない）。「吉原大全」にならって「深川大全」と題し、深川遊廓のことを記す旨が述べられ、「悪ひ所は流行におくれをとりし老人の事なれば、足らぬ所を補したまへ。後篇にあみ出す大全とはならんかしと、おしをつよくも其まま名つけ侍りぬ」などと書かれている。その後に再び豊芥子の補記があり、「此書の編集は文化三丙寅の年なり。今天保三辰年まで廿余年の星霜をつもりし事ゆへに其流行せしも今すたり且其補するといへども愚筆およびがたし」云々と書かれている。豊芥子の記述を信用すれば、京伝が原稿を書いたのは文化三年、南畝は文政六年に没するので序はそれ以前の執筆ということになる。

以下、引書目録（参考文献の一覧）、総目録（目次）、本文と続く。末尾には「後篇は、巽廓《くるは》の起原《はじまり》を元禄正徳のふるき書より探索し、古画古図にてくわしくただし、尚妓《なほこども》の風流ありし事、または侠夫《たてひき》の目をおどろかし貞実又は怪談のありし事、つばらにしるし、実に深川通の考証学、妓を自在するの奇絶の珍書これにまさるはなし」とある。後篇では近世初期の深川風俗について考証する予定だったらしい。

本書は、豊芥子の手が加わっているにしても、何らかのかたちで京伝の著作に基づいている可能性は否定できないと思われる。京伝は深川を舞台とする洒落本も書いており、考証随筆『近世奇跡考』（文化元年刊）には往年の江戸の遊女についての考証も記されている。深川の遊里風俗について考証的関心を抱き、一書をまとめようとしたということも十分に考えられるだろう。

第五章　読本を書く

1 『忠臣水滸伝』と『安積沼』

江戸の読本

寛政に入って、江戸でも本格的に読本が作られるようになった。読本とは、中国の白話小説（俗語で書かれた小説）や日本の古典文学などをふまえて書かれた知的な小説である。すでに上方では、寛延二年（一七四九年）刊の都賀庭鐘『英草紙』を嚆矢として、建部綾足、伊丹椿園、上田秋成などが読本を執筆していた。文学史における便宜的な区分けとして、これらを前期読本と呼び、寛政末期以降に江戸で出版された読本を後期読本と呼ぶ。前期読本について、横山邦治は、内容面から奇談もの・水滸伝もの・実録もの・勧化ものの四つに分類している（「読本序説」）。

前期読本の代表作に、綾足の『本朝水滸伝』がある。これは中国小説『水滸伝』をふまえて、舞台を本朝（日本）に置きかえたものである。『水滸伝』は読本の作者・読者にとって周知の作品であった。江戸で出版された読本では、聚水庵《しゅうすいあん》壺游《こゆう》『湘中八雄伝』（明和五年刊）が『水滸伝』を典拠とした作品の嚆矢として知られている。

天明期に黄表紙や洒落本を書いていた作者たちのなかには、寛政に入って読本を書き始めた者もいた。京伝を引き立てた武士作者の一人、万象亭は、森羅子《しんらし》の名で『凩草紙』という読本を書いた（寛政四年刊）。この作品は九つの奇談からなり、うち七話が中国の怪異小説『聊斎志異』の翻案であった（徳田武「『凩草紙』と『聊斎志異』」『日本近世文学と中国小説』所収）。

この頃はまた、読本の通常の書型（大本ないし半紙本）より小さい中本型の読本も作られた。振鷺亭《しんろてい》の『いろは酔故伝』（寛政六年刊）や馬琴の『高尾船字文』（寛政八年刊）などがそうである。この二作はどちらも『水滸伝』を典拠としている。前者はそこに洒落本的な要素をからめ、後者は伊達騒動ものの浄瑠璃『伊達《だて》競《くらべ》阿国《おくに》戯場《かぶき》』をないまぜたものだった。

京伝が書いた読本の第一作は、『忠臣水滸伝』である。前編は寛政十一年十一月刊、後編は享和元年十一月刊。半紙本で各編五巻五冊という本格的なものだった。

『忠臣水滸伝』

寛政九年に蔦重から刊行された黄表紙に「〈和国小説〉忠義大星水滸伝　山東庵主人著　五冊」という広告が出ている。これが『忠臣水滸伝』の当初の題名である。「忠義」「水滸伝」は『忠義水滸伝』（『水滸伝』は何種類もあり、『忠義水滸伝』はその一つ）、「大星」は大星由良之助を主人公とする「忠臣蔵」を連想させる。山本卓（「文運東漸と大坂書肆小攷」）によれば、この当時、実録写本『赤穂精義内侍所』が盛んに読まれており、また浅野内匠頭の百回忌にあたる寛政十二年も近づいていて、人々の「忠臣蔵」への関心が高まっていた。寛政六年には上方で速水春暁斎の『絵本忠臣蔵』の出版願いが出されている（刊行は寛政十二年初夏）。そのような時好に応じて、蔦重は江戸でも「忠臣蔵」に取材した読本を出そうと考えたのだろう。

蔦重はまた、『水滸伝』の人気にも目をつけていた。前述の通り、この数年前に『水滸伝』を絵解きした黄表紙『梁山一歩談』『天剛垂楊柳』を京伝に書かせ、寛政四年に刊行しているし、また馬琴の中本型読本『高尾船字文』も、やはり蔦重が依頼して書かせたものであったという（『江戸作者部類』）。

京伝は、「忠臣蔵」と『水滸伝』を取り合わせるにあたり、両作の類似する場面や挿話を結びつけて、その取り合わせの面白さをこの作品の主眼とした。こうしたやり方は、それまでに京伝が黄表紙などで用いてきた見立てとこじつけの手法に通じるところがある（石川秀巳「『忠臣水滸伝』における〈付会の論理〉」・「魔星の行方―『忠臣水滸伝』の長編構想―」、野口隆「『忠臣水滸伝』の演劇的趣向」）。『水滸伝』と日本の演劇をないまぜる趣向は、馬琴がすでに『高尾船字文』で試みていたものだったが、『高尾船字文』が中本型読本だったのに対し、『忠臣水滸伝』は半紙本型の長編であった。「『本朝水滸伝』に続く本格的な雄編を打ち出し、同時に門人格の馬琴の『高尾船字文』をはるかに凌駕しようという京伝の意気込みが見出せる」と言われている（徳田武『山東京伝全集』解題）。

では、中本型読本の『高尾船字文』と半紙本の『忠臣水滸伝』は、体裁や全体の長さのほかにどういった違いがあるのだろうか。大高洋司は、『忠臣水滸伝』の文体が中国白話小説の翻訳調（つまり通

『身体開帳略縁起』
蔦重の肖像

俗本の文体）で統一されていると指摘し、「中本に用いられた浄瑠璃調の文体を徹底的に排除することで、半紙本の正統に連なる文体の格調を保持した」と述べている（『忠臣水滸伝』解題）。使用されている語彙から、京伝は『通俗忠義水滸伝』（宝暦七年〜寛政二年刊。『忠義水滸伝』の通俗本）・訓訳本『忠義水滸伝』・唐本『忠義水滸伝』を参照していることがわかっている（徳田武『山東京伝全集』解題）。

だが、この意欲作の刊行を蔦重は見届けることができなかった。寛政九年五月六日、脚気のために四十七歳で死去したのである。この年の正月、蔦重は蔦唐丸の名で書いた黄表紙『身体《しんたい》開帳《かいちょう》略縁起《りゃくえんぎ》』を自店から刊行しており、巻末には蔦重自らが登場して「当年はさくしやふつていにつき、わたくし自作、いたつてつたなき一作のさうし御覧に入ます」と述べている。これが読者に向けた事実上最後の挨拶になった。『忠臣水滸伝』は二代目の蔦屋重三郎と鶴喜の相板で刊行された。

後編が出たのはさらに二年後のことであった。後編は前編に比べ、文中に使用される白話語彙が減り、仮名書きの部分が増えている。この変化は「前・後編の試行錯誤を経て、格調と大衆のバランスを考慮し直した結果、京伝は通俗本調を捨て、漢文和訳の文体の採用に至ったのであろう」と解釈されている（大高前掲書）。京伝は前編の序文に「固是寓言伝会、然示勧善懲悪於児女。故施国字陳俚言、令児女易読易解也。使所謂市井之愚夫愚婦敦行為善耳」（もとよりこの作品は寓言であり、善を勧め悪を懲らすことを児女に示すものである。だから国字を用い、俗語で記し、子どもや女性に読みやすくわかりやすいようにする。いわゆる市井の人々の行いをよくし、善を勧めるものである）と記していた。文体の変更は、こうした大衆読者層にいっそう配慮しようとする意図からであったと考えられる。

この作品について、馬琴は『江戸作者部類』に次のように記している。

> 文化の初の比、忠臣水滸伝の作あり。前後十巻、画は北尾重政也この冊子は仮名手本忠臣蔵の世界に水滸伝を撮合しておかしう作り設けたり。是京伝が国字の稗史を綴る初筆也。且水滸伝を剽竊模擬せしもの、是より先に曲亭が高尾船字文ありといへども、そは中本也。又振鷺亭が伊呂波水滸伝のごときは酔語と題して相似ざるもの也。かかれば綾足が本朝水滸伝有りてより、以来かかる新奇の物を見ずといふ。世評特に高かりしかば、多く売れたり。この比よりして、よみ本漸々流行して遂に甚しくなる随《ママ》に、京伝が稿本を乞て板せんと欲する書賈少なからず

『忠臣水滸伝』の好評はその後の読本の流行をうながし、多くの板元が京伝に読本の執筆を依頼するようになったという。『忠臣水滸伝』が後期読本の嚆矢と位置づけられるゆえんである。

る。

『安積沼』　読本の第二作『安積沼《あさかのぬま》』は、享和三年に鶴喜から刊行された。角書に「復讐奇談」、見返しに「一名　小幡小平次《こはだこへいじ》死霊物語」とあり、敵討物かつ怪談であることが示されている。

内容は、山井波門をめぐる悲恋と敵討ちの物語に、小はだ小平次の怪談を組み合わせたもので、典拠として通俗本『通俗孝粛伝』（明和六年刊）・浄瑠璃『本朝二十四孝』（明和三年初演）・談義本『根無草』後編（明和六年刊）・読本『耵聹私記録』（明和八年序）および『雨月物語』（安永五年刊）などが利用されている。だが、読者はそのことを知らなくても楽しめるつくりになっている。『忠臣水滸伝』と違い、この作品の見どころは典拠の取り合わせ方の巧みさにあるのではなく、物語の展開そのものにあるからである。

文体も『忠臣水滸伝』とはかなり違っている。通俗本をふまえた箇所であっても白話は用いず、和語への言い換えが行われている（大高洋司「江戸読本の文体と『安積沼』」）。通俗本らしさがいっそう遠ざけられているのである。

場面によっては、古典和歌の表現を意識的に取り入れているところもある。例えば巻之三第五条、山井波門が親の敵を探して陸奥の狭布里《けふのさと》を訪れる場面では、この里の女たちが織る幅の狭い布を狭《けふ》の細布《ほそぬの》と呼ぶことを説明した後、和歌の世界では「けふの細布」ということばが「胸あひがたき」（思う相手に会えない）と結びつくことがさりげなく付け加えられ、この後に展開される波門と里の娘お秋の悲恋物語の伏線になっている。お秋の恋心を描いていく文章にも「磐堤山《いはてのやま》に年をへて朽や果なん」

『安積沼』お秋が殺される場面。機と松が描かれている。

「白玉の緒絶橋《をだへのはし》の名もつらく」といった、古典和歌をふまえた表現が用いられ、波門がお秋の思いに気づくのも「安積山《あさかやま》影さへ見ゆる山の井の浅き心を我おもはなくに」という歌（『万葉集』巻十六所収歌）が媒介となる。

このように二人の恋は和歌をふまえた文章で綴られてゆくのだが、さらに言えば、和歌的な表現は挿絵にも及んでいる。お秋は細布を用いて波門を二階の自室に導き、逢瀬を繰り返すが、ある夜、間違えて引き入れた悪僧によって殺害されてしまう。その様子を描いた挿絵を見ると、悪僧がお秋を押さえつけている部屋の右隅には細布を織る機《はた》があり、左側には松の枝が大きくせり出している。「お秋常は楼上《にかい》に住て、細布をおることを手すさびとして過ける」とあるので、ここに機が描かれているのは不自然ではないが、松の枝が描かれているのは一見、不審である（お秋の部屋を描いた挿絵はこの前後にもあるが、松は描かれていない）。だが和歌のことばにあてはめて考えれば、機から連想される細布は「胸あひがたき」、松は「待つ」を意味する。つまりこの絵は、お秋は恋人の波門を待つが結局は会えないという、この場面の悲劇性を象徴的に表したものなのである。

また、波門の婚約者である鬘児《かつらこ》をめぐる物語も、『万葉集』に歌われる伝承から発想されている。敵討ちの旅の後で波門は鬘児と再会し、二人は追っ手を逃れて小舟で逃げるが、暴風で船は砕け、鬘児は溺れて仮死状態になる。これは『万葉集』にある、かつら子という娘が三人の男に求愛され池に身を投げたという伝承に基づく歌から発想されたと考えられている。京伝は鹿都部真顔にあてた書簡（享和二年のものと推定されている）のなかで加藤千蔭の『万葉集略解』について記し、真間手児奈という、やはり入水した女性を歌った歌に言及している（山本和明「京伝『復讐奇談安積沼』ノート」）。波門をめぐる二人の女性の物語は、ともに和歌の世界に由来する発想・表現で書かれているのである。

波門と小平次の物語

さて、『安積沼』には小はだ小平次をめぐる怪談が組み込まれているが、これは波門を主人公とする敵討ちの物語と特に強く結びつけられてはいないように見える。波門に未来を予言した尼が小平次の怨霊を解脱させること、波門の親を殺した悪人轟軍平の弟と小平次の妻が密通すること、お秋殺しの犯人を見つけるため小平次が幽霊に扮することなどが接点として数えられるにすぎない。このことは一見、構成上の欠点のようであるが、京伝はあえて二つの物語を用意したと解釈することもできる。

作中で波門と小平次はあまりにも対照的に描かれている。波門は武家の出身だが、歌舞伎役者に「美貌《びぼう》といひ怜悧《れいり》といひ、世に又あるべき者にあらず」と見込まれるほどの美男で、その身に起きる出来事もその美貌と無関係ではない（鬘児は波門の肖像を見て懸想し、お秋は波門が「目馴《めなれ》ざる美男」であったために一目惚れする）。一方で小平次は、歌舞伎役者でありながら容貌に恵まれず、妻の心もつなぎ止められずにその姦通相手の左九郎に殺される。このように対照的な二人の男の物語を考えて、それぞれが敵討物と怪談物になるように構想したのではなかろうか。

旅役者の座元が水死し、その霊が知人のもとに現れて非を責めるという怪談が寛政期には既にあったらしく、作中の小平次の話はそれに基づいて書かれている（佐藤深雪「近世都市と読本　京伝の『復讐奇談安積沼』」）。ただし京伝自身はその話を虚談と考えていたらしい。『安積沼』は時好にかなって数百部も売れ（『江戸作者部類』）、作中の小平次の怪談をもとに歌舞伎「彩入御伽草《いろえいりおとぎぞうし》」（四代目鶴屋南北作、文化五年閏六月江戸市村座上演）が作られたが、この芝居を見物した京伝は、知人の竹垣柳塘にあてて「小平次之事原来なき事に而、万犬虚をほゆるのたぐひと存候（略）もとより小はた小平次と申す役者、下役者にも一向無御座候、但し、元禄中生嶋新五郎弟子に、生嶋小平次と申やくしやあれども、これも小はた小平次と申すたしかなる証もなし、旅役者などに少しの怪談ありしを、いひはやらしたる事とぞんじられ候、証なき事は、はなすにたしかならず候間、書留もいたし不申候、ふきや丁へんにて、知つてゐると申者あれども、みなたしかならず、虚談多御座候」（文化五年閏六月十九日付書簡）

と記している。

考証から物語へ

文化元年三月、京伝は近世初期の風俗や人物伝などを考証した随筆『近世奇跡考』を書き上げ、その年の十二月に大和田安兵衛から刊行している。前年刊の『安積沼』にも、京伝が当時おこなっていた考証の成果がいくつも盛り込まれている。

『安積沼』は菱川師宣描くところの若衆図に鬘児が懸想し、鬘児の父穂積丹下が師宣を訪ねていく場面から始まる。本文には師宣の居住地などが詳しく書かれているが、これは前年の調査に基づくものである。京伝は師宣の出身地に手紙を送り、系図や事跡について尋ね、その結果を『捜奇録』(享和三年頃成)の「菱川師宣家譜」の項にまとめている。また享和二年十月には『浮世絵類考』の師宣の項に「追考」を記してもいる。京伝が師宣に関心を持ったのは、その絵が近世初期風俗についての考証資料になるからでもあった。『近世奇跡考』の凡例には「雛屋立圃、菱川師宣がざれ絵のたぐひも、その代のおもむきをもてかけるは、いにしへをまのあたり見るごとき事ありて、証とすべき事おほかり」(雛屋立圃や菱川師宣の絵も、その時代の様子を伝えるように描いており、昔日を目の前に見るようで、証拠となることが多い)とある。

丹下が若衆を発見する場面に登場する侠客の二見重左衛門は、『近世奇跡考』の「深見十左衛門伝」の項で考証した深見十左衛門をモデルにしている。小平次の怨霊が妻と密夫の閨を襲う場面の挿絵も、『近世奇跡考』の「羽生村累の古跡」の項に「累怨霊図」として提示した絵とよく似ている。

また、小はだ小平次の遺児小太郎が出家して坊主小兵衛と改め、其角がこれを題材に「我むかし坊主太夫や花菖」の句を詠んだという挿話も、考証をもとに作られたものである。この其角の句は、『近世奇跡考』では「小兵衛人形」の項に引用されている。この項では坊主小兵衛という役者とそれをモデルにした人形のことが考証されているが、坊主小兵衛と小はだ小平次に事実上のつながりはなく、『安積沼』で両者を親子関係としたのは京伝の創意である。なお、作中で小平次の怪談が奥州安積沼を舞台として展開されることについては、この「小兵衛人形」の項に「我むかし坊主太夫や花菖」の句があることと「羽生村累の古跡」の項に『奥の細道』の「あさか山」の条（芭蕉一行があさか山周辺の沼に花かつみを尋ね歩いた話）が引用されていることから、〈花菖―安積沼〉と〈小兵衛―小平次〉の連想がはたらいたのではないかと推察されている（高田衛「伝奇主題としての〈女〉と〈蛇〉」、森山重雄「彩入御伽草」）。

『安積沼』は「いづれの時代の事にか有けん」と書き出され、明確な時代設定はなされていないが、実在した人物の事跡が作中にはめこまれることで、読者の前には自ずと近世初期を舞台とする物語世界が広がってくるのであった。

『近世奇跡考』　ここで『近世奇跡考』について述べておこう。現存する京伝の考証随筆でもっとも早いものは、『捜奇録』や『大尽舞考証』（享和四年正月成、吉原で流行した大尽舞についての考証）など享和年間のものである。享和三年の京伝の書簡に、知人竹垣柳塘にあてて古画・古物のことを記したものがあり、京伝の考証活動はこうした同好の人々とのつながりのもとに行われていた（このことは第七章で詳しく述べる）。

『近世奇跡考』の「凡例」には、考証の動機と出版までの経緯について、次のように書かれている。

古《いにしへ》を好《このめ》る人、その代を考《かうがへ》て、ふるきことややあきらかになり、千歳の物すら、時ありて今あらはるるもあれど、近き世の考は、かへりて疎《おろそか》にして実《まこと》を失ふ事すくなからず。偶《たまたま》口碑に伝ふるも、虚妄《そらごと》のみぞおほかる。後の世には又、今をいにしへとしてしたはむ人もあるべきものをと、ふとおもひよりしより、物を秘篋《ひけふ》に索《もとめ》、事を珍書に探《さぐり》、旧蹟にいたり、古墳をたづね、ふかく思ひを致して、其実を得《うる》ことあれば、やがてかきつけたる反古、古革籠にみちぬ。そのうち俗耳にちかき事、いくばくを撰《えりいだ》出して、遂に剛人《けつじむ》をわづらはしむ

（昔のことを好む人は、その時代のことを考証し、古い昔のことが明らかになり、千年前のことですら解明されることもある。しかし少し前の時代のことは、かえって疎かに扱われ、言い伝えも虚妄であることが多い。未来には今の世の中のことも昔のこととして慕わしく思う人もいるかもしれない、そう思いついてから、資料を集め、文献を探し、古い事跡をたずね、深く考証して、わかったことを書き留めるうちに原稿がたまった。そのうち身近なもの選んで出版することにした）

また、考証の手法については、次のように書かれている。

たとひ片言隻辞といへども、ただしき拠《よりどころ》を得ざればいはず。奇を好《このむ》にすぎて、あらぬ虚譚を述《のべ》、

考へ疎にして口碑の誤を伝ふる説とおなじく見ることなかれ

（どんなささいなことであっても、典拠が得られなければ載せない。奇を好みすぎるあまり、妄説を述べ、実証せずに誤った言い伝えをそのまま伝えているものと一緒にしないでほしい）

京伝は、さほど昔の時代ではないために疎かに扱われがちな近世初期の事物について、実証的な考証を試みた。一例として、「牛若木偶の衣裳」の項をみてみよう。これは人形芝居に用いられる牛若の人形の衣装に付けられている模様について考証したものである。京伝はまず、「幸若舞の『烏帽子折』という作品に基づいて付けた模様であると、幼い時に八十余歳の老人から聞いた」という亡父（椿寿斎信昭）の話を紹介し、「父は享保七年生まれなので、この八十余歳の老人というのは寛永年間の事をも知っていた人であろう」と述べる。続けて『烏帽子折』の版本の記述を引用し、「父の言う内容に相違はない。この文章に拠って付けた模様であることは明らかである。こればかりのものも、昔のことには必ずよりどころがあり、見過ごすことはできない」と結論している。伝聞の説を、実際に文献にあたることで実証したのである。

考証の資料として重視したのは、近世初期の小説・古俳諧・随筆・地誌・歌謡・狂言本などの文献のほか、菱川師宣などの絵画であった。「凡例」に、「証とすべき古画あれば、原本をすきうつしにして、露ばかりもたがへずあらはせり。古図なきは其代のおもむきを考へて、あらたに画《えがか》しむ。古図と新画とは、画風を以てわかち見るべし。古図はすべて予が自画なり。覧者あやまりて、予が筆のつたなきを画者におふする事なかれ」（資料となる古画があれば、原本を透き写しにし、古画がないものは当時の様子を考えて新たに描かせた。古図と新画は画風で見分けてほしい。古図はすべて私〔注――京伝〕自身の画である。絵が拙いのは私のせいであって、絵師のせいではない）とある。京伝が下絵を描いたというのが事実だったことは、『近世奇跡考』巻一〜三の草稿本（パリ装飾美術館付属図書室所蔵）の発見によって確かめられた。佐藤悟によれば、この草稿本は書物問屋行事の改を済ませた本であるが、改に出すかなり前に版下（版本用の原稿）が作られたらしく、この草稿本に加えられている訂正のなかには版本に反映されていないものもある。挿絵の箇所は、京伝による透き写しの絵が貼り込まれ（または切り接がれ）ており、それがない箇所には絵師（喜多武清）への細かな指示が書き入れられている（「『近世奇跡考』草稿本メモ」）。喜多武清は谷文晁の門人で、寛政八年に文晁が『集古十種』編纂を松平定信から命じられた際には、師に同行して古書画類を調査する旅に出かけている（『谷文晁とその一門』）。古図・古画の知識を買われて、京伝に挿絵を頼まれたのだろう。

ところで『近世奇跡考』出版の約半年前、文化元年五月十六日に『絵本太閤記』が絶版処分となった。その直後に江戸でも、一枚絵や草紙類に天正期以降の武者の名前や紋所類を記してはならないことなど、享保の出版規制を改めて確認する御触が出され、奉行所から町年寄・名主を通じて地本問屋の行事・問屋仲間・小売り商人へも指示が下された。『近世奇跡考』にも、この件を意識した跡が見られる。たとえば「土手道哲幷高尾」の項では、日本堤を行き交う人々の図を『吉原恋道引』から引用しているが、原図にあった僧侶の姿は描かれていない。これは享和三年の延命院事件（僧侶の女犯事件）を憚っての削除と推察されている。また「大津絵考」の項では、当初「織田信雄」に関する記述があったが、抹消されている。かつて筆禍を被った経験のある京伝は、公儀の意向に慎重に対応し、こうした自主規制を行ったのである（佐藤悟「文化元年の出板統制と考証随筆」）。「凡例」に「証とすべき古画あれば、原本をすきうつしにして、露ばかりもたがへずあらはせり」と述べてはいるが、筆禍を避けるためには挿絵の改変も致し方のないことだった。

そのように慎重に出版された『近世奇跡考』だったが、思わぬ出来事も起きた。英一蝶の「土手節」に関する考証を記した箇所について、英一蜂なる者が怒って文句を言ってきたのである。京伝は驚いて、異議を唱えることもせずに板元の大和田に知らせ、その箇所を削除した。こうした行動をとったのは、京伝が洒落本の筆禍以来、謹慎を旨としていたからだと馬琴は記している（『江戸作者部類』）。

二又淳は現存している『近世奇跡考』の版本を調査し、多くの本において、「英一蝶伝」の項にあった一蝶流謫の記事と「朝妻船讃考」の項にあった端歌の一部が実際に削除されていることを指摘した。ただし、かなり時間が経過してからの措置であったらしい。なお、この二箇所のほかに「加賀千代尼伝」の千代尼生家の図と「夢市郎兵衛明石志賀之助事」の図の一部も削除されているが、理由は判然としないという（「『近世奇跡考』の諸本管見」）。

2　女性と子どもが読む物語

『優曇華物語』

三作目の読本『優曇華物語《うどんげものがたり》』は、文化元年十二月に鶴喜から刊行された。挿絵は『近世奇跡考』に筆をとった喜多武清が担当している。物語は犬太郎玄海（後に山賊大蛇太郎）の悪事と、彼に親を殺された皎二郎ら被害者による敵討ちの顚末を書いたもので、「原拠を巧みに配合し、構成も首尾一貫させるべく工夫を払って描写もこまやかに、しかも一人の悪人を夫婦となる男女それぞれの親の敵あるいは家来にとっての主君及び妻の敵とするがごとく、複雑さを持たせて話を進行させた」（水野稔「優曇華物語」『日本古典文学大辞典』）と評価されている。

ただしこの作品は、悪人の悪人たるゆえんを強調するためか、陰惨な場面が目立つ。例えば野猪婆が妊婦真袖を殺し、腹を割いて胎内の子を取り、真袖の死骸が谷底に捨てられて狼に喰われるという一連の場面は、その一つ一つに血腥い挿絵がついている。ちなみに真袖が野猪婆から逃れようとして婆の持つ菜刀をつかみ、その指が「はらはらときれおちて、鮮血《なまち》したたる」くだりは、『安積沼』で左九郎が小平次の死骸に手首をつかまれ、もぎ離すために小平次の「五ツの指を一ツ一ツきりすて」る場面と、小平次の怨念が小平次の妻に刀をつかませ、その指が同じように「尽くきれおち」る場面の再現でもある。

享和の末から文化初頭にかけては、黄表紙の敵討物でも残虐な殺人の様子が描かれている。こうした血腥い情景は時好に合わせて設けられたものと考えられる。

しかし『優曇華物語』は不評だった。馬琴は次のように記している。

唐画師喜多武清文晁門人と親しかりければ、こたび武清に誂へて作者の画稿によりて画かしけり（略）趣向の拙きにあらねども、さし画の唐様なるをもて、俗客婦幼を楽ますするに足らず。この故に当時の評判不の字なりき（『江戸作者部類』）

徳田武は、『優曇華物語』が小説として「一通りの出来ばえは示していた」とし、「これが不人気であったということが本当であるとすれば、その理由は、喜多武清の挿絵が『唐様』であったということよりも、むしろ殺人の場面など『婦幼』には刺激が強すぎることに在ったのかも知れない」（『山東京伝全集』解題）と推察している。浮世絵師ではない絵師が読本の挿絵を描くのは珍しい。中村幸彦は「敵討物となれば、草双紙と新しく発展しようとする読本との区別を何処かに出さねばならぬ。草双紙は年少の子女の読み物、読本は大人の読み物とする京伝の意識から、その漢語の多い文章と共に、成人向の挿画を加えることとなったのだろう」と述べている（「京伝と馬琴」）。京伝は挿絵に目新しさを出そうと考えて、武清を起用したのであろう。また、本書の口絵・挿絵には薄墨摺や吹きボカシなど凝った摺りの技法が用いられている。『安積沼』の挿絵にも薄墨と丹色の重ね摺りが試みられており、この時期の読本の装丁・造本に対する京伝の熱意を感じることができる（鈴木重三「読本の挿絵」）。

『曙草紙』

『優曇華物語』の商業的失敗の後、京伝は、読本の読者として女性や子どもを含む層を強く意識するようになっていく。文化二年十二月、『〈桜姫全伝〉曙草紙《あけぼのぞうし》』が鶴喜から刊行された。漢文の序のほかに、漢字仮名交じり文の「例言」がついている。抜粋して示す。

> 此書何人の作なることを詳にせず、友人拜田泥牛子、市に購得たる所なり。曽《かつて》木偶《でく》に舞《まは》しめ、歌舞伎に作《つくり》て、普《あまねく》児女の耳目にふれたる、美女桜姫一期盛衰《びぢよさくらひめいちごせいすい》の事を記し、正史実録は更なり、野史稗説といへども、いまだ載ざる奇談なり。（略）よし虚談にもあれ、児女勧懲の一端ともなるべき所聊《いささか》見ゆれば、書肆の需に応じ、補綴して与へぬ。原本のかきざま俗文といへども、上代の言を以て記したれば頗《すこぶる》雅なり。されど其儘に写せば、俗耳に遠きを厭《いとひ》、今更《あらため》て、卑言《いやしきことば》を用、且一向《ひたすら》児女の聴を喜しめんと欲して、形容潤色に過たる言《ことば》をくはへたれば、記事の体を失ふのみか自然《おのづから》雑劇本の文体を脱《まぬかれ》ず、西鶴、門左衛門、自笑、奇蹟等が糟粕を嘗《なむる》に似たり。（略）絵をくはふるは児女の目を慰め、且文のかき得がたき趣を示《しめさん》となり

市で求めた本に浄瑠璃や歌舞伎で知られた桜姫の話が書かれており、これを補綴したのが本書であるという。このように仮名交じりの読みやすい文章を用いて、作品の内容が「児女の耳目にふれたる、美女桜姫一期盛衰の事」であることをあらかじめ説明するのは、女性や子どもの読者にとってのわかりやすさに配慮してのことだろう。

挿絵は役者絵を得意とする浮世絵師の歌川豊国に頼んだ。この目論見は成功し、本書は好評を博したという（『江戸作者部類』）。これ以後、豊国は、京伝の多くの作品に挿絵を描くようになる。

さて、『曙草紙』のあらすじは次のようなものである。

桜町中納言と賤女の間に生まれた野分は、鷲尾義治の正室に迎えられるが、義治には白拍子出身の妾玉琴がいた。玉琴の妊娠を知った野分は嫉妬し、家来に命じて玉琴を殺させる。玉琴の死骸から生まれた赤子は回国修行者の弥陀二郎に拾われ、清水寺の僧清玄となる。十六年後、清玄は、野分が生んだ桜姫を清水寺で見初め、恋慕執着する。鷲尾義治は信田平太夫の奸計で殺され、鷲尾家は滅亡し、野分は盗賊蝦蟇丸の妻となる。桜姫は苦難の旅の途中で病死するが、鳥部野で棺を受け取ったのは偶然にも清玄で、その涙が顔にかかると桜姫は蘇生する。言い寄る清玄に姫が抵抗していると、弥陀二郎が現れて姫を庇い、過って清玄を殺してしまう。桜姫の恋人伴宗雄は信田平太夫を討ち、宗雄と桜姫の婚姻が整って鷲尾家は再興するが、桜姫は怪異に悩まされ、分身が現れる離魂病にかかる。姫を苦しみから解き放つため、常照阿闍梨が祈禱を行うと、玉琴の怨霊が現れ、清玄の執着や桜姫の蘇生、桜姫の身に起きている怪異は、野分を苦しめるために玉琴が起こした現象だったことを告白する。阿闍梨の教化によって桜姫は骸骨に変じ、野分は雷死する。宗雄は出家し、人々の菩提を弔った。

この作品は仏教長編説話『勧善桜姫伝』を全面的にふまえて作られている（中村幸彦「桜姫伝と曙草紙」）。清水寺での清玄の見初めと破戒、清玄と桜姫の再会、清玄の執着、姫のしもべに殺された清玄の怨霊化などは、既に歌舞伎や浄瑠璃の桜姫もので定着しており、『勧善桜姫伝』にもこれらの要素は踏襲されていた（二川清「『桜姫全伝曙草紙』及び『勧善桜姫伝』と先行戯曲との影響関係について」）。

ただし『曙草紙』では、桜姫の一生だけが描かれるのではない。この作品は「内実は桜姫の母親である悪女野分の一代記」であって、そこでは『勧善桜姫伝』の女人往生の主題が反転した形で提示されている（大高洋司「読本と仏教説話」・「『四天王剿盗異録』と『善知安方忠義伝』」）。野分は玉琴を殺害した後、桜姫を生み育て、夫亡き後は盗賊蝦蟇丸の妻となり、先妻の小萩を追い出して継子をいじめるが、鷲尾家再興後は家に戻り、桜姫の看病に努める。しかし最後に玉琴の告白によって積年の悪事が露見し、雷死する。桜姫の一生は、そういう野分の一生に内包されるものになっている。

一方で、桜姫に対する清玄の恋慕のすさまじさが、この作品の見どころの一つであるのも事実である。満開の桜の下の一目惚れという「至高の瞬間」（高田衛「『桜姫全伝曙草紙』の側面」）から始まる恋は、ただちに清玄の一方的な執着へと暗転する。鳥部野で桜姫を棺から出した時、清玄は「思ふに九《きう》相《さう》の詩に、男女の婬楽《いんらく》は互《たがい》に臭骸《しうがい》を抱《いだく》といひしもうべなり。人は皮をのみ愛して、唯いつはりの姿なる事をしらず。いづれの人かこれにあらざらん。荼毘所もおほきに我住此野《わがすむこのの》に送《おくら》れ、眼前《まのあたり》新死《しんし》相《さう》を見せて、我執著《わがしうじやく》の悪念を断《たた》しむる事、よくよく深き因縁なり。いよいよ凡情をすてて正覚《しやうがく》に帰すべし」と述べて思いを断とうとするが、桜姫が蘇生すると再び「愛著《あいぢやく》の念《おもひ》」が生じ、取りすがってかきくどく。そして弥陀二郎に殺された後も、亡霊となって桜姫を苦しめるのである。

　だが幕切れの玉琴の述懐により、清玄の執着も桜姫の蘇生もすべては玉琴の引き起こしたものであったことが明かされると、この恋そのものが幻となってしまう。これほどむなしく、はかない恋もないだろう。このむなしさ、はかなさは、あるいは『曙草紙』全体の通奏低音であるかもしれない。前掲の清玄の独白には『九相詩』の一節「紅粉翠黛唯綵《コウフンノスイタイハタダイロドル》二白皮《ハクヒヲ》一　男女婬楽互抱《ナンニヨノインラクハタガヒニイダク》二臭骸《シウガイヲ》一」（美しい化粧は人間のうわべを彩るものにすぎない。男女の快楽も内実は醜い骸を抱き合うものである）が引用されている。『九相詩』は一人の女性が死に、その体が腐敗し、最後は骸骨になるまでを描いた絵に漢詩と和歌を添えたもので、江戸時代には版本も流布していた。京伝は『曙草紙』の他の場面でも『九相詩』に言及している。蝦蟇丸の先妻小萩が行き倒れて死に、その娘たちが谷底に遺体を発見して七日ごとに弔う場面には「抑《そもそも》人の屍《かばね》の腐爛《くさりただれ》て日日に変《へんず》ること、九相《きうさう》の詩に賦し無常の賦につらねて、今更いふべくもあらねど、あらあら記して児女勧善《じぢよくわんぜん》の一端とす」とあり、小萩の遺体が腐り、骸骨となるさまが細かく描写されている。また、桜姫が成仏して骸骨となる場面にも「桜ひめ絶世の美人なりといへども、骨と化しては常の人にかはらず。思ふに醜美《しうび》は只臭皮一重《ただくさきかはひとへ》にあるのみ」とある。これも前掲の『九相詩』の一節に拠った表現であろう。このように『九相詩』をふまえつつ恋や人生のはかなさを描いていくことが、この作品の一つの眼目だったと言えるかもしれない。

　ところで京伝は、『九相詩』の同じ一節を、既に洒落本『京伝予誌』（寛政二年刊）や『傾城買四十八手』（同年刊）、黄表紙『正月故事談』・『虚生実草紙』（寛政九年刊）および『児訓影絵喩』（寛政十年刊）などでも引用しているが、これらの作品では、遊興の楽しみは永遠には続かないという戒めとしてこの一節が持ち出されていた。それが『曙草紙』では、恋慕執着を戒めるのみならず、「児女」の読者たちへ無常観を説き諭すことばとしても用いられている。洒落本・黄表紙の読者が男性を中心としたものであったのに対し、『曙草紙』の読者には女性や子どもが想定されていることが、こうしたところからもわかる。

『曙草紙』と考証

冒頭の「例言」には、市で購入した本に手を加えて作った作品であること、「案に」以下は作者の考えを記したものであることが記されていた（この「原本」を『勧善桜姫伝』と見なすこともできる）。さらに「例言」の後ろには、「引用書目」すなわち参考文献が列挙されている。これも、京伝の以前の読本にはなかったものである。

『曙草紙』の本文は、物語世界をつづっていく文章に、参考文献を用いた考証を付け加える形式になっている。例として、桜姫誕生のくだり（巻之二）をみてみよう。

扨此女子《さてこのによし》の名を何と名づくべきやと商議しけるが、三月十日花咲盛《はなさくさか》りに生れあひ、殊に桜町中納言成範卿の孫なれば、桜を以て名とすべしと心一決して、桜姫とぞ名づけける。

抑《そもそも》桜町中納言成範卿と申すは、武智麿十二代の孫、少納言入道信西の三男なり。長門本平家物語を案《あんず》るに、彼卿を桜町と申ける事は、桜を殊に愛し玉ひて、姉小路の宿所に、惣門の見入より西東の町を懸て、並木の桜を植通されたりければ、春の朝《あした》をちこち人異名に、此町をば桜町

『善知安方忠義伝』
平太郎は肉芝仙（蝦蟇の精霊）から妖術を授かる。

と申けるよし。盛衰記に吉野の桜を移
し植しと云

「扨此女子の」から「桜姫とぞ名づける」までが物語のなかの出来事で、「抑」以下に桜町中納言についての考証が『平家物語』と『源平盛衰記』に拠りながら記されている。

　京伝は『近世奇跡考』の執筆を通じて、考証の文体――あるテーマについて資料から関連する記述を引用し、自分の考えを書き加える――を会得した。今度は読本にそれを取り入れたのである。物語を進行させながら、同時に、関連する記事をさまざまな文献から引用して付加していく。それは「演劇モチーフにとどまらぬ『桜姫考証』」であり、「主たる典拠

『勧善桜姫伝』の桜姫に、あらゆる『桜姫』を結びつけようとする」行為と解釈されている（山本和明「京伝『曙草紙』のために」）。そしてこのような書き方、物語の提示のしかたは、これまで桜姫の物語が語られてきた仏教説話や浄瑠璃・歌舞伎のそれとは全く異なるものであった。この文体は、読本ならではの文章のあり方を模索して京伝がたどり着いた、一つの答えといってよいのかもしれない。

文化二年、京伝は意欲的に読本を執筆する。『善知安方忠義伝《うとうやすかたちゅうぎでん》』（鶴喜板）と『昔話稲妻表紙《むかしがたりいなづまひょうし》』（西村・伊賀屋板）は共に文化二年九月序、文化三年十二月刊である。

『善知安方忠義伝』

『善知安方忠義伝』は歌川豊国の挿絵で、漢字仮名交じりの序文があり、本文に考証を付す文体が使われている。これらは『曙草紙』と共通している。内容は通俗軍記『前太平記』（元禄年間刊）に基づく平将門の遺児良門と如月尼の物語に、謡曲『善知』を取り合わせ、将門の家臣六郎公連の子として忠義の家臣善知安方夫婦を登場させたものである（巻末には後編五冊のあらすじが予告されているが、未刊に終わっている）。良門は肉芝仙から伝授された蝦蟇の妖術を操り、御家再興のために謀叛の仲間を集めていく。良門が妖術を使うという設定は『前太平記』になく、京伝の創意である。挿絵に描かれた巨大な蝦蟇や、相馬内裏に跋扈する妖怪の図像は読者の目を惹きつけるものになっている。

また、安方の子、千代童の親孝行を描いたくだりには「世範《せいはん》といふ書に記せるおもむきを抄出して、童子に示す」として、子どもの読者に向けた教訓が記されている。巻末の「附言」にも「扨此草紙《さてこのさうし》は良門のゆゑよしを大路《たいろ》とし、善知《うとふ》と云謡曲の趣を径《こみち》とし、事を狂言綺語にまうけつくりたる物語なれば、尽《ことごと》くそら言にて、歌舞妓の狂言にひとしく、児女の徒然《つれづれ》を慰るのみなり」（この草紙は平良門のことをを主たる筋とし、「善知」という謡曲の趣をからませて作った虚構の物語であり、歌舞伎と同様に女性や子どもたちの退屈を慰めるものである）とあって、女性や子どもを読者に想定していることをはっきりと示している。

『曙草紙』に続いて、『善知安方忠義伝』も好評だった。馬琴は「いよいよその新奇にめでてこれを看るものは只三都会のみならず田舎翁も亦この佳作あることを知れり。京伝が作のよみ本多かる中に、この二種尤さかん也とす」（『江戸作者部類』）と記している。

『昔話稲妻表紙』　『昔話稲妻表紙』は西村宗七と伊賀屋勘右衛門の相板で、京伝の読本としては蔦重・鶴喜以外から出版された最初の作品である。物語は佐々木家における忠臣名古屋山三郎と佞臣不破道犬・伴左衛門との対立に基づくお家騒動と、その顚末を綴るもので、佞臣の陰謀、家宝の紛失、忠臣たちの献身、佞臣の敗北と御家再興の大団円という、演劇における〈お家もの〉の定型を踏襲した筋立てになっている。

冒頭には「原此稗説《モトコノハイセツ》ハ、平安堂近松氏、筆ノスサミ、返魂香《ハンゴンカウ》ト云、院本ニモトヅキ、新ニ作リマウケタル物語ニテ、三本傘ニ身ヲ知雨ノ、哀ナル事ヲノベ、山三郎ガ山ノ井ノ、深恨《フカキウラミ》ノ故《ユヱ》ヨシヲ記《シルス》ト雖《イヘドモ》、不破ノ関屋ノ板間モル稲妻ノ、跡ナキ事ノミオホカレバ、俳優ノツクリ物語、狂言綺語ノソラ言ト、看《ミツ》べキ也」とあり、「不破名古屋」ものの浄瑠璃『傾城返魂香』を典拠とすることが示されている。実際にはこれのみならず、「不破名古屋」ものその他の浄瑠璃や歌舞伎から人名や趣向が取り入れられ、さらに「伊達騒動」ものの浄瑠璃にも拠っていることが指摘されている（大高洋司「『昔話稲妻表紙』と『新累解脱物語』」）。そのような演劇に由来する大きな枠組みのなかに、佐々木家の忠臣佐々良三八郎が主君の妾であった白拍子藤波の怨霊に祟られる話や、三八郎の子、栗太郎が若君の身代わりとなって死ぬ話などが展開していく。栗太郎の挿話の末尾には『善知安方忠義伝』の千代童の挿話と同様、子どもの読者に向けた教訓が記されている。

そして、この作品にも考証の成果が反映されている。京伝は『近世奇跡考』の「鹿蔵猿次郎」の項に、名護屋山三の下人鹿蔵・猿次郎は道化者で、佐渡島歌舞伎に役者として出演したという記事を記しているが、『昔話稲妻表紙』ではこの二人を名古屋山三郎の下僕として登場させている。また、冒頭で白拍子藤波が男舞を舞う場面には、『徒然草野槌』の注釈に拠った記述があり、「京伝のかぶき踊考証の一端をあかしたもの」（佐藤深雪「『稲妻表紙』と京伝の考証随筆」）と考えられている。

しかし、考証によって得られた知識がそのまま作中に取り入れられているわけではない。『昔話稲妻表紙』には藤波の兄として絵師湯浅又平が登場するが、山本和明は作中に記された又平の伝を『近世奇跡考』の浮世又兵衛についての考証（「大津絵の考」）とつきあわせ、考証では虚説として退けたものが読本では物語の題材として利用されていることを指摘した。その上で、京伝が作品のなかに考証を持ち込むのは、虚構の物語と史実とを結びつけ、物語世界に何らかの根拠―真実らしさを与えるためだったのではないかと考察している（「〈改名〉という作為――『昔話稲妻表紙』断想」）。

考証の過程で知り得たことがらを虚構の物語を作り上げる材料とし、一方では考証の記述方法そのものも作中に取り入れていく。『安積沼』以降の京伝の読本は、考証と切り離して考えることはできない。

3　馬琴との「競争」

享和末から文化前半にかけて、京伝のみならず馬琴も次々と読本を書いていた。特に文化元年から四年にかけて出版された両者の作品には、典拠・構想の方法・人物造型・文章表現などさまざまなレベルでの関わりが指摘されている。作品を一覧してみよう。

馬琴読本との共通点

刊行年月	書名	作者	板元
文化元年十二月	『優曇華物語』	京伝	鶴屋喜右衛門
文化二年正月	『月氷奇縁』	馬琴	河内屋太助　＊享和三年二月序
同	『稚枝鳩』	馬琴	鶴屋喜右衛門
同	『石言遺響』	馬琴	中川新七・平林庄五郎
文化二年十二月	『曙草紙』	京伝	鶴屋喜右衛門
文化三年正月	『四天王剿盗異録』	馬琴	鶴屋喜右衛門

同　　　　　　『三国一夜物語』　馬琴　上総屋忠助・松本平助
同　　　　　　『勧善常世物語』　馬琴　柏屋半蔵・角丸屋甚助
文化三年十月　『昔話稲妻表紙』　京伝　西村宗七・伊賀屋勘右衛門
文化三年十二月『善知安方忠義伝』京伝　鶴屋喜右衛門
文化四年正月　『隅田川梅柳新書』馬琴　鶴屋喜右衛門
文化四年二月　『梅花氷裂』　　　京伝　鶴屋金助

具体的に言えば、馬琴の『月氷奇縁《げっぴょうきえん》』と『稚枝鳩《わかえのはと》』には京伝の『優曇華物語』を参照した跡がみられ、京伝の『曙草紙』は馬琴の『石言遺響《せきげんいきょう》』といくつもの共通点を持つ。馬琴の『四天王剿盗異録《してんのうしょうとういろく》』と京伝の『曙草紙』は物語の型が共通し、京伝の『善知安方忠義伝』は『四天王剿盗異録』と同じ『前太平記』を典拠とするのみならず、謡曲に取材する点で馬琴の『三国一夜物語《さんごくいちやものがたり》』『勧善常世物語《かんぜんつねよものがたり》』とも共通するところがある（大高洋司「『優曇華物語』と『月氷奇縁』――江戸読本形成期における京伝、馬琴」・「『優曇華物語』と『曙草紙』の間――京伝と馬琴」・「『四天王剿盗異録』と『善知安方忠義伝』」）。なお京伝の『梅花氷裂』と馬琴の『隅田川梅柳新書《すみだがわばいりゅうしんしょ》』にも、趣向のレベルで共通するところがある（徳田武『山東京伝全集』解題）。

大高洋司は、この時期の京伝と馬琴は互いの作品を栄養としながら、読本のあるべき姿を模索していたのではないかと推察し、複数の作品に内容の類似性が認められるのは、両者が少なからず発想の場を共有することがあったためであり、「京伝・馬琴は一応『師弟』の関係にあったのであるから、それは必ずしも不自然なことではない」と指摘する（「『四天王剿盗異録』と『善知安方忠義伝』」）。

ところで、一覧するとわかるように、鶴喜から出版された作品はいずれも京伝作が十二月、馬琴作がその一ヶ月あとの翌年正月の刊行である。高木元は、鶴喜が意図的に両者の新板をぶつけて刊行したと考え、「京伝馬琴の競作状況は、板元である鶴屋喜右衛門が江戸読本の流行を煽るために、作意的に演出した結果として生じたもの」と指摘する（「江戸読本の形成」『江戸読本の研究』所収）。高田衛はこれをふまえ、「鶴喜の刊行した京伝・馬琴の新板は、いずれも中本型などではなく、江戸読本の定型とされる半紙本の読本であった。鶴喜は二大作家の競争を演出しただけでなく、江戸読本の様式的定型化の役割をも果たした」と鶴喜の役割を評価する（『滝沢馬琴』）。大高洋司も、鶴喜が潤筆料によって京伝と馬琴を囲い込んでいたことから、「新作の考案にあたっては、京伝・馬琴・鶴喜の三者が一同に会するなどして意志を疎通し合う、一種の『企画会議』が恒例になっていたのではないか」と推察している（「『四天王剿盗異録』と『善知安方忠義伝』」）。

京伝と馬琴の競争に見えたものは、板元による演出だった。もっともな見解である。板元という立場であればこそ、両者の執筆状況を把握し、それぞれに情報を提供することも可能だろう。

ただし、京伝と馬琴が直接話し合って執筆していたかどうかはわからない。

かつて京伝と唐来参和が同じ年に同じ趣向や題材の黄表紙を書き、そこに「趣向の相談」があったと思われること、そして江戸では京伝と馬琴の前に規範となる読本作者がいなかったことを考えると、たしかにこの二人が「企画会議」つまり「趣向の相談」をした可能性もないとは言えないだろう。二人が全く接点を持たずに執筆し、結果的に複数の作品に共通点が生じることなどあり得ないように思われる。だが、かりに二人が連携していたとしても、それがどれほどの密度のものだったかは、よくわからない。

馬琴は京伝の執筆態度について「著述は毎編稿を易て、軽々しく書肆に授けず、且遅筆なるをもて、稿を脱こと速ならず、是故に、草冊子の外、必年を累ざれば成らず（略）一切の著編は、秘して戯作をする者に語らず、此れ其趣向を奪れん歟と思へばならむ」（著作は毎回違った内容で、軽々しく板元に与えるようなことはなく、かつ遅筆だったので、脱稿には時間がかかり、草双紙以外は数年を要した。〔略〕全ての著作は秘密にして、同業者には語らなかった。それは趣向を奪われることを恐れたからだろう）と記している（『伊波伝毛乃記』）。馬琴がこれを書いたのは京伝没後のことであり、また京伝に遅筆が目立ち始めるのは文化六年刊の読本『浮牡丹全伝《うきぼたんぜんでん》』と『本朝酔菩提全伝《ほんちょうすいぼだいぜんでん》』あたりからだから、この記述は必ずしも文化前期の事情を述べたものではないかもしれない。また馬琴は、京伝はしゃべるのが得意ではなかったが、作品の趣向のあらましを板元に語る時は、上手な落語のようで、板元は感心して不安を抱かず、いっさいを京伝任せにしたとも記している（『伊波伝毛乃記』）。京伝が他の作者に自作の構想を秘したというのが、いつから始まったことなのかは不明だが、板元が間に入れば、馬琴が京伝の構想を知ることは可能だったと思われる。

京伝と馬琴があたかも競い合うように読本を書いていたことが、かつては両者の意識的な競争と解釈されることもあったが、現在では前述のとおり、両者の間に感情的な対立はなかったと考えられている。高木元は、その積極的な根拠として、両者が文化四年年十一月に連名で草双紙・読本執筆についての口上書を作成し、検閲を担当する名主に提出した件を紹介している（「江戸読本の形成」『江戸読本の研究』所収）。この口上書については後述するが、享和から文化三年頃にかけての交流の様子からも、両者が疎遠ないし不仲であったとは思われない。

馬琴との関係

享和二年に馬琴が上方へ赴いたことは前にも述べた。享和二年五月九日に江戸を発ち、東海道から京・大坂・伊勢をめぐり八月二十九日に江戸に帰着するという長い旅であったが、馬琴がその旅中の見聞をまとめた『羇旅漫録』によれば、京伝は出発の日に馬琴を送って神奈川まで行き、明朝に別れている。また、島田宿の桑原氏あてに馬琴を紹介する書簡を送っている（水野稔『山東京伝年譜稿』）。この旅に際しては、大田南畝も、馬琴が訪問先に持参するための紹介状を書いている。「此度滝沢解《トクル》上坂に付一封申上候。滝沢生事は小子年来存居候ものにて、（略）和文はよほど達者に書申候。年来戯作上木多く、一々は覚不申候。年々絵草紙著述いたし、馬琴作と有之、近来京伝につぎての作者に御ざ候間、拙者御請に罷立、四君へむけ上申候」とあり、馬琴を京伝に次ぐ有力な作者であると引き立てている（享和二年五月六日、常元寺・馬田昌調・佐伯重甫・田宮由蔵あて大田南畝書簡）。

京伝と馬琴は、享和四年に両国万八楼で開かれた書画会に共に出席し（鈴木俊幸『蔦屋重三郎』）、文化三年八月十五日にも近藤正斎主催の漢詩の会に共に参加している（文化三年九月七日付、如登子あて大田南畝書簡）。やはりこの頃、かれらはそれなりに親しくしていたと考えてよい。

『梅花氷裂』　『昔話稲妻表紙』で、さまざまな浄瑠璃や歌舞伎に取材した京伝は、次の『梅花氷裂』（文化四年刊）でも浄瑠璃を大いに取り入れた。あらすじは次のようなものである。

唐琴浦右衛門の正妻 桟《かけはし》は旧鳥蓑文太《ふるとりさぶんた》と密通し、妊娠中の妾藻の花を殺し、唐琴家の名刀を盗んで駆け落ちする。浦右衛門は蓑文太を討とうとするが返り討ちにあい、供をしていた鷺森数右衛門も栗野十郎左衛門に殺される。十郎左衛門の妻沖津は病に伏し、息子の長吉が看病している。沖津と先夫の子の小梅は数右衛門の息子与四兵衛の妻となっており、小梅と長吉は敵同士になる。桟は奇病を患い蓑文太に殺される。小梅のもとに修行者姿の十郎左衛門が現れ、自分と藻の花が兄妹であり、蓑文太と間違えて数右衛門を殺してしまったことを告白して自害する。与四兵衛が十郎左衛門の首を打つかわりに笈を切ると、中には長吉がおり、父子ともに絶命する。

巻末には後編の内容として、蓑文太が桟の怨霊に悩まされて病となり、最後は浦右衛門の弟に討たれることなどが予告されているが、これは未刊に終わったらしい。

正妻と妾の確執、正妻の妾殺しと妾の怨霊による報復、正妻と悪人の密通などは『曙草紙』ですでに取り上げた主題であるが、人間関係や見せ場は浄瑠璃『苅萱桑門筑紫轢《かるかやどうしんつくしのいえづと》』や『茜染野中の隠井《あかねぞめのなかのこもりいど》』から取り入れたものである（徳田武『山東京伝全集』解題）。冒頭の「述意」に浄瑠璃を翻案する旨が明記されているので、浄瑠璃好きの読者にはすぐわかっただろう。「筋の興味を二の次にして、あくまで読本と浄瑠璃の直結に固執したことが、この作品の新しさ」と言われている（大高洋司「『梅花氷裂』の意義」）。

馬琴は本書が「評判妙ならず」であったとして、孝子の長吉が非なくして由兵衛に殺されるのは勧善懲悪に反していると批判したが（『江戸作者部類』）、京伝の意図は別のところにあったと思われる。作中には殺された藻の花の怨魂が愛玩していた金魚に憑き、報いを受けた桟が奇病に罹って金魚のような異形に変じる趣向や、藻の花の霊が水子塚に現れる場面などがある。京伝は冒頭の「述意」に「これを読《とく》するの児女、若《もし》良心を触動し牽《ひい》て善にすすまば、狂言綺語も小補ありといはむ乎《か》」と記し、作中にも「よく貞烈の婦の行を学びて、おのれをいましむべし。婦女の事を破るおほくは婬心嫉情より起れり。その二つ最つつしむべし」（「第二齣　嫉女鞭妊婦」）というような、女性向けの教訓を記している。勧善懲悪の一貫性よりも、女性たちをめぐる悲劇を演劇的趣向で描き、女性読者を惹きつけようと隅々まで工夫した作品といってよいのではなかろうか。

第六章　合巻を書く

1　黄表紙から合巻へ

黄表紙の変質

寛政七年（一七九五）、南杣笑楚満人《なんせんしょうそまひと》の黄表紙『敵討義女英《かたきうちぎじょのはなぶさ》』が出版された。敵討ちの顚末を綴った作品で、機知と笑いを重視する従来の黄表紙の作風とは異なるものであった。これを端緒に、黄表紙における敵討物の流行が始まったと言われている。

敵討物の黄表紙と従来の黄表紙との違いは、「まじめ」と「洒落」の違いとして意識された。式亭三馬の黄表紙『吾嬬街道女敵討《あずまかいどうおんなかたきうち》』（寛政十年刊）に、次のような板元の口上がある。

私店草紙之義、物作者名人ならぬ下手作者のみにて、諸通子様方思召には叶ひがたくと奉存候処、やぼでよひとの御評判被下置、難有仕合奉存候。当春も何がな趣向と存付候へ共、下手作者の義ゆへ、幸ひ去る御ひゐき、しやれきらひやぼ好の御方さまより御望にまかせ、至てきまじめなる敵討取組奉入御覧候。尤地口類一向無御座候得共、是又まじめ好の御方々様、御評判偏奉希候已上

敵討物は「洒落嫌い、野暮好きの御方さま」あるいは「まじめ好の御方々」が好むものとされ、「諸通子」の読者が好む「地口類」の多い従来型の黄表紙とは別のものととらえられている。
滑稽性よりも物語性を重視した作品では、次第に作品の長大化が進んだ。寛政・享和期の黄表紙は十丁ないし十五丁（二十ページないし三十ページ）で完結する作品がほとんどだが、中には二つの作品を前編・後編と位置づけ、合わせて五巻（二十五丁）で完結する敵討物も出てきた。それに伴い、装丁方法にも変化が生じてくる。従来は五丁（十ページ）を一巻と数え、一巻を一冊に綴じていたが、巻数が増えたために複数の巻を合わせて一冊に綴じるようになり、文化初年には、それらが「合巻《ごうかん》」と呼ばれるようになったのである。

つまり黄表紙から合巻への変化というのは、内容面の変化であると同時に、外見上の変化でもあった。文学史の上では、主流が黄表紙から合巻に変わった時期を文化四年（一八〇七）頃とみて、便宜上、これ以後を合巻の時代としている。水野稔は、京伝の場合、文化三年の黄表紙はほとんど合巻と言ってさしつかえない内容であるとして、この年を京伝合巻の起点としている（「京伝合巻の研究序説」『江戸小説論叢』所収）。本書でもこれに従いたい。なお合巻の時代には、「いわゆる黄表紙風の合巻」と言われる作品も出てくるが、これは内容面では滑稽な（黄表紙のような）味わいを持ちながら、装丁

は合巻体裁のもの、という意味である。

『江戸砂子娘敵討』と『残灯奇譚案机塵』

京伝は、戯作者としての自らを主人公にした『作者胎内十月図』（享和四年刊）の後、作中に獅子鼻の自画像を描かなくなる。『江《え》戸《ど》砂《すな》子《ご》娘《むすめ》敵討《かたきうち》』（同年刊）は、京伝の黄表紙では初めての敵討物だった。怨霊が夫婦の閨に現れる場面もあり、挿絵は読本『安積沼』で小平次の怨霊が出現する場面のものに似ている。その構図はさらに合巻『於《お》六櫛《ろくぐし》木《き》曽《その》仇討《あだうち》』（文化四年刊）の口絵に踏襲されていく。

『残《ざん》灯《とう》奇《き》譚《だん》案机塵《つくえのちり》』（文化二年刊）は京伝自身の旧作『復讐後祭祀《かたきうちあとのまつり》』（天明八年刊）の焼き直しで、敵討物の典型的な筋をたどりつつ、敵討ちをちゃかすことばを書き入れた作品である。絵や書き入れは基本的に旧作『復讐後祭祀』のままだが、一部は改変されている。たとえば「敵討ちの敵のないと、唐辛子の辛くないと、おならの臭くないは、はりやいぬけのしたものだ」という書き入れがあるが、「おならの臭くないは」の箇所は、もともとは「女郎の情けのねへとは」であった。また、主人公が遊女に敵討ちの計画をうち明ける場面では、旧作では挿絵に遊女の室内が描かれているが、『残灯奇譚案机塵』では主人公が外から遊里を遠望する挿絵に変えられている。享和二年に洒落本の取り締まりが行われており（近藤豊勝「享和二年の出版取締りと洒落本」）、遊女や遊里を露骨に表すことばや絵の削除・改変は、この取り締まりに配慮して行われたものと推察される。

敵討物の黄表紙

複雑な筋立てを売り物とする合巻は、構想方法や典拠の使用、想定する読者などで読本と重なり合う部分が多くある。黄表紙から合巻への変化は、読本的な内容が草双紙に入り込んでくるということだった。

大田南畝は、文化二年二月四日に大田定吉にあてた書簡のなかで「昨年より絵草子高価にて定てうれかね可申と存候。大方敵討之世界殺伐之風、損春色候事に候」（昨年から草双紙は高価になり、おそらくなかなか売れないのではと思う。大方は敵討ちの話で殺伐とした内容であり、正月らしいめでたい気分を損なうものになっている）と記している。赤本の昔から、草双紙は正月の発売にふさわしくめでたい内容であるのがふつうだった。黄表紙で滑稽性が重視されたのも、笑いが祝儀性と結びつくからである。敵討物は、最後には敵討ちが成就してめでたく終わるが、基本的には悪人が登場するし、殺人の場面がある。南畝はそれを「損春色候事」と言っているのだろう。

南畝の手紙には草双紙の値上がりのことも記されている。それは、材料費や手間賃などの値上がりも考慮せねばならないにせよ、一作あたりの丁数の増加とも関係があるだろう。京伝作品の場合も、文化元年・二年刊の作品は敵討物でも三巻（十五丁）であったが、文化三年刊の三作品（すべて敵討物）はいずれも六巻（三十丁）になっている。これらは前編三巻・後編三巻に分けて刊行され、前編末尾には後編の広告、後編末尾には前編の広告を載せ、序文にも「前後二編六冊を以て全本とす。前後合し見ざればば。又解しがたし」（文化三年刊『敵討狼河原』）などと記して、全六巻であることに注意をうながしている。この年以降、京伝の作品はすべて二十五丁以上になる。

敵討物の基本的な筋立ては、事件が起き、加害者と被害者が生じ、加害者が成敗される（敵討ちの成就）というものである。そこにさまざまな話を挿み込み、一つの物語として構成していく。例えば

『敵討両輌車』（文化三年刊）では、前編巻末に「此末、三津市の妻、娘、いろいろの艱難をしのぎて夫の行方をたづぬること、源之丞拾ひたる片袖が証拠になりておさの親子に会ひ敵を討つ事、座頭の怨念鼠となつて幸内を苦しむること、手孕村姥が火の由来、めでたくおさまるまで後編三冊に記す」と記され、登場人物の艱難辛苦や怪談、手孕村の伝説などが売り物になっている。敵討物に怪談などの要素を組み合わせていく構成は、京伝読本のそれに類似している。

女性と子どもへの教訓

板坂則子は、女性読者を題材にした浮世絵や黄表紙の作品例を手がかりに、「寛政期にはすでに草双紙の読者層の中に女性が大きく進出していたと考えても、不思議はないのではなかろうか」と述べている（「草双紙の読者」）。例としてあげられた作品のなかには京伝の『奇事中洲話』（寛政元年刊）もある。この作品じたいは中洲での吉原の仮宅営業をあてこんだものだが、冒頭にはこの作品の挿絵について語り合う二人の女性の会話が書き込まれている。さかのぼれば、京伝が挿絵を描いた『〈御誂〉両国信田染』（天明六年刊、山東鶏告作）にも、御殿女中や遊女を読者に想定した書き入れがあった（前述）。

文化三年刊『敵討両輌車』は題名通りの敵討物で、京伝は序文に「吁談《うたん》といへども児女勧懲の意旨にちかからん乎《か》」と記し、女性と子どもに勧善懲悪を説く趣旨で書いたと述べている。文化四年以降の敵討物の合巻も、女性や子どもの読者に向けた教訓が記されていたり、かれらを主人公にした内容であったりする。

『敵討岡崎女郎衆《かたきうちおかざきじょろしゅ》』（文化四年刊）は、岡崎の遊女が苦労して敵討ちを果たす筋立てにさまざまな話を挿み込んだものである。また『於《お》杉《すぎ》於《お》玉《たま》二《ふた》身《み》之《の》仇討《あだうち》』（同年刊）は、孝行者の姉妹による敵討ちのてんまつが、剛力の女による助力などもからめながらつづられている。『於六櫛木曽仇討』（同年刊）は、木曽の名産品であるお六櫛の由来譚を盛り込み、お六という女性の活躍を描いた作品で、序文には「お六がごとき忠貞の者は、女のかがみなれば、かの地わうらいの人はかならずたづねもとめて、おのおの女子のかしらにいただかしむべし。髪のあかのみにあらず、おのづから心のあかをも去り清むべきなり」とある。

『女達《おんなだて》三《み》日《か》月《づき》於《お》僊《せん》』（文化五年刊）は子どもが活躍する敵討物で、巻末には次のような教訓が記されている。

> 子ども衆へ告げ申す。すべて絵草紙に見やうあり。悪人一旦時を得るといへども、ついには天罰を被りて滅ぶるところを見ては、悪の報ひの早きことを知り、悪いことはせまいもの、ああ怖ひことじやと思ひて、わが身の戒めとすべし。又忠臣孝子、君父のために一旦おちぶれて千辛万苦するといへども、ついには天道の哀れみを被りて、立身出世するところを見ては、忠孝の功徳大なることを思ひて、よき道に入るよすがとすべし。とかく人と生まれたる者、忘れまじきは忠孝の道ぞかし。
> 合点か合点か

京伝曰　私作にはいづれも孝行の所をひとところづつ書き加へ申候。これは私の心願にて御ざ候この頃の作品に見られるもう一つの特色は、『敵討岡崎女郎衆』は岡崎、『於杉於玉二身之仇討』は二見浦、『於六櫛木曽仇討』は木曽、『妬湯仇討話《うわなりゆあだうちばなし》』は有馬というように、地方を舞台として名所や名産品を取り上げていることである。自由な旅行がままならない読者たちにとって、こうした内容は興味を引くものだっただろう。「読物の娯楽が同時に知識の提供にもなっていた」（水野稔「後期草双紙の庶民教化」『江戸小説論叢』所収）のである。

造本の工夫

『於六櫛木曽仇討』は好評を博した（『式亭雑記』）。また、この作品は造本面でも画期的であった。京山は次のように書き記している。

草双紙に口絵といふ物のはじまりしはわが兄京伝翁今より四十ねんばかり前文化の頃西村が板なりしお六櫛木曽の仇討といふ艸ざうしに巻中の人物を口絵に出されしぞ艸さうし口画の始原《はじめ》なりける

（嘉永四年刊『絵図見西行』十一編自序）

文化の中比にや、京伝、○お六櫛木曽の仇打を作られし時、画師豊国おもひつきにて、巻中の人物はじめてやくしやの似顔になせり、又口絵といふ物さうしのはじめに巻中の人物をいだし、讃などありをはじめて加ふ

（『蛛の糸巻』）

合巻は黄表紙と違い、読本のような装飾的な見返しと口絵を備えるようになるが、『於六櫛木曽仇

討』はそうした体裁を持つごく初期の作品の一つであった。京山は口絵についてのみ言及しているが、絵入りの見返しも、この作品からであるという。これを指摘した鈴木重三は「発展を控えた初期合巻の造本体裁にあれこれ工夫試作する京伝の姿が何となく想像されて来る。読本という当時の主流文芸の装丁を範に倣ったことは明らかだが、合巻なりに絵を導入したところに新味を感じる」（「京伝合巻の絵組工夫」）と述べている。京伝は物語づくりの面で読本の方法を応用するばかりでなく、造本面でも読本を模倣して新しさを出そうとしたのである。京伝はこの後の合巻でも見返しの意匠に凝り、文化七年刊『糸桜本朝文粋《いとざくらほんちょうぶんずい》』では『解体新書』扉絵の洋風画の意匠を見返しに取り入れている（京伝作品における洋風素材の摂取については鈴木重三「京伝と絵画」に詳しい）。

なお、京山は前掲『蛛の糸巻』のなかで『於六櫛木曽仇討』の登場人物が歌舞伎役者の似顔絵で描かれていたように記しているが、実際には、表紙に貼られた絵題簽のみに役者の似顔絵が用いられていた。挿絵の登場人物を役者似顔絵で描くようになるのは、もう少し後、文化五年の作品からである（後述）。

見返しや口絵のみならず、合巻の表紙も、黄表紙とは異なる華やかなものになっていった。初期の合巻では絵題簽《えだいせん》に趣向が凝らされ、後には絵題簽に代わって錦絵風の絵を表紙にじかに摺り付ける様式（摺付《すりつけ》表紙）に変化した。京伝の合巻では『糸桜本朝文粋』（文化七年刊）がその最初のものである。

京伝が絵題簽に工夫を凝らした例として、鈴木重三が「京伝合巻の絵組工夫」のなかであげた『糸《いと》車九尾狐《ぐるまきゅうびのきつね》』（文化五年刊）の例を引用したい。表紙は黒無地で、題名を記した絵題簽と、登場人物などの絵を描いたもう一枚の絵題簽が貼付されている。後者は絵の周囲を表紙と同じ黒色に塗りつぶして、表紙から絵が浮き上がって見えるような効果を生じさせている。これは当時流行していた写し絵（板ガラスに描いた絵を幻灯機を用いて映写する見世物）の趣向を取り入れた意匠であるという。

ところで文化期の合巻は、同じ作品が半紙本仕立て（良質の紙を用い「上紙摺」とも呼ばれる）、摺付表紙の合巻仕立て、黄表紙仕立て（一巻ごとに分けて綴じる形式）の三種類の形態で出版されていた（価格はこの順に低くなる）。ただし、京伝のような著名な作者の場合、半紙本仕立てや合巻仕立ては必ず作られたと思われるが、廉価版の黄表紙仕立ても必ず作られていたかは不明であるという（二又淳「京伝と三馬の合巻」）。

口上書の提出

文化四年九月、四名の絵入読本改掛肝煎名主が任命され、出版前に行われる改《あらため》（検閲）の方法が変わった。それまでは板元が作者から草稿を受け取ると、書物問屋仲間の行事に提出して行事改を受け、問題がなければ町年寄の樽与左衛門へ提出してまた改を受け、その上で出版が許可されていた。が、この時から、行事改の済んだ草稿は名主による改を受けることになった（佐藤悟「読本の検閲」）。

改の権限を移管された名主たちは、京伝を呼び出し、内意を聞かせた。これを受け、京伝は馬琴と連名で口上書を作成し、十一月二十八日付で名主の一人である和田源七に提出した。高木元は、「最初に呼び出された京伝が馬琴に相談を持ちかけて、公儀に対してそれなりの共同戦線を張ったと考えたい。つまり寛政の改革で痛い思いをした京伝が危機感を持ち、馬琴と共に迎合的な創作態度を表明しておいたのであろう」と推察している（「江戸読本の形成」『江戸読本の研究』所収）。

この口上書は『類集撰要』に収められている（高木前掲論文に翻字あり）。以下に、一部を抜粋して現代語訳で示してみる。

・われわれは二十年来、草紙や読本の著作をしており、少々の作料も得、生活の助けとなってもいるので、毎年、板元から依頼があれば新作を書いて与えています。このたび京伝を呼び出され、「著述仕方御内意」をお聞かせくださり有難く存じます。私ども両名のふだんの心構えをお知らせしたく口上書を以て申し上げます。

・草紙や読本には、先年のお触れを守り、流行風聞に関わることは決して書かず、第一に勧善懲悪を正しくし、善人孝子忠臣の伝を主に書き、できるだけ子どもや女性の心得にもなることを作り設けようと心がけております。

・われわれ二人は年来互いに申し合わせ、行き届かぬ点は腹蔵無く相談してきました。先年、京伝がお咎めを被りましたので、当人はもちろんのこと、馬琴も同様に慎んできました。しかし他の作者の中には行き届かぬ者がいるかもしれません。近年、特に「剛悪之趣意」を専らに作り設け、「殺伐不祥之絵組」ばかり描くものがあります。こうしたものは売れ行きも格別よいと聞きます。われわれはできるだけそうした文章や挿絵を省いていますが、そうした作品はかえって売れ行きが悪いと聞き、仕方なく少しはそうした挿絵などを加えてもいます。しかし勧善懲悪の趣意は失わないように心がけています。先日京伝が呼び出された「御内意之趣」は、最近の読本の作風はとかく「剛悪殺伐不祥」の挿絵が多く、よろしくないので、われわれ両人が申し合わせて作風を変えるようにせよとのことで、ごもっとものことではありますが、申した通り文章や挿絵に「剛悪不祥」の類の多い草紙・読本は自ずから売れ行きがよいため、作者たちは皆その作風にしたがっており、われわれ両人だけが慎んでも、なかなかそうした作風が変わることはないように思います。

・よって何とぞ、作者・画工たちをお呼び出しになり、今後、草紙・読本の類には格別剛悪な事、甚だ不祥な事、格別殺伐な事、道に外れた天災火難の絵などを慎み、書かないよう、一統へ仰せつけてはいただけないでしょうか。

・そうしていただければ、われわれ両人と作者・画工たちで申し合わせ、来秋（文化五年秋）から出版物には殺伐不祥のことがらを省くよう相談し、一同慎むように心がけます。皆が慎むようになれば、われわれ両人のふだんの心がけにも合致します。

名主が問題にしたのは、近年の草双紙・読本類に見られる「剛悪之趣意」と「殺伐不祥之絵組」だった。京伝の読本・合巻にも悪人や血なまぐさい場面の出てくる作品がいくつもある。この口上書では、それらは時好に合わせて仕方なく書き加えたものであり、われわれ（京伝と馬琴）だけが慎んでも全体の作風は変わらないだろうと述べている。

作品が売れるかどうかは、商業出版においては当然のことながら、作る側にとっては大きな関心事であった。馬琴は鈴木牧之へ書き送った手紙のなかで、「板本ンの作者は、書をつづるのみにあらず。かく申せば自負に似て、はづかしく候へ共、作者の用心は、第一に売れる事を考、又板元の元入何程かかる、何百部うれねば板代がかへらぬと申事、前広より胸勘定して、その年の紙の相場迄、よくよくこころ得ねば、板元の為にも身の為にもなり不申候。これをばしらず、只作るものは素人作者也。とかく、その時々の人気をはかり、雅俗の気に入り候様に軍配いたし候事也。余人はしらず、野生は年来、如此にこころ得罷在候」（文政元年二月二十日付）と記している。

合巻作風心得之事

さきの口上書には、文化五年秋から、つまり文化六年新板用の作品から殺伐不祥のことがらを慎むようにする、と述べられていた。では、明らかな作風の変化はあったのだろうか。

文化五年新板の京伝の合巻を見ると、惨殺死体から炎が出る図（『妬湯仇討話』）・死体を食べる図（『絞染五郎強勢談』）・腐乱した水死体の図（『岩井櫛粂野仇討』）・異形の怨霊が出現する図（『八重霞かしくの仇討』）など、まさに「殺伐不祥」としか言いようのない絵が散見する。一方、翌文化六年新板の合巻は、そうした血みどろの挿絵が全く無くなったというわけではないが、『万福長者栄華《まんふくちょうじゃえいか》談《ものがたり》』のように敵討物をパロディ化して、血しぶきの変わりに小判が飛び散り、怨霊の代わりに小判の精霊が現れるといった作品もある。この時期の京伝の合巻にしては珍しく滑稽な内容のものであるが、こうした作品を書いたのは、口上書を提出したことと無関係ではないと考えられている（棚橋正博『山東京伝全集』解題）。

文化五年九月には、町奉行所から名主・地本問屋仲間を経て作者・画工たちに「合巻作風心得之事」が伝達されてもいた。馬琴は蔦重（二代目）からその件に関して書簡を受け取っている。

去る九月二十日文化五年、蔦屋重三郎より文通の写、

合巻作風心得之事

一　男女共凶悪の事、
一　同奇病を煩ひ、身中より火抔燃出、右に付怪異の事、
一　悪婦強力の事、
一　女幷幼年者盗賊筋の事、
一　人の首抔飛廻り候事、
一　葬礼の体、
一　水腐の死体、
一　天災之事、
一　異鳥異獣の図、

右之外、蛇抔身体手足へ巻付居候類、（略）夫婦の契約致し、後に親子兄妹等の由相知れ候類、都而当時に拘り候類は不レ宜候由、御懸り役頭より、名主山口庄左衛門殿被二申聞一候に付、右之趣仲ケ間申合、以来右体の作出板致間敷旨取極致置候間、御心得にも相成可レ申哉と、此段御案内申上

『岩井櫛粂野仇討』水死体の図

候

（この外、蛇などが体に巻きついているという類、〔略〕夫婦の契りを交わし、後に親子や兄妹であることがわかるという類、すべて当世に関わるものの類は、よろしくないとのこと、係りの役人より名主山口庄左衛門殿へ申しつけられたので、このように仲間で申し合わせ、以後、こうした作品は出版すまじき旨を取り決めたので、知っておいていただければと思い、お知らせいたします）　（『著作堂雑記』）

これは町奉行が問題視する「剛悪殺伐不祥之絵組」を具体的に示し、取り締まりを強化しようとするものである。九月二十日という時期からして、これは文化七年新板の合巻を取り締まる目的で出されたものと考えられる（佐藤悟「草双紙の挿絵」）。

禁じられたものの中に「水腐の死体」がある。「大当たり」（『式亭雑記』）だったとされる京伝の合巻『岩井《いわい》櫛《ぐし》粂野《くめのの》仇討《あだうち》』（文化五年刊）には、まさにこれに該当する挿絵があった。これが「合巻作風心得之事」に「水腐の死体」の一項を立てさせたのではないかとも言われている（村田裕司「早稲田大学所蔵合巻集覧稿（六）」所収「岩井櫛粂野仇討」解説）。

なお「水腐の死体」が特に問題視された背景には、前年秋に起きた永代橋落下事件との関連も推測されている（山本和明「夢の憂橋——永代橋落橋一見始末」）。文化四年八月十九日、深川八幡の祭礼に集まった群衆の重みで永代橋が落下し、多数の水死者が出た。京伝もこのできごとを間近に見聞し、『夢の浮橋』と題する小冊に記録している。読本・合巻には流行風聞に関わることは決して書かないのが決まりであり、京伝も先の口上書のなかでそう述べている。『岩井櫛粂野仇討』は文化四年正月の成稿であるから（序文による）、永代橋落下事件とこの作品は無関係のはずだが、作中の水死体の絵は、結果的にこの大惨事を髣髴とさせるものになってしまったのである。

読本・合巻の作者・画工たちは、読者の興味を引きつける殺伐とした挿絵がなければ作品が売れないという事実と、そうした絵組を規制しようとする公儀の意向との板挟みになっていた。筆禍以来、謹慎を旨とするようになった京伝にとって、読本や合巻の執筆はひどく神経を使う仕事になっていった。

作者画工番付の絶版

ところで名主に口上書を提出した翌月、京伝のもとにある厄介事が持ち込まれた。文化四年十二月二十四日付の馬琴あての書簡に、京伝は次のように記している（現代語訳で示す）。

先日お話しした作者番付のことですが、昨夜、焉馬と三馬が来て絶版させたいと申しましたので、私と京山が一同と共にその板元に参り、板木を削らせ、摺り上げたものは残らず受け取って切り裂きました。この件、和解を取り持つ人がおり、摺ったものの紙代として金三分を渡しました。この金子は、今、作者・画工を渡世としている人々で分担することにし、一人あたり銀五匁ずつ出すことにしました。あなたの分は鶴屋金助が立て替えましたので、ついでの時に返して下さい。念のため切り裂いた番付をお目にかけます。（注――金助は京伝の『梅花氷裂』を出版した板元）

問題となったのは貸本屋藤六なる者が作った「作者画工番付」である。絶版の相談に来た烏亭焉馬《うていえんば》は京伝より十八歳年長の戯作者で、浄瑠璃・歌舞伎にも筆をとり、咄の会を主催して落語中興の祖と言われ、市川団十郎の贔屓連の中心人物でもあるという多芸多才の人であった（焉馬の事跡は延広真治『落語はいかにして形成されたか』に詳しい）。ちなみに京伝と焉馬の接点は、二十余年前の天明三年にさかのぼる。この年の四月に行われた宝合の会に焉馬も参加していたのである。その後も京伝が焉馬編纂の『御江戸餝鰕』（寛政四年刊）や『団十郎七世嫡孫』（享和元年刊）に発句などを寄せたり、享和三年の焉馬還暦の賀宴に出席するなど、交流が続いていた。この文化四年正月に出版された焉馬編纂の『市川白猿追善数珠の親玉』（五代目市川団十郎追悼狂歌集）にも京伝は狂歌を寄せている。そのように長い付き合いのある焉馬が、弟子格の式亭三馬と共に京伝のもとへやって来たのであった。

馬琴が保存していたこの番付の断片（『国立国会図書館所蔵貴重書解題』第十二巻書簡の部第二に翻刻あ

り）をみると、「辰正月二日ヨリ新作者附　板元　東邑閣」とあって、文化五年新板として用意されたものだったことがわかる。相撲番付のように作者と画工を東西に分け、順位づけをしたもので、作者の上位六名は京伝（大関）、三馬（関脇）、十返舎一九（小結）、柳亭種彦・京山・振鷺亭（前頭）であり、画工の上位六名は歌川豊国（大関）、歌川国貞（関脇）、啼斎北馬（小結）、勝川春亭・鳥井清峯・歌川国直（前頭）となっている。行事として馬琴らの名前が見える。「江戸　ゑいりよみ本　戯作画工次第不同」「上段下段は付候へども是に載りたるはいづれも上手名人に御座候」とあり、読本の作者・画工のうち「上手名人」を「次第不同」で示したものだという。こうしたものが作られるのは読本の出版が盛んになった証拠だが、作者・画工たちにとっては必ずしも歓迎しかねるものだったのだろう。

京伝はさきの口上書でも、草双紙・読本制作を「渡世」とする作者や画工たちの動向に言及していた。同時代の最有力の作者として、京伝は何かことがあれば同業者たちの利益を守るべく動かねばならなかったのである。

2　読本・合巻と演劇趣味

歌舞伎と戯作

『昔話稲妻表紙』あたりから、京伝は読本に歌舞伎や浄瑠璃で知られた話を積極的に取り入れるようになっていたが、文化五年頃からは合巻でもこの方法を用いるようになった。

『糸車九尾狐』（文化五年刊）は、自序に「此稗史《このさうし》は宝治の頃、再《ふたたび》妖狐老女につきて災せし事を記し、安達が原黒塚の怪談を附会して一部の小説とす。実是戯場《じつにこれけぢやう》の狂言に類し、児女の徒然《とぜん》を慰るのみなり」とある。作品を「戯場の狂言」に類するものとし、「児女の徒然を慰る」ものと位置づける点は、読本『善知安方忠義伝』（文化三年刊）の「附言」に書かれていたこととほとんど同じである。作中では四代目鶴屋南北の歌舞伎「三国妖婦伝」（文化四年六月に江戸市村座で上演）と浄瑠璃『奥州安達原』を結びつけ、『奥州安達原』の「袖萩祭文」の場面を詞章もそのままに引用している（水野稔「京伝合巻の研究序説」『江戸小説論叢』所収、棚橋正博『山東京伝全集』解題）。

『敵討天竺徳兵衛《かたきうちてんじくとくべい》』（同年刊）も、「部目《かうじやう》」（自序）に「這稗史《このさうし》は院本雑劇《じやうるりきやうげん》を種として往古《むかしむかし》の奇談を集綴りたる寓言《そらごと》の書にしあれば、まことしき事は一点《つゆ》ばかりもなし。唯善悪つひに報ある理を録して児女の目ざましぐさとなす而巳《のみ》」とあり、この作品は演劇に取材した架空の物語であり、女性や子どもの娯楽である、と明言している。内容は南北の歌舞伎「天竺徳兵衛韓《いこく》噺」（文化元年七月に江戸河原崎座で上演）に基づき、天竺徳兵衛が巨大な蝦蟇に変身し、人間の首をくわえて出るなど、歌舞伎の演出をふまえた場面もある。この作品や『女達三日月於僊』（同年刊）では、序文や口絵で登場人物を歌舞伎の役柄に見立てて紹介してもいる。歌舞伎好きの層を読者として想定した趣向である。

　登場人物に役者の似顔絵をあてることも、この頃から始まっている。図像を見ただけで人物の性格や立場などがある程度想像できるという効用があり、挿絵の多い合巻では有効な方法だった。板坂則子によれば、京伝の合巻における似顔絵の使い方には、生身の役者や現実に上演された舞台の内容が反映されているが、馬琴の合巻では、登場人物への役者のあてはめ方は固定しており、現実の舞台からの影響はあまり受けていないという（「化政期合巻の世界」）。京伝の歌舞伎好きはすでに天明期の黄表紙にも表れており、五代目市川団十郎ら役者との交流もあった。歌舞伎に親しむ度合いの差が、合巻における役者似顔絵の使い方にも関係しているのだろう。

京伝合巻において、南北歌舞伎との結びつきは文化の末、つまり最晩年まで見られる。『会談三組《かいだんみつぐみ》盃《さかずき》』（文化十一年刊）は文化十年八月に市村座で上演された「累淵扨其後《かさねがふちさてもそのゝち》」をふまえ、挿絵も番付類の絵に拠っているものがある（桑野あさひ「合巻『会談三組盃』と歌舞伎『累淵扨其後』」）。『娘清玄《むすめせいげん》振袖日記《ふりそでにっき》』（文化十一年九月稿成、十二年刊）は、文化十一年三月に江戸市村座で上演された「隅田川《すみだがわ》花御所染《はなのごしょぞめ》」との関連が指摘されている（棚橋正博「早稲田大学所蔵合巻集覧稿（二十四）」所収「娘清玄振袖日記」解説）。『琴声美人伝《きんせいびじんでん》』（文化十三年刊）と『長髢姿蛇柳《ながかもじすがたのじゃやなぎ》』（文化十四年刊）は蛇娘の見世物芸人と乞食坊主の策略が描かれている点で、文化十二年五月上演「杜若艶色染《かきつばたいろもえどぞめ》」に似通うところがある。また、個別の典拠は指摘できないが、作中に見世物小屋や芸人がよく出てくることも、この頃の南北歌舞伎との共通点である。

同時代の歌舞伎を参照して合巻を作るということは、言い換えれば歌舞伎を（逐一そのままではないにせよ）合巻という媒体で表現しなおし、いわば絵を見ながら読む歌舞伎として読者に提供するということだった。芝居小屋に足を運ぶことが難しい女性たち、例えば奥女中や遊女たちに喜ばれたであろうことは想像に難くない。文化十二年には柳亭種彦の合巻『正本製《しょうほんじたて》』初編が刊行され、紙上で歌舞伎を上演するかのような表現方法が追求されていくが、合巻に歌舞伎の代用品としての性格が付与されていくきっかけの一つは京伝の作風にあるといってもよいだろう。

一方で、南北が京伝の読本を歌舞伎に仕組むこともあった。文化五年閏六月には、『安積沼』（享和三年刊）の小平次の怪談が歌舞伎化された（前述）。また文化六年六月に江戸森田座で上演された「阿《お》国御前化粧鏡《くにごぜんけしょうのすがたみ》」では、その年の正月に刊行された京伝の読本『浮牡丹全伝《うきぼたんぜんでん》』の「牡丹灯記」の趣向が、劇中の「元興寺の場」に使われた。「牡丹灯記」はもともと中国小説『剪灯新話』にある話で、古くは仮名草子『伽婢子《おとぎぼうこ》』に「牡丹灯籠」として翻案されている。京伝はこの「阿国御前化粧鏡」を見物し、さらにはこの歌舞伎にもとづいて合巻『戯場花牡丹燈籠《かぶきのはなぼたんとうろう》』を書き（文化六年八月稿成、七年刊行）、その冒頭で「牡丹灯記」・『浮牡丹全伝』・「阿国御前化粧鏡」の関係について言及している。ちなみに『戯場花牡丹灯籠』の登場人物も歌舞伎役者の似顔絵で描かれているが、鈴木重三によれば上演時の配役どおりではなく、より適役と考えられる役者をあてており、「ファンの心情を心得た京伝のみごとな捌きぶり」と評されている（『山東京伝全集』解題）。

この他にも『善知安方忠義伝』と『曙草紙』が、それぞれ浄瑠璃「玉鬘七人化粧」（文化五年大坂御霊芝居初演、文化六年「うとふ物語」として江戸操座で再演）・「桜姫操大全」（文化四年大坂御霊境内芝居初演、浄瑠璃正本の題は『桜姫花洛鑑』）として上演された。京伝は、これらの浄瑠璃をもとにした合巻『うとふの俤《おもかげ》』（文化六年五月稿成、七年刊）・『桜姫筆《さくらひめふで》の再咲《にどざき》』（文化六年刊）も書いている（浄瑠璃の原作となった読本の板元、鶴喜から出版)。これらの合巻には、読本にはない、浄瑠璃で新たに設けられた趣向が取り入れられており、文章も浄瑠璃の文辞をふまえて書かれていることが指摘されている(大屋多詠子「京伝・馬琴による読本演劇化作品の再利用」)。

文章の工夫

合巻の紙面は、ほぼ全てに挿絵があり、余白に文章が書き入れられる形式は黄表紙と変わらなかったが、その文章の性格は黄表紙とは少し違うものになっていった。場面の面白さが重視される黄表紙では、文章は挿絵の説明や人物のせりふなど短いものが中心である。一方で合巻の文章は物語を叙述していくものであるため、絵の余白に散らばる文章は、一続きの長い文章として順序よく読まれなければならなかった。

京伝は文化五年刊行の合巻に「読則《とくそく》」という読み方の手引きをつけている。

○読則
予が著述の絵草紙、すべてかならず読則あり。本文、画にへだてられて読《よみ》がたきも、此則によりて読《よめ》ば埜馬台《やばたい》の詩に蜘の糸を得たるが如くなるべし。
よみはじめ　此しるしあるところよりまづさきへ読むべし。
〽　小がきのしるしなり。本文を読みてのち小がきを読むべし。
つぎへつづく　文、一ちやうに書き尽くしがたく、次へ文の続くしるしなり。此しるしあるところは、まづ本文を次まで読み続けて、さて繰り返して小がきを読むべし。

▲⧗■●◆　文の続くしるしなり。此しるしをよく見合はせて、順に読まざれば文をなさず。
〇　文の切れて別にまた文のおこるしるしなり。見渡し一ちやうのうちに、文の二段に分かるところ、必ず此しるしあり。唐土《もろこし》の小説に、却説《きやくせつ》の両字を用る所に此印《しるし》をおく。
以上読則終
（『八重霞かしくの仇討』）

紙面に散在する文章に▲などの記号（合印《あいじるし》）をつけ、これをたどっていけば順序どおりに読めるようにしたのである。合印はこの前年から馬琴の合巻の一部に見られ、文化五年には三馬の合巻でも用いられている。「読則」は、事実上定着しつつあった合巻の紙面様式について読者にわかりやすく説明するものだった。

ところで京伝は、「読則」を載せた『八重霞かしくの仇討』の絵題簽に「ひらがなよみ本」と添え書きしている。合巻は内容面では読本に似ているところがあるが、文章はほぼすべて平仮名で書かれている。それゆえの読みやすさ、わかりやすさを「ひらがなよみ本」ということばで表したのだろう。また、合巻の本文に組み込まれた会話文には、くだけた口語調が積極的に使われている。一例として、『八重霞かしくの仇討』から、回国修行者（六十六部）の老婆と悪人駄平太が言い争う場面を引用してみよう。

竹藪の内より白髪婆の六十六部、ぬつと出で、駄平太を月影に透かし見て、「汝はいつぞや寝覚の床の砧村で、ちよつと見たる奴ではないか」と言へば、駄平太も六部の顔をうちまもり、「さいふ汝は、その時の婆なるか」と言ふにぞ、「いかにもいかにも。これ、その小女郎は俺がとふにがんばつておいた代物だ。早くこつちへ渡せ」「いや、そふはならぬ。こいつは俺が金にする」「ヲヲ、渡さずは人殺しの訴人しやうか」「さあそれは」「まだその上に、いつぞやちよつと見ておいた鳥のふるまひ、察するところ今、鎌倉星月の館で詮議のある、かしく丸の刀をわりやア持つてゐよふがな。かしく丸の盗賊と訴人しやうか」「さあそれは」「娘を渡すか」「さあそれは」「訴人しやうか、娘を渡すか。さあさあさあさあ返答いかに」

「さあそれは」と畳みかけていく会話は、歌舞伎のせりふめかした書き方になっている。また、愁嘆場などの描写文には七五調のリズムが取り入れられることもあった。京伝は歌舞伎・浄瑠璃に物語の素材を求めるだけでなく、表現面でも参考にして、女性や子どもの読者にもわかりやすい文章を工夫していたのである。

『浮牡丹全伝』　ここで文化六年に刊行された京伝の二作の読本について述べたい。正月、『浮牡丹全伝』が住吉屋政五郎を蔵板元（出版権を持つ板元）として出版された。馬琴が伝えるところでは、この作品は馬琴の読本『盆石皿山記《ぼんせきさらやまのき》』と『括頭巾縮緬紙衣《くくりずきんちりめんかみこ》』の売れ行きに気をよくした住吉屋が「曲亭馬琴の作ですら、このように利益があがる。いま山東京伝に頼んで読本を出版することができれば、三倍の利益を得られるだろう」と考えて、京伝に執筆を依頼したものだという

（『江戸作者部類』）。しかし完成までに数年かかり、さまざまな問題も生じた。馬琴は次のように記している（現代語訳で示す）。

住吉屋はしばしば催促し、物を贈ったりもした。その年が暮れ、翌年になっても稿本は成らなかった。京伝はもともと遅筆であり、この時は吉原の弥八玉屋の遊女白玉に通っていたため、その翌年になっても住吉屋の催促に応えることができなかった。京伝はさすがに心苦しく、作品の趣向はまだ完全ではなかったが、まず口絵から原稿を作り、一、二丁張ずつ住吉屋に渡し、「口絵は歌川豊広に描かせて下さい。版下本を描き終わる頃には、こちらの原稿を渡しましょう」と言ったので、住吉屋は歓んだ。しかし豊広の版下本が出来ても京伝の原稿は完成せず、次の絵の原稿を住吉屋に渡して豊広に描かせるなどしていた。住吉屋はこの件だけにかかずらって、本業（注——貸本屋）が手につかず、持っていた貸本を皆売ってしまい、月に何度か京伝を訪れて原稿の完成を待つのみであった。ようやく四年目の春に出版にこぎつけたが、その『浮牡丹全伝』は本の形も京伝の好みに任せ、半紙本型ではあるが唐本風の縦長の書型で、紙に裁ち落としの無駄が多く、また口絵も細密で彫刻費用がかかっていた。住吉屋は支出した分を取り戻そうと九百部を製本して発売したが、貸本屋たちは値段が高いと言って購入せず、五十部しか売れなかった。（略）住吉屋は家を売って裏長屋に移り、団扇を売るなどして細々と暮らしていたが、親しい本屋たちの援助によって絵草紙を売る商売を始め、二、三年後に家主の株を購入して生計を立てた。当時の識者はこれを評して、

「住吉屋が大利を求めて貸本屋を廃し、所蔵していた貸本まで売却したのに出版した本は売れず、破産したのは自業自得だが、つまりは京伝が約束をたびたび破って三年余りも住吉屋に無駄足をさせたために、わずか四巻の『浮牡丹全伝』に多大な経費がかかることになったのである。本は売れず破産したことについて住吉屋が何も言わなくても、心の中で作者を恨めしく思わないことがあるだろうか。それも板元の不幸であり時の運によるとは言え、そういう本を推す時は作者も徳を損なうことがないわけではないだろう」と言ったという。

（『江戸作者部類』）

京伝が白玉という遊女に通っていたという件は傍証がない。しかし住吉屋がたびたび催促し、京伝が絵の原稿（下絵）だけを先に渡して、本文の原稿はなかなか完成しなかったというのは事実のようである。文化五年に書かれた序文や「小引」には、板元が急かすのであわてて執筆したことや、文章と絵の内容がずれている旨の断り書きがある。目次を見ると第十二回までの章題が示されているが、実際に刊行されたのは第四回までであった。巻末には「此稗史、全部九冊なれども、著述遅滞して、発兌のときにおくるるにより、書肆且《まづ》四冊を刻し前帙となして、発兌せんことを乞《こふ》。これによりて俄に、連印鈕号第四回の条《すぢ》をつくりかえて、彫刻の時に迫《せまり》ぬれば、絵を施《ほどこす》にいとまあらず、第五巻目にしるせる事の絵を此に出せり」（この作品は全部で九冊となるが、執筆が遅滞し、出版が遅れてしまったので、板元はまず四冊を板刻して前帙として売り出したいと言う。よって急遽、第四回の筋立てを作り替え、彫刻の時が迫ったので挿絵を案じるひまがなく、第五巻の内容の絵を第四回で出した）とあり、後帙の内容が詳細に予告されている。事実、第四回の挿絵には、後帙予告のなかで言及される場面を描いたものが数点ある。口絵に肖像が描かれている団七黒兵衛・一寸徳兵衛・釣船三撫という登場人物についても、その活躍は後帙で書くと予告されている。

ちなみに文化五年刊の京伝の合巻『絞染五郎強勢談《しぼりそめごろうごうせいばなし》』に、「せつきやうぶしうまづめぢごく　せつきやうぶしさいのかはらものがたり　だん七九郎べい一寸徳べいうきぼたんかうろの由来　中本五冊以上三とほり来ル二月うり出し申候」という広告がある。三つの広告作のうち「だん七九郎べい一寸徳べいうきぼたんかうろの由来」が『浮牡丹全伝』に該当するとすれば、『浮牡丹全伝』は初めは団七九郎兵衛（黒兵衛）と一寸徳兵衛の物語として構想されていた可能性がある。つまり京伝は、当初の構想どおり書くつもりで口絵にこれらの人物を出してみたが、結局は本文を最後まで書ききることができなかったのである。

本文は第一回から第三回までにくらべて第四回の分量が多く、この回のみさらに上回・下回に分割されるという不均衡な構成になっている。第四回の下回は他の部分よりも七五調の文章が多い。七五調の行文は一種の美文であり、修辞が豊富なため「一定分量の本を早く完成させるのには都合がよ」いことから、「時間に追われる京伝が苦しまぎれに、物語の構想を固めないうちに文章を書き始めた跡であるように思われてならない」と言われている（野口隆「『浮牡丹全伝』の七五調」）。

なお大高洋司によれば、本書の初版本は唐本風の縦長の書型であるのに対し、それとは別に、縦横の比率が通常の半紙本に近い書型のものがあるという。後から改装したのではなく、板元自らが作ったものと考えられることから、これは「この欠陥商品を何とか貸本屋に売るために、違和感をできるだけ感じさせないように作り直した別形」で、損害を少しでも補おうとする努力の跡かと推察されている（「読本と本屋――京伝と馬琴の場合」）。

物語は、古寺の絵巻から百鬼夜行が抜け出し、玉島豹太夫と大鳥嵯峨右衛門の懐に入るところから始まり、嵯峨右衛門が豹太夫を殺し、豹太夫の妻八雲と子どもたちが苦難に見舞われる展開となる。しかし八雲が病後に男子を産むところで終わってしまい、豹太夫の敵討ちは果たされていないので、後帙の内容を予告しているとはいえ、作品としては何とも中途半端な印象が残る。

とは言え、個々の場面や挿絵には面白い趣向も見られる。例えば百鬼夜行が古寺から退散する場面を描いた挿絵は、去っていく妖怪たちの背中を描いた絵の次に、妖怪たちの顔を正面から描いた絵を配して、一丁めくることで妖怪の向きが変わって見える趣向になっている。また豹太夫の息子磯之丞が美貌の姫の邸宅に足繁く通うが、姫は実は骸骨で邸宅はあばらやだったことがわかる場面（これは「牡丹灯記」に拠る趣向）では、磯之丞の目に映る華麗な館の様子を描いた挿絵の次に、同じ構図で磯之丞が骸骨を相手に興じている情景を描いた挿絵を配している。幻景から実景へ、一丁めくることで同じ景色が変化して現れる趣向である。

『本朝酔菩提全伝』

『本朝《ほんちょう》酔菩提全伝《すいぼだいぜんでん》』は文化五年六月に原稿が完成し、文化六年九月に前帙、同年十二月に後帙が出版された。「稲妻表紙後編」と銘打ち、板元は『昔話稲妻表紙』と同じ西村宗七・伊賀屋勘右衛門である（蔵板元は伊賀屋）。内容は『昔話稲妻表紙』巻之五下に少しだけ言及される一休を狂言まわしに、不破名古屋の子ども世代にあたる人々の物語を綴ったものである。「例引」には、一休禅師の行状が宋の済顛大師に似ていることから本書を「本朝酔菩提」と名づけたと記されており、事実、本文には『通俗酔菩提全伝』を参照して書いているところもある（典拠については『山東京伝全集』解題に詳しい）。

ところで本作の前編にあたる『昔話稲妻表紙』の末尾には、名古屋山三郎と八重垣の間に小山三《こさんざ》が誕生したという記述に続けて、「此小山三、出雲の神子《みこ》阿国《おくに》といふ舞姫を妻として、歌舞妓《かぶき》躍《をどり》狂言《きやうげん》といふ事を始たるゆゑよしは、後編に詳《つまびらか》なり。発兌の時を俟得《まちえ》て見るべし」という予告があった。『本朝酔菩提全伝』には小山三は登場するが、「歌舞妓躍狂言といふ事を始たるゆゑよし」については、口絵に「出雲於国歌舞妓踊之図」が掲げられているものの、物語の主題になっているわけではない。

前年正月新板の合巻『敵討天竺徳兵衛』を見ると、「於国歌舞妓濫觴記　一名本朝酔菩提ト申ス読本五冊出来申候」という広告があり、これが『本朝酔菩提全伝』の原型とみられる。また文化六年正月新板の合巻『岩戸《いわと》神楽《かぐら》剣《つるぎの》威徳《いとく》』にも、「近刻読本　稲妻表紙続編○出雲のおくにかぶきのらんしやう○一名つくしのしらぬひ宗玄折琴姫ものがたり　五冊」という広告がある。つまりこの時点までは、『昔話稲妻表紙』の続編として於国歌舞伎の濫觴（起源）を扱うという構想は継続しており、具体的には宗玄と折琴姫の話（浄瑠璃『姻袖鏡《こんれいそでかがみ》』などで知られる物語）として書くつもりだったことがうかがえる。

だが実際にできあがった作品は、当初の構想とは異なる内容のものであった。「例引」には、「前篇」つまり『昔話稲妻表紙』執筆時は後編とのつながりを考えておらず、いま板元の懇望によって急遽後編を執筆したので、人物の年齢やできごとの日時などに齟齬がある、という断り書きがある。内容を変更したのは、思い描いていた構想を練り上げる時間がなかったためかもしれない。では、板元が出版を急いだのはなぜか。本書の一冊目には、次のような板元言がある。

> 文化丙寅の冬、本坊発兌せる、醒々先生の稗史、稲妻表紙前編六巻、幸《さいはい》に行れ、今春浪花の戯場《しばゐ》両座に於て、那書《かのしよ》の旨趣《ししゆ》を伝奇《きやうげん》に翻案《つくりかへ》て二艶段《にのかはり》とし、大に看官《けんぶつ》の耳目をおどろかすに到《いたり》、おのづから後編渇望の人多し。（略）これによりて再又先生に乞ひ、後編一部を得て上木せり。四方賜顧の君子、各地縁分的書鋪《もよりのほんみせ》に就《つき》て索之《これをもとめ》、一覧を賜《たまふ》の後、好判語《よろしくひやうはん》を所謂寄也《こひよするところなり》。則《すなはち》那両座《かのりやうざの》伝奇《きやうげん》の標号打扮《なだいいでたち》の図を翻刻して左にあらはせり

大坂で『昔話稲妻表紙』を基にした歌舞伎「けいせい輝艸紙」（文化五年正月、道頓堀角の芝居）「けいせい品評林」（文化五年正月、道頓堀中の芝居）が上演され好評で、『稲妻表紙』の後編を読みたいという声が多かったので、京伝に執筆を依頼したという。板元は歌舞伎人気が衰えないうちに出版しようと考え、執筆を急がせたのだろう。

本作は一冊目が序文・目録・口絵のみで構成され、二冊目から物語の本文が始まるという変則的なつくりになっている。一冊目には登場人物の肖像のほか、京伝による不破名古屋狂言についての考証、

享保初期の不破名古屋狂言図の模刻、歌舞伎「三ます名古屋」（正徳五年七月十五日より九月八日まで江戸中村座上演）の絵入り狂言本の模刻などが掲載されている（井上啓治「前期京伝考証学――〈不破名古屋〉〈於国歌舞伎〉〈菱川師宣〉」）。歌舞伎を見て『昔話稲妻表紙』に関心を持った芝居好きの読者の目を引きつける工夫と言えよう。

作中には、山姥にとらえられた少女たちの艱難辛苦を描いたくだりや、地蔵菩薩のもとに水子が集まる賽の河原の図などがあり、これまでもたびたび描いてきた女性と子どもをめぐる主題が、この作品でも再び取り上げられている。「賽之河原図」の挿絵が描かれているのは、妊婦が身売りのため堕胎を決意し、門説経の修行者が賽の河原の説経節を語る場面においてであるが、ここでは本文にも説経節の文句が引用されている。京伝は文化五年刊の合巻に「せつきやうぶしうまづめぢごく」（うまづめは産まず女〔石女〕であろう）という作品や「せつきやうぶし　さいのかはらの由来　と申哀れな本」の広告を書き入れていて、説経節をもとにした作品を構想していたらしい。これらは実際には出版にいたらなかったようだが、『本朝酔菩提全伝』の説経節の場面は、これらの構想をも取り入れて描いたものかもしれない。

本文には浄瑠璃めいた七五調や口語調が用いられている。顧みれば、京伝の読本の文体は、通俗本の文体模倣（『忠臣水滸伝』）とそこからの離脱（『安積沼』）、浄瑠璃詞章の引用（『梅花氷裂』）を経て、全面的に浄瑠璃めいた七五調を用いるところまで変化してきた。女性や子どもに読まれることを意識した結果であり、題材を演劇に求めるようになってきたこととも関係している。

ところでこの作品にも、口絵と本文に齟齬が見られる。前帙口絵の「出雲於国歌舞妓躍之図」と、後帙口絵の二図（宗玄が草庵で折琴姫の肖像に見とれる図と、宗玄が折琴姫の髪を引いて執着する図）は本文に対応する場面がなく、後帙巻末に予告される続編の内容に関係する絵となっている。これらは京伝の当初の構想に関わる絵でもあることから、おそらく京伝は『浮牡丹全伝』の時と同じように、本文の原稿を書く前に口絵の稿を作り、渡してしまったのだろう。挿絵を担当したのは歌川豊国だった。馬琴によれば、豊国はなかなか仕事をせず、伊賀屋が物を贈ったり観劇や酒食の接待をしたりして、何とか絵を描かせた。京伝も挿絵が良くなければ作品が売れないことを慮って、豊国を諌めることができなかったという（『江戸作者部類』）。

初期の歌舞伎への関心

『本朝酔菩提全伝』後帙の巻末には、文化七年冬の出版として「稲妻表紙続編　出雲於国物語　一名折琴姫全伝　全部六冊」が広告されている。だがこの作品も結局は日の目をみなかった。ちなみに文化十年刊の合巻『婚礼《こんれい》累《かさね》簞笥《だんす》』は宗玄と折琴姫の話に取材しており、先送りされた「稲妻表紙続編」の構想が利用されたものと考えられている（清水正男「『婚礼累簞笥』をめぐって」）。

京伝は後に、考証随筆『骨董集』上編後帙（文化十二年刊）のなかで、出雲阿国の歌舞伎踊りに関する考証を記している（「於国哥舞妓古図考」）。近世初期の歌舞伎をテーマにした考証随筆をまとめる計画もあり、文化九年六月から翌十年三月に完成させた合巻には「雑劇《しばゐ》考古録」と題する随筆を「しばゐにあづかりたる古図古画をあつめ考をしるしむかしの芝居を今見るごとし　近刻仕候」（文化十年刊『重井筒娘千代能』）などと予告し、文化十年刊の読本『双蝶記』の巻末にも「雑劇考古録　一名一目千古集」の近刊予告がある。また、文化十年三月に角鹿清蔵にあてた書簡にも「かねて雑劇考古録と申書著述可仕と心懸居申候、右書中に徒然草をくはへ、貴家様より御めぐみの趣、相記し可申と存候、右之取込にて骨董集も去年稿をおはり不申、此節やうやう一冊草稿出来仕候」（以前から雑劇考古録という本を書こうと心がけております。この本のなかに徒然草の記事を書き加え、あなた様からご提供いただいたことを記そうと思います。忙しくて「骨董集」は去年中に書き上げることができず、このほどようやく一冊草稿がまとまりました）と記している。死の翌年に出版された合巻『袖之梅月土手節《そでのうめつきのどてぶし》』（文化十四年刊）にも「雑劇図考」の広告があり、「雑劇考古録」と関連する書と思われる。

結局、これらは出版には至らなかったが、近世初期の歌舞伎に対する京伝の関心の高さはうかがい知ることができる。佐藤深雪は、『昔話稲妻表紙』『本朝酔菩提全伝』そして書かれなかった「出雲於国物語」は、いわば「かぶき成立史」を主題とする三部作として構想されていたのではないかと推測している（『稲妻表紙』と京伝の考証随筆」）。

3　活業の暇ある折ならでは

馬琴は『江戸作者部類』に、『本朝酔菩提全伝』は世評が悪く、画工と作者の接待で費用がかさんでいた板元（伊賀屋）は採算が合わなかったと記している。前に述べた通り、『浮牡丹全伝』の際にも京伝の遅筆と贅沢な造本が結果的に板元（住吉屋）の破産へとつながった。これらの件を記す馬琴の筆致には、京伝への批判がにじんでいる。大高洋司は「ここには、読本造りに対する、京伝と馬琴の基本的な姿勢の違いが示されているように思う。（略）馬琴には、読本造りは作者・画工・版元の分業なのであり、三者は一蓮托生なのだ、という認識があるのであって、その見方からすると、版元を破産に追い込んだりするのは、作者にとっても自殺行為、と映るのであろう」と述べている（「『本朝酔菩提』の再検討」）。

なぜ京伝は、板元の苦労を顧みないような態度をとったのだろうか。『江戸作者部類』には、当時の京伝と板元の力関係をうかがわせる逸話がある。あらましは次のようなものである。

彫師（板木を彫る職人）の米助は、板元の角丸屋に手間賃を六両あまり前借りしていた。しかし手元が不如意になり、文化三年の夏から馬琴の口利きで、鶴喜板の馬琴読本『隅田川梅柳新書』の仕事を手がけることになった。鶴喜の手間賃は角丸屋より高かったため、米助は角丸屋の仕事を後回しにし、手間賃を値上げするなら速やかに仕上げる、などと言った。怒った角丸屋は、鶴喜の仕事を米助に仲介した馬琴を町奉行所に訴えた。十月になって角丸屋は馬琴に謝罪してきたが、馬琴は怒って拒絶した。その後、角丸屋は京伝の読本を刊行しようと考え、執筆を依頼した。そして頻繁に催促したので、京伝はついに怒り、「著編は問屋より買出す物とおなじからねば、遅速はかねて料りがたかり。且吾身は大江戸の通り町なる表店にて奴婢三四名を使ひて活業をすなるに、其許より受る潤筆にては一ヶ月も支へがたかり。かかれば活業の暇ある折ならでは筆を把りがたし。そを遅しと思ひ給はば別人にたのみ給へ。吾は得綴らじ」（著作は問屋で買う品物とは違って、できあがりの遅速は予測できない。しかも私は江戸の大通りに店を構え、使用人の三、四人も使って商売をしている身だ。あなたからの潤筆料だけでは一か月も暮らすことはできない。商売がひまな時でなければ執筆はできないのだ。それが遅いというなら他の人に頼みなさい。私は書かない）と言った。角丸屋も腹を立て、その後は来なくなった。

佐藤悟は「この逸話の時期は文化四年以降であろう。収入が安定していた文化期の京伝にとって、読本からの収入は余り大きな意味をもたなかった」と指摘する（「考証随筆の意味するもの」）。米助のように手間賃で生計を立てる職人とは違って、京伝の場合は、潤筆料が生活を大きく左右するということはなかった。

文化八年刊行の贈り物の指南書『進物便覧』を見ると、「江戸名物」の一つとして「京伝たばこ入」があげられている。開店から十余年を経て、京伝店の看板商品は知名度も高かったことがうかがえる。また、前述のとおり京伝店では享和年間から薬類の販売も始めており、文化三年頃からは京伝自画賛の扇なども扱っていた（これらの商品は京伝の合巻ばかりでなく、他の作者の作品のなかでも宣伝されている。文化十年刊行の京伝の読本『双蝶記』には、大坂の取次所河内屋太助でもこれらの商品を扱っている旨の広告がある）。

店の経営が順調であれば、潤筆料に頼る必要はない。手間のかかる読本の執筆は、京伝にとっては積極的に取り組みたい仕事ではなかったと思われる。住吉屋があくまで京伝の意向にしたがったのは、何としても京伝に執筆してもらうためだったのだろう。造本に凝ったことも住吉屋が窮乏する一因となったが、これについて内田保廣は、「馬琴よりも作者としての地位が上だった京伝は、書肆に対する発言力が強く、意匠へのこだわりまで自説に固執できたことが分かる。それが逆に働いたのである」と述べている（「京伝と馬琴」）。京伝が板元より優位な立場に立てたのは、人気作者としての地位を確固たるものにしていたということに加えて、潤筆料収入に依存しない生活をしていたからであろう。京伝にとって、読本は家業のかたわらに執筆するものになっていたのである。

『腹筋逢夢石』

『本朝酔菩提全伝』刊行の直前、文化六年七月に、伊賀屋は京伝の滑稽本『腹筋逢《はらすじおう》夢石《むせき》』を出版している。挿絵はやはり豊国の担当である。この作品は「凡動物其介科《をよそのどうぶつそのみぶり》を絵にうつさしめ其口技《そのこはいろ》を文字《もんじ》にしるして人の笑《わらひ》を催《もよほ》さしむ」（自序）という趣向で、物真似芸の台本にも使える内容になっている。文化七年八月には二編が、続いて十月には三編が出版された。さらに十二月には、『腹筋逢夢石』に取り上げた物真似芸に座敷芸を組み合わせ、「忠臣蔵」の各場面を滑稽に演じるという趣向の『坐敷芸忠臣蔵』も出版された（以上すべて豊国画）。二編以降の一連の作品は、『本朝酔菩提全伝』の売れ行き不振の埋め合わせとして、京伝が伊賀屋の注文に応じて執筆した可能性が指摘されている（林美一『腹筋逢夢石』）。ちなみに京伝は、文化八、九年に他の板元から出版された自作の合巻にも『腹筋逢夢石』の趣向を取り入れたり、宣伝文を書き込んだりしている（文

化八年刊『男草履打』・『桜ひめ筆の再咲』・『娘景清襤褸振袖』、文化九年刊『二人虚無僧』）。

相前後して伊賀屋は、京伝の弟、京山作の滑稽本『腹佳話鸚鵡八芸《はらのかわおうむはっけい》』（文化六年十月刊）・『鸚鵡八芸《おうむはっけい》台所《だいどころ》譚《ものかたり》』（文化七年十二月刊）も出版している。京山は文化四年に初めての合巻を出したばかりで、作者としては駆け出しだが、伊賀屋からは文化五年に一作、文化六年に二作を出している。文化六年六月には京伝・京山・豊国・伊賀屋が連れ立って歌舞伎見物に出かけており、この板元とは兄弟そろって親しい関係だった。

西村屋与八からは『腹筋逢夢石』の挿絵を一枚摺の浮世絵に仕立てた格好の「介科絵《みぶりえ》」が出版された。人間が亀や猫、蟹やサボテンなどの姿やしぐさを真似る様子を描いた浮世絵で、十種類が知られており、豊国の絵に京伝の賛が書かれている。『腹筋逢夢石』は文化六年七月二十七日に発売され、「介科絵」は文化六年七月に改を受けているから（「寛政の出版界と山東京伝」）、ごく短期間のうちに相次いで作られたことがわかる。

面長の京伝像

黄表紙『作者胎内十月図』（文化元年刊）のなかで趣向に苦しむ自身の姿を戯画化して以後、しばらくの間、京伝は自作のなかに自画像を描いていない。

久しぶりに京伝が戯作のなかに姿を見せたのは、弟の京山の初めての合巻『復讐妹背山物語《かたきうちいもせやまものがたり》』（文化四年刊、豊国画）の冒頭、京山披露目の図においてであるが、京伝は以前と違って面長の顔立ちになっている。その後、自作の合巻『男草履打《おとこぞうりうち》』（文化八年刊）、『女達磨之由来文法語《おんなだるまのゆらいふみほうご》』（文化十二年刊）のなかで挨拶する京伝の容貌も同じく面長である。合巻ではもはや自らを獅子鼻の顔には描いていない

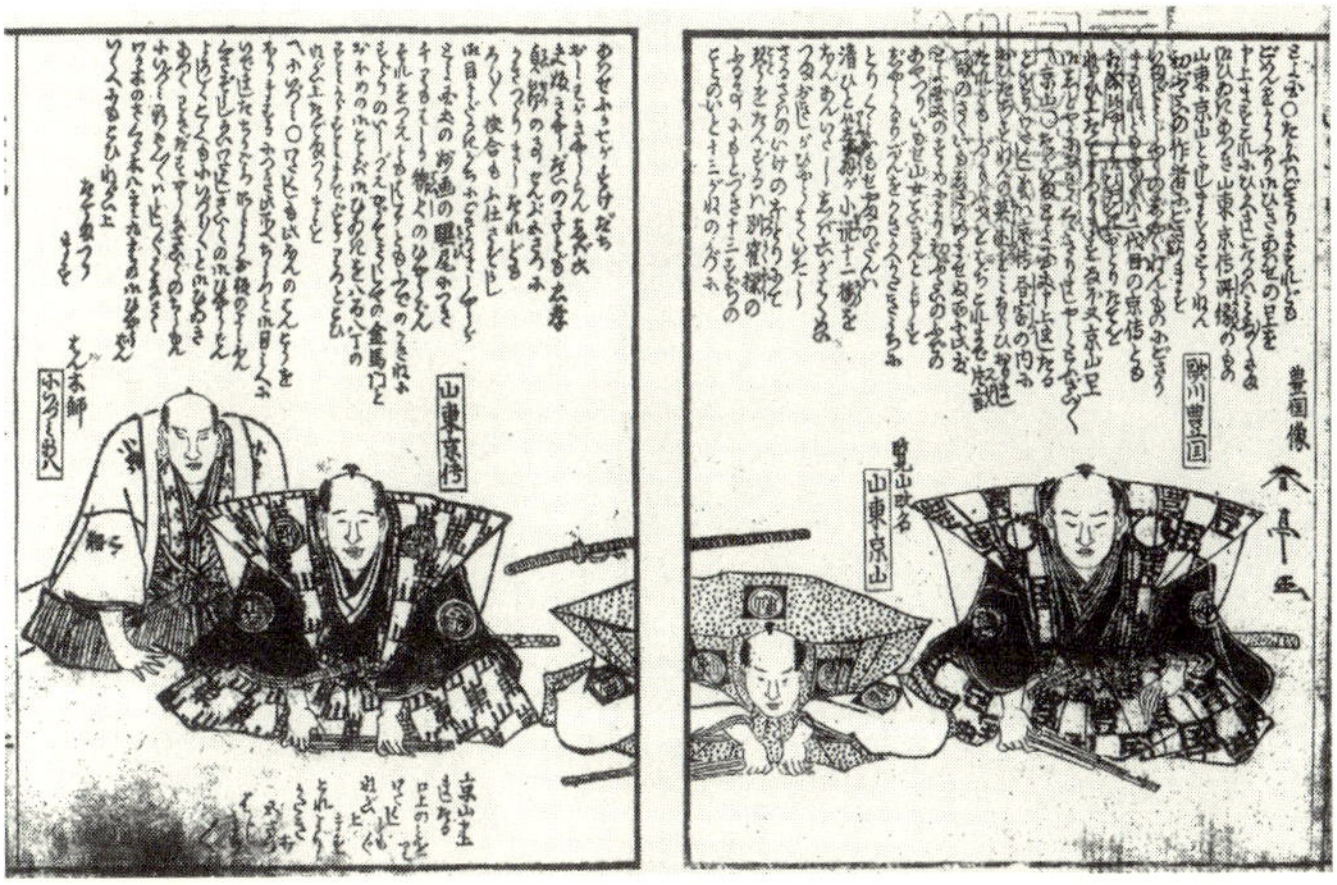

『復讐妹背山物語』中央左，口上を述べる京伝。その右が京山。

のである。

『坐敷芸忠臣蔵』の末尾「十一段目」には、稿本執筆中の京伝が伊賀屋と面談する様子が描かれている。京伝（これも面長の容貌）の傍らには「かなてほん」と題する書物（本作の種本『仮名手本忠臣蔵』）があるので、まさにこの作品の執筆中に伊賀屋が来たという体である。

（伊賀屋）「昨夜豊国先生のところに居催促いたせしところ、つい拙者、机の前で居眠りがさきの油断をたのみにて、先生ずるけに出かけしを引き留め、やうやう責めつけ描かせました」

（京伝）「それはお手柄お手柄。式亭先生の書かれたる絵双紙でたいがいお子さま方も作者の苦界、腹の内はよく御存知なれば、節季の作は節季だけ、悪いところも御ふしやうあらん。それを力にマア売り出してごらふじろ」

伊賀屋のせりふは、『本朝酔菩提全伝』制作時の豊国の怠けぶりもかくやと思わせるものである。この挿絵には「十二月稿了」と記されていて、本作が師走のあわただしいさなかに作られたことがわかる。「式亭先生の書かれたる絵双紙」というのは、式亭三馬の合巻『腹之内戯作種本《はらのうちげさくのたねほん》』をさしている（林美一『座敷芸忠臣蔵』）。この作品は戯作者が執筆に苦しむ様子を滑稽に描いたもので、京伝の『作者胎内十月図』と同じ趣向である（棚橋正博『式亭三馬』）。文化八年正月の新板だが、合巻は前年の秋頃から売り出されるのが通例だったから、文化七年の暮れには京伝もすでに読んでいたのだろう。

合巻の挿絵

『浮牡丹全伝』と『本朝酔菩提全伝』の後、京伝はしばらく読本を書かなくなるが、合巻は毎年書いており、文化八、九年にはそれぞれ九作もの新作を上梓している。

黄表紙や読本もそうだが、合巻の挿絵も下絵は作者が描く。合巻は挿絵の数が多い分、絵組（どのような絵をどのように配置していくか）が作品の面白さを左右するジャンルでもあった。馬琴によれば、文化年間に唐来参和が京伝の戯作を評して、次のように述べたという。

京伝は冊子の画組とよく機を取ることに妙を得たり。されば臭草紙はさら也、よみ本といへども先ッさし画より腹稿して後に文を綴るといへり。ここをもて、うち見は殊におもしろからんと思はざるものなけれども、よくよみ見れば、見おとりのせらるる多かり。なれども臭草紙はをさをさ婦幼の玩物なれば、さまで趣向の巧拙を撰まず。只その画組の今様にて新奇を歓ぶものなれば、臭草紙は第一の作者と称せらるること論なし

（京伝は絵組と、時好をとらえるのがうまい。合巻はもとより、読本もまず挿絵から考え始め、後で文章を書くという。だから京伝の読本は一見面白そうに見えるが、よく読むと見劣りするものが多い。だが合巻は、婦女子が読むものだから、さして趣向の巧拙は問題にならない。ただ挿絵が当世風で新奇であることが喜ばれるから、京伝は合巻で一番の作者と言われるのは間違いない）（『江戸作者部類』）

野崎左文（幕末から明治にかけて活躍した戯作者仮名垣魯文の弟子）は、合巻の読み方として「まづその挿絵を順々に目を透して、事件の変遷や巻中人物の浮沈消息等を、腹の中に納めた後ち、徐に本文に取掛って、自分の予想を確めて行く」と述べている（「草双紙と明治初期の新聞小説」）。こうした読み方が可能なのは、物語のなかで起きる出来事が挿絵には順番どおりに描かれているからである。たとえば京伝の『敵討岡崎女郎衆』（文化五年刊）では、巨大なうわばみが鉄砲隊に追われて逃げ出し、悪人の家の上を飛行し、うわばみに呑み込まれた悪人がその腹を切り裂いて逃げ、最後にうわばみが谷底に落ちるという一連の出来事が四つの画面にわたって描かれている。面白いのは、これらの挿絵は時間・空間の移り変わりと出来事の推移を連続的に示していると同時に、巨大なうわばみの全体（尻尾から胴体、頭まで）を描いた一つの連続する絵にもなっている点である（大久保純一「江戸後期挿絵本、とくに合巻を中心とする連続図様について」）。

また『岩井櫛粂野仇討』（同年刊）では、腰元初音に対する岩海阿闍梨の妄執が時鳥の形をした心火となり、初音を慕って様々な災いを引き起こす様子が綴られているが、挿絵には時鳥の形をした心火

『ヘマムシ入道昔話』文字列は闇を表している。

が断続的に描かれ、作中の出来事が阿闍梨の妄執に起因するものであることが暗示されている。このように絵を用いて出来事の推移や場面の連続性を表していく方法は、合巻挿絵の文法とでもいうべきものである。

京伝の合巻における挿絵の面白さについては、鈴木重三（「京伝と絵画」・「京伝合巻の絵組工夫」・『山東京伝全集』解題）や大久保純一（前掲論文）が詳述しているが、ここでは文字列の配置を工夫して絵画的効果を生みだした例について紹介したい。

まずは『ヘマムシ入道昔話』（文化十年刊）の、盗賊が闇のなかでガンドウ提灯をかざす場面の挿絵である。ぎっしりと書かれた文字を闇に見立て、光線のあたる部分を余白として残している（この絵については『草双紙集』「ヘマムシ入道昔話」の小池正胤の注に詳しい解説

『伉侠双蛺蝶』文字列は雨を表している。

がある）。

『伉侠《おとこだて》双《ふたつ》蛺蝶《ちょうちょう》』（文化五年刊）では、雨を文字列で表している。文字の進行方向は雨の落ちる方向でもあることに注目したい。類似の発想は、既に京伝の黄表紙『枯樹花《かれきのはな》大悲《だいひの》利益《りやく》』（享和二年刊）にも見られる。人々が観音に願かけをする場面で、祈りのことば（せりふ）を書いた文字列は九〇度傾けて配置され、人々の口から観音堂の内部に向かっている。それらを読む時、読者の目は、自ずとせりふの向かっていく方向を意識せざるをえない。

同様の工夫をさらに発展させたのが、『累井筒紅葉打敷』（文化六年刊）の百万遍の図である。累の怨霊を調伏するため、人々が輪になって巨大な数珠を繰っている。絵を取り巻くように配置された文章は、よく見ると三つの方向を向いている（図参照）。それぞれを読もうとすれば、右上の

『枯樹花大悲利益』せりふを表す文字列は観音堂の内部に向かう。

「此所まはしよみによむべし」という注記にしたがって、本を回転させなければならない。そうすると挿絵も回転することになり、絵の中の数珠がぐるぐる回っているように感じられてくる。何とも面白い挿絵である。

世界と趣向

画才があり、歌舞伎に造詣が深い京伝は、合巻向きの作者だったと言える。文化八年ごろからの京伝の合巻は、「素材的に見てほとんどすべてが浄瑠璃歌舞伎の人名趣向をとり入れ、一篇のクライマックスは人口に膾炙した演劇の技巧的局面をとり入れるか翻案するかに限られ、本文中の絵画面の役者似顔絵もまたようやく本格化している」（水野稔「京伝合巻の研究序説」『江戸小説論叢』所収）という状態になった。

歌舞伎で演じられる話というのは、基本的な筋立てと登場人物の定まった〈世界〉に、何ら

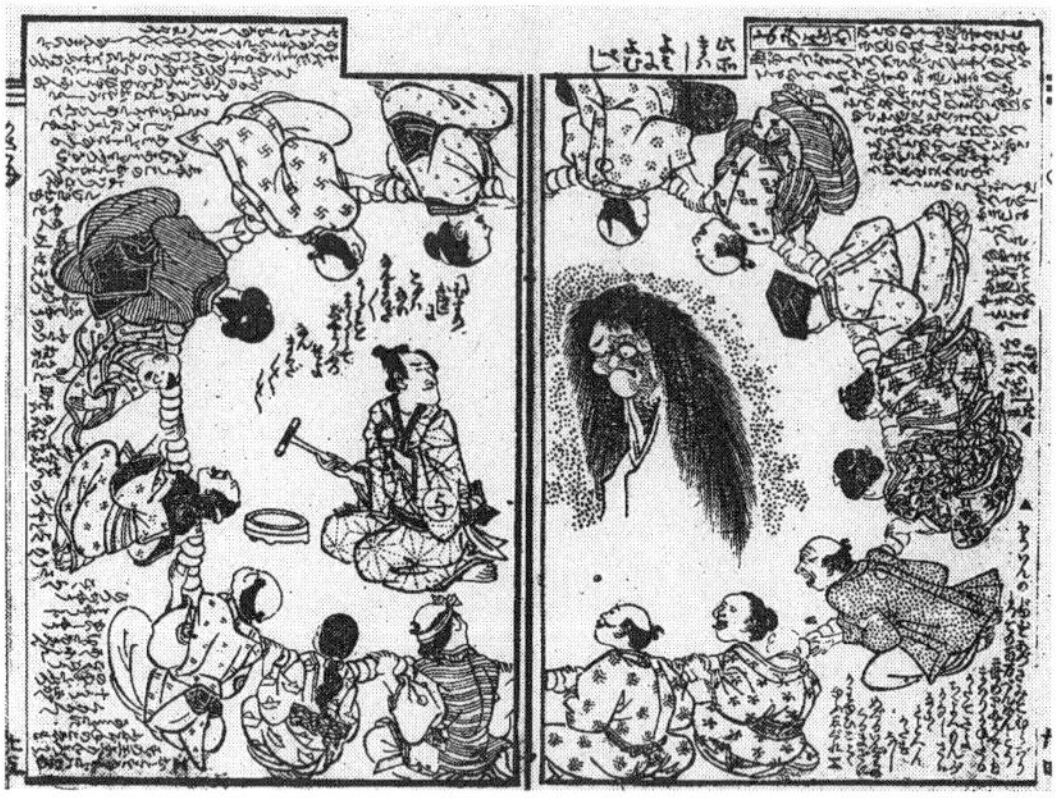

『累井筒紅葉打敷』
数珠を持ち輪になる人々。文字列はそれを取り巻くように配置されている。

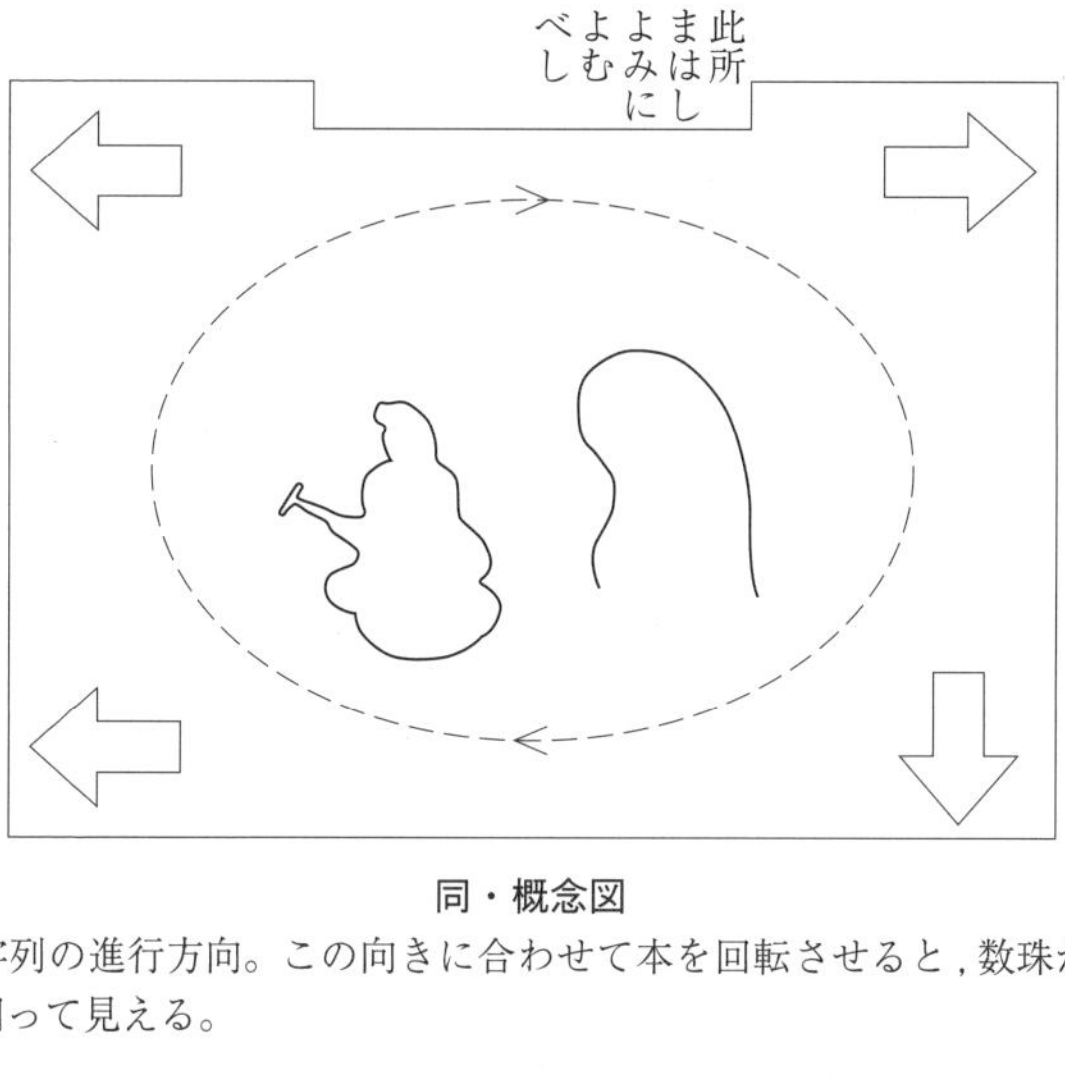

同・概念図
⇨は文字列の進行方向。この向きに合わせて本を回転させると，数珠が⋯⋯→の向きに回って見える。

かの〈趣向〉を加えて作られている。〈世界〉とは、例えば「曽我」の世界、「東山」の世界というように何種類もある。また、二つ以上の世界をないまぜることが趣向となる場合もある。京伝は、こうした歌舞伎の構成方法を合巻に取り入れていった。文化半ば以降の京伝の合巻では、最初は時代物（武士の物語）の世界で始まり、途中で世話物（町人の物語）の世界に転じ、最後に二つの世界が融合して終わるという構成がしばしば見られる。これが当時の一般的な手法であったことは、馬琴が自らの合巻『鶬山後日囀《ひばりやまごにちのさえずり》』（文化十四年刊）のなかで、合巻の作り方について「まづ世界を定め、名をもり、筋を考へ、絵割り書き入をして、しばらく休み、版下写本の校合、彫り上げの校合は二度目三度目に及ぶことあり」（最初にどの「世界」を使うかを決め、次に具体的な登場人物と筋立てを考え、下絵を描き、文章を書き入れて校正に入る）と説明していることからも明らかである。

二つの（場合によってはそれ以上の）世界をないまぜることで、物語のなかの人間関係は複雑になり、筋立ても入り組んだものになる。京伝の場合は、そこへさらに別の趣向を加味することも多い。例えば『暁傘時雨古手屋《あかつきがさしぐれのふるてや》』（文化八年刊）では「小栗判官」の世界（時代物）と「お妻八郎兵衛」の世界（世話物）をないまぜ、登場人物や見せ場を両方から取り入れている。その上でさらに「世にふるはさらに時雨のやどり哉」「白露や無分別なるおきどころ」「ほととぎす暁傘を買せけり」の三つの古句を趣向とし、作中に「白露の色紙」と娘お露を登場させ、音助が暁傘を作って時雨の朝に売る場面を設けている。しかも京伝は、これらの句を趣向として用いる旨を序文に記して、読者にヒントを与えている。読者はこれらが作中のどこにどういう形で出てくるのか、期待しながら読み進めることになるわけである。

合巻を読む醍醐味は、筋立てを追うだけでなく、作品を構成している世界と趣向や、絵に隠された意味を解読していくことにある。京伝の合巻には、このように歌舞伎や浄瑠璃の知識だけでは解けない趣向も盛り込まれ、読む楽しみを倍加させている。

趣向としての考証

京伝が『暁傘時雨古手屋』で古句を趣向の材料に用いた背景には、近世初期の風俗を知る資料として古俳書に目を通していたということが考えられる。これ以外の作品においても、作中に引用されている古文献や古画のなかには、考証にも用いうる資料を利用しているものがあると思われる。すでに『近世奇跡考』で考証した人物や題材を自作の合巻に取り入れた例も、いくつか報告されている（水野稔「『近世奇跡考』と戯作」）。

一つの主題について調べるために、できるだけ多くの資料を集めていくというのが京伝の考証の方法であるが、合巻にもこの方法を応用しているものがある。遊女薄雲が猫を愛する挿話に関連づけて、序文と口絵に猫に関する歌舞伎・発句・故事などを列挙した『薄雲猫旧話《うすぐもがねこのふること》』（文化九年刊）や、葛の葉狐・玉藻前・金毛九尾狐・小女郎狐など狐にまつわる演劇や説話を集めて物語を構成した『釣狐《つりきつね》昔塗笠《むかしぬりかさ》』（同年刊）などである。かつて読本『曙草紙』において「桜」と「桜姫」に関する記事を集めたことと類似していると言えよう。

京伝合巻の人気

京伝の合巻は人気があった。馬琴は後に、「京伝存生の内はいつも合巻にてはおちをとられ候」（天保二年二月二十一日、殿村篠斎あて書簡）と回想している。挿絵を担当する画工が京伝合巻の仕事を優先したために、問題が生じたこともあった。式亭三馬は『式亭雑記』の文化八年四月十九日の項に、次のような話を書いている（現代語訳で示す）。

自分（三馬）は文化六年五月前に、「お竹大日」（『於竹大日忠孝鏡』）と「をさかべ姫」（『〈長壁姫〉明石物語』）の原稿を書き上げて勝川春亭に挿絵を頼んだが、春亭はそれを放置し、まだ草稿が部分的にしか出来上がっていない京伝の「お夏清十郎」（『風流伽三味線』）に描く仕事を優先した。自分の作品は最後までできているのに後回しにされた上、「お竹」は二年遅れの刊行になり、「をさかべ」は京伝合巻より遅い刊行になった。これ以前に、春亭には「自分の作品のほうが早くできたら、一日でも京伝作品より前に売り出しになるようにしてほしい。それが順の道というものだ。もし遅れたら春亭とは絶交だ」と言ってあったのだが、はたして自分の作品のほうが遅れての売り出しになったので、二度と春亭の方には行かなかった。

今年まで三年間、絶交しており、草紙問屋らの仲裁も断っていたが、今晩、山本長兵衛のなかだちで和睦した。このたびの和睦はよんどころない義理からである。

事実、『於竹大日忠孝鏡』は文化七年の刊行であり、『〈長壁姫〉明石物語』は『風流伽三味線』と同じ文化六年刊行だが、この話によれば売り出し日は京伝のほうが早かったということになる。三馬が自作を京伝の作より一日でも早く売り出すことに固執したのは、京伝合巻の人気に何とか対抗しようと考えてのことだったのではなかろうか。

京伝は、毎年、多数の合巻を執筆していた。板元が原稿を催促してくる様子を「永寿堂のあるじ。つと入来つて机の傍に。どうだどうだの居催促。爰が作者の三の切と。涙は落ちて玉あられ」（文化七年刊『糸桜本朝文粋』序文）、「師走の月のかけ乞よりなほおそろしきは板元のたて催促。手付のぢん金せめ手紙」（文化十年刊『安達原氷之姿見』序文）などと戯謔的に記しながらも、合巻の執筆を止めることはなかった。読本とは違って、晩年まで京伝の新作合巻が出版されなかった年は一年もない。その理由については、「合巻でも、全く作品を発表しないとなると、現役作家を退いたこととなり、それは完全な引退と世間には映る。京伝の盛名も少しずつ薄らぎ消えてゆこう。それはやはり、商売にも差支えようし、現役作家を引退するのも耐えられなかったろう」（井上啓治「山東京伝、人生の転機から考証学・本格小説へ」）と推察されている。事実、合巻は京伝店の有力な宣伝媒体であった。それに加えて、合巻の潤筆料が執筆の労力に見合うものだったということも無視できないと思われる。少し後の資料だが、馬琴が友人殿村篠斎にあてた書簡（文政五年閏正月朔日付）に、次のようにある。

尾籠の事ながら渡世の上を以て申候へば、よみ本はなかなか引合ひ不申、合巻の草紙の作の方、保養にはなり不申候得ども、寿命に障り候事もなく、その上、潤筆のわり合甚よろしく候故、已来はよみ本をやめて合巻の作のみ致し候半と存候

（下世話なことですが、世渡りということで言えば、読本はなかなか引き合いません。合巻の執筆は保養にはな

りませんが、寿命に障ることもなく、潤筆料の割合も甚だ良いので、読本を止めて合巻だけ書こうかと思います）

ただし京伝は、文化六年頃から、一年に一つの板元から出版する合巻は一作品に限るようになっていく（二又淳「京伝合巻と板元たち」）。特定の板元のためにだけ執筆するのではなく、複数の板元と公平な関係を保つようになったということである。かつて京伝の新作が蔦重と鶴喜に独占されていたことを思うと、大きな変化である。前述のとおり、この頃には読本も店の経営のかたわらで執筆するものという位置づけになっていた。家業を持ったことが、板元との付き合い方を変えたのである。

第七章　考証への情熱

1　妻と娘

遊女を描く

新作を書くとき、京伝が最初に構想を聞かせたのは妻の百合だった。『江戸作者部類』に、京伝が読本『双蝶記《そうちょうき》』を執筆していた時の話として、次のような一節がある。

京伝嘗いふやう、「吾よみ本の腹稿成るときは先ツ妻にとき示す也。しかせざれば吾わすれたる折これを求る処なし。近ごろは記憶うすくなりて、折々忘るること多かり。その折妻に問へば、預け置たる物を出さするが如く労せずして便りいとよし」といへり。されば腹稿成ることにそを印行せんといふ書賈にその趣向は云云と精細にとき示せしかば、板元はやく歓びうけてたのもしく思はざるはなかりき京伝の二人の妻は、ともに遊女出身だった。前述のように、京伝が洒落本で展開した遊興論には遊女の味方をする姿勢がかいま見えるが、読本・合巻でも、遊女を否定的には描いていない。

例えば合巻には、忠と孝の精神から苦難を引き受け、身売りの後も母性を忘れない遊女たちが登場する。『敵討岡崎女郎衆』（文化四年刊）の遊女は苦労の末に敵討ちを果たし、『風流伽三味線』（文化六年刊）の遊女は、密かに会いに来た子どもに乳を飲ませる。『薄雲猫旧話』（文化九年刊）の遊女も、子どもと再会して夫の敵を討つ。

また、武家の当主を放蕩させる白拍子や神楽巫女を作中に登場させる場合も、そうした女性たちには同情的なまなざしが向けられている。読本『昔話稲妻表紙』では、佐々木家の若殿が白拍子藤波を寵愛して佞臣につけこまれ、事態を憂慮する家臣佐々良三八郎が「科《とが》なき女を殺《ころす》は情なしといへども、御家にはかへがたし」として藤波を殺す。その後、三八郎の一家は藤波の怨霊に苦しめられるが、三八郎は「かれ一点の罪なくして殺《ころさ》れたれば、深く恨《うらむ》も理《ことはり》なり」（藤波に罪はない。殺されて恨むのは当然だ）と述べて受け入れる。同じような場面は合巻『志道軒往古講釈《しどうけんむかしこうしゃく》』（文化六年刊）にもある。安宿判官が神楽巫女榊葉を寵愛し、婚約者秋霧姫との婚姻を延期したので、家臣楠葉喜内は手下に榊葉を殺させる。しかし「榊葉は不運なる女なり。罪なくして非業に死せしは、返す返すも不憫の者の身の果てや」（榊葉は不運な女だ。罪なくして非業の死をとげたのは、返す返すも可哀想な最期だった）として、密かに仏事を営んで成仏を願う。このように主君を色香に迷わせる女性を描きながら、彼女たち自身に罪はないとする書き方は、遊女自身に罪はないと述べた『息子部屋』（天明五年刊）や『吉原楊枝』

（天明八年刊）の遊女観に通じるところがある。
遊女観をめぐり、京伝は馬琴と口論したこともあった。『伊波伝毛乃記』には、次のような出来事が記されている。

読本『夢想兵衛胡蝶物語』のなかで馬琴は、「忠臣蔵」の早野の妻お軽の事に托して、遊女と妻を同等に見る考え方を批判した。文化七年の正月、京伝が京山と共に馬琴の宅を訪れて年始の挨拶をした時、話がこの読本に及び、京伝は次のように述べた。

「遊女にも、賢あり才あり、且、人の妻となりて、貞実なるもの多し、大凡身を花街に售るものは、或は親の為にし、或は兄弟の為にせざるは稀なり、是れ孝悌にして、身を万客に任するもの、豈憐まざらんや、吾れ経学に暗し、足下屢聖人の言を称述す、もし聖人をして今ここに在らしめて、此等の是非を問ば、聖人其れ何とかいはん、足下聖人に代りて、吾が為にこれを云へ」
（遊女にも賢い者や才能ある者がいる。結婚して貞実に暮らしている者も多い。身売りするのも親や兄弟のためでないことは稀で、孝・悌の心からなのだ。身体を万客に任せる遊女を、憐れまずにいられようか。私は経学には暗い。あなたは聖人の言葉を述べているけれど、もし聖人を今ここに連れてきて、この事の是非を問うたら、何というだろう。聖人に代わって、私のために述べてくれないか）

馬琴は「足下の言究めて是なり、吾れ疎忽にして言を慎まず、不レ覚して大方の怒りに遇へり（略）足下吾書を見ること再三せば、其怒おのづから解けん」（あなたの言うことはもっともだ。私は粗怠で物言いに慎みがなく、図らずも怒りを買ってしまった。〔略〕あなたが私の本を繰り返し読んでくれれば、怒りも自ずと解けましょう）と答えたが、京伝はなお怒ったので、京山が間に入ってその場を収めた。

馬琴はこの記述の後に、芭蕉が目の見えない門人を気遣って生涯盲人の句を作らなかったという挿話を引用して、自分の配慮が足りなかったと記している。京伝が激昂したのはかれの妻が二人とも遊女出身だったからだ、と考えたのである。ただし芭蕉の例は、師が弟子を思いやったという話だから、適切とはいえない。高田衛が「弟子にさえ配慮する芭蕉に対して、馬琴にとって京伝は恩人であり、先輩である。引く例が間違っていると言われても仕方がないだろう」（『滝沢馬琴』）と指摘するとおりである。

水子を描く

『優曇華物語』（文化元年刊）以降の京伝の読本には、水子や産婆など堕胎と間引きに関わる題材が取り上げられ、「生まれる以前の胎児が一人の愛惜される子どもとして登場している」と指摘されている（佐藤深雪「所有される子どもたち」）。

京伝は合巻のなかにもしばしば水子を描いている。『累井筒紅葉打敷』（文化六年刊）には、力太郎という子どもが事故で死に、親たちが後悔して地蔵堂に参詣する場面がある。挿絵には地蔵堂に集まるたくさんの水子の姿が描かれている。『男草履打』（文化八年刊）には、銀杏前が張り子の地蔵尊を作る場面があり、「水子どもの霊魂、卵塔の水子塚より現れ出で、地蔵尊に取りつきて喜ぶ。これ余人の目には見へず。銀杏の前の目にのみ遮る。まつたく此地蔵尊を建立の功徳なるべし」とあって、挿絵にはやはりおびただしい数の水子が描かれている。『安達原氷之姿見』（文化十年刊）には臨月の女を殺そうとする産婆が水子たちに苦しめられて死ぬ場面がある。『重井筒娘《かさねいづつむすめ》千代能《ちよのう》』（同年刊）の口絵にも産婆と水子の図がある。

意志を持たずに死んで行く水子は、それ自体が憐れむべき存在であり、またその母親の悲哀も想像に難くない。だが、水子たちを作中に登場させた理由は、女性読者の琴線にふれる題材だから、というだけだろうか。京伝は文化十二年頃に馬琴にあてた書簡のなかで、「老兄などは、御子様方も多く御持被成候へば、御老後の御たのしみも多奉存候。御保養専一に被遊、御長寿之御手段可被遊候。私などは、子なき事第一の後悔にて御座候」（あなた様は御子様も多くお持ちでいらっしゃいますから、老後の楽しみも多いことでしょう。どうぞお体を大事にして、長生きなさいますように。私などは子どもがいないことが一番の後悔です）と記している。生まれなかった子どもの姿を作中に繰り返し描くのは、あるいは、京伝に実子がなかったことと関係があるのかもしれない。

養女の死

京伝は享和三年（一八〇三）に、百合の妹の滝（当時六歳）を養女に迎えていた。滝は文化九年（一八一二）に十五歳で病死してしまうが、絵を学び、屋敷奉公もしていた。京伝の読本や合巻も読んでいたかもしれない。

文化十年三月六日に角鹿清蔵にあてた書簡のなかで、京伝は次のように書いている。

私去春中より大病になやみ、五月末快気仕候所、ほどもなく私娘病に臥、長々打伏、御祝儀は申納め、七月下旬黄泉之客と相成候、いまだ十五歳、少々絵を学ばせ、御やしきへ差上置候所、右不幸に付、私も老年之独娘ゆへ、大によはり、又々私不快に而去冬迄打伏申候、尤実子には無之、実は妻の妹にて、六歳より養育仕候間、実之娘同様に而いたみ申候、常なき世のさかは今更おどろくべきに無御座候へども、自然とよはり申候、人情せんすべなく候、彼是にて去年は大に取込居候所、去十二月晦日、近火にて家のうしろまで焼来り、幸ひに焼残り候へども、家を打やぶられ、当春も修復かたかたにて、春のここち不仕、実に方丈記を読やうなる事にて御座候

（私は昨年春から大病にかかり、五月末に回復しましたが、ほどなく娘が病床に伏し、七月下旬に亡くなりました。まだ十五歳でした。絵を少し学ばせ、お屋敷で奉公をさせていましたが、こうした不幸に見舞われ、私にとっては年老いての一人娘なので、大いに弱り、ふたたび体調を崩し、冬まで伏せってしまいました。実子ではなく、妻の妹で、六歳から養育して実の娘同様でした。世の無常は今更驚くべきこともありませんが、自然と気が弱ります。こうしたことで去年は取り込んでいましたが、十二月晦日に近所で火事があり、幸い焼け残りましたが損害を被り、当春も修復中で、春の気分がしません。まるで方丈記を読むようです）

この後に、京伝は次のような歌を記している。

良夜の月のいつになくはれ渡りぬれど
涙さしぐむ目にはくもりがちなれば

月見ても心は闇ぞ世をはやくうせし我子の年も十五夜

俗称滝児　号水仙花画名也享年十五歳

文化九年はつらい出来事の続いた年だったが、京伝は四月から九月にかけて翌年新板用の合巻を次々と仕上げてもいる。

『春相撲花之錦絵』中央左，少女の霊と老婆の霊。

そのうちの一つ、『春《はる》相撲《すもう》花《はな》之《の》錦絵《にしきえ》』を見てみよう。作中に、平将門の霊が巫女の口を借りて遺児平太郎に呼びかける場面がある。挿絵には将門の霊のほかに、赤子を抱いた夫婦、子どもと母親、若い娘と老婆など、経帷子を着たたくさんの霊が描かれており、せりふも書き入れられている。その中に少女の霊の姿がある。少女の霊は老婆の霊に「婆さん、まあ待つて下さんせ。六道の辻まで一緒にゆきましやう」と呼びかけ、老婆の霊は「三途の川で経帷子をはがれぬやうにしやれよ」と答えている。

京伝の序文によれば、この作品を完成させたのは滝が亡くなった直後の八月である。少女には冥土へ旅立った滝の姿が重ねられているのかもしれない。老婆のせりふは、滝を送った京伝と百合の気持ちを表したものであろうか。

半生を回顧する

文化九年の冬、京伝は南畝から「松楼私語」を借りた。これは南畝が、吉原松葉屋の新造三穂崎から松葉屋の年中行事について聞き書きしたものである。三穂崎は天明六年に南畝に身請けされ、名を阿賤《おしづ》と改めた。寛政五年六月に阿賤が没した後、南畝は「松楼私語」に往事を回想した跋文を付し、その中で本書と京伝の洒落本『総籬』を併読することを勧めている。京伝は「松楼私語」を南畝に返却する際、「二十五の暁と、しるせし年をさかしまに、五十二の昼みせ時分ン、艶示老人、懐旧箱入恩借の此小冊の奥の間にかきつけて、唯今返上仕るといふ」と書き添えた。これは『客衆肝照子』（天明六年刊）の序文に「山東京伝二十五歳之暁ニ書」と記したのをふまえたものである。

翌文化十年三月、京伝は合巻『磯馴松金糸腰蓑《そなれまつきんしのこしみの》』の序文に、次のように書いた。

洲崎あたりの塩浜に。王子路考が繁昌し。コッポリの駒下駄を。はくや芸子が。光りかがやく灯篭鬢。細身のお太刀胸高帯。浅黄のはやりし時代に生れ。よくいふもんの上下を五ッの祝に着用して。

春信が絵を愛玩し笠森の団子土平が飴にてそだちたる。おさなき時の根なし草。金々先生栄花の夢の。まだ醒きらぬ五十年。昔おもへば信田の狐。鳥居の数は越ながら。やつぱりもとの野狐なれど。かの蜘の巣にかからまい用心して。やぶれ屛風の古巣にかくれ。古夜着の穴に篭りて。世間を見ぬこと五十年のうち。すでに十余年におよびぬれば。むくちなれども異見を頼まれ仏ぎらひも寺参に。抹香くさき親父となるこそかなしけれ。此ころ雨のつれづれに。式亭主人の数種の戯作をくりかへし。いたりつくせるすさみを見て。はじめて変化の流行を知り。七世の孫にあふここちす。嗚呼古人の発句うべなる哉

世の中は三日見ぬまのさくらかな

水野稔はこの序文について「これは単なる生涯の回顧だけではない。時代と環境の中におのが芸術の本質的なものを探り、その位置づけを試みようとしている」と解釈している（「京伝と馬琴」『江戸小説論叢』所収）。前半には少年時代の流行風俗を記し、古き良き時代を顧みているが、後半には筆禍事件後の生活、すなわち「かの蜘の巣にかからまい用心して」「世間を見ぬ」暮らしのことが書かれている。それは京伝の約五十年の人生のうち、「すでに十余年におよ」んでいるという。

京伝は潤筆料だけで生活していたわけではないが、板元の求めに応じて毎年新作を書かなければならなかった。しかもそれは幕府による出版取締りに配慮しながらの仕事であった。のびのびと戯作を書くことのできた「のうらく息子」の時代は、もはや遠い昔である。「抹香くさき親父となるこそか

なしけれ」ということばには、気がつけば五十路に入っていたことへの感慨がにじむ。

序文の末尾では、式亭三馬の戯作について「七世の孫にあふここち」と記している。三馬が当時書いていた『浮世風呂』『浮世床』などの滑稽本は、写実的な会話描写の文体に京伝の洒落本からの影響がみられる。京伝はこれらが「京伝自身がかつて創始した実情描写の洒落本と因縁のつながる生まれ変わりの心地がする」（本田康雄「京伝から三馬へ——描写法の展開」）と述べたのである。このほかにも三馬は、京伝のさまざまな作品を参照して自作に利用している。前述のとおり『腹之内戯作種本』（文化八年刊）は、京伝の『作者胎内十月図』と同趣向であり、この文化十一年にも京伝の『江戸生艶気樺焼』をふまえた『交無《まじりなし》たはけの安売《やすうり》』という黄表紙的な合巻を出している。また、京伝の考証随筆『近世奇跡考』にある記述や挿絵を利用して、『吃又平名画助刃《どものまたへいめいがのすけだち》』・『両禿対仇討《ふたりかぶろついのあだうち》』（共に文化五年刊）、『昔唄花街始《むかしうたくるわのはじまり》』（文化六年刊）、『却説《さてもそのち》浮世之助話《よのすけばなし》』（文化七年刊）、『万字屋玉桐とうらうの番付』（文化十二年刊）といった合巻を書いてもいる（二又淳「京伝と三馬の合巻」）。こういう面では、三馬は京伝の追随者だったと言ってよい。京伝はそんな三馬に親しみを感じこそすれ、決して悪く思ってはいなかった。文化八年三月十二日、三馬が両国橋向尾上町中村屋平吉方で書画会を催した時も、京伝は「前日よりの世話役」として加わっている（『式亭雑記』）。

髪結株の購入

京伝は、文化九年頃、百合の外叔母である盲目の尼を呼び迎えて扶養した。また百五十両を投じて、百合のために髪結の株を買った。月に「三方金」（三分、すなわち一両の四分の三）の利を生ずるものであった（『伊波伝毛乃記』）。それは自分が死んだ後の妻の生活を案じたためである。京伝は文化十年の春の末から半身が痛み、執筆には京山の助けを借りた。熱海で湯治もしたが、痛みは去らなかった。医師は「老年のうへ、アマリ気をこらし候故」（お年の上に、根を詰めすぎているため）と述べたという（文化十年閏十一月二十四日付、黒沢翁満あての京伝書簡）。

髪結の株は、いわば営業権である。寛政五年の町触によって、無役無札の髪結（もぐりの髪結）は禁止され、髪結仲間による統制が確立した。営業場所は固定し、町方に公認されることで場所株は値上がりを続けた。乾宏巳は、「一八世紀後半の明和・天明になると急速に値上がりしており、とくに一九世紀に入る文化・文政期になると何百両という高値になっていることが知られるのである。これはもう職人層の手が届くような金額ではなく、むしろ一種の投資として資力のある商人らが場所株の売買をしているのであろう。すなわち、場所株を所有しているものはその権利を髪結い職人に貸し付けて親方となり、そこから揚銭と称する場所貸付金を納めさせ、この揚銭収入は相当な金額になったとされている。髪結い組合というのはこのような場所株所有者の集合体であり、一般の髪結い稼ぎをする職人層は揚銭を収める立場であって組合の加入者ではなかったのである」と述べている（『江戸の職人』）。

実際に髪結の職を担う者（下職）が、髪結株を持っている株主に揚銭を上納し、それが株主の利になる。京伝が購入した株の場合、それが月に三分になったというわけである。

馬琴は『伊波伝毛乃記』に、京伝の金銭感覚について次のように書いている。京伝は算術が苦手で、商人には向いていなかったが、利をねらって得るのは上手だった。若い時から倹約を旨としており、自腹を切って衣服を買うことは稀であり、同じ服を長く着続けた。本は人に借りる。文房具は好まず、古画を好んだ。友人たちと一緒に外出する時、飲食費は割り勘にした。文化三年に家が火事に遭った時は、仮造作のまま、板塀を門に使い、屋根に蛎殻を敷いて住んでいた。その時の京伝の言い分は「読本流行するをもて、潤筆は初めに倍したり、こは家の美悪によるにあらず、家を造り更れば、財を失ふに急にして、利を得るに緩し、かくて在んのみ」（読本が売れて潤筆料は初めの倍になったが、これは家が美しいかどうかということとは関係ない。家を作り直せばお金はすぐになくなるが、利益はなかなか得られないものだ。このままにしよう）というものだった。京伝は「貸さず、借りず、其性施しを好まざれども、又貪ることもなし」という性格で、「貨殖の人」めいたところがあったという。

京伝と馬琴の会話

ところで『伊波伝毛乃記』によれば、髪結株の購入をめぐって、京伝は馬琴に次のように述べたという（現代語訳で示す）。

自分には子どもがいないが、京山には何人かいるので、父祖の血筋が絶えることはない。だが百合のために後々の準備をしておかなければならない。そこで株を買った。財産があれば生涯安心してすごすことができよう。私が死んだ後、妻がおちぶれて困窮したら、世間の人は必ず「あの人は京伝の妻だったのにね」と言うだろう。これは私の死後の恥というだけではない。百合は家事もよくしてくれる。彼女の生涯のために私が準備をしなかったら、彼女は誰に頼るというのか。あなたならどうする。

馬琴はこう答えた（現代語訳で示す）。

財産があっても後継者が決まらなければ、親族は遺産を争い、ついには家がだめになるということが昔からある。あなたが奥さんの老後を思うなら、あなた自身が長生きするほかない。（略）財産を残すのは後に心配ごとを残すようなものだ。私には男女の子どもがいるが、財産を残す余力はない。まして妻の老後を思う余裕もない。

だが文化十三年に京伝が急死した後、残された百合の暮らしは京伝の願ったような安らかなものにはならなかった。『伊波伝毛乃記』には次のような記事もある（これも現代語訳で示す）。

京伝は多額の遺産を残したが、京山は兄嫁とうまくいかず、遺産を封じて親戚に預けた。（略）京伝の一周忌にあたり、百合は豊国に頼んで京伝の肖像を描いてもらい、これをまつって京伝の旧友を招き饗応した。百合の言動はおかしくなっていた。四月から京坂と伊勢に出かけていた京山は十一月に戻り、兄嫁が「心神狂乱の如」くであり、去年来の京伝店の損失は八十両に及んでいること、今自分が家を継がなければ亡き兄の苦労が水の泡になるであろうことを親戚や旧友に告げ、十二月に妻子を伴って京伝の家に移り住んだ。錯乱した百合は物置に入れられ、日夜恨み言を述べながら文政元年二月に亡くなった。（略）文政元年の春、京山は兄の遺産を継いで家を改築し、初秋に落成した。

このような京山の行動を、馬琴は好ましく思わなかった。鈴木牧之にあてた文政元年七月二十九日付の書簡には、「京伝後室狂乱つのり、右病中より、京山子母やへ引移り、程なく後室は没し申候。則此節、美事に家作いたされ、当廿六日見せびらきのよし、及承候。京山子とも、年来懇意に候へども、兄貴とは少々気質もちがひ候故、さのみ入懇にはいたし不申候」（京伝さんの奥さんは狂乱がつのり、その病気のさなか、京山さんは母屋に引っ越し、それから間もなく京伝さんの奥さんは亡くなられました。最近、京山さんはみごとに普請をして、今月二十六日に改築披露があったと聞いています。京山さんとも、年来の知り合いですが、兄の京伝さんとは性格も違い、さして親しくはしておりません）と記し、同じく十月二十八日付の書簡にも「京山子、母屋相続之事につき、世評甚わろく御座候。之には、いろいろ長物語有之候へ共、人の噂は無益の事にて、且つ憚あれば、得不申候」（京山さんが母屋を相続したことについて、世間の評判はきわめて悪い。これにはいろいろ長い話もありますが、他人の噂をするのは無益なことで、憚りもありますので申し上げません）と記している。

『伊波伝毛乃記』の意図

馬琴の『伊波伝毛乃記』（文政二年十二月成）は、京伝の死を悼む友人の求めに応じて「年来見聞する所を書あつめ」たものだというが、京伝の評伝というだけでなく、暗に京山を悪者として描く意図がかいま見えることも指摘されている（徳田武「『伊波伝毛乃記』論」）。「伊波伝毛乃記」は「言はでもの記」である。京伝の出自や性格、価値観などをあからさまに書いていることに加えて、京伝没後の京山のふるまいなど表沙汰になるべきものではない事柄にも言及しているゆえに、馬琴はこういう題名をつけたのである。

後に馬琴は、友人の小津桂窓からこの書の閲覧を求められ、貸し出しを承知しつつも「但し右之書は、はばかり候筋も有之候へば、是迄窓外江不出候。只壱二の親友江ひそかに見せ候のみにて候。其ゆえは、京山当年七十二三才にて、小子とは絶交同様にて過行候得共、第一彼人抔江はばかり候得ば、遠方飛脚便抔にては出しがたき秘書に御座候」(この本は憚る筋もあり、これまで門外不出でした。一、二人の親友にこっそり見せただけです。その理由は、今年七十二、三歳になる京山と私とは絶交同様の状態が続いておりますが、第一にこの人などへ憚りがあるのです。遠方に飛脚便で送ることはできない秘密の本です) と答えている (天保十二年正月二十八日付書簡)。

『伊波伝毛乃記』に京山を非難する意図がこめられているとすると、前述の京伝と馬琴の会話も深読みするべきかもしれない。徳田武は「なまじっか財産を残すと親戚に横領され、百合の手に渡らない場合が出てくるから、金のことよりもあなたが長生きすることを考えろ、といったのである。この親族とは誰を想定していっているのだろうか。後の部分で京山が岩瀬家をわが物にすることを書いているのを思い合わせれば、京山を想定していることは明瞭である」と解釈している (前掲論文)。

『伊波伝毛乃記』にはこんな話も書かれている。

ある日、馬琴が京伝宅を訪れたところ、京伝は湯島天神参詣のため留守であった。馬琴はしばらく百合と雑談した。その時、百合が次のように言った。「良人嘗妾に謂て云、吾が旧友の中、馬琴子は文墨に才あるのみならず、世事時務のうへに智慮あり、吾もし万一の事ありて、汝決断しがたくば、彼人に問へ、といひき」（夫がかつて私に言うには、自分の旧友のなかで馬琴さんは文筆の才能があるだけでなく、世の中のこともよくわかっている。自分に万一のことがあって判断に困ったら、かれに相談しなさいと言っていました）。馬琴はこれに答えず、他事に紛らして帰った。

京伝が馬琴に信頼を寄せていたという話であるが、これについても、京山の名前が全く出てこないところに「京山は頼りない」ということを言わんとする意図があるのではないか、とする解釈がある。「京伝がかかる指示を与えたことは、親族には後事を託せる者がいないということを意味する。ありていにいえば、京山は頼みにできない、ということである。馬琴はこのような遠まわしのいいかたに拠って、京山の頼りにならないことを伝えようとしている」（徳田前掲論文）という説や、「馬琴は京伝の評伝を述べて結局自らを語る人物だと考えられるが、虚構をもって京伝を語ることをしたとは考えられない。百合がオーバーに話していたとしても、京山の養家を二度替り、ついに京伝に寄って戯作や篆刻を事とするに至った生き方を考えると、京伝には百合の将来を託するには、京山はあまりに頼りない弟に映っていたのではあるまいか。百合のために髪結いの株を購っておいた処置からも、京伝の後顧の憂いが察せられるように思われる」（中山右尚「京伝・京山不和説の実態は」）という説である（京山は青山家を退身後、書家佐野東洲の婿養子となるが文化三年頃に離縁している）。

京伝は弟をどう見ていたのだろうか。京山の初めての合巻『復讐妹背山物語』（文化四年刊）には京山披露目の図があり、京伝は画工や板木師とともに顔を出して読者に挨拶している（二二五頁図版参照）。その後も京山の合巻『昔語《むかしがたり》紫色挙《ゆかりのいろあげ》』（文化六年刊）に序を寄せ、急死の前年、文化十二年刊行の自らの合巻『女達磨之由来文法語』のなかにも「ついでながらわたくし儀弁におとと京山儀もいく久しく御ひいきをひとへにひとへに奉願上候」と記し、弟を引き立てている。独り立ちして八年目とは言え、京山の戯作者としての経験は自分に比べればまだ浅い。この時もまだ、京伝は弟の将来を案じていたのかもしれない。また、九つ下の弟はいくつになっても頼りなく見えた、ということもあるだろう。

実際の京山はどうだったのだろうか。津田真弓によれば、京山は文化八年に京橋立売の新居に移り、その頃には合巻作者としても、毎年兄にひけをとらない数の作品を書いていた。京伝が急死した文化十三年の時点では、経済的に困っている状況ではなかったという（『江戸絵本の匠　山東京山』）。

京伝の死後、百合の言動がおかしくなったという『伊波伝毛乃記』の記事が事実だとすれば、それまでも店の経営に携わっていたらしい京山が（寛政十二年刊『山東弌凮煙管簿』には「偖京山子《さてけいざんし》は主管《ばんとうかぶ》。是も丈夫な一本つかひ」と書かれていた）、百合に店の経営を任せきりにするのを危ぶみ、自ら店を継ぐことにしたとしても不自然ではない。津田は「百合が狂気を帯びたこと、京山一家が実家に乗りこんだことをもって、にわかに京山が兄の家を乗っ取ったというような認識を持つのは早計なのではないだろうか」と述べている（前掲書）。

とは言え、馬琴が京山への不信感をつのらせたのは事実である。馬琴は『伊波伝毛乃記』のなかで京伝の性格や価値観などを時に辛辣な筆致で記しているが、「京伝は文墨にさかしく、狂才あるのみならず、世俗の気を取ることも亦勝れたるに、天稟の愛敬あればにや、其運も微ならず、すること毎に人気に称へり」とか「凡戯墨を以名を知らるるもの少からず、然れども、戯作によりて学の進みしものはあらず、只京伝のみ、凡娼妓に惑溺して、産を破る者多し、然れども、娼妓に惑溺して、貨を殖すものはなし、只京伝のみ、今この両事を以、其人となりを思へば、亦是一個の畸人なり」というように、惜しみない賛辞も贈っている。鈴木牧之あての書簡（文政元年七月二十九日付）にも「京伝子は世のゆるせし才子也。戯作者はじまりて後、彼仁の上に出候もの無之様に覚申候。拙者は、戯作はつけたりにて、及び不申候。第一世俗のひいき、彼仁は十分也。をしき人に御座候」（京伝さんは世間が認める才子です。戯作者というものが始まってから、かれより優れた人はいないように思います。私は戯作はつけたしで、京伝さんには及びません。第一、世間の人々の贔屓が京伝さんには十分にあります。惜しい人でした）と書いている。馬琴にとって京伝は、何といっても戯作の先達であった。

そういう馬琴の眼には、京山は京伝の七光りで戯作者となり、京伝の死後はその遺産を兄嫁から取り上げた、許しがたい人物に見えたのかもしれない。馬琴は『伊波伝毛乃記』と『著作堂雑記』に、伝聞と断りつつ、京伝と弟妹たちの関係を異父兄弟ないし異母兄弟とする説を書いてもいる（前述）。これはあくまで憶測だが、馬琴は並はずれた才気の人である京伝と京山が半分しか血縁関係にはないことを示す意図もあって、そのような説を書いたのかもしれない。

2　最後の読本

西村屋与八

京伝最後の読本となる『双蝶記』は、文化十年九月に西村屋与八から出版された。

西村屋は地本問屋の老舗である鱗形屋の二男であり、常に「板元は作者や画工にとっては得意先である。潤筆を送ってその作品を出版し、作者・画工の名前を世間に広めているのだから、作者・画工のほうから出版してくれと請うべきだ」と主張していた。これを聞いた京伝が歌川豊国を紹介者として「自分の作を刊行してほしい」と言ったところ、西村屋は異論なく引き受け、京伝の草双紙を出版し始めた。当たり作もあったので親しい付き合いとなり、文化三年に京伝の家が火災に遭った折も、西村屋から相応の贈り物があり、冬と春の夷講には京伝と豊国を必ず招いたという（『江戸作者部類』）。

実際には、西村屋が出版した最初の京伝作品は合巻『於六櫛木曽仇討』（文化四年刊）であり、『江戸作者部類』の記事には馬琴の思い違いがあるようである。文化三年の火事の後、京伝は仮造作のまま屋根に蛎殻を敷いて住んでいた。『敵討《かたきうち》　鵆《ちどりの》　玉川《たまがわ》』（文化四年刊）に記された京伝店の広告には「かきがら屋根、黒塀を目印に御出可被下候」とあり、『腹筋逢夢石』二編（文化七年秋刊）の序文にも「所はお江戸の通り町、お上《のぼ》りなれば左の方、お下《くだ》りなれば右の方、気根は問屋の読書丸、蠣《かきがら》売屋根を看板に、作者と商人二扮《あきびとふたやく》を、独《ひとり》舞台の安隠士《やすいんし》」とある。火事から四年経っても、まだ蛎殻屋根のままだったのである（林美一『腹筋逢夢石』）。

さて、文化五年刊行の京伝の合巻には、『双蝶記』の原型とみられる作品の広告がある。『双蝶記』の表紙には「双蝶記　一名霧籬物語」と記されているが、広告題は「本朝売油郎　一名夕霧物語」「夕霧物語」「夕霧発心記」「夕霧絵詞」「霧籬物語」と変転している。このように長らく「夕霧」云々の題名で広告されてきたために、京伝の新作読本を待ち望む読者たちは、この作品に「夕霧伊左衛門」の世界の人物・遊女夕霧が登場するものと期待していた。馬琴は『双蝶記』を読んでただちに批評書『おかめ八目』（文化十年九月三十日成）を書き、そのなかで次のように記している（現代語訳で示す）。

この作品は「霧の籬」と題し、遊女夕霧のことを書く旨を四、五年前から毎年、新作の合巻で広告していた。ゆえに世間の女性たちは、きっと夕霧の話だろうと思っていたが、意外にも「吾妻余五郎」の物語だったので、最後まで「夕霧はまだ出てこないのかしら」と登場を待つ気分だった。疎い読者は読み終わってからも「残念なことにまだ夕霧の話が出てこない。後編にはあるのでしょう」などと言う者もいたという。思うに、何年もたつうちに、夕霧の話を扱った合巻が二作ほど出版されたので、「吾妻」の話に作り替えたのだろう。

『双蝶記』は、京伝の腹稿ができてから二年ほどして発売に至ったという（『江戸作者部類』）。京伝が執筆に時間をかけることができたのは、西村屋が地本問屋と書物問屋を兼ねていて、財力があったからだと推察されている（大高洋司「『双蝶記』の明暗」）。かつて『浮牡丹全伝』を出版して破産に追い込まれた住吉屋は、貸本屋出身の板元だった。京伝は『双蝶記』の序文のなかで、作品を「婿をたづぬる嫁《よめ》」にたとえ、「板元は親里なり。読《よん》でくださる御方様は壻《むこ》君なり。貸本屋様はお媒人なり」と、貸本屋を持ち上げている。だが馬琴は、このくだりを「すべてすべて、作設《つくりもうく》ることは、意《こころ》になきことといふものなれど、かばかりにかし本屋を敬ふ心なきことは、なべての人もしるなれば、弄するとのみおもふめる」（作品の中では心にもないことを言うものだが、それほどに貸本屋を敬う気持ちがないことは皆知っているのだから、ふざけていると思われるだろう）と批判している（『おかめ八目』）。

『双蝶記』の構想

京伝は『双蝶記』のだいたいの構想ができたところで、次のように西村屋に語ったという（『江戸作者部類』）。

近比曲亭などのよみ本を見るに、婦女子の耳に入りがたきこと多かり。畢竟その文、和漢と雅俗を混雑しぬるをもて、体裁をなさざるもの也。己レこたびの双蝶記は、吾妻与五郎の事を旨としたる世界にて、世話狂言といふものに似たれば、をさをさ雑劇の趣に倣ふて詞は今の俚語をもてすべし。しか綴るときは婦女俗客の耳に入らざることなし。そのたのしみ八しほに倍すべし。この書一たび世に行れなば、必後のよみ本の面目を改むべけれ

（近頃の馬琴などの読本は、女性にはわかりにくいものが多い。和漢・雅俗のことばが入り交じった文章になっ

ている。今回の『双蝶記』は、「吾妻与五郎」を主な世界として、歌舞伎や浄瑠璃の趣にならい、せりふは俗語で書く。そうすれば女性や大衆にもよくわかるだろう）

これを聞いた西村屋はますます頼もしく思い、京伝の読本の売り出し時期について売り子などに尋ねられると「今回の読本は山東京伝さんが作者の面目を新たにしようと思って書いたものなので、売れることは疑いない。見ていてご覧なさい、今後、諸作者の読本の作風は変わるでしょう」と誇らしげに答えていたという。

「吾妻与五郎」の世界というのは、浄瑠璃『双蝶蝶曲輪日記《ふたつちょうちょうくるわにっき》』や『山崎与次兵衛寿の門松《ねびき》』で知られる遊女吾妻と恋人山崎与五郎をめぐる物語である。これを題材に書くという京伝の腹案に西村屋が喜んだのは、この板元独特の事情も関係していると思われる。西村屋が読本を初めて出版したのは、読本出版が最も盛んだった時期から少し遅れた文化八年のことで、その作品は浄瑠璃本の様式を模した『勢田橋竜女本地《せたのはしりゅうにょのほんぢ》』（柳亭種彦作）だった。佐藤悟によれば、文化五年の西村屋の株板目録には浄瑠璃本が列挙され、末尾に「右、私方株板絵入読本板木、今に所持仕候に付、山東京伝、歌川豊国以画作、増補追々出板仕候」（右は私の店で株板として所有する絵入読本であり、京伝と豊国の画・作を以て、追々出版します）と記されている。浄瑠璃本も西村屋にとっては「絵入読本」だった（「地本論」）。このような板元であればこそ、京伝の腹案に期待をかけたのだろう。

『双蝶記』の冒頭には「書名を双蝶記と号《なづくる》ゆゑは、二ツ蝶々といふ傀儡の戯曲にもとづきてつくればなり」とあり、事実、登場人物の名前は浄瑠璃『双蝶蝶曲輪日記』に基づいている。しかし筋立ては、町人の世界を描く『双蝶蝶曲輪日記』とは異なり、南北朝を舞台とする武士たちの物語に書き換えられている。本文は、情景描写の文章や登場人物のせりふなどが浄瑠璃や歌舞伎のような文体で書かれており(井浦芳信「『双蝶記』と『おかめ八目』」)、口絵の登場人物像は読本には珍しく、歌舞伎役者の似顔絵が使われていた。これらは京伝が「後のよみ本の面目を改むべけれ」と意気込んだ工夫であったと思われる。だが意欲とは裏腹に、世評は良くなかったらしい。

馬琴による批評

馬琴は『江戸作者部類』に、「この双蝶記は、趣向の建ざま歌舞伎狂言めきたるすらいかにぞやと思ふに、出像《サシエ》豊国画も都て哥舞伎役者の肖面《ニツラ》にて、読本にふさはしからず。且物語の中なる詞に、さやうでござりますなどいふこと多くあれば、あまりに今めかしくそらぞらしくておかしからずといふのみ也ければ、思ふにたがひてその本多売れず。板元の胸算用そらたのめになりしとぞ」と記し、趣向の立て方が歌舞伎めいていること・登場人物の顔が役者の似顔絵で描かれており読本にふさわしくないこと・台詞が「あまりに今めかしくそらぞらし」いことが、不評の理由であったとする。また『おかめ八目』では、「この作意、只今の歌舞伎狂言を旨として、見物の目先を専一にすと見ゆれば、却て物語ぶみには、興のさむることおほかり」(今の歌舞伎などを旨として、読者の目先を引きつけることのみを意識しているようで、物語としては興ざめである)、「作者の大意は、今流布の文談にならはず、雑劇の趣を旨として一体をなすもの歟、好事のものはをかしと思ふもあるべし」（作者の意図は、今流行の文談には倣わず、雑劇めかして書くところにあるらしい。好事家には、これを面白いと思う人もいるかもしれない）などと批判し、「趣向あまりに歌舞伎めけば、人情にこたへぬ也、かかる趣をのがれて書が、昨今の流行なるべし、この作者さばかりの才子なれども、四五年かかる物語を綴らざりしかば、流行におくれたるにや」（趣向があまりに歌舞伎めいているので人情に訴えるものがない。そうした趣向を避けて書くのが最近の流行であろう。この作者は才能がある人なのに、四、五年読本執筆から遠ざかっているうちに、流行に遅れてしまったのではないか）とも書いている。

馬琴にも歌舞伎や浄瑠璃で知られた話に取材した読本はあるが、かれ自身は従来の演劇趣味を乗り越えたところに自らの読本の世界を拓こうとしていた（水野稔「江戸小説と演劇」『江戸小説論叢』所収）。馬琴は『双蝶記』を批判するばかりでなく、式亭三馬の読本『阿古義物語《あこぎものがたり》』（文化七年刊）や柳亭種彦の読本『綟手摺昔木偶《もぢてすりむかしにんぎょう》』（文化十年刊）についても、それぞれ『驪鞭』『をこのすさみ』という批評書を書いて、演劇めいた表現や状況設定を批判している。

合巻めいた読本

『双蝶記』は、「京伝読本に通有の弊で、装幀は美麗であり、場面〳〵の趣向には気の利いた面白いものが多くても、部分に力を注ぐあまりに全編に亘る主筋（本作の場合は、南北両朝の武家の抗争）を貫く力が弱く、人物と話とがいたずらに錯綜し、主筋を把握することが難しいことが、不評の原因であったのであろう。更に馬琴の言葉を用いていい換えれば、勧懲正しからずで、南北両朝のいずれを正統とするのか、主人公は与五郎であるのか、南余兵衛であるのか、それとも動之助であるのか、判然としないからであろう」（徳田武『山東京伝全集』解題）と言われている。だが、この作品は単なる失敗作で片づけてよいものではない。「後のよみ本の面目を改むべけれ」という意気込みは、作品のどのようなところに反映されたのだろうか。

　京伝は作中に『双蝶蝶曲輪日記』の「双蝶」こと濡髪長五郎と放駒長吉を登場させない代わりに、「濡髪」という名笛と「放駒」の細工のある小柄《こづか》を出して、その名前を利かせている。作中で「双蝶」に相当するのは小蝶（吾妻）と蝶吉（動之助）の姉弟である。大高洋司は、この姉弟が物語全体に関わる「枠組み」のような存在であるとし、『双蝶記』の構成面の特色として

①小蝶・蝶吉が「枠組み」であることに、読者が簡単に気づく書き方をしていない
②場面転換が多く、各挿話にはほぼ必ず正体不明の人物が登場する
③登場人物を最初から善・悪に分けず、誰しもがその両面を持ち得る不分明なものとしている

という三点をあげている。そして、これらの特色は結果的に物語内容をわかりにくくしているが、①は「読本的枠組が作品世界に常に覆いかぶさり、筋の進行を全てに優先させる、そのパターン化された息苦しい仕掛け」からの脱出であり、②と③は予定調和的展開を避け「読者に作品世界への積極的参加を促」すための工夫であると解釈している（「『双蝶記』の明暗」）。

　ところで、これらのことがらのうちのいくつかは、合巻にも共通する趣向や、傾向である。例えば『双蝶蝶曲輪日記』が典拠であることを題名でほのめかしつつ、主要人物の濡髪長五郎と放駒長吉を登場させず、小道具の名前に転用する趣向、これを京伝は既に合巻『伉侠《おとこだて》双蛺蜨《ふたつちょうちょう》』（文化五年刊）

でも用いていた（この作品には小道具として「双蝶の目抜き」を出している）。『双蝶記』の趣向は、これの再利用だったと言える。また『双蝶記』に濡髪と放駒が登場しない理由は、この作品の少し前にやはり『双蝶蝶曲輪日記』に取材した自作の合巻『春相撲花之錦絵』（文化九年八月稿成、十年新板）が出版されており、そこで濡髪と放駒を登場させていたことも関係すると思われる。

また、前掲の特色②、場面転換が多く謎の人物が登場する点は、この頃の京伝の合巻にも見られる傾向である。文化十年刊の京伝の合巻は、「一篇の構成の上に伏線的存在を加える手法が濃厚になっており、素姓明らかでない疑問の人物が市井にあって任侠的性格を持ち、後に陰謀の主人公または陰謀討伐の立役としての全貌をあらわすというような仕組が目立」つと言われている（水野稔「京伝合巻の研究序説」『江戸小説論叢』所収）。さらに言えば、馬琴に批判されたことがら——登場人物を歌舞伎役者の似顔絵で描くことや、場面の演劇的演出、「今めかし」い会話文なども、当時の合巻では珍しくない。『双蝶記』は、いわば合巻に近づいた読本だったのである。

京伝の読本観

文化年間は、読本と合巻が娯楽小説の二大ジャンルとして確立されていく時期だった。『双蝶記』は商業的には失敗作だったかもしれないが、京伝は馬琴とは異なる方向で読本のあり方を模索していたと言える。馬琴は『曙草紙』と『善知安方忠義伝』が京伝読本の中で最も好評だったと記している（『江戸作者部類』）。これらの作品が女性や子どもの読者を念頭に置いて書かれていたことは既に述べた。合巻も同じ読者層が想定され、京伝はそこで演劇に取材した内容を口語や七五調を多用する文体で書き、挿絵には役者似顔絵を用いて成功をおさめていた。読本でも演劇に題材を求め、七五調の文体を取り入れてきた京伝は、『双蝶記』ではそのやり方をいっそう押し進めて――つまりは合巻と同じようなやり方で、作品づくりをしたのである。

『双蝶記』の冒頭には「素童《もとよりわらはべ》をなぐさむるのみなれば、俗耳にとほき雅言を好《このま》ず。無下にいやしき言《ことば》をもてしるしつ」（子どもの娯楽であるから、わかりにくい雅言は使わず、あえて卑しい言葉で記した）という一文がある。これは『曙草紙』の「例言」に「卑言を用、且一向児女の聴を喜しめんと欲して、形容潤色に過たる言《ことば》をくはへ」たとあることとほとんど同じである。女性と子どものための読み物、というのが京伝の読本観であり、また合巻観でもあった。後に石塚豊芥子は、京伝の読本と合巻について「翁が著述せる草冊子、読本共に、文体一風にて、すらすらとして女童にも読得やすく、尋常は聞もなれざる奇語、見も習ざる僻字をおほく用ひず、画割の工風おもしろく、目前かはりたる事を専として、粉骨もまた格別なれば、行れしも宜なるかな」（『戯作者撰集』「山東京伝」）と賞賛している。

3　身は骨董の骨とこそなれ

黒沢翁満への書簡

文化十年頃、桑名藩士の黒沢翁満《くろさわおきなまろ》から、戯作を出版したいという相談が京伝のもとに寄せられた。京伝は翁満あての書簡（文化十年閏十一月二十四日付）のなかで、思いとどまるよう助言している。

御戯作板行に被成度、先達て被仰聞候所、十ケ年程以前より、板本類の儀厳重に相成、作者実名を草稿に書付致、懸り名主へ差出し致受、本屋行事大帳へ記し、彫刻の上、摺本御上え差上、売買仕候事にて、万一世間雑談噂事に暗合仕候へば御ただし御座候て、品により御名前の出候事も御座候間、此儀は御無用可然奉存候、已に私儀は十四五年以前、板本の儀に付御とがめをかうぶり候事も有之候故、別て万事相つつしみ、をりをり心痛仕候、私幷に京山などは渡世に仕候間、無是非著述板行仕候へども、実は安心不仕、万事に心を付候事に御座候、板本の御定法は至ておもき事に御座候間、御無用可然奉存候、是は内々御心得のために奉申上候

(戯作を出版なさりたいとのことですが、十年ほど前から検閲が厳重になっています。草稿には作者の実名を書いて名主に提出し、行事はそれを台帳に記し、刷り上がった本はお上に差し上げます。もし世間の噂話などに暗合する内容であれば糾明され、あなた様のお名前が表沙汰になることもありましょう。おやめになったほうがいいと思います。私などは十四、五年前にお咎めを受けましたので、万事に慎み、気を遣っております。私や京山などは世渡りのために仕方なく著述し、出版していますが、内実は心休まることはなく、万事に気を遣いながらやっております。版本についての御定法は重いものですから、おやめになったほうがよいと思います)

検閲の厳しさと筆禍の危険性を説明し、自分や京山などは「渡世」だから仕方なくやっているのだと述べている。翁満は寛政七年(一七九五)生まれで、文化十年(一八一三)当時まだ十八歳であった。武士としての前途を思っての忠告といってよい。京伝は翌文化十一年五月にも、次のような手紙を送

っている。

愚老若年の頃より戯作に志し、あたら月日を空しく過し候事、只今後悔仕候につき奉申上候、若年の頃より実学に志し候はば、唯今頃は少しは其道をもたどり可申を、戯作にて虚名をむさぼり候事、本意ならず奉存候、一家を起し名を成すべきものは和学にて御座候と存候、どふぞ和学を御志し可被遊候様に奉存候、御学被遊候はば一家を御成し可被遊と奉存候、愚老などは、老て左様に心付候間、晩学にて益に立不申、殊更戯作を渡世に致すやうに相成、米櫃菩薩建立の為なれば、せんかたも無く候、若き時ははやく名を発する事に而已志し候て、実学にて名を取らぬ事後悔に存候、依之、実学を御すすめ申上候、かく申上候も老のひがごとか

（私は若い頃から戯作を始め、月日をむなしく過ごしたことを後悔しています。実学を志していれば、今頃は少しはそちらの道も歩んでいたことでしょう。戯作で虚名をむさぼったことを不本意なことと思っております。一家を起こし、名をなすべきものは和学と存じます。和学を志して学ばれれば一家をお成しになることと存じます。私などは老いてからそのことに気づきましたので、晩学で役に立ちません。戯作を渡世とするのも生活のためですので、致し方ありません。若い時は早く有名になりたいとばかり思い、実学で名をなさなかったことが悔やまれます。だから実学をおすすめするのです。こんなことを言うのも老いのひがごとでしょうか）

京伝は戯作の代わりに和学・実学に取り組むようすすめている。和学者村田春海の『和学大観』に

よれば、和学とは①国史実録の学②律令典籍の学③古典を解釈する学の三類からなる。また紀淑雄『小山田与清伝』には「和学は考古学の謂ひ、其の目的は古代の事と詞とを考証するに在り。考証は実に和学者の職分なりと思ひたるは、独り与清のみならず、当時和学者一般の思想なりしが如し」（和学は考古学のことで、その目的は古代の事柄と言語とを考証することにある。考証は和学者の仕事だと考えたのは与清だけでなく、当時の和学者一般の考えであった）とある（山本和明「京伝と和学」）。

翁満は後に国学者となるが、学問の道を進む決意をしたのは、京伝のこの書簡を読んだからだという。後年、翁満は「此消息を得てよりぞ、かつがつも思ひ立て道の尊さをも知そめにき、故《われ》この岩瀬氏ぞ誠に我魂の親なれば、常におろそけには思ひたらず」と書いている（渡辺刀水「山東京伝と黒沢翁満との交渉」）。

ところで翁満は、京伝から実学を勧められた件を、馬琴に知らせたらしい。翁満あての馬琴の書簡（文化十二年六月二十四日付）には、次のようにある。

京伝子、かねがね実学御すすめ被申候に付、狂歌を思召すてられ、本歌を御嗜み被成候由、御教示之趣、承知仕候（略）不佞、京伝子とは、三十年来之友に御座候へ共、近年多病に罷成候へば、一年の面会、一両度に不過候間、絶て御噂も承り不申候。彼人は好事学を嗜み被申候へども、経書史伝に意を得られ候様に者存不申、いかなる故に実学をすすめ被申候哉、一トたびはいぶかしく、又一トたびは感佩仕候

〔京伝さんが実学をお勧めになって、あなたは狂歌をおやめになり、和歌をたしなまれているとのこと。〔略〕私は京伝さんとは三十年来の友人ですが、最近病気がちであるため、一年のうちに会うことは一、二回に過ぎません。あの方は好事学をたしなんでおられますが、経書・史伝に意を得ておられるようには思いません。どうしたわけであなたに実学をお勧めしたのか、いぶかしく、また感心もしております〕

「好事学」は、ここでは京伝が古物に関心を寄せて考証に励んでいることをさしているのだろう。京伝の考証の方法は資料に基づく実証的なもので、和学における考証の方法に通じるところがあるが、研究対象は前掲『和学大観』にいう三類のどれにもあてはまらない。京伝自身は「吾は素より経書史伝を読ざりければ、儒に成べくもあらず、又国学をもて更に名を成さんと思へども国学にも名哲前輩多かれば、企及ぶべからず。只二百年前後民間の風俗古書画の事などをよく考索して、さる書を後世に貽さば、戯作の足を洗ふに足らん」（自分は経書や史伝を読まないから儒学者にはなれないし、国学で名を成そうと思ってもその分野には名だたる先輩が多いから、自分には到底及ばない。二百年前の民間の風俗や古書画のことをよく考証して、そうした研究書を後世に残せたら、戯作の執筆をやめるに価すると思う）と述べていたという（『江戸作者部類』）。

考証の意義　京伝は近世初期風俗の考証に情熱を傾けていた。文化十二年頃、京伝は馬琴あての書簡のなかで、「戯作の執筆には意欲が湧かないが、考証随筆を書くのは楽しみだ」と記している。原文を引用しよう。

私なども、近来耳目心気ともに漸々おとろへ候様にて、著述などの心は少しもなく候得ども、これもせねばならぬせつなし業と存候へば、ますますいやに相成候。好古の癖故、随筆などは少したのしみにも相成候へども、これは手間斗り懸りて、かへつて嚢中のためあしく、両様よき事はとかく無御座候。若年の比、老後をおもはず苦行せざりしを後悔のみ仕候

（私も最近は耳、目、心気ともにだんだん衰えてきて、執筆する気など少しもありません。やらなければならないことと思うと、ますます嫌になります。古いものが好きなので、随筆などを書くのは少し楽しみですが、これは手間ばかりかかって利益はありません。どちらもよいことというのはありませんね。若い頃に老後のことを考えず、苦労しなかったのを後悔しています）

文化十一年十二月には、『骨董集』上編前帙上・中巻を、翌年十二月には同じく上編後帙下巻を上梓した。近世初期の庶民の暮らしや習慣についての考証をまとめたもので、大田南畝が序を寄せている。

「おほむね」には、考証に関心を持つようになったきっかけについて、「質朴《スナホ》なるいにしへのありさまをまねび。衣服。飲食。調度やうのものまでも。身のほどにすぎたることなかせそ。といへのめこらにをしへさとさんとてしつるを」（素朴な昔のありさまを学び、衣服・食べ物・調度品までも身のほどを過ぎてはならないと、家の者たちに教え諭そうと思ってしたことである）とある。『近世奇跡考』（文化元年刊）の「凡例」にも「此書すべて、よしなしごとをかきつけたるものにはあれど、今にありて百歳《ももとせ》のいにし

へを見、昔の質素をおもひて、費《つひえ》をはぶかむには、すこしくもちうる所なきにしもあらじ。もし後の世に、今をいにしへとしてしたふ人あらば、いささかかうがへの便あらむ歟」（この書はつまらぬことを書きつけたものだが、今から百年前の昔をながめて当時の質素な暮らしを想像し、贅沢を改めるには、多少の参考ともなるだろう。もし後世に今の世を昔として慕う人がいたら、参考になることもあるだろう）という一節があった。たかだか百年前のことではあっても、庶民の暮らしや風俗・習慣は時と共に変化し、忘れられていく。昔の質素な生活を知れば、贅沢を改め、分相応な暮らし方ができるようになる。ゆえにそれらを掘り起こし、研究し、記録することに意義がある。そのように京伝は考えていた。寛政二、三年頃から黄表紙のなかで繰り返し述べてきた〈分相応を知る〉という考え方が、考証に取り組む姿勢のなかにもあったのである。

「いにしへを見」る手がかりとして、京伝は絵画資料を重視した。『近世奇跡考』にも菱川師宣らの絵を「その代のおもむきをもてかけるは、いにしへをまのあたり見るごとき事ありて、証とすべき事おほかり」と記している（前述）。文化五年六月には、多様な職業・階層の人々の図像を描いた人物図巻（寛政五、六年頃の成立）に「抑此一軸を見しは、十とせあまり四ツ五ツを過たる前のことにして、今の目をもて見れば、風俗のかはりたる事すくなからず。わづかの年を過るさへ、かやうに、物のかはれる事おほかれば、もしもとせの後の人、此うつし絵を見は、今の目をもて、岩佐菱川が絵を見るここちこそすべけれ。かかるよしなきざれ絵も、時の風俗を見んには、たよりなきにしもあらざるべし」（この軸を見たのは十四、五年前のことだが、今見ると様子の違っているところが少なくない。わずかの年月を経るだけでも、このように多くの事が変化するのだから、もし百年後の人がこの絵を見たら、今の目で岩佐又兵衛や菱川師宣の絵を見るような気分になるだろう。このような戯れ絵も、その時代の風俗を知る便りとなることがないわけではない）と記し、図像の一つ一つに短い解説を書きつけた。この絵巻の画工は不明だが、初代歌川豊国画とする説と（安井雅恵「山東京伝の肉筆画について」）、絵も京伝によるとする説（『珠玉の日本美術』）とがある。

資料の提供者たち

京伝の考証活動は、多くの協力者によって支えられていた。『近世奇跡考』と『骨董集』に掲出されている古画・古物の図には、原資料の所蔵者として、木村太朝・蕙斎（鍬形蕙斎）・談洲楼（烏亭焉馬）・武清（喜多武清）・杏花園（大田南畝）・曳尾庵（加藤曳尾庵）・写山楼（谷文晁）・柳塘館（竹垣柳塘）・著作堂（曲亭馬琴）・伊勢桑名翁麻呂（黒沢翁満）などの名前が見える。

京伝は『骨董集』で雛遊びや雛人形の考証に力を入れており、黒沢翁満は桑名に伝わる「姫瓜節《ひめうりのせっ》供《く》」と「髪葛子節供《かづらこのせっく》」の資料を提供している。それらは上編後帙下巻の巻末に「追加」として掲載され、「此事は伊勢の桑名の。翁麻呂ぬしのもとよりいひおこせたり。此巻をかきをへたるのちなれど。いにしへの質素のなごりを見るべきものなれば。いささか考へをくはへてかきのせつ」と記されている。翁満あてに、地方に残る古物について考証したいので資料を提供して欲しいと書き送った書簡が残っており（年次不明）、翁満はこれに応えたものと思われる。

協力者の一人である竹垣柳塘（直清）は、安永四年（一七七五）生まれの幕臣である。寛政八年（一七九六）に勘定、文化元年（一八〇四）に小普請方となり、文化十一年に父を継いで代官となっている（寺田登校訂『江戸幕府竹垣直清日記』）。享和三年（一八〇三）から文化五年にかけて京伝が柳塘あてに送った書簡が数通残っており、話題は古物の考証に関するものが多い（肥田皓三「山東京伝書簡集」、大西光幸「翻刻『山東京伝書翰』」）。例えば享和三年五月二十七日の書簡では、京伝は柳塘が菱川師宣の絵巻物を貸してくれたことへ礼を述べ、柳塘所蔵のノロマ人形の図を「骨董集」に入れたいと思っているが、浅草並木町に出していた店の仕事が忙しく、八月中旬までは手が離せないことや、柳塘に借りた師宣の軸の奥書を見ていたところ、大田南畝が京伝の考証を書き留めてくれ、「好古のほまれ」と嬉しく思ったことなどを記している。

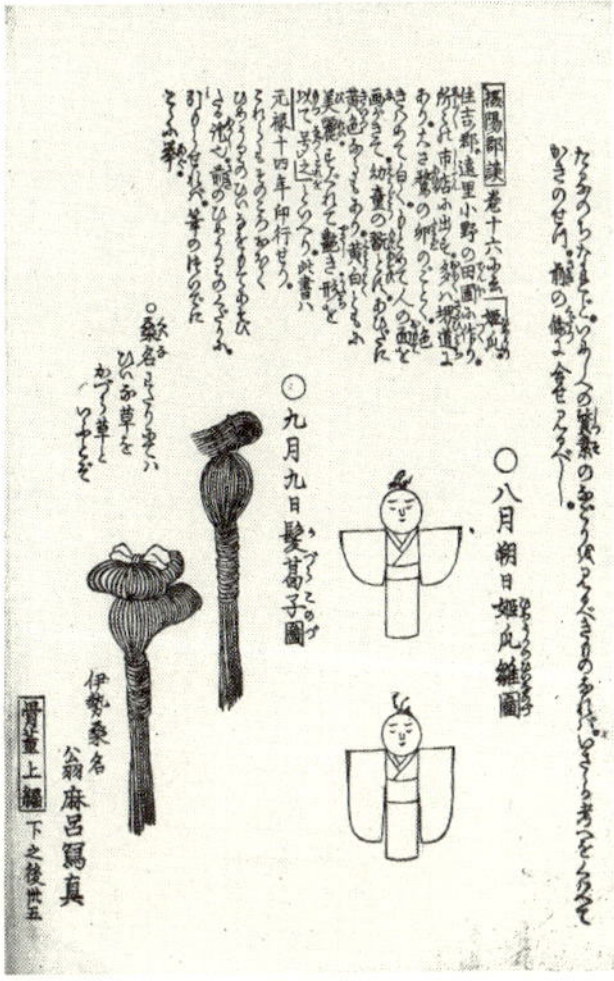

『骨董集』
翁満提供の姫瓜雛図と髪葛子図

京伝は読本『本朝酔菩提全伝』に柳塘所蔵の「女太夫六字南無右衛門浄瑠璃芝居之図」（菱川師宣画）を掲出してもいる。「右図柳塘館所蔵　六字南無右衛門の実伝は予が骨董集に詳なり。発行の時を俟得て見るべし」と書かれていて、考証の対象と戯作の素材が重なり合っていることがわかる。

また、考証活動の協力者たちは、狂歌や漢詩の会に集まる友人でもあった。享和三年閏一月二十五日の狂歌会（馬蘭亭こと山道高彦主催）には南畝・真顔・京伝・馬琴・焉馬・飯盛（石川雅望）らが参加し（南畝「細推物理」）、同年五月十五日の狂歌会（柳塘主催）には南畝・馬蘭亭・真顔・京伝・焉馬らが参加している（「南畝集」十三）。文化三年八月十五日の漢詩の会（近藤正斎主催）には南畝・京伝・馬琴・焉馬・飯盛・馬蘭亭らが集った（文化三年九月七日付、如登子あて南畝書簡）。南畝・焉馬との付き合いはとりわけ長い。天明期に狂歌を中心とする遊びの会に集っていた彼らは、文化期には好古趣味を共有するようになっていた。その集いの中心にいたのは、やはり南畝であった。

雲茶会

文化八年、青山堂（雁金屋儀助）主催の古物鑑賞会・雲茶会が開催された。三月六日、南畝は柳塘にあてた書簡のなかで次のように記している（現代語訳で示す）。

珍書珍画を鑑賞する会を、来月からその月の二日に行うことにしました。神田明神前の雲茶店という店の二階で、二百年前の古物や遊里・劇場その他、俗な古物を持ち寄って行います。大勢にならぬよう参加者は十人までとし、出品は一人五品までとします。見るだけというのは禁止です。お時間がありましたらおいで下さい。近所の書肆青山堂雁がね屋が発起人です。俗物を交えず、少人数で行います。京伝と京山は是非来ると言っていました。

互いに物品を見せ合う会と言えば、滑稽な宝を持ち寄った宝合の会が思い出されるが、雲茶会は、そうしたおどけた趣旨の会ではなく、古き良き江戸の遺物を見せ合うものであった。南畝の記録によれば、文化八年四月二日の会で京伝が出品したのは万治高尾自筆色紙、揚屋さし紙二張（高尾・うす雲）、延宝年間よし原の図（菱川師宣筆）、雛屋立圃作の美少年人形である。烏亭焉馬はいかにも芝居好きらしく、大石内蔵助手鎗など忠臣蔵関係の古物を出品している。

揖斐高は、大田南畝の精神を、南畝自身が気に入っていた「細推物理」という表現でとらえている。すなわち「徳川の世をありがたいものとして見つめ、自足を知る」という姿勢のもとに、微細な事実に注目しその意味を問題にする——事実への偏愛と考証への嗜好——という精神である（「細推物理の精神」）。佐藤悟は、こうした「細推物理」の快楽は「南畝を中心とする京伝・種彦・曲亭馬琴らが形成していた複合集団の間に広く存在していた」とし、「幕府の膝許である江戸の住人にとっては共通の認識」である江戸賛美の姿勢が、かれらを古き良き江戸にまつわる事物への考証に向かわせたと指摘する（「考証随筆と戯作」）。

雲茶会には、式亭三馬も招かれていた。師の焉馬が参加している縁もあるのだろう。『式亭雑記』の文化八年四月四日の項に、「此頃、小石川伝通院門前書林雁金屋清吉、好古の癖ありて、雅俗に拘らず、古画、古書、雑器のたぐひ、あらゆる古物をあつむ、江戸に名だたる書林をはじめて、骨董舗の輩、おのおの雅物をあつめて、日毎に彼家に立入るよし、風聞あり、已れがもとへも、古物を見よ、とて人をおこせたりしを、例のものうくて、未だ行かず過ぬ、雁金屋清吉は、ことし年齢四十前後、寝惚先生随従の人なり、狂名青山堂枇杷丸」とある。主催者の雁金屋は南畝（寝惚先生）のファンだったらしい。南畝は雁金屋が集めた資料をもとに「瑣々千巻」という書物を書いていた。いま原本は失われ、転写本が残っているが、南畝による本文のほか、京伝や柳亭種彦が考証を記した紙片も転写されている。「巻頭蜀山自序によれば、文化七年頃から、小石川伝通院前の書肆雁金屋こと青山堂平吉が輯めた古書画を、蜀山自ら一々点検し、外題を書き与え、小序・識語の類を記し、また面白そうなものを抜抄して『さゝちまき』と名づける抄書を作ったもの」（中野三敏「南畝の随筆」）であった。

『式亭雑記』の四月十二日の項にも「きのふ、小石川雁金屋清吉殿来駕ありて、吉原幷に三芝居等の、古物、古器、珍書会を催すのよし談話、在下出席すべき旨承知、尤初会は済たると云々、会亭神田明神表門前、聖堂のうしろ茶亭にて　雲茶店　後会の定日五月二日云々、尤、三月三日和の蘭亭宴とありて、京伝、京山両子とも出席ありしよし、予がもとへは、後にしらせたる故闕席」とある。

前述のとおり、三馬の合巻には京伝の『近世奇跡考』を利用したものがあった。『骨董集』刊行後には、自作の合巻『任侠中男鑑《おとこのなかのおとこかがみ》』（文化十三年刊）のなかで貸本屋の客に「本屋さん、京伝先生のこつとう集のあとをお見せ。よくあつまつたらう」と言わせ、『骨董集』を称賛している（二又淳「京伝と三馬の合巻」）。

学者たちとの交流

京伝は『骨董集』執筆に際して、蔵書家から書物を借り、識者や故老に直接質問をなげかけていたという。馬琴は次のように記している。

骨董集を著さんと欲して、苦心十余年に及べり、其間蔵書家に因みて奇書を借抄し、或ひは博識に問ひ、或は故老に訊ひ、聞けば必識し、見れば必録す、更らに親疎を択ばず、云々の書は云々の家に蔵めたりと聞くことあれば、これを訪ふて其書を閲し、云々の事は云々の人よく知れりと告る者あれば、これを訪て其説を聞り、凡他の蔵書を借るに、只有用の処のみ一二巻に過ぎず、抄録すれば速やかに返せり、依レ之、全書を見るに非れども、所レ引の書多かり、其用心奔走、一朝一夕の事にあらず

（『伊波伝毛乃記』）

京伝は馬琴からも『江戸名所記』や『昔々物語』『日本風土記』といった書物を借りていた。また、当時屈指の蔵書家である小山田与清《おやまだともきよ》とも交わった（与清は見沼通船を差配する高田家の養子）。文化十二年七月二十九日に与清の書庫「擁書楼」が落成すると、京伝は京山とともに頻繁に訪問して随筆目録を編輯し、書物を借覧した。

与清は京伝に考証の助言もしている。与清の日記『擁書楼日記』の文化十二年八月二十四日の項には、次のような記事がある。

山東京伝きたれり、骨董集中の挑灯の考に、朝野群載四の巻の挑灯柱もれたるよしかたりしかば、こよなうききおどろきていへらく、あやふきわざしつるかな、これ引もらして刊行したらんには、世人のいみじきものわらへとなりなんを、いしくもさとしきこえ給ひしよ、さいつごろ示されし宝物集三の巻のうはなり打の事と、此度の二説はまたなきたまもの也とて、こをどりしてよろこぼしがりき

京伝は『骨董集』上編前帙に提灯の考証を書いていたが、与清は『朝野群載』四の巻にある「挑灯柱」のことが抜けている、と指摘した。また『宝物集』に後妻打の記事があることも教えた。京伝はこれを受け、『骨董集』上編後帙に「提灯再考」と「後妻打古図考」の項を立て、『朝野群載』と『宝物集』の記事をそれぞれ引用している。

佐藤悟は、「もはや『骨董集』は京伝一人の仕事ではなく、京伝周辺の人々の好事の粋を集めた共同作業になっていた」と指摘する（「考証随筆の意味するもの」）。京伝は「おほむね」に、「おなじすぢのことこのむ人にも見せまほしうおもひなりて。こたみゐりまきにさへとりなせし」（同好の人々にも見せたく思い、出版することにした）と記している。考証の成果をかれらと共有することも『骨董集』出版の意義の一つであった。

京伝は岸本由豆流《きしもとゆずる》（国学者。家は弓弦御用達商）や本間游清《ほんまゆうせい》（国学者、歌人。後に伊予吉田藩典医）といった人々とも交流があった。また坂田諸遠《さかたもろとお》『野辺夕露』には、旗本で国学者の小林歌城《おばやしうたき》の家に京伝が来た時の逸話が記されている。あらすじを示す。

小林歌城（旗本、国学者）の家で、石川雅望を講師として『源氏物語』購読の会が開かれ、柳亭種彦（旗本、戯作者）も出席していた。ある時、そこに鈴木白藤（旗本、蔵書家）が京伝を伴って現れ、種彦は威儀をつくろった。初対面の歌城は「京伝はただの戯作者で、種彦は小身ながらも旗本なのに、なぜそこまで敬うのか」と思い、京伝のことを「戯作者何ほどの卓識あらん」と思っていた。しかし菱川師宣の画を鑑定する京伝の話しぶりに印象を改め、京伝が帰った後は、その人品を賞賛した。

山本和明は、この逸話にみえる歌城の態度について「遺憾ともしがたい身分の差が存在したことも事実であるが、考証それ自体に快楽をみいだし、真摯な姿勢をもちつづけることで、生きざまにまで影響を及ぼしている京伝を、『人品』いやしいものと評することはなかった」と解釈している（「京伝と和学」）。身分の差をこえて文人たちと交流しえたのも、京伝の人となりが好意的にうけとめられたからだったと思われる。『擁書楼日記』には、擁書楼落成の宴に屋代弘賢・南畝・谷文晁・游清・京伝・京山・中村仏庵が集ったこと（文化十二年八月三十日）、与清・由豆流・京伝・京山が連れだって書画会へ出かけたこと（同年十月二十四日）、由豆流の家で北静《きたせい》廬《ろ》・京伝・京山が集まって茶番狂言に興じていたこと（同年十二月九日）なども記されている（北静廬は明和二年生まれの国学者。狂歌は元木網門下）。好古・考証の集いと地続きに、遊びの輪もできていたことがうかがわれる。

馬琴は、京伝の性格は「浮薄」ではなかったが、「老後も興に乗ずれば、茶番狂言などして人を笑することとありけり」と伝えている（『伊波伝毛乃記』）。由豆流宅での茶番の件は、これに符合しているといえよう。

骨董集著述のいとま

考証随筆に情熱を傾ける一方で、京伝は合巻の原稿も書いていたが、文化十年八月から十一年九月にかけて完成させた合巻の序文には「骨董集著述のいとま」と記しており、『骨董集』執筆を戯作より大切な仕事と考えていたことがわかる。

文化十年以降の京伝の合巻には、自作の読本から登場人物や挿絵を再利用したものがある（佐藤至子「山東京伝の合巻『気替而戯作問答』について」）。『黄金花万宝善書《こがねのはなまんぼうぜんしょ》』（文化十二年六月稿成、文化十三年刊）にいたっては、黄表紙『敵討両輌車』（文化三年刊）の改作であった（水野稔「京伝合巻の研究序説」『江戸小説論叢』所収）。これらは効率よく新作を作り出すための手段だったのだろう。

『骨董集』は売れ行きがよかったが、それは随筆としては異例であった。馬琴は文政元年十二月十八日付の鈴木牧之あての書簡に、「随筆物、近年は少々流行いたし候へ共、一体うれかね候品ゆゑ、板元まれに御座候。（略）三百部とうれ候随筆はまれ也。只山東の『骨董集』、杏園の『南畝莠言』のみ、相応に捌候よしに候へども」と記している。

京伝は『骨董集』の続編を出すつもりだった。上編後帙巻末には、中編前帙・後帙と下編の広告があり「毎年二巻づつ追々発行すべし」とある。合巻『琴声美人伝』（文化十二年秋成、同十三年刊）下冊見返しにも「ことしも随筆の二編を板にゑらすとて　古反故を骨董集にかきつめて見ぬ世の友そおほくなりぬる　醒斎」とあり、同じく『袖之梅月土手節』（文化十三年二月成、同十四年刊）中冊見返しにも「ことしも随筆の三編を板にゑらすとて　古反故を骨董集にかきつめて見ぬ世の友そおほくなりぬる　醒斎」と記されている。また正確な年次と宛先は不明だが、『骨董集』三編のための質問事項に示教を乞う京伝の書簡も残っている（国文学研究資料館所蔵）。このほかにも、芸能や昔話についての考証随筆を計画していたらしく、『骨董集』の巻末には「雑劇考」、「童話考」、「山東漫録」などが

「近刻」として広告されている。

急　死

文化十三年も、京伝は考証仲間との活動にいそしんでいた。正月から毎月、少なくとも月に二回、多い時は五回、擁書楼を訪問した。水野稔は「十日・二十五日は例会の日であったらしい。擁書楼で顔を合わせる人々は前年とほぼ同じである」と述べている（『山東京伝年譜稿』）。三月には南畝が京伝の家を訪れ、琉球の雛人形を鑑賞している（「一話一言」）。四月二十八日には真顔の宅で南畝・与清らと共に『白氏文集』を読み、五月十二日には由豆流宅での酒宴に与清・静廬・真顔・京山らと共に集った（『擁書楼日記』）。

五月二十六日には、かねてより柳塘から頼まれていた若衆歌舞伎の古図（旗本中川忠英所蔵）の考証を、預かっていた現物と一緒に柳塘のもとへ持参した。柳塘は即日、忠英に書簡を送り、「京伝は、天明の頃の洒落本の作風から、ひどい放蕩者のように世間では思われていますが、この十五、六年は宋儒も恥じるほど篤実穏和な性格で、世の中を恐れて暮らしています。菩提寺の回向院に月々参詣するついでに、我が家に立ち寄っては、古画・古図の閲覧を望みます。珍しい物を見せると話は尽きませんが、普通の世間話になると急に帰ってしまいます。変わっているが面白い人で、大変親切です。（略）もし『骨董集』に出してもさしさわりのない珍しい物をご所蔵でしたら、どうぞお貸し下さいますように私からお願い申し上げます」と記している（書簡の原文は森銑三「山東京伝の歌舞伎古図考証」に翻字あり）。

八月には由豆流宅で開かれた随筆の会に、与清・静廬・京山・南畝らと共に集った。考証随筆「むくむくの小袖」もこの月に書き上げた。翌閏八月には十日・二十五日にいつものように擁書楼に出かけ、二十六日には与清からの書簡も受け取っている。

一方で文化十四年新板用の合巻の原稿も書いていた。二月には『袖之梅月土手節』を完成させている。

九月六日の夜は、京山の書斎新築を祝う宴があり、京伝は合巻の執筆を中断して出かけた（この頃、京山は京橋立売に住んでいた）。『伊波伝毛乃記』には「この日、京伝は明春出板の草冊子を創して、初更に及べり、京山が使しばしば来るを以、遂に筆を投て其家に趣きつ、間僅に二町許なるべし」（この日、京伝は翌年新板の合巻の原稿を書いているうちに夜八時頃になったが、京山がしばしば使いを寄越したので、書くのをやめて出かけた。家からの距離はわずか二町〔注――約二一八メートル〕ほどであろう）とある。京伝は宴で真顔や静廬と語り合った後、深夜に静廬と一緒に帰路についたが、途中で気分が悪くなった。南畝は翌日、静廬からその時の様子を聞き、次のように記している。

六日の夜、弟京山のやどに狂歌堂真顔北静廬などともに円居して物くいなどし、子の刻すぐるまで物語せしが、狂歌堂は久しくやめるのちなれば、竹輿にのりて帰り、京伝は静廬とともに家に帰る道すがら心地あしければ、下駄ぬぎてゆかんといふにまかせて、静廬かた手に左の下駄をもち、京伝を肩にかけて帰りしが、わづかの道に三たびばかりもやすみ、やうやうやどに帰りてなやみつよく、つゐに丑の刻半すぐる比に息たえぬ。脚気衝心とかやいふ病なるべしと、静廬ものがたりしを、八日に廻向院にてきけり　　　　　　　　　　（『丙子掌記』）

京伝は下駄を脱ぎ、静廬に支えられて何とか家にたどり着いた。容態は悪く、そのまま翌七日の丑の刻半過ぎに息をひきとった。死因は脚気衝心と言われる。

『伊波伝毛乃記』では、京伝が静廬に支えられて帰宅した後、驚いた百合が京山に使いをやって知らせ、百合と京山で薬をすすめたり医者に診せたりし、鍼灸の効果で一時は持ち直したが、再び床についたところ呼吸が荒くなり、四更の頃に亡くなったとある。

京伝は夜に執筆する習慣があった（『江戸作者部類』）。九月六日もいつも通りに遅くまで原稿を書いていた。しかし前年頃から胸痛や息切れがするようになっていたと言う（『伊波伝毛乃記』・『江戸作者部類』）。なお『しりうごと』には、小山田与清との諍いが京伝の死の引き金になったという説が記されているが、この件については傍証がない。

与清は『擁書楼日記』の九月七日の条に「今朝山東京伝身まかりぬと、岸本由豆流がもとよりいひおこせたり」（この日の朝、京伝が亡くなったという連絡が岸本由豆流からあった）と記し、翌日に回向院で行われた葬儀に下男を遣わした。『伊波伝毛乃記』によれば、南畝・真顔・静廬・焉馬・北尾重政・歌川豊国・勝川春亭・歌川豊清・歌川国貞などが参列し、「凡弔する者百余人」であったという。馬琴は自分も参列したように書いているが、京山によれば馬琴本人は不参加で、息子宗伯が名代としてやって来た。京山は後に、「七日仏事の時も、馬琴をも書中にてまねきしかど、仏前へすこしの物のつかひのみにて、其後、亡兄のいたみをいひにも来らず、書中にも尋ず、音信不通なり」（『蛛の糸巻』）と回想し、馬琴について「京伝存在の時、交り厚くして朋友を以て唱ふ。梓行の書にも、友人京伝などと記したるもあり。むかしの恩恵をば京伝にもいひいだしたる事なく、人に語らざるは勿論なり」（『蛙鳴秘鈔』）などと批判している。馬琴は京伝没後の京山の行動を非難したが、京山は京山で、馬琴を恩知らずだと思っていた。

馬琴は鈴木牧之あての書簡（文政元年七月二十九日付）のなかで、次のように京伝を偲んでいる（現代語訳で記す）。

若い時、京伝さんとは文筆を通じて親しくしておりましたが、中年になってからは互いに意見が違うこともありました。その上同業で、京伝さんのほうが内心に避けておられたこともあったのか、この十年ほどは、いつとはなく疎遠のまま過ぎ、年始の挨拶のほかは行き来もまれになりました。若い時の友人たちは多くが世を去り、存命の友人たちとも私は疎遠になっています。その理由は、わたしが趣味の付き合いを止めて、人々の家を訪れなくなったからです。書画会などを知らせる摺り物を送ってくる人もいますが、祝儀のみ贈って出席はしません。（略）京伝さんは世間が認める才子です。戯作者というものが始まってから、かれの上に出る者はいないように思います。私は戯作はつけたしで、京伝さんには及びません。第一、世間の人々の贔屓が京伝さんには十分にあります。惜しい人でした。

意見が違うこともあったとしつつ、京伝の才能に賛辞を送り、その死を悼んでいる。馬琴が葬儀を欠席していたとしても、京伝に対して含むところがあったとは思えない。

京伝の戒名は弁誉智海京伝信士。葬儀の日、南畝は回向院で追悼の狂歌を詠んだ。

右、葬式の日、回向院に而　蜀山人
山東の嵐に後の破れ傘身は骨董の骨とこそなれ

（『街談文々集要』）

初七日にあたる九月十三日、浮世絵で同門の鍬形蕙斎（北尾政美）が、京伝の肖像画を遺族に贈った。これに南畝は次のような賛を記した（『山東京伝の研究』）。

しやれ本は皮と肉にて書のこす骨董集ぞまことなりける

京伝から京山へ

十月、京山は回向院に建立する京伝の墓の碑文を書いた。現存する墓碑には「岩瀬醒墓」とあり、その下から左側面にかけて漢文の碑文がある。岩瀬家が磐瀬朝臣人上の末流で資詮の代に太田道灌に仕え、主君亡き後に伊勢一志に住み、祖父信篤や父信明（伝左衛門）は「某侯」に仕えていたことなどが刻されているが、「京伝兄弟が盛名を馳せて後、ことに京山が武家社会とのつながりがあったための必要から、かなり粉飾されたもの」とも考えられている（水野稔『山東京伝年譜稿』）。現在、墓碑は、左から「岩瀬醒墓」・「岩瀬百樹之墓」（京山の墓、安政五年〔一八五八〕没）・「岩瀬氏之墓」の順に並んでいる（口絵参照）。ただし、かつてはこの配置ではなかった。山口豊山「文学者の墳墓」（明治四十一年刊）には「此人の墓は回向院の本堂の後にありまして（略）中央《まんなか》が親爺の墓、両側が京伝に京山のです」とあり、宮武外骨『山東京伝』（大正五年刊）にも、左から「岩瀬醒墓」「岩瀬氏之墓」「岩瀬百樹之墓」の順とある。小池藤五郎『山東京伝』（昭和三十六年刊）および中山右尚「江戸のディレッタント——山東京伝の生涯」（昭和五十五年刊）に掲載されている墓碑の写真も、配列は宮武外骨の記すところと同じである。

文化十三年冬、京山は京伝の遺稿「むくむくの小袖」を『無垢衣考』として出版し、翌文化十四年二月には浅草寺境内に机塚を建立した。費用は京伝の遺産があてられた（南畝「京伝机塚碑文相願候に付口上之覚」）。碑の表面に刻された「書案之記」を、京山は拓本に取り、鈴木牧之に送っている（文政元年七月二十九日付、鈴木牧之あての京山書簡）。真顔は机塚に詣でて「むくむくの小袖」をよみこんだ長歌を詠じ、南畝はそれを書き留めている（「醒斎翁の机塚に詣てよめる長歌」）。

京山の一連の行動は、京伝を顕彰し、かつ自身の存在を喧伝する意味もあったと推察されている（清水正男「京伝と浅草——机塚のことなど」）。人気作家だった店主亡き後、京伝店が急に衰微するのを防ぐために、存在感を示そうとする気持ちもあったのではなかろうか。

ところで、文化十四年新板として京伝の新作合巻が四点出版されている。『大磯俄練物』（文化十二年秋成稿）、『袖之梅月土手節』（文化十三年二月成稿）、『長髪姿蛇柳』と『気替而戯作問答《きをかえてげさくもんどう》』（文化十三年閏八月成稿）である。『長髪姿蛇柳』の冒頭には机に向かう京伝の肖像が描かれ、次のような詞書と狂歌が添えられている。

絵師国貞ぬし、書肆とはかりて、予が像を此書のはじめに写出してものせよと乞ふ
とりあへず
桜木にのぼるすがたは山王の猿に三本たらぬげさくしや　　京伝

通常、合巻の冒頭には序文があるが、この作品にはない。肖像画と狂歌は京山の筆になることから、死に絵として京伝の肖像をここに配したものと思われる（津田真弓『山東京山年譜稿』）。

『長髪姿蛇柳』
死に絵としての京伝像。挿絵の枠に「巴山人」とある。

『気替而戯作問答』にも、京山がかなり関与しているらしい。表紙に書かれた漢詩は京山の作で、見返しも京山筆と見られる（津田真弓『山東京山年譜稿』）。この作品は、獅子鼻の戯作者難答庵（山東庵のもじり、京伝を暗示）に三人の客がさまざまな話題を問いかけ、難答庵がもっともらしくこじつけた答えを述べるという内容で、実は複数の京伝の黄表紙から抜き出した場面をつなぎ合わせたものであ

『気替而戯作問答』
獅子鼻が飛び去り京伝の顔が現れる。

る。問答の後、客たちから褒められた難答庵は得意になって鼻を高くするが、書斎に掛けた額から抜け出した「心」の字に「少しうかれの色見えて天狗道に入らんとするは、大いなる誤りなり。三十年来戯作のおかしみで広めた名なれば、言はば筆先の豆蔵に異ならず。さればこそ、戯作者戯作者と安くされるは、汝が生涯の不幸なり」と戒められ、その鼻を「出来合ひの鼻」に変えられる。巻末には難答庵から獅子鼻が飛び去る様子が描かれている。現れた面長の顔立ちと、縞の羽織に襟巻きをして机に向かう格好は、『長髪姿蛇柳』冒頭の肖像に似ている。

作中には、文筆業の「ぎやう山」なる男が登場する場面もある（この箇所は黄表紙に典拠が見つからない）。難答庵は「ぎやう山」について「ここに又女房子につかはるるほどまづしくもあらず、利欲につかはるるほど欲もかはかず、生まれついたる名聞家《みやうもんか》、名を売る事が好物にて、そのわざよりは名を先へ乗り出す故にや、自らぎやう山と名をつきしはすなはちわしが身内の者」と述べているから、「ぎやう山」は京山をほのめかす人物と考えてよい。

京伝の死を悼む読者に向けて、その肖像を掲載した合巻を出版する。京山にとっては、京伝の後継者としての自らを宣伝するチャンスでもあっただろう。

文化十五年（文政元年）には、京伝作・京山補と銘打つ合巻『腹中名所図絵《ふくちゅうめいしょずえ》』が出版された（作中には「巴山人」印の顔をした戯作者半道庵が登場する）。文政五年（一八二二）にも京伝の遺稿を京山が書き継いだ合巻『家桜継穂鉢植《いえざくらつぎほのはちうえ》』が出版され、口絵には京伝の草稿がそのまま掲げられている。文政三年刊行の京山の合巻『身持扇』には署名に「巴山人」印が用いられ（津田真弓『山東京山年譜稿』）、また別の京山の合巻には、京伝の『江戸生艶気樺焼』に登場した獅子鼻の艶二郎や脇役の悪井志庵、北里喜之介が再登場している（特に志庵・喜之介は、文化八年刊『歳男金豆蒔』を初めとして複数の合巻に登場している）。

京山は京伝店を継ぐだけではなく、戯作者としても兄の遺産を継承したといえるだろう。

京伝をしのぶ作品

京伝作品の後世への影響力は大きく、模倣作はもとより、改竄によって京伝作に見せようとした偽作などもあるが、それらの全体像はまだ十分につかめていない。ここでは文政年間に刊行された合巻のなかから、何らかの形で京伝に言及しているものを紹介し、結びとしたい。

まず、没後三年目の文政二年に刊行された東里山人の合巻『其俤嫩丹前《そのおもかげふたばたんぜん》』。書名の角書に「画組は京伝　趣向は楚満人」とあり、序文にも「京伝翁が。画面《あぐみ》の真似をして。覧人《みるひと》の眼を開かしめんとなし」とある。内容は敵討物で、作中に巨大な蝦蟇が登場する。これは『善知安方忠義伝』などいくつかの京伝の読本・合巻に描かれていた蝦蟇を思わせるもので、「画組は京伝」というのは、このように京伝作品を彷彿とさせる絵組を工夫したことをさしている（「趣向は楚満人」というのは、敵討物の黄表紙で有名だった南杣笑楚満人の作風を模倣していることをいうのだろう）。読者が京伝作品をある程度読んでいることを想定して作られた作品と言えよう。

同年刊行の東西庵南北の合巻『蝙蝠《こうもり》羽《ば》織《おり》昔《むかし》通人《つうじん》』では、序文のなかに獅子鼻の京伝像を掲げ、京伝の戯作を称えて、「京伝子が追善と。思ひなして一代の。狂哥。狂文をまじへ。おかしみの小冊となして。題号を山東京伝冥土《さんとうきやうでんめいどの》手紙《てがみ》といへる。地獄極楽の沙汰を桜木にのぼし」云々と、追善作の出版を予告している。ただこれは、実際には出版されなかったらしい。

没後九年目の文政八年に刊行された『女風俗吾妻鑑《おんなふうぞくあずまかがみ》』は、七代目市川団十郎名義の合巻で、団十郎の自序には「山東庵醒世老人、予が祖父《ぢい》白猿と交篤《まじはりあつ》く、常に俳諧狂哥の友にして、然《しか》も戯述の業に長《たけ》、合巻の冊子も正に翁の手柄なるべし」とあり、京伝と五代目団十郎（七代目の祖父）に交流があったことを述べ、京伝の戯作を称賛している。物語には京伝の『近世奇跡考』から、佐々木文山・紀伊国屋文左衛門・榎本其角についての考証と挿絵が取り入れられているほか、『曙草紙』の清水寺見初めの場面や『善知安方忠義伝』の肉芝仙登場の場面をふまえた挿絵もあり、全体に京伝作品を模倣する気分が濃厚である。

翌文政九年には、これも歌舞伎役者の三代目尾上菊五郎名義の合巻『皇国《やまと》文字《がな》娘《むすめのせきかき》席書』が刊行され、巻末の挿絵に、京伝の象徴である「巴山人」印と獅子鼻が描かれている。この挿絵自体は草稿執筆中の菊五郎を描いたものだが、菊五郎は気晴らしのいたずらといった体で、傍らにある鬘の台に目鼻を落書きしている。その鼻が獅子鼻になっており、台にかけられた手拭に「巴山人」が染め抜かれているという具合である。画中の菊五郎は似顔絵で描かれており、ファンの読者ならこれだけで喜ぶところだろう。そこに獅子鼻と「巴山人」印を取り合わせたのは、戯作の先達である京伝への敬意をさりげなく示したということであろうか。没後十年、京伝はいまだ人々の記憶のなかに生き続けていたと言ってよいだろう。

参考文献

京伝の著述

《影印・翻刻・校注》

水野稔校注『黄表紙　洒落本集』（日本古典文学大系）岩波書店、一九五八年。

浜田義一郎他校注『川柳　狂歌集』（日本古典文学大系）岩波書店、一九五八年。

浜田義一郎他校注『黄表紙　川柳　狂歌』（日本古典文学全集）小学館、一九七一年。

中野三敏他校注『洒落本　滑稽本　人情本』（日本古典文学全集）小学館、一九七一年。

棚橋正博他校注『黄表紙　川柳　狂歌』（新編日本古典文学全集）小学館、一九九九年。

中野三敏他校注『洒落本　滑稽本　人情本』（新編日本古典文学全集）小学館、二〇〇〇年。

水野稔校注『米饅頭始　仕懸文庫　昔話稲妻表紙』（新日本古典文学大系）岩波書店、一九九〇年。

小池正胤他校注『草双紙集』（新日本古典文学大系）岩波書店、一九九七年。

小池正胤他編『江戸の戯作絵本』一〜三、続巻二（現代教養文庫）社会思想社、一九八〇〜一九八五年。

山本陽史編『山東京伝』（シリーズ江戸戯作）桜楓社、一九八七年。

清水正男他『枯樹花大悲利益注釈』三樹書房、一九九七年。

谷峯蔵『遊びのデザイン　山東京伝『小紋雅話』』岩崎美術社、一九八四年。

谷峯蔵・花咲一男『洒落のデザイン　山東京伝画『手拭合』』岩崎美術社、一九八六年。

延広真治「『〈小紋裁後編〉小紋新法』——影印と注釈」『江戸文学』二〜五・七・九・一〇〜一二、一九九〇〜一九九四年。

小林ふみ子他『『狂文宝合記』の研究』汲古書院、二〇〇〇年。

林美一校訂『八重霞かしくの仇討』(江戸戯作文庫)河出書房新社、一九八四年。

林美一校訂『腹筋逢夢石』(江戸戯作文庫)河出書房新社、一九八四年。

林美一校訂『座敷芸忠臣蔵』(江戸戯作文庫)河出書房新社、一九八五年。

《影印・翻刻》

『山東京伝全集』一〜四、六〜九、一五〜一七、ぺりかん社、一九九二〜二〇〇六年。

『洒落本大成』一三〜一六、二九、中央公論社、一九八一、一九八二、一九八八年。

『江戸狂歌本選集』一〜六、東京堂出版、一九九八、一九九九年。

『黄表紙廿五種』(日本名著全集)日本名著全集行会、一九二六年。

『滑稽本集』(日本名著全集)日本名著全集刊行会、一九二七年。

『洒落本集』(大東急記念文庫善本叢刊)大東急記念文庫、一九七六(『小紋裁』収録)。

『新編稀書複製会叢書』五、臨川書店、一九八九年(『江戸生艶気樺焼』他収録)。

『新編稀書複製会叢書』七、臨川書店、一九八九年(『客衆肝照子』『傾城鱺』収録)。

『新編稀書複製会叢書』三八、臨川書店、一九九一年(『手拭合』収録)。

『新編稀書複製会叢書』四三、臨川書店、一九九一年(『呑込多霊宝縁記』自筆稿本収録)。

『噺本大系』一二、東京堂出版、一九七九年(『滑稽即興噺』収録)。

『集古随筆』魁真楼、一九〇〇年(『捜奇録』収録)。

『燕石十種』五、中央公論社、一九八〇年（『大尽舞考証』収録）。

『続燕石十種』三、中央公論社、一九八〇年（『無垢衣考』収録）。

『日本随筆大成』二・六、吉川弘文館、一九七四年（『近世奇跡考』収録）。

大高洋司『忠臣水滸伝』（読本善本叢刊）和泉書院、一九九八年。

大高洋司『優曇華物語』（読本善本叢刊）和泉書院、二〇〇一年。

佐藤深雪校訂『山東京伝集』叢書江戸文庫、国書刊行会、一九八七年。

日野龍夫編『五世市川団十郎集』ゆまに書房、一九七五年。

朝倉治彦『江戸職人づくし』岩崎美術社、一九八〇年（『職人尽絵詞』収録）。

《複製》
『新美人合自筆鏡』図画刊行会、一九一六年。
『近世日本風俗絵本集成』角川書店、一九七九年（『四季交加』収録）。

《書簡類の翻刻・解説》

『国立国会図書館所蔵貴重書解題』一二（書簡の部　第二）国立国会図書館、一九八二年。

肥田晧三「山東京伝書簡集」『近世の学芸――史伝と考證』八木書店、一九七六年。

大西光幸「翻刻『山東京伝書翰』」『ビブリア』七五、一九八〇年一〇月。

柴田光彦「谷文晁・関克明・山東京伝の合装書簡について」『跡見学園女子大学国文学科報』二二、一九九四年三月。

柴田光彦・神田正行『馬琴書翰集成』六、八木書店、二〇〇三年。

その他の江戸期の文献

《影印・翻刻・校注》

佐藤悟「木村黙老著・曲亭馬琴補遺『水滸伝考』」『実践国文学』五二、一九九七年一〇月。

中野三敏他校注『寝惚先生文集　狂歌才蔵集　四方のあか』（新日本古典文学大系）岩波書店、一九九三年。

長谷川強校注『耳嚢』中（岩波文庫）岩波書店、一九九一年。

《影印・翻刻》

『徳川文芸類聚』一二、広谷国書刊行会、一九二五年（『戯作評判花折紙』他収録）。

『日本随筆大成』一・一、吉川弘文館、一九七五年（『覊旅漫録』収録）。

『日本随筆大成』二・一一、吉川弘文館、一九七四年（『梅翁随筆』収録）。

『燕石十種』二、中央公論社、一九七九年（『蛛の糸巻』収録）。

『続燕石十種』一、中央公論社、一九八〇年（『式亭雑記』収録）。

『続燕石十種』二、中央公論社、一九八〇年（『山東京伝一代記』収録）。

『続燕石十種』六、中央公論社、一九八一年（『伊波伝毛乃記』収録）。

『蜀山人集』（天理図書館善本叢書）八木書店、一九七七年（『遊戯三昧』収録）。

『曲亭遺稿』国書刊行会、一九一一年（『著作堂雑記抄』『をかめ八目』他収録）。

『近世文芸叢書』一二、国書刊行会、一九一三年（『擁書楼日記』収録）。

『増訂武江年表』国書刊行会、一九二五年。

『御触書天保集成』下、岩波書店、一九四一年。

宇佐美英機校訂『近世風俗志（守貞謾稿）』一（岩波文庫）岩波書店、一九九六年。

木村三四吾他編『吾仏乃記　滝沢馬琴家記』八木書店、一九八七年。

木村三四吾編『近世物之本江戸作者部類』八木書店、一九八八年。

鈴木棠三校訂『近世庶民生活史料　街談文々集要』三一書房、一九九三年。

高木元「『類集撰要』巻之四十六――江戸出板史料の紹介」『読本研究』二・下、一九八八年六月。

寺田登校訂『江戸幕府代官竹垣直清日記』新人物往来社、一九八八年。

中村幸彦他校訂『甲子夜話』一（東洋文庫）平凡社、一九七七年。

浜田義一郎他編『大田南畝全集』一、四、五、七～一一、一三～一六、一八、一九、別巻、岩波書店、一九八五～一九八九、二〇〇〇年。

広瀬朝光編著『戯作者撰集』笠間書院、一九七八年。

三田村鳶魚編『未刊随筆百種』六、中央公論社、一九七七年（『きゝのまにまに』収録）。

《書簡類の翻刻》
柴田光彦・神田正行『馬琴書翰集成』一、二、四、五、八木書店、二〇〇二、二〇〇三年。
宮栄二他編『鈴木牧之全集』下、中央公論社、一九八三年（『蛙鳴秘鈔』収録）。

図説・図録
『京伝・一九・春水』（図説日本の古典）集英社、一九八〇年。
『寛政の出版界と山東京伝』たばこと塩の博物館、一九九五年。
『珠玉の日本美術』千葉市美術館、一九九六年（人物図巻を収録）。
『俳画の美　一茶の時代』柿衞文庫、一九九七年（自画賛・短冊・引札類を収録）。

『谷文晁とその一門』板橋区立美術館、二〇〇七年。

『ヴィクトリアアンドアルバート美術館所蔵　初公開浮世絵名品展』太田記念美術館、二〇〇七年（政演画の狂歌師肖像一枚摺を収録）。

『蜀山人　大田南畝――大江戸マルチ文化人交遊録』太田記念美術館、二〇〇八年。

研究書・研究論文

井浦芳信「『双蝶記』と『おかめ八目』」『弘前大学人文社会』一〇、一九五六年九月。

石上敏『万象亭森島中良の文事』翰林書房、一九九五年。

石川秀巳「『忠臣水滸伝』における〈付会の論理〉」上・下『国際文化研究科論集』九、二〇〇一年。

石川秀巳「魔星の行方――『忠臣水滸伝』の長編構想」『国際文化研究科論集』一二、二〇〇四年。

石川了「『狂歌師細見』の人々」『近世文芸俯瞰』汲古書院、一九九七年。

石丸久「内田百閒論」『古典と近代文学』一五、一九七五年（『日本文学研究資料新集22　内田百閒・夢と笑い』有精堂出版、一九八六年）。

板坂則子「化政期合巻の世界」『江戸文学』一〇、一九九三年。

板坂則子「草双紙の読者――表象としての読書する女性」『国語と国文学』八三・五、二〇〇六年五月。

乾宏巳『江戸の職人　都市江戸民衆史への志向』吉川弘文館、一九九六年。

井上啓治「山東京伝、人生の転機から考証学・本格小説へ」『京伝考証学と読本の研究』新典社、一九九七年。

井上啓治「前期京伝考証学――〈不破名古屋〉〈於国歌舞伎〉〈菱川師宣〉」『山東京伝全集　月報』一九九九年一二月。

井上泰至「京伝『初衣抄』と秋成『癇癖談』――戯注もの戯作の系譜」『国語国文』六五・七、八、一九九六年七、八月。

揖斐高「細推物理の精神」『大田南畝全集』八、岩波書店、一九八六年。

岩田秀行「黄表紙『明矣七変目景清』攷――「景清が目姿」をめぐって」『近世文芸』五二、一九九〇年。

岩田秀行「機知の文学」『岩波講座日本文学史』九（一八世紀の文学）岩波書店、一九九六年。

氏家冬深「色道ゆめはんじ〈京伝〉政演の名入り枕本」『季刊浮世絵』六五、一九七六年四月。

内田欽三「鍬形蕙斎筆『（模本）吉原十二時絵詞』をめぐって――鳥文斎栄之との関連と、江戸後期の画巻製作の周辺」『MUSEUM』五〇五、一九九三年四月。

内田保廣「京伝と馬琴」『岩波講座日本文学史』一〇（一九世紀の文学）岩波書店、一九九六年。

内田道雄「百閒のなかの漱石」『内田百閒――『冥途』の周辺』翰林書房、一九九七年。

大久保純一「江戸後期挿絵本、とくに合巻を中心とする連続図様について」『美術史論叢』一、一九八四年。

大久保純一「歌麿の青楼十二時とその周辺」『MUSEUM』四六二、一九八九年九月。

大高洋司「『優曇華物語』と『月氷奇縁』――江戸読本形成期における京伝、馬琴」『読本研究』一、一九八七年。

大高洋司「『優曇華物語』と『曙草紙』の間――京伝と馬琴」『読本研究』二・上、一九八八年。

大高洋司「『本朝酔菩提』の再検討」『読本研究』四・上、一九九〇年。

大高洋司「『梅花氷裂』の意義」『読本研究』七・上、一九九三年。

大高洋司「『双蝶記』の明暗」『読本研究』一〇・上、一九九六年。

大高洋司「読本と本屋――京伝と馬琴の場合」『国文学』四二・一一、一九九七年九月。

大高洋司「京伝と其角」『鯉城往来』創刊号、一九九八年。

大高洋司「江戸読本の文体と『安積沼』」『読本研究新集』二、二〇〇〇年六月。

大高洋司『週刊朝日百科　世界の文学』八八、朝日新聞社、二〇〇一年四月。

大高洋司「山東京伝――江戸っ子気質」『国文学解釈と鑑賞』六六・九、二〇〇一年九月。

大高洋司「『四天王剿盗異録』と『善知安方忠義伝』」『国文学研究資料館紀要』三〇、二〇〇四年二月。

大高洋司「読本と仏教説話――中村幸彦氏説の再検討」『国文学』四九・五、二〇〇四年四月。

大高洋司「『昔話稲妻表紙』と『新累解脱物語』」『日本文学』二〇〇六年一月。

大屋多詠子「京伝・馬琴による読本演劇化作品の再利用」『国語と国文学』八三・五、二〇〇六年五月。

神谷勝広「京伝読本と『訓蒙故事要言』――和製類書について」『日本文学』四五・三、一九九六年三月。

久保田啓一「大田南畝の天明七年」『文学』八・三、二〇〇七年五月。

ティモシー・クラーク「北尾政演画の狂歌師細判似顔絵」『江戸文学』一九、一九九八年。

黒石陽子「山東京伝の黄表紙に見る五代目市川団十郎」『言語と文芸』一一二、一九九五年九月。

桑野あさひ「合巻『会談三組盃』と歌舞伎『累淵扨其後』――趣向の共通性をめぐって」『武蔵文化論叢』七、二〇〇七年三月。

小池藤五郎『山東京伝の研究』岩波書店、一九三五年。

小池藤五郎『山東京伝』吉川弘文館、一九六一年。

小池正胤『反骨者大田南畝と山東京伝』教育出版、一九九八年。

幸田露伴「京伝の広告」『露伴全集』二九、岩波書店、一九五四年（初出「蝸牛庵雑談　其九　京伝の広告」『新小説』第八年第一二巻、一九〇四年一一月）。

斯林不二彦「『小紋雅話』の初め二十四図の脈絡」『近世文芸稿』二五、一九七九年一一月。

小林ふみ子「鹿都部真顔と数寄屋連」『国語と国文学』七六・八、一九九九年八月。

小林ふみ子「落栗庵元木網の天明狂歌」『近世文芸』七三、二〇〇一年一月。

小林ふみ子「天明狂歌の狂名について」『国語国文』七三・五、二〇〇四年五月。

小林ふみ子「江戸狂歌の大型摺物一覧（未定稿）」『法政大学キャリアデザイン学部紀要』五、二〇〇八年三月。

近藤豊勝「享和二年の出版取締りと洒落本」『国語と国文学』六四・九、一九八七年九月。

佐藤悟「考証随筆と戯作――柳亭種彦の古俳諧研究」『俳諧史の新しき地平』勉誠社、一九九二年。

佐藤悟「読本の検閲――名主改と『名目集』」『読本研究』六・上、一九九二年九月。

佐藤悟「考証随筆の意味するもの――柳亭種彦と曲亭馬琴」『国語と国文学』七〇・一一、一九九三年一一月。

佐藤悟「草双紙の挿絵――文化五年『合巻作風心得之事』の意味」『国文学解釈と鑑賞』六三・八、一九九八年八月。

佐藤悟「地本論――江戸読本はなぜ書物なのか」『読本研究新集』一、一九九八年一一月。

佐藤悟「『近世奇跡考』草稿本メモ」『日本・中国・ヨーロッパ文学における絵入本の基礎的研究及び画像データ・ベースの構築』（科学研究費基盤研究（A）報告書）二〇〇六年。

佐藤悟「文化元年の出板統制と考証随筆――『絵本太閤記』絶板の影響」『文学』八・三、二〇〇七年五月。

佐藤深雪「『稲妻表紙』と京伝の考証随筆」『日本文学』一九八四年三月。

佐藤深雪「近世都市と読本　京伝の『復讐奇談安積沼』」『日本文学講座』五（物語・小説Ⅱ）大修館書店、一九八七年。

佐藤深雪「受難する子供たち――寛政改革後の山東京伝」『江戸の思想』五、一九九六年一二月。

佐藤深雪「所有される子どもたち――松平定信と山東京伝」『日本文学』一九九七年一〇月。

佐藤至子『江戸の絵入小説――合巻の世界』ぺりかん社、二〇〇一年。

佐藤至子「合巻における『江戸生艶気樺焼』の享受――登場人物の利用をめぐって」『近世文芸』八五、二〇〇七年一月。

佐藤至子「山東京伝の合巻『気替而戯作問答』について――京山による追善作の可能性」『語文』一三二、二〇〇〇八年一二月。

佐藤要人『〈青楼和談〉新造図彙』三樹書房、一九七六年。

鹿倉秀典「近世歌謡詞章と戯作」『江戸文学』二〇、一九九九年。

清水正男「『婚礼累箪笥』をめぐって」『文学研究』五九、六〇、一九八四年五月、一一月。

清水正男「京伝と浅草——机塚のことなど」『山東京伝全集　月報』一九九七年四月。

収古生「雲茶会」『集古会志』己酉巻一、一九一〇年一月。

徐恵芳「『忠臣水滸伝』の文体について——『通俗忠義水滸伝』の影響を中心に」『文芸研究』（明治大学）五三、一九八五年三月。

神保五弥「洒落本の書き入れ」『近世文芸　研究と評論』一、一九七一年一〇月。

鈴木重三「京伝と絵画」『絵本と浮世絵』美術出版社、一九七九年。
＊北尾政演時代の作品から読本・合巻の挿絵まで、京伝の画才を多数の実作から論じた包括的な研究。
鈴木重三「読本の挿絵」『曲亭馬琴』（図説日本の古典）集英社、一九八〇年。

鈴木重三「京伝合巻の絵組工夫——造本意識との関連」『山東京伝全集　月報』一九九五年一〇月。

鈴木淳「山東京伝の書画」『週刊朝日百科　世界の文学』八八、朝日新聞社、二〇〇一年四月。

鈴木俊幸「寛政期の鬼武」『近世文芸』四四、一九八六年六月。

鈴木俊幸「唐来三和の文芸」『中央大学文学部紀要（文学科）』五九、一九八七年三月。

鈴木俊幸「唐来三和年譜稿——付・二世三和作品」『中央大学国文』三〇、一九八七年三月。

鈴木俊幸「『素吟戯歌集』——感和亭鬼武初期活動資料」『読本研究』三・下、一九八九年。

鈴木俊幸『蔦屋重三郎』若草書房、一九九八年。
＊天明・寛政期の京伝と深い関わりをもった蔦屋重三郎についての研究。当時の出版界の状況がよくわかる。

鈴木俊幸『江戸の読書熱　自学する読者と書籍流通』平凡社、二〇〇七年。

関根只誠『小説史稿』金港堂、一八九一年。

園田豊「万象亭と京伝の絶交について」『江戸時代文学誌』四、一九八五年一一月。

園田豊「戯作の第一人者」『週刊朝日百科　世界の文学』八八、朝日新聞社、二〇〇一年四月。

園田豊「山東京伝の初期黄表紙についての一考察」『北九州市立大学文学部紀要（比較文化学科）』六八、二〇〇四年一〇月。

高木元『江戸読本の研究――十九世紀小説様式攷』ぺりかん社、一九九五年。

高田衛「『桜姫全伝曙草紙』の側面――陰惨にして華麗なる花の精の物語」『国文学』四二・五、一九九七年四月。

高田衛「伝奇主題としての〈女〉と〈蛇〉」『女と蛇　表徴の江戸文学史』筑摩書房、一九九九年。

高田衛『滝沢馬琴』ミネルヴァ書房、二〇〇六年。

高橋俊夫「京伝、荷風、信夫」『折口学と近代』八、一九八二年。

高橋則子「『白拍子富民静鼓音』論」『江戸文学』三三、二〇〇五年。

高橋実『北越雪譜の思想』越書房、一九八一年。

棚橋正博「寛政三年の京伝洒落本」『近世文芸　研究と評論』九、一九七五年一〇月。

棚橋正博『黄表紙総覧』前・中・後、青裳堂書店、一九八六～一九八九年。

棚橋正博『黄表紙の研究』若草書房、一九九七年。

棚橋正博「早稲田大学所蔵合巻集覧稿（二十四）」所収「娘清玄振袖日記」解説『近世文芸　研究と評論』五八、二〇〇〇年六月。

谷峯蔵『江戸のコピーライター』岩崎美術社、一九八六年。

谷峯蔵「山東京伝の旅について」『たばこと塩の博物館研究紀要』四、一九九一年。

谷峯蔵「『手拭合』の謎の人・香蝶公とは」『たばこと塩の博物館研究紀要』四、一九九一年。

崔京国「見立遊びとしての煙草用具の造り物」『寛政の出版界と山東京伝』（前掲）。

津田真弓『山東京山年譜稿』ぺりかん社、二〇〇四年。

津田真弓『江戸絵本の匠　山東京山』新典社、二〇〇五年。

徳田武『日本近世小説と中国小説』青裳堂書店、一九八七年。

徳田武「『伊波伝毛乃記』論」『新燕石十種　付録』六、一九八一年一二月。

長尾直茂「山東京伝の中国通俗小説受容――『通俗物』の介在を論ず」『国語国文』六四・一二、一九九五年一二月。

中野三敏「見立絵本の系譜」『戯作研究』中央公論社、一九八一年。

中野三敏「江戸っ子のアイデンティティ」『江戸文化評判記』（中公新書）中央公論社、一九九二年。

中野三敏「南畝の随筆」『大田南畝全集』一〇、岩波書店、一九八六年。

中村幸彦「黄表紙の絵解き」『中村幸彦著述集』五、中央公論社、一九八二年。

中村幸彦「桜姫伝と曙草紙」『中村幸彦著述集』六、中央公論社、一九八二年。

中村幸彦「京伝と馬琴」『講座日本文学』八（近世編Ⅱ）、三省堂、一九七九年。

中山幹雄『山東京伝研究文献集成』高文堂出版社、二〇〇〇年。

中山右尚「江戸のディレッタント――山東京伝の生涯」『京伝・一九・春水』（前掲）。

中山右尚「加賀文庫蔵『善玉悪玉心学早染草写本』考――成立期と京山追記について」『江戸時代文学誌』一、一九八〇年一二月。

中山右尚「京伝・京山不和説の実態は――水谷不倒説の検討を通して」『国文学』二七・八、一九八二年六月。

丹羽謙治「遊里と『水滸伝』」『国語と国文学』七三・五、一九九六年五月。

野口隆「『忠臣水滸伝』の演劇的趣向」『国語国文』六四・九、一九九五年九月。

野口隆「『浮牡丹全伝』の七五調」『読本研究新集』五、二〇〇四年。

野崎左文「草双紙と明治初期の新聞小説」『早稲田文学』二六一、一九二七年一〇月。

延広真治「烏亭焉馬年譜（三）」『名古屋大学教養部紀要（人文科学社会科学）』一九七四年三月。

延広真治『落語はいかにして形成されたか』平凡社、一九八六年。

延広真治「天明六年のかたちとことば――山東京伝」『国文学』四一・四、一九九六年三月。

延広真治「作中の京伝――『女夫香』影印と翻刻」『文学』一〇・三、一九九九年七月。

延広真治「図像学――山東京伝作『奇妙図彙』を読む」『国文学』四四・二、一九九九年二月。

延広真治「『奇妙図彙』の趣向」『山東京伝全集　月報』二〇〇一年三月。

服部仁「馬琴作一枚摺『山東弌凮煙管簿』（袋付）」『浮世絵芸術』一五五、二〇〇八年一月。

浜田義一郎「『蜀山人判取帳』補正〈翻刻〉」『大妻女子大学文学部紀要』二、一九七〇年三月。

浜田義一郎「山東京伝の天明三年の黄表紙――新資料『客人女郎』翻刻」『大妻女子大学文学部紀要』四、一九七二年三月。

浜田義一郎『江戸文芸攷』岩波書店、一九八八年。

浜田直嗣「歌川豊国の介科絵」『浮世絵芸術』三三、一九七二年五月。

林美一『艶本研究　歌麿』有光書房、一九六二年。

林美一『艶本研究　続歌麿』有光書房、一九六三年。

林美一「資料翻刻『艶本枕言葉』」一、二『江戸春秋』九、十、一九七八年八月、一九七九年一二月。

檜山純一「京伝黄表紙における団十郎似顔の用いられ方」『青山語文』二九、一九九九年三月。

広部俊也「『草双紙年代記』をめぐって」『近世文芸』五三、一九九一年三月。

広部俊也「芝全交とその黄表紙」『新潟大学国語国文学会誌』三九、一九九八年七月。

二川清「『桜姫全伝曙草紙』及び『勧善桜姫伝』と先行戯曲との影響関係について」『江戸文学』一四、一九九五年。

二又淳「『近世奇跡考』の諸本管見」『近世文芸　研究と評論』五二、一九九七年六月。

二又淳「京伝と三馬の合巻」『江戸文学』三五、二〇〇六年。

二又淳「京伝合巻と板元たち」日本近世文学会口頭発表、二〇〇五年六月（『近世文芸』八二、二〇〇五年七月に発表要旨収録）。

二村文人「一休説話の系譜――『本朝酔菩提』をめぐって」『日本文学　始源から近代へ』笠間書院、一九七八年。

本田康雄「京伝から三馬へ――描写法の展開」『近世文学論叢』明治書院、一九九二年。

本田康雄「京伝店――町人戯作者生活の創始」『山東京伝全集　月報』一九九九年一二月。

本田康雄「式亭三馬の黄表紙と洒落本」『国語と国文学』四八・一〇、一九七一年一〇月。

クリストフ・マルケ「フランスに渡った京伝『近世奇跡考』の草稿本」『江戸文学』三五、二〇〇六年。

水野稔「『狂歌仁世物語』」『天明文学　資料と研究』東京堂出版、一九七九年。

水野稔『江戸小説論叢』中央公論社、一九七四年。
＊黄表紙・洒落本・合巻など京伝の戯作についての諸論考を含む。今後の研究の基礎となる一書。
水野稔「山東京伝――挫折のかたち」『国文学解釈と鑑賞』四四・九、一九七九年八月。

水野稔『黄表紙・洒落本の世界』（岩波新書）岩波書店、一九七六年。

水野稔『山東京伝年譜稿』ぺりかん社、一九九一年。

水野稔「山東京伝年譜稿補遺」①〜③『山東京伝全集　月報』一九九三年五月、一九九四年一月、一九九五年一〇月。

水野稔「京伝洒落本の京山注記」『近世文芸』二〇、一九七二年。

水野稔『山東京伝の黄表紙』有光書房、一九七六年。

水野稔「『近世奇跡考』と戯作」『日本随筆大成　付録』二・六、一九七四年二月。

水野稔「優曇華物語」『日本古典文学大辞典』一、岩波書店、一九八三年。

宮武外骨『山東京伝』図画刊行会、一九一六年。

向井信夫「写楽・抱一同一人説」『江戸文芸叢話』八木書店、一九九五年。

武藤元昭「戯作にみる性表現」『国文学解釈と鑑賞』四四・九、一九七九年八月。

武藤元昭「二人の艶二郎」『国語と国文学』七二・六、一九九五年六月。

武藤禎夫「『百人一首戯作集』解説」『百人一首戯作集』古典文庫、一九八六年。

村田裕司「早稲田大学所蔵合巻集覧稿（六）」所収「岩井櫛粂野仇討」解説『近世文芸研究と評論』四〇、一九九一年六月。

森銑三「山東京伝の歌舞伎古図考証」『森銑三著作集』四、中央公論社、一九七一年。

森銑三「山東京伝とその作品」『森銑三著作集』一、中央公論社、一九七〇年。

森銑三「山東京伝私記」『森銑三著作集』続編一、中央公論社、一九九二年。

森銑三『黄表紙解題』正・続、中央公論社、一九七二、一九七四年。

森山重雄「彩入御伽草――小幡小平次の系譜」『鶴屋南北　綯交ぜの世界』三一書房、一九九三年。

安井雅恵「山東京伝の肉筆画について――寛政以降の作品を中心に」『フィロカリア』一六、一九九九年二月。

山口豊山「文学者の墳墓」『趣味』三・一一、一九〇九年一一月。

山本和明「夢の憂橋――永代橋落橋一見始末」『国文論叢』一九、一九九二年三月。

山本和明「〈改名〉という作為――『昔話稲妻表紙』断想」『相愛国文』六、一九九三年三月。

山本和明「京伝『夢のうき橋』紹介」『相愛女子短期大学研究論集』四〇、一九九三年三月。

山本和明「京伝と牧之――『優曇華物語』小考」『相愛国文』七、一九九四年三月。

山本和明「京伝『復讐奇談安積沼』ノート」『相愛国文』八、一九九五年三月。

山本和明「京伝『曙草紙』のために――その研究と展望」『相愛国文』九、一九九六年三月。

山本和明「京伝と和学」『江戸文学』一九、一九九八年。

山本卓「文運東漸と大坂書肆小攷」『文学』一・五、二〇〇〇年九月。

山本陽史「山東京伝の習作期」『近世文学論輯』和泉書院、一九九三年。

山本陽史「戯作者の晩年――山東京伝の戯作回帰」『解釈』三五・五、一九八九年五月。

山本陽史「解題　宝合会と『狂文宝合記』」『『狂文宝合記』の研究』(前掲)。

山本陽史「絵師北尾政演から戯作者京伝へ」『山東京伝全集　月報』二〇〇二年六月。

山本陽史「山東京伝の江戸(一)」『山寺芭蕉記念館紀要』八、二〇〇三年。

湯浅淑子「京伝のたばこ入れ店について」『寛政の出版界と山東京伝』(前掲)。

横山邦治「読本序説」『読本の世界――江戸と上方』(前掲)。

吉田伸之「両国」『浮世絵を読む5　広重』朝日新聞社、一九九八年。

吉田伸之「表店と裏店」『巨大城下町江戸の文節構造』山川出版社、二〇〇〇年。

和田博通「『菊寿草』前後」『天明文学　資料と研究』(前掲)。

和田博道「天明初年の黄表紙と狂歌」『山梨大学教育学部研究報告』三一、一九八〇年。

渡辺憲司「戯作にみる近世音曲　黄表紙を中心に」『国文学解釈と鑑賞』五四・八、一九八九年八月。

渡辺刀水「山東京伝と黒沢翁満の交渉」『渡辺刀水集』二、青裳堂、一九八六年。

おわりに

京伝の戯作者人生には二つの頂点《ピーク》がある。本書の副題は「滑稽洒落第一の作者」であるが、これは天明期に、つまり二十代で黄表紙・洒落本作者として最初の頂点を迎えた京伝を評したことばである。この頃は戯作のほかに特に仕事らしい仕事はしておらず、いわば「のうらく息子」の日々であった。

その後、戯作などという「たはけのいたり」を止め、町人らしく分相応に生きようと考えたのは三十歳の時（寛政二年）であり、それから三年後に煙草入れの店を開き、これを家業とした。きちんとした職を持つ、町人らしい人生が始まったのである。

店を持つ前に経験した筆禍によって、京伝は謹慎第一の人になったと言われる。しかし経営が軌道に乗った後も、戯作の筆を折ることはなかった。背景には、それまでの板元との関係や潤筆料、そして戯作が店の宣伝媒体として大きな力を持つことなどが考えられるが、取り締まりに神経をとがらせつつも戯作を書き続けたのは、やはりその才能——趣向が尽きることなく、時代の好み（板元の要請）に合わせた作品を次々と書くことができたからであろう。結果として、京伝は江戸後期の文学史の全体に足跡を残すこととなり、四十代になって第二の頂点を迎える。読本に工夫を凝らし、合巻というジャンルに定型を与えた文化期である。

京伝は孤高の天才ではない。執筆活動の一方には、周囲の人々とのさかんな交流があった。天明期には狂歌師・戯作者が一緒になってのさまざまな遊び、文化期には好古・考証の集い。結果としてそれらの活動は、京伝に戯作のアイデアをもたらしたのである。

京伝がもう少し長生きしていたら、風俗考証家として、第三の頂点を迎えていたのではないかと思う。晩年、考証への情熱は高まる一方であり、その努力の様子と真面目な考証態度は人々の記憶に刻まれた。小山田与清は「醒が学風、考据をもはらとして、世のなま著述家の類に似ず。そのあらはせる『骨董集』に、孫引のひとふしだになきを見てもおもふべし」(『擁書漫筆』巻三・十四)と記している。また曲亭馬琴も、鈴木牧之にあてた書簡のなかで「亡友京伝は、『骨董集』を著さんとて、十年余の大苦心、自分の学力より十ばいの骨を折り、多く海内の博識に交り、多く蔵書家にちなみ、朝に夜に、只『骨董集』にのみ奔走苦心せられしが、その書いまだ全部せずして、黄泉の客となりぬ。よりてしれるものは、彼人全く『骨董集』と討死せしといふ也」(文政元年十一月八日付)と書いている。馬琴は、京伝の死の一因は過労にあったと考えていた。『江戸作者部類』には、「思慮の命を破ること酒色より甚し」という警句を引きながら、京伝の死について「天授の数ならば悔てかひなき事ながら、みづから破るにあらずとはいひがたかり。惜むべし」(天命ならば悔やんでも仕方ないが、自ら命を縮めたのではない、とも言い切れない。惜しまれる)とも書いている。

京伝が没した文化十三年（一八一六）から、あと数年で二百年になる。これまで、その生涯を見渡す評伝には小池藤五郎氏の大著『山東京伝の研究』（昭和十年初版）および『山東京伝』（昭和三十六年初版）があり、特に前半生について南畝と対比しながら論じた書に小池正胤氏の『反骨者　大田南畝と山東京伝』（平成十年初版）がある。京伝の生涯を詳細な年譜にまとめた水野稔氏の『山東京伝年譜稿』（平成三年初版）も、研究の基本文献として欠かすことはできない。この他にも、京伝とその著作に関する論文・関係書籍は年々蓄積されて膨大な数に及ぶ。

ただ、京伝の業績が多方面に及んでいるせいで、専門的な研究は自ずと細分化していく傾向にある。一九八〇年代後半から一九九〇年代にかけての江戸ブームの記憶も薄らぎつつある現在、京伝については、専門家は常識のように知っているが、そうでない人は全く知らないという格差が広がりつつあるのではないか。

本書では、京伝の戯作者としての業績をたどると同時に、町人としてどのような生き方をしたかという視点から、その人生を見直してみた。荒唐無稽で滑稽な黄表紙、廓の遊びをこまやかに記した洒落本、機知に富んだ見立て絵本や滑稽本、幻妖怪奇で演劇趣味にあふれた華やかな読本や合巻――作品の多彩さに比べて、京伝その人の人生はごくまじめで堅実であったといってよい。若き日の京伝にとって、戯作は〈好きなこと〉であり〈得意なこと〉だったと言ってよいが、かれが歩んだのはそれを本業にしない人生である。家業としての職は別に持つというのが、当時の町人のあるべき生き方であった。生業《なりわい》を得て地道に生きる――こうした生き方には、時代を越えた普遍性があるようにも思われる。
京伝の人柄も、筆者にはゆかしいものに思える。板元の要請に応えて毎年多くの戯作を書いた律儀さ（読本では迷惑をかけているが）。知り合ったばかりの馬琴を居候させる心の広さ。古画・古物鑑賞と考証に真剣にうちこんでいく真面目さ。同時に、若い時から人の縁にめぐまれ、晩年まで同好の人々と楽しく過ごしている様子を見ると、温厚で人好きのする人だったのだろう、と想像される。

本書を完成させるまで思いのほか時間がかかってしまったが、京伝について一から勉強し直すよい機会と思い、時間の許す限り資料を読み続けた。平成十九年度には勤務先の大学のゼミで学生たちと『安積沼』を読み、議論のなかで様々なヒントを得ることができたことをありがたく思っている。平成二十年には太田記念美術館において「蜀山人　大田南畝」展が開催された。かずかずの貴重な資料を見ることができたのは幸運であった。

執筆の機会を与えて下さった兵藤裕己先生と、万事お世話になった編集部の堀川健太郎氏に心より御礼申し上げたい。

二〇〇九年二月

佐藤至子

山東京伝略年譜

和暦	西暦	齢	関連事項	一般事項
宝暦十一	一七六一	1	深川木場に誕生。父岩瀬伝左衛門は質屋伊勢屋の養子。	
明和二	一七六二	2		鈴木春信の錦絵流行。
三	一七六六	6	この頃、妹きぬ誕生。	
五	一七六八	8	この頃、「巴山人」印を父から与えられる。	大田南畝『寝惚先生文集』刊。
六	一七六九	9	**2月**深川伊勢崎町辺の御家人行方角太夫に入門する。父から机を与えられる。**6月**弟相四郎（京山）誕生。	
八	一七七一	8	妹よね（黒鳶式部）誕生。	
九	一七七二	7		田沼意次が老中となる。
安永元				
二	一七七三	13	京橋銀座一丁目に移転。父は養家を離れ、町屋敷の家主を勤める。	建部綾足『本朝水滸伝』前編刊。
三	一七七四	14	この頃、長唄・三味線を習う。	前野良沢・杉田玄白ら訳『解体新書』刊。

四	一七七五	15	この頃、北尾重政に入門し浮世絵を学ぶ。	恋川春町『金々先生栄花夢』刊。
五	一七七六	16		上田秋成『雨月物語』刊。平賀源内、エレキテルを完成。
七	一七七八	18	『開帳利益札遊合』刊。富本節正本に役者絵を描く。	
八	一七七九	19	『日東国三曲之鼎』等刊。富本節正本に役者絵を描く。	
九	一七八〇	20	『娘敵討古郷錦』等刊。初めて京伝の号を用いる。役者絵を描く。	
十 天明元	一七八一	21	『白拍子富民静鼓音』等刊。『菊寿草』絵師之部の三番目に北尾政演の名が記される。	この頃より天明の大飢饉。米価高騰による打ちこわしが頻発。
二	一七八二	22	**正月**『御存商売物』等刊。『岡目八目』で『御存商売物』が賞賛され、作者之部の四番目に京伝、画工之部の二番目に政演の名が記される。**12月**大田南畝・恋川春町・唐来参和・元木網らと蔦屋重三郎方に招かれ、吉原大文字屋に遊ぶ。	
三	一七八三	23	『草双紙年代記』等刊。錦絵「青楼名君自筆集」刊。**3月**南畝の母六十歳の賀宴に出席。**4月**宝合の会に参加。**7月**『狂文宝合記』刊。**11月**『落栗庵狂歌月並摺』に狂歌が入集。この頃、吉原松葉屋の番頭新造林山に親しむ。	大田南畝『万載狂歌集』刊。

四	一七八四	24	『小紋裁』等刊。6月手拭合の会に参加、『たなぐひあはせ』刊。 ◆万象亭『万象亭戯作濫觴』刊。	
五	一七八五	25	『江戸生艶気樺焼』『息子部屋』『大悲千禄本』等刊。	
六	一七八六	26	『明矣七変目景清』『客衆肝照子』『小紋新法』等刊。 6月めりやす「すがほ」の披露目。 この頃、吉原扇屋の新造菊園に親しむ。 ◆唐来参和『通町御江戸鼻筋』刊。門人山東鶏告の戯作刊行。	田沼意次、罷免される。
七	一七八七	27	『総籬』『古契三娼』『初衣抄』『三筋緯客気植田』等刊。 ◆物蒙堂礼『是気汲作種』刊。万象亭『田舎芝居』刊。	松平定信が老中に就任。寛政の改革が始まる。
八	一七八八	28	『会通己恍惚照子』『時代世話二挺皷』『吉原楊枝』等刊。 この頃、蔦屋重三郎・鶴屋喜右衛門らと日光・中善寺を旅行。 よね、この年に死去か。 ◆門人山東唐洲の戯作刊行。	
九 寛政元	一七八九	29	『孔子縞時藍染』『碑文谷利生四竹節』『奇事中洲話』『新造図彙』『通気粋語伝』等刊。『黒白水鏡』の画	恋川春町死去。

			工を務め、過料処分。秋、竹塚東子と交流。この頃「童話考」成か。	
二	一七九〇	30	『照子浄頗梨』『京伝浮世之酔醒』『心学早染艸』『京伝予誌』『傾城買四十八手』『通俗大聖伝』等刊。2月菊園を妻に迎える。7月蔦屋重三郎から翌年出版の洒落本の潤筆料の内金を受け取る。8月岩瀬氏之墓を回向院に建立。秋、曲亭馬琴の訪問あり。この年、戯作をやめようと考えるが蔦屋重三郎に懇望され執筆を続ける。	寛政異学の禁。湯島聖堂で朱子学以外を学ぶことが禁止される。
三	一七九一	31	『世上洒落見絵図』『人間一生胸算用』『箱入娘面屋人魚』『九界十年色地獄』等刊。洒落本三作のために手鎖五十日の処分。冬、馬琴が京伝の家に寄留、京伝の執筆を手伝う。12月相四郎が鵜飼家の養子となり青山家へ出仕。 ◆馬琴『尽用而二分狂言』刊。竹塚東子『至無我人鼻心神』刊。	
四	一七九二	32	『梁山一歩談』『天剛垂楊柳』等刊。春、馬琴を蔦屋重三郎の手代に推薦。5月書画会を催し収益を得る。この頃、感和亭鬼武と交流。	
五	一七九三	33	『堪忍袋緒〆善玉』『貧福両道中之記』『松魚智恵袋』	

			等刊。秋、煙草入れ店を開店。この年、妻菊園三十歳で死去。◆馬琴、会田氏の入婿となる。	
六	一七九四	34	『金々先生造化夢』『百人一首戯講釈』『絵兄弟』等刊。	
七	一七九五	35	この頃、父が剃髪し隠居。鈴木牧之から著作の出版について相談を受ける。	
八	一七九六	36	『人心鏡写絵』等刊。偽作が横行する。◆馬琴『高尾船字文』刊。	
九	一七九七	37	『正月故事談』等刊。5月初代蔦屋重三郎死去。夏、鶴屋主人と江の島参詣。	
十	一七九八	38	『四季交加』等刊。	本居宣長『古事記伝』成。
十一	一七九九	39	『忠臣水滸伝』（前編）等刊。4月相四郎が青山家を退身。10月父が死去。	
十二	一八〇〇	40	『平仮名銭神問答』等刊。5月熱海・伊豆を旅行。冬、吉原弥八玉屋の玉の井を身請けし、妻とする。	松平定信『集古十種』成。朱楽菅江死去。
十三 享和元	一八〇一	41	『忠臣水滸伝』（後編）等刊。この頃から京伝店で読書丸を販売。◆馬琴『曲亭一風京伝張』刊。	
二	一八〇二	42	『呑込多霊宝縁記』等刊。菱川師宣に関する考証を	十返舎一九『東海道中膝栗毛』

			行い、『浮世絵類考』に追考を記す。	初編刊。
三	一八〇三	43	『奇妙図彙』『安積沼』等刊。『捜奇録』この頃成。閏正月烏亭焉馬六十歳の賀宴に出席。6月善光寺開帳の期間中、浅草並木町に出店。この年、妻百合の妹滝を養女に迎える。竹垣柳塘との交流が始まる。	
四 文化元	一八〇四	44	『作者胎内十月図』『江戸砂子娘敵討』『優曇華物語』『近世奇跡考』等刊。『大尽舞考証』成。この頃、母が死去。	
二	一八〇五	45	『残灯奇譚案机塵』『曙草紙』等刊。	式亭三馬『雷太郎強悪物語』刊。
三	一八〇六	46	『敵討両輛車』『善知安方忠義伝』『昔話稲妻表紙』等刊。3月火災に遭う。この頃から京伝店で京伝自画賛の扇等を販売。	喜多川歌麿死去。五代目市川団十郎死去。
四	一八〇七	47	『於六櫛木曽仇討』『敵討岡崎女郎衆』『於杉於玉二見之仇討』『安積沼後日仇討』『梅花氷裂』等刊。11月絵入読本改掛肝煎名主あてに馬琴と連名で口上書を提出。12月「作者画工番付」絶版交渉にあたる。◆京山『復讐妹背山物語』刊。馬琴『椿説弓張月』前編刊。	永代橋崩落事故が起きる。
五	一八〇八	48	『岩井櫛粂野仇討』『糸車九尾狐』『妬湯仇討話』『絞染五郎強勢話』『伉侠双蛺蜨』『女侠三日月於僊』	

			『敵討天竺徳兵衛』等刊。6月人物図巻に序と詞書を書く。この頃から京伝店で京山の篆刻類を販売。この年と翌年、合巻に弟子を断る旨を記す。◆6月江戸市村座で「彩入御伽草」上演。9月「合巻作風心得之事」が伝達される。	
六	一八〇九	49	『松梅竹取談』『万福長者栄華談』『累井筒紅葉打敷』『風流伽三味線』『志道軒往古講釈』『浮牡丹全伝』『本朝酔菩提全伝』等刊。◆3月江戸操座で「うとふ物語」上演。6月江戸森田座で「阿国御前化粧鏡」上演。	式亭三馬『浮世風呂』前編刊。上田秋成死去。
七	一八一〇	50	『糸桜本朝文粋』『戯場花牡丹燈籠』『うとふの俤』『腹筋逢夢石』（二・三編）『坐敷芸忠臣蔵』等刊。	三代目瀬川菊之丞死去。
八	一八一一	51	『暁傘時雨古手屋』等刊。3月式亭三馬の書画会で世話役を務める。4・5月雲茶会（青山堂主催の古画古物鑑賞会）に参加。	
九	一八一二	52	『薄雲猫旧話』『釣狐昔塗笠』等刊。7月下旬養女滝死去。冬、南畝の『松楼私語』を借覧。12月近所の火事で損害あり。この頃、髪結いの株を購入。	
十	一八一三	53	『春相撲花之錦絵』『双蝶記』等刊。3月『磯馴松金糸腰蓑』の序を書く。春の末から半身が痛む病にか	

			かる。熱海で湯治。閏11月黒沢翁満に戯作刊行を思いとどまらせる手紙を書く。◆馬琴、『おかめ八目』を書く。
十一	一八一四	54	『磯馴松金糸腰蓑』『骨董集』（上編前帙上・中巻）等刊。◆馬琴『南総里見八犬伝』（初輯）刊。
十二	一八一五	55	『娘清玄振袖日記』『骨董集』（上編後帙下巻）等刊。8月から小山田与清の擁書楼をしばしば訪問。12月岸本由豆流宅で茶番狂言をする。
十三	一八一六	56	『琴声美人伝』『十六利勘略縁起』等刊。毎月、擁書楼を訪問する。8月「むくむくの小袖」成。9月6日京山の新築書斎開きに招かれる。帰路、胸痛の発作起こる。7日未明に急死。8日、回向院で葬儀。13日、鍬形蕙斎が京伝の肖像画を遺族に贈る。10月京山が「岩瀬醒墓」の碑文を書く。冬、京山が『無垢衣考』を出版し知人に配る。
十四	一八一七		『長髢姿蛇柳』『気替而戯作問答』等刊。2月京山が浅草寺に机塚を建立。この年から百合が錯乱。
文政元 十五	一八一八		『腹中名所図絵』刊。2月百合が死去。

二	一八一九		馬琴、『伊波伝毛乃記』を書く。
三	一八二〇		
五	一八二二		京伝・京山合作『家桜継穂鉢植』刊。
			北尾重政死去。

■作成にあたり水野稔『山東京伝年譜稿』を参照した。

人名索引

あ 行

か 行

さ 行

事項索引

あ 行

か 行

た 行

な 行

《著者紹介》

佐藤至子（さとう・ゆきこ）

1972年　生まれ。
2000年　東京大学大学院人文社会系研究科博士課程修了。博士（文学）。
相山女学園大学人間関係学部専任講師，同助教授を経て，
現　在　日本大学文理学部准教授。専攻は日本近世文学。
著　書　『江戸の絵入小説――合巻の世界』ぺりかん社，2001年。
『白縫譚』国書刊行会，2006年。

ミネルヴァ日本評伝選

山《さん》 東《とう》 京《きょう》 伝《でん》

――滑稽洒落第一の作者――

2009年4月10日　初版第1刷発行　〈検印省略〉

定価はカバーに
表示しています

著　者　佐　藤　至　子

発行者　杉　田　啓　三

印刷者　江　戸　宏　介

発行所　株式会社　ミネルヴァ書房

607-8494 京都市山科区日ノ岡堤谷町1
電話（075）581-5191（代表）
振替口座 01020-0-8076番

共同印刷工業・新生製本

ISBN978-4-623-05459-6
Printed in Japan

刊行のことば

歴史を動かすものは人間であり、興趣に富んだ人間の動きを通じて、世の移り変わりを考えるのは、歴史に接する醍醐味である。

しかし過去の歴史学を顧みるとき、人間不在という批判さえ見られたように、歴史における人間のすがたが、必ずしも十分に描かれてきたとはいえない。二十一世紀を迎えた今、歴史の中の人物像を蘇生させようとの要請はいよいよ強く、またそのための条件もしだいに熟してきている。

この「ミネルヴァ日本評伝選」は、正確な史実に基づいて書かれるのはいうまでもないが、単に経歴の羅列にとどまらず、歴史を動かしてきたすぐれた個性をいきいきとよみがえらせたいと考える。そのためには、対象とした人物とじっくりと対話し、ときにはきびしく対決していくことも必要になるだろう。

今日の歴史学が直面している困難の一つに、研究の過度の細分化、瑣末化が挙げられる。それは緻密さを求めるが故に陥った弊害といえるが、その結果として、歴史の大きな見通しが失われ、歴史学を通しての社会への働きかけの途が閉ざされ、人々の歴史への関心を弱める危険性がある。今こそ歴史が何のためにあるのかという、基本的な課題に応える必要があろう。評伝という興味ある方法を通じて、解決の手がかりを見出せないだろうかというのも、この企画の一つのねらいである。

狭義の歴史学の研究者だけでなく、多くの分野ですぐれた業績をあげている著者たちを迎えて、従来見られなかった規模の大きな人物史の叢書として、「ミネルヴァ日本評伝選」の刊行を開始したい。

平成十五年（二〇〇三）九月

ミネルヴァ書房

ミネルヴァ日本評伝選

上代

俾弥呼　古田武彦
日本武尊　西宮秀紀
仁徳天皇　若井敏明
雄略天皇　吉村武彦
*蘇我氏四代　遠山美都男
推古天皇　義江明子
聖徳太子　仁藤敦史
斉明天皇　武田佐知子
小野妹子・毛人　大橋信也
額田王　梶川信行
弘文天皇　遠山美都男
天武天皇　新川登亀男
持統天皇　丸山裕美子
阿倍比羅夫　熊田亮介
柿本人麻呂　古橋信孝
元明・元正天皇　渡部育子
聖武天皇　本郷真紹
光明皇后　寺崎保広
孝謙天皇　勝浦令子
藤原不比等　荒木敏夫
吉備真備　今津勝紀
藤原仲麻呂　木本好信
道鏡　吉川真司
大伴家持　和田　萃
行基　吉田靖雄

平安

*桓武天皇　井上満郎
嵯峨天皇　西別府元日
宇多天皇　古藤真平
醍醐天皇　石上英一
村上天皇　京樂真帆子
花山天皇　上島　享
三条天皇　倉本一宏
藤原薬子　中野渡俊治
小野小町　錦　仁
藤原良房・基経　滝浪貞子
菅原道真　竹居明男
*紀貫之　神田龍身
源高明　所　功
慶滋保胤　平林盛得
*安倍晴明　斎藤英喜
藤原実資　橋本義則
*藤原道長　朧谷　寿
清少納言　後藤祥子
紫式部　竹西寛子
和泉式部　ツベタナ・クリステワ
大江匡房　小峯和明
阿弖流為　樋口知志
坂上田村麻呂　熊谷公男
*源満仲・頼光　元木泰雄
平将門　西山良平
藤原純友　寺内　浩
空海　頼富本宏
最澄　吉田一彦
*空也　石井義長
奝然　上川通夫
*源信　小原　仁
後白河天皇　美川　圭
式子内親王　奥野陽子
建礼門院　生形貴重
平清盛　田中文英
藤原秀衡　入間田宣夫
平時子・時忠　元木泰雄
平維盛　根井　浄
守覚法親王　阿部泰郎

鎌倉

源頼朝　川合　康
*源義経　近藤好和
後鳥羽天皇　五味文彦
九条兼実　村井康彦
北条時政　野口　実
熊谷直実　佐伯真一
*北条政子　関　幸彦
北条義時　岡田清一
曾我十郎・五郎　杉橋隆夫
北条時宗　近藤成一
安達泰盛　山陰加春夫

平頼綱　細川重男
竹崎季長　堀本一繁
西行　光田和伸
藤原定家　赤瀬信吾
*京極為兼　今谷　明
*兼好　島内裕子
重源　横内裕人
運慶　根立研介
法然　今堀太逸
慈円　大隅和雄
明恵　西山　厚
親鸞　末木文美士
恵信尼・覚信尼　西口順子
道元　船岡　誠
叡尊　細川涼一
*忍性　松尾剛次
*日蓮　佐藤弘夫
一遍　蒲池勢至
夢窓疎石　田中博美
*宗峰妙超　竹貫元勝

南北朝・室町

後醍醐天皇　上横手雅敬
護良親王　新井孝重
北畠親房　岡野友彦
楠正成　兵藤裕己
*新田義貞　山本隆志
光厳天皇　深津睦夫
足利尊氏　市沢　哲
佐々木道誉　下坂　守
円観・文観　田中貴子
足利義満　川嶋將生
足利義教　横井　清
大内義弘　平瀬直樹
伏見宮貞成親王　松薗　斉
山名宗全　山本隆志
日野富子　脇田晴子
世阿弥　西野春雄
雪舟等楊　河合正朝
宗祇　鶴崎裕雄
*満済　森　茂暁
一休宗純　原田正俊

戦国・織豊

北条早雲　家永遵嗣
毛利元就　岸田裕之
*今川義元　小和田哲男
*武田信玄　笹本正治
真田氏三代　笹本正治
三好長慶　仁木　宏
*上杉謙信　矢田俊文
吉田兼倶　西山　克
山科言継　松薗　斉
*雪村周継　赤澤英二
織田信長　三鬼清一郎
豊臣秀吉　藤井譲治
*北政所おね　田端泰子
*淀殿　福田千鶴
前田利家　東四柳史明
黒田如水　小和田哲男
蒲生氏郷　藤田達生
細川ガラシャ　田端泰子
伊達政宗　伊藤喜良
*支倉常長　田中英道
ルイス・フロイス　エンゲルベルト・ヨリッセン
*長谷川等伯　宮島新一
顕如　神田千里

江戸

徳川家康　笠谷和比古
徳川吉宗　横田冬彦
*後水尾天皇　久保貴子
光格天皇　藤田　覚
崇伝　杣田善雄
春日局　福田千鶴
池田光政　倉地克直
シャクシャイン　岩崎奈緒子
*田沼意次　藤田　覚
二宮尊徳　小林惟司
末次平蔵　岡美穂子
高田屋嘉兵衛　生田美智子
林羅山　鈴木健一
中江藤樹　辻本雅史
山崎闇斎　澤井啓一
*北村季吟　島内景二
貝原益軒　辻本雅史
ケンペル　ボダルト・ベイリー
荻生徂徠　柴田　純
雨森芳洲　上田正昭
前野良沢　松田　清
平賀源内　石上　敏
杉田玄白　吉田　忠
上田秋成　佐藤深雪
木村蒹葭堂　有坂道子
*大田南畝　沓掛良彦
菅江真澄　赤坂憲雄
*鶴屋南北　諏訪春雄
良寛　阿部龍一
*山東京伝　佐藤至子
*滝沢馬琴　高田　衛
平田篤胤　川喜田八潮
シーボルト　宮坂正英
本阿弥光悦　岡　佳子
小堀遠州　中村利則
尾形光琳・乾山　河野元昭
*二代目市川團十郎　田口章子
与謝蕪村　佐々木丞平
伊藤若冲　狩野博幸
鈴木春信　小林　忠
円山応挙　佐々木正子
*佐竹曙山　成瀬不二雄
葛飾北斎　岸　文和
酒井抱一　玉蟲敏子
孝明天皇　青山忠正
*和宮　辻ミチ子

徳川慶喜　大庭邦彦
*古賀謹一郎　小野寺龍太
*月性　海原徹
*吉田松陰　海原徹
*高杉晋作　海原徹
オールコック　佐野真由子
アーネスト・サトウ　奈良岡聰智
冷泉為恭　中部義隆

近代

*明治天皇　伊藤之雄
大正天皇　フレッド・ディキンソン
昭憲皇太后・貞明皇后　小田部雄次
大久保利通　三谷太一郎
山県有朋　鳥海靖
木戸孝允　落合弘樹
*松方正義　室山義正
北垣国道　小林丈広
大隈重信　五百旗頭薫

伊藤博文　坂本一登
井上毅　大石眞
*桂太郎　小林道彦
*乃木希典　佐々木英昭
林董　君塚直隆
児玉源太郎　小林道彦
*高宗・閔妃　木村幹
山本権兵衛　室山義正
高橋是清　鈴木俊夫
小村寿太郎　簑原俊洋
犬養毅　小林惟司
加藤高明　櫻井良樹
加藤友三郎・寛治　麻田貞雄
田中義一　黒沢文貴
平沼騏一郎　堀田慎一郎
宇垣一成　北岡伸一
宮崎滔天　榎本泰子
*浜口雄幸　川田稔
幣原喜重郎　西田敏宏
関一　玉井金五
広田弘毅　井上寿一
安重根　上垣外憲一
グルー　廣部泉

東條英機　牛村圭
蔣介石　劉岸偉
石原莞爾　山室信一
木戸幸一　波多野澄雄
五代友厚　田付茉莉子
大倉喜八郎　村上勝彦
安田善次郎　由井常彦
渋沢栄一　武田晴人
山辺丈夫　宮本又郎
武藤山治　阿部武司・桑原哲也
小林一三　橋爪紳也
大倉恒吉　石川健次郎
大原孫三郎　猪木武徳
河竹黙阿弥　今尾哲也
イザベラ・バード　加納孝代
*林忠正　木々康子
森鷗外　小堀桂一郎
二葉亭四迷　ヨコタ村上孝之
巌谷小波　千葉信胤
樋口一葉　佐伯順子
島崎藤村　十川信介
泉鏡花　東郷克美

有島武郎　亀井俊介
永井荷風　川本三郎
北原白秋　平石典子
菊池寛　山本芳明
宮澤賢治　千葉一幹
正岡子規　夏石番矢
高浜虚子　坪内稔典
与謝野晶子　佐伯順子
斎藤茂吉　品田悦一
*種田山頭火　村上護
*高村光太郎　湯原かの子
萩原朔太郎　エリス俊子
原阿佐緒　秋山佐和子
*狩野芳崖・高橋由一　古田亮
竹内栖鳳　北澤憲昭
黒田清輝　高階秀爾
中村不折　石川九楊
横山大観　高階秀爾
*橋本関雪　西原大輔
小出楢重　芳賀徹
土田麦僊　天野一夫
岸田劉生　北澤憲昭

松旭斎天勝　川添裕
中山みき　鎌田東二
ニコライ　中村健之介
出口なお・王仁三郎　川村邦光
島地黙雷　阪本是丸
*新島襄　太田雄三
嘉納治五郎　クリストファー・スピルマン
*澤柳政太郎　新田義之
河口慧海　高山龍三
大谷光瑞　白須淨眞
*久米邦武　高田誠二
フェノロサ　伊藤豊
三宅雪嶺　長妻三佐雄
内村鑑三　新保祐司
*岡倉天心　木下長宏
志賀重昂　中野目徹
徳富蘇峰　杉原志啓
竹越與三郎　西田毅
内藤湖南・桑原隲蔵　礪波護
岩村透　今橋映子
西田幾多郎　大橋良介
喜田貞吉　中村生雄

上田敏　及川茂
柳田国男　鶴見太郎
厨川白村　張競
大川周明　山内昌之
折口信夫　斎藤英喜
九鬼周造　粕谷一希
辰野隆　金沢公子
シュタイン　瀧井一博
*福澤諭吉　平山洋
福地桜痴　山田俊治
中江兆民　田島正樹
田口卯吉　鈴木栄樹
*陸羯南　松田宏一郎
宮武外骨　山口昌男
*吉野作造　田澤晴子
野間清治　佐藤卓己
山川均　米原謙
北一輝　岡本幸治
杉亨二　速水融
*北里柴三郎　福田眞人
田辺朔郎　秋元せき

*南方熊楠　飯倉照平
寺田寅彦　金森修
石原純　金子務
J・コンドル　鈴木博之
辰野金吾　河上真理・清水重敦
小川治兵衛　尼崎博正

現代

昭和天皇　御厨貴
高松宮宣仁親王　後藤致人
*李方子　小田部雄次
吉田茂　中西寛
マッカーサー　柴山太
重光葵　武田知己
池田勇人　中村隆英
和田博雄　庄司俊作
朴正熙　木村幹

竹下登　真渕勝
*松永安左エ門　橘川武郎
鮎川義介　井口治夫
出光佐三　橘川武郎
松下幸之助　米倉誠一郎
渋沢敬三　井上潤
本田宗一郎　伊丹敬之
井深大　武田徹
幸田家の人々　金井景子
*正宗白鳥　大嶋仁
大佛次郎　福島行一
*川端康成　大久保喬樹
薩摩治郎八　小林茂
松本清張　杉原志啓
安部公房　成田龍一
三島由紀夫　島内景二
R・H・ブライス　菅原克也

金素雲　林容澤
柳宗悦　熊倉功夫
バーナード・リーチ　鈴木禎宏
イサム・ノグチ　酒井忠康
川端龍子　岡部昌幸
藤田嗣治　林洋子
*井上有一　海上雅臣
*手塚治虫　竹内オサム
山田耕筰　後藤暢子
武満徹　船山隆
*力道山　岡村正史
美空ひばり　朝倉喬司
植村直巳　湯川豊
*西田天香　宮田昌明
安倍能成　中根隆行
G・サンソム　牧野陽子
和辻哲郎　小坂国継
青木正児　井波律子

矢代幸雄　稲賀繁美
石田幹之助　岡本さえ
*平泉澄　若井敏明
島田謹二　小林信行
前嶋信次　杉田英明
竹山道雄　平川祐弘
保田與重郎　谷崎昭男
佐々木惣一　松尾尊兊
*瀧川幸辰　伊藤孝夫
矢内原忠雄　等松春夫
福本和夫　伊藤晃
*フランク・ロイド・ライト　大久保美春
大宅壮一　有馬学
清水幾太郎　竹内洋

*は既刊
二〇〇九年四月現在